白河桥

李玉娇 著

辽宁人民出版社

ⓒ李玉娇　2015

图书在版编目（CIP）数据

白河桥 / 李玉娇著. — 沈阳：辽宁人民出版社，2015.1

ISBN 978-7-205-08148-5

Ⅰ.①白… Ⅱ.①李… Ⅲ.①长篇小说—中国—当代 Ⅳ.①I247.5

中国版本图书馆CIP数据核字(2014)第278315号

出版发行：	辽宁人民出版社
地　　址：	沈阳市和平区十一纬路25号　邮编：110003
电　　话：	024-23284321（邮　购）　024-23284324（发行部）
传　　真：	024-23284191（发行部）　024-23284304（办公室）
	http://www.lnpph.com.cn
印　　刷：	辽宁奥美雅印刷有限公司
幅面尺寸：	145mm×210mm
印　　张：	9.875
字　　数：	245千字
出版时间：	2015年1月第1版
印刷时间：	2015年1月第1次印刷
责任编辑：	艾明秋
装帧设计：	琥珀视觉
责任校对：	姚飞天
书　　号：	ISBN 978-7-205-08148-5
定　　价：	29.00元

目 录

第一章 …………………………………… 1
第二章 …………………………………… 38
第三章 …………………………………… 72
第四章 ……………………………………102
第五章 ……………………………………139
第六章 ……………………………………172
第七章 ……………………………………200
第八章 ……………………………………231
第九章 ……………………………………266

第一章

1

十五岁那年夏天的一个黄昏,在黄沙河边,毛草自作主张把自己许配给了薛翰臣。这门婚事薛翰臣本人并不知情,毛草也从没想过要让他知道,她心里一清二楚,自己恐怕永远都不会成为人家的新娘,两个人身份相差悬殊,翰臣是薛家二少爷,毛草是薛家的使唤丫头,每天给老爷太太端茶递水,点烟捶腿,傍黑铺被窝,天亮倒尿盆,她怎么能成二少爷的新娘呢?

十年前,大薛庄财主薛文才薛老爷刚过完不惑之年生日就犯起了糊涂,偷偷在邻村冯家集找了一个相好的,隔三差五就寻个借口往外边跑,有一天事情败露,被老婆和两个小舅子堵在了马寡妇的被窝里。薛老爷用一斗黄豆把毛草买进门,送给老婆当礼物赔罪。那时候毛草还是个看不出模样的毛丫头,鼻子底下拖着一挂大鼻涕,脸蛋儿生着冻疮,一边一块圆形的红印子。一双丹凤眼却看出了些端倪,一发急两条小眉毛就吊到额角上,嗓门儿脆亮骂:"×你老丈母娘的。"二少爷薛翰臣当时也只有六岁,刚在本村冯秀才的私塾开蒙读书,带着一只豁牙子,每天摇头晃脑地念:"人之初,性

本善,性相近,习相远……"

谁也想不到日后会有这样一段姻缘。这件事仔细追究起来和一个名叫郭大强的人有关,如果不是他眼珠一转冒了一摊坏水,毛草也不太可能一厢情愿把自己许给薛翰臣。郭大强和薛翰臣同岁,是薛老爷家长工郭满仓的儿子。郭满仓是村里出名的蔫人,扎一锥子不冒血,三扁担压不出个瘪屁来,混了半辈子还是地无一垄房无一间,白天给薛家干活,晚上就睡在薛家的马棚里。郭满仓的儿子却不是个老实客,调皮捣蛋讨人嫌,阎王爷碰上他都脑袋疼。

那天傍晚毛草从薛老爷家的两扇红漆大门里走出来时,锣鼓和唢呐声正源源不断从村南薛家祠堂的方向传过来。薛家新祠堂落成,满堂红戏班下午进了村,要连着唱三天三夜大戏,大薛庄村民早扳手指头盼着这一天,满堂红的桂月娥有一条出名的亮嗓子,据说她站在白城的门楼上一开口,百里外云雾山的鸟就会惊得飞起来,大家都想见识一下她的风采。

毛草对桂月娥却没有那么大兴趣,她的注意力被另一件更重要的事情吸引了过去。从去年冬天起,毛草就发现自己的身体出现了一些莫明其妙的变化,先是平坦的胸脯膨胀起来,渐渐隆起了两块遥相对应的高地,使得衣服不能服服帖帖穿在身上。随后,大腿和小腹间的三角地带又钻出了一茬难看的毛发。紧接着有一天晚上,她发现自己的身体里流出了血。随着身体上的变化,她心里也有了一种莫明其妙的感觉。说害怕吧又不全是害怕,害怕里还有那么点期待;说兴奋吧也不全是兴奋,兴奋里还掺杂着某种恐慌;说紧张吧也不全是紧张,紧张里还裹着一丝欣喜。就是这股五味杂陈的滋味,把毛草折磨得坐立不安六神无主,好像变了一个人。从前她疯得没边儿,上树掏鸟窝,下河摸泥鳅,男孩子玩的那些把戏,她啥事都不打怵。三米高的土墙,她眼也不眨就敢往下跳,三五尺长的乌梢蛇,她拽住尾巴就敢提起来,在空中甩得呼呼响。如今毛草变得小心起来,走路不敢迈大步,做活不敢下大力气,生怕一不留神走漏了身体的秘密。她躲进自己住的下屋里,偷偷洗净裤子上的血迹,用一块白布使劲把胸脯勒回去,每次出门前都要对着一面老铜镜左照右照好一会儿,才壮着胆子迈出门槛儿。到了三伏天,毛草也不敢换上薄衣裳,身上还捂着一件蓝色家染的粗布褂子。

今天因为要准备供品,厨房里的吴嫂照应不过来,薛老爷就吩咐毛草去帮忙。吴嫂是个苏州婆姨,浑身上下总是收拾得干净利落,干起活来手脚快得像一阵风,据说从前给白城某位大官烧过菜,颇有些来历。大概因此就好摆些架子,平常不大喜欢往下人堆里凑,手上闲下来时就抱着肩膀站在厨房门口,斜着眼睛看院子里的猪鸡猫狗。毛草一进厨房被就吴嫂支使得团团转,跑得一双脚飞起来打到了后脑勺。毛草穿着长衣服,厨房里又热得像蒸笼,进去不大会儿,汗就像虫子似的从毛孔里爬出来,湿透了衣服和裤子。豆粒大的汗珠顺着脊梁沟儿流下来,一路翻过毛草的屁股蛋儿和大腿内侧,一直灌进鞋窠里。所有的供品都准备停当时,毛草身上已经像涂了层糨糊箍得紧绷绷的,让她总想伸手挠,可手伸进去就会摸到一把黏糊糊的热汗,指甲就像陷进烂泥的犁划拉不开趟,难闻的汗馊气一股追着一股从衣领里冒出来冲进鼻孔里,毛草就打算趁老爷太太不在家去黄沙河里洗个澡。

毛草走到门前那棵柳树下时,郭大强从树后面跳出来拦在面前,一张油黑的长脸伸到她眼皮底下,龇起两颗大板牙,扯着公鸭嗓问她出门干什么。

毛草说:"俺去挖野菜。"

郭大强说:"你撒谎,不拿筐不拿刀,你咋挖野菜?"

毛草眉毛吊到额角上说:"咋挖是俺的事,用得着你来管?"

毛草绕过去往前走,郭大强又拦住她说:"要不要哥陪着你?眼瞅天黑了,别再让狼把你叼去。"

毛草推开郭大强说:"让狼叼去也用不着你管,咸(闲)吃萝卜淡操心。"

郭大强就势坐在地上,砸起一团黄烟,涎着脸嘴里唉哟说:"草儿,这下子你把哥弄残疾了,下半辈子你得养着俺。"

毛草绕到他身后,一脚蹬在他后背上说:"你死不死,看是谁儿子。"

毛草心里并不讨厌郭大强,郭大强和薛翰臣都是她从小一起长大的伙伴,过去他们三个常常在一起玩耍。薛翰臣虽是财主家少爷,但身体生得弱性子也绵软,碰上村里那些顽童找碴儿生事,每次站在最前面的都是郭大强。郭大强鬼点子多,即便要打架也从不像别人那样横眉立目拳头攥得格格响,他总是嬉皮笑脸凑过去和人家搭话,似乎是多日不见的老朋友,瞅冷不见一拳头捣在对方心窝里。薛翰臣学了四书五经说他这么做不够君子,郭大强嘿嘿一笑说:"老子要是当君子,现在就会在他们胯下当马骑,连你们两个也跑不了。"

毛草走完村中的主街踏上村南的一座石头桥,这桥有些年头了,据说是薛家祖上出资修建的,桥头竖的一块石碑上刻着"善人桥"三个字。下了桥,毛草走了一段大道后向东转弯,穿过两片玉米地间的大车道上了河堤。

太阳已经落到远处的云雾山顶,阳光像水一样从西天边漫过来,淹没大片庄稼地,把毛草眼前的河水染成金黄色。毛草沿着河堤向前走,后背热烘烘的好像背了一盆火,边走边解开蓝布褂子的纽扣儿。一缕风迎面吹过来,顿时一阵惬意的清凉。走到一处隐蔽的河湾时,毛草停下脚步,鼓乐声越来越小,这里离村子已经有一段距离,这个时间不会有人再到河边来了,更何况还有桂月娥吸引人们注意。

毛草没有想到,郭大强一直蹑手蹑脚跟在她后面,看到她解开了衣服扣,才捂住嘴笑着往村里跑,他已经明白毛草是要下河洗澡,他琢磨着该怎么拿她寻开心。

2

薛翰臣是提前从祠堂里出来的。

他从小就是个好静不好动的人，祭祖的仪式进行到一半，他就悄悄和父亲提出要回去读书。他嘴上这么说，心里想的是去找郭大强和毛草玩。薛老爷的名字虽然叫文才，但却没读过什么书，斗大的字也不认识半筐，因此，对书和读书人就有一种发自内心的敬畏，翰臣就常常打着读书的幌子提出一些要求。

祭祖是一件大事，即便是去读书，薛老爷也不太想让儿子先走，看一眼儿子，就打算摇头拒绝。薛翰臣害怕父亲不答应，赶忙又捂住嘴轻轻咳了几声。他从小身子骨就弱，每年一到春天就会犯咳嗽病，每次一咳就闹得死去活来，把薛家上下折腾得鸡犬不宁。如今虽然已经是夏天，但祠堂里空气污浊，说不定会把病秧勾引起来长成大病。薛老爷这么一想，就把摇了一半的脑袋点了点。

薛翰臣从祠堂里退出来，在路边树上折了一段柳枝，挥舞着向自己家的方向走。夕阳把他的身影拉得很长，投射到路边的水沟里。对于一个十五岁的少年来说，他的身材显得有些单薄，举手投足也少些年轻人的活力。薛翰臣走到村中碾坊前面时，郭大强大喊一声从房后跳出来，喝道："此路是我开，此树是我栽。要打此路过，留下买路财。"

薛翰臣猛然收住脚，看见来人是郭大强，就抬手拍拍他的肩膀说："大强，你躲在房子后面干什么，吓了我一跳。"

在外人面前他们是长工和东家，但私下却是要好的伙伴，两个人互相拍打几下，搂住对方的肩膀向前走。翰臣说："今天难得空闲，咱去找毛草玩。"

郭大强就是这时候冒出坏水想到那个鬼主意的，他突然停下脚

步啪地一拍脑门说："翰臣，你不说俺还差点儿忘了，刚才毛草让俺给你带个话，让你赶紧到河边去一趟，她有件急事要对你讲。"

薛翰臣是个实在人，平时虽然不止一次被郭大强骗过，但却没有学会长记性，听了郭大强的话，撒腿就往村外跑。

毛草选中的河湾藏在一丛茂密的柳树毛子里，黄沙河流到此处突然浪起来，扭出一段"S"形的水蛇腰，一块白沙铺成的浅滩像条肚皮朝上的大鱼躺在柳荫下，沙滩上生着一丛蒲草，几只通红的蒲棒笔直地伸向天空。毛草把褂子脱下来披在两只蒲棒上，仔细在周围找一遍，没发现人影子，这才把手伸向胸前，一层一层把白布解开。汗湿的白布已经干了，落下一片细碎的盐花，毛草把它搭在三棱形的蒲草上。毛草下意识地低下头，发现胸脯比前一阵又大了些，两只粉红色的乳头也突出来，看起来就像在胸前扣了两个加了红枣的黏豆包。

毛草走下浅滩，被太阳晒了一整天的河水从四周包围过来，一阵惬意的温凉。她憋住一口气，让身子矮下去，把自己整个埋进河水里。外面的世界霎时与她隔绝开来。就在去年夏天她还敢和大强、翰臣下黄沙河洗澡，在水里扎猛子，嬉笑着打水仗，但现在却再不可能了。毛草抱住膝盖坐在细细的黄沙上，仰起头透过河水向上看，她看见火红的晚霞在水面荡漾，天空裂成一道道波纹。

薛翰臣分开柳条在河岸上露出脑袋时，毛草已经洗完澡正从河水里走出来。她想，马上天就该暗了，即使不缠东西也不大可能引起别人的注意，她就把那块白布浸在水里洗。就在毛草弯腰搓洗时，她突然听见岸上传来一阵窸窸窣窣的声音，紧接着有人喊了一声"草儿"。

后来，毛草曾经不止一次回想起当时在黄沙河边发生的那一幕，每次她都会脸红心跳地拧自己的大腿，骂自己是个彻头彻尾的傻子。当时，她最正确的选择应该是迅速转过身去背对河岸抱住膀子蹲下去，那样，薛翰臣充其量也只能看到她的后背。但那时她却没有这样做,反而站直了身子,手里提着那块白布答应了一声:"哎!"

薛翰臣没有料到会在河边看到这一幕,隔着柳树丛听到水声时,他还一心以为毛草是在河里洗衣服呢。毛草雪白的胴体出现在他眼前时,他像毛草一样一下傻掉了,忘记了先生教的"非礼勿视",双眼直愣愣地落在毛草胸脯上,嘴上结巴着问:"你找我,有,有事?"

毛草这时终于清醒过来,喉咙里发出一阵刺耳的尖叫,背过去蹲下了身子。薛翰臣在毛草的尖叫声中又愣了几秒钟,突然意识到自己看了不该看的东西,惊慌失措地把脑袋收回去拔腿而逃。他一口气跑进村子,跑过村中的黄土路,在家门口和一个人撞了个满怀。他躲过那个人想往院子里面跑,却被对方一把抓住了胳膊。

翰臣看见拉住他的是郭大强,就带着哭腔说:"大强,不好了,我做下错事了。"

郭大强一直在笑,从薛翰臣转身向河边跑去他就开始笑,到此时他的笑已经达到了汹涌澎湃的程度。他完全能想象到翰臣在河边看见了什么,他暗自觉得这是他有生以来干过的最得意的一件事。郭大强笑得直不起腰,鼻涕眼泪一大把,扶着一棵柳树蹲在地上,巴掌不停地在树身上拍打着,拿腔拿调地重复着翰臣的话:"大强,不好了,我做下错事了。"

薛翰臣突然意识到什么,瞪大了眼睛问:"大强,你是不是故意骗我去河边?"

郭大强笑得索性坐到地上拍手打掌地学:"大强,你是不是故意骗我去河边?"

一向性子绵软的薛翰臣急红了眼,一脚踢在郭大强屁股上,手指着郭大强气得说不出话来,只是不停地重复一个"你"字。郭大强这才意识到自己做得过了头,站起身搂住翰臣的肩膀说:"闹个笑话嘛,你咋还真急眼了?"

翰臣把脸转过去不理他,此后一连几天没有和郭大强说话。

这个时候，在黄沙河边毛草已经穿好衣服正坐在柳树下发呆。夕阳已经完全落了下去，西边的天空上只剩下一片锈红色的火烧云，天色也暗下去，身边的草丛里传出各种昆虫的鸣叫声。

毛草在心里对自己说："你说该怎么办呢？从今往后，恐怕再没脸见二少爷了。"

毛草在心里应答："别说是和人家见面了，俺看你连活着的脸都没有了，不如一头跳进河里，一死百了，眼不见心不烦。"

毛草这么说着，但脚下却始终没有动，依旧坐在河岸边。

她就在心里催自己："有脸你就赶快死呀，给自己一个痛快的，干吗磨磨蹭蹭不动窝？要不然你就找把刀，把那个看过你身体的男人杀掉。"

毛草发现自己仍然没有动，心里就蹿起一股火，狠狠拧一把大腿骂："不要脸的小贱人，俺看你根本就没打算跳河寻死，也没想过要杀那个看了你的男人。"

毛草疼得直咧嘴，但她终于发现自己骂得对，她确实没想过要死，而且她心里也丝毫不恨薛翰臣。隔了好一会儿，她才又一次在心里对自己说："既然你杀不了自己也杀不了别人，俺看只有最后一个办法，那就是嫁给人家当老婆。这样一来，他是第一个看过你身体的男人，也是最后一个。"

从这天起，毛草就把自己许配给了少爷薛翰臣。

3

从表面上看毛草还是从前的毛草，每天该吃吃该喝喝该干什么活还干什么活，见到翰臣时，她还是像从前一样喊二少爷，但在毛草心里她已经和过去完全不同了，她已经把自己当成了薛翰臣的媳妇。早晨翰臣出门去学堂，毛草会在心里叮嘱："好生读书别贪玩。"

白天手上正干着活，毛草也会在心里想象翰臣是在吟诗作对还是读经诵史；每天到了傍晚，毛草就盼着翰臣从学堂回来，押长脖子不知要向院门口看多少回。天热时，她想象自己站在翰臣身后给他摇扇子；天冷时，她又在心里叨念他别忘加衣服；奇怪的是，看不到翰臣时，毛草觉得肚子里有许多话想对他说；看到翰臣时，她却又一句话都说不出口了。时间长了，毛草肚子里的话就越攒越多，让她像吃撑了似的胀得难受。后来毛草再忍不住，就把心里的话说了出来。

在地里挖野菜时，她就对菜说。

毛草说："菜呀，你们看不出来吧，俺已经不是原来的毛草了，俺许了人家，男人的名字叫薛翰臣。他是老爷家的二少爷，人品好，有才学，对俺也挺好的。俺俩从小一起长大，知根知底，小时候玩过家家，总是他当新郎俺当新娘，现在总算凑成了一对。"

在圈门口喂猪时，她就对猪说。

毛草说："猪哇，他如今学问又大了，大前天上午，冯老秀才拄着拐杖进了门，让老爷另请高明，说你这儿子我是教不了了。老爷以为儿子不听话惹先生生气呢，扯过翰臣就要打，冯老秀才拦住说，不怪孩子怪自己才疏学浅，能教的都已经教完了，不想再误人子弟。第二天他就进了隆兴镇的学堂，每天早出晚归来回走二十里路，也不知道他的身子骨吃不吃得消。"

站在黄沙河边时，毛草就对河水说。

毛草说："河呀河，是你让俺和他定下终身的，你也算是俺的媒人吧，他现在书读得更大了，隆兴镇的学堂教不了，他就进了白城的预科班，听他们说往后还可能读到国外去呢！你帮俺想一想，他要是真去读外国书，会不会就把俺忘在脑后了？"

不管毛草说什么，地里的野菜圈里的猪黄沙河的流水都不答话，虽然她把话说出去了，但肚子里还是觉得憋得慌。有一天下午，毛

草在村南的沟边打猪草,远远地看见郭大强正在一面山坡上放牛,就把竹篮子挎在臂弯里走过去。

郭大强放牛也不消停,毛草走过来时他正对着一头花牛拿大顶,脑袋冲下腿朝上冲着牛吐唾沫,见毛草过来他把双脚垂到屁股上,从裤裆上探出头冲她做鬼脸。

毛草把篮子放下,背对着郭大强坐在一块石头上说:"大强,俺想和你说几句话。"

郭大强说:"草儿,有啥话你就说吧!"

毛草扭头瞄他一眼说:"你别拿大顶了,好好待着俺再和你说。"

郭大强说:"草儿,拿大顶俺耳朵也好使着呢,有啥话你只管说。"

毛草说:"大强,俺有了心上人。"

郭大强说:"草儿,你不说俺也知道,你的心上人远在天边近在眼前,就是俺郭大强。"

毛草说:"呸,俺才看不上你这样的二流子,告诉你听好了,俺的心上人是二少爷。"

郭大强拿不住大顶了,啪的一声把自己拍在地上。他万没想到毛草喜欢的人是薛翰臣,从小到大他一直在心里悄悄喜欢毛草,只是始终没有向她表达,反而每次见面就拿她开玩笑,他暗自认为毛草也同样喜欢自己,他觉得这事不用急,他们俩身份地位都般配,早晚都会凑成一对。郭大强心里酸溜溜的不是滋味,屁股也摔得生疼,龇牙咧嘴爬起来。

毛草见郭大强直愣愣地不开口,抬手推他一把说:"你倒是说话呀,咋傻乎乎的像个木头人?"

郭大强咽口唾沫说:"要让俺说你还是趁早拉倒吧,你和他是关公战秦琼,根本不搭界。"

毛草没想到郭大强会对她泼冷水,一肚子话想说说不出都被堵在了喉咙口,她心里就有些发急,一双丹凤眼立起来盯着郭大强说:

"那你说俺和谁搭界？"

郭大强说："俺瞅着咱们俩就挺搭界，一个使唤丫头，一个长工儿子，刚好门当户对。"

毛草说："郭大强，你狗嘴里吐不出象牙来，人家找你来说正经话，你偏不正经听。"

郭大强看毛草脸涨得通红，两道眉毛已经吊到了额角上，知道她是真生了自己的气，赶忙赔不是。毛草这才转怒为喜，把积攒在心里好多天的话一股脑儿都说了出来，但她没有说发生在黄沙河边的那一幕，那样的事情实在让她无法说出口。毛草告诉郭大强，不管薛翰臣走到哪里，她的心都会始终跟着他。他去隆兴镇学堂，她的心就跟着到学堂；他去白城预科班，她的心就跟着到白城；有朝一日他去了外国，她的心也会跟着去外国。

郭大强悄悄拿起一块尖石头，扎自己的手心，手上不觉得疼，心却疼得难受。他知道毛草是个急性子，如今心里实在盛不下这些话了，才会来找自己说，她的话他不能不听，又不能光听不回应。郭大强又使劲扎一下，发觉手心里流出了黏糊糊的血，他攥起拳头把血紧紧握在手心里，开口说："草儿，这事儿你想啥时候和翰臣说？"

毛草看一眼郭大强说："这事儿咋好对他开口说。"

郭大强发觉血已经从手指缝里流出来，赶忙把那只手藏在大腿底下说："你一天不说他就一天不知道，你一辈子不说他就一辈子不知道，真那样你的日子可咋过？俺劝你还是尽早把心里的想法告诉他，你要是磨不开面子，就由俺去替你说。"

毛草说："大强，这事儿你别跟着瞎掺和，告诉你句实话吧，俺从来就没想过要把这事告诉他，俺又没指望要和他当真夫妻。这些日子俺早想明白了，夫妻和夫妻不一样，天天在一起过日子的是柴米油盐夫妻；一年到头只有七夕那天见一面的，那是牛郎和织女；

俺和二少爷是心里面的夫妻，只要俺心里有就行了，用不着让他知道。这些日子俺心里憋得难受，今儿个和你叨唠一下就好多了。你答应俺今天这些话不能和任何人——尤其是二少爷说，要不俺就再也不理你了。"

郭大强说："草儿，俺答应你不和翰臣说这事，可你也得答应俺一件事。"

毛草问："答应你什么事？"

郭大强说："你答应俺，以后要是憋得难受一定要来找俺，你说啥俺听啥，哪里听哪里了。"

毛草看看大强点点头。在她几米外，那头花牛拱翻了竹篮子，吃光了里面的草，又把篮子当成一只鞋，穿着它向山坡下走，发出一串怪异的脚步声。

4

五十岁生日过后，薛文才薛老爷明显地有些懒了，他不再像过去那样"黎明即起，洒扫庭除"，每天早晨睁开眼睛后，都要先在炕上还还阳，直到被窝里的热气彻底消失，才慢吞吞地爬起来穿衣服。每天晚饭后，他也不再张罗着上下查点关门闭户，而是脱鞋上炕先躺上一会儿，他称之为平平胃。

在薛老爷看来，他到了懒的年纪了，他也挣下了懒的资本，他常常在心里把自己跟上辈人相比，他觉得自己至少有两条比爹强。一是聚财，他爹那一辈，他们家才刚冒富，虽说超过了村中大多数人家，但却称不上富甲一方。在他手上，房产和地产多出了一倍，大薛庄再没有谁家敢和他家相提并论；二是培养后辈人，他爹养下的儿子斗大字不识半筐，他养下的儿子已经把书读到了城里，要是他愿意还能让他把书读到国外去。

薛老爷人一懒就学会了摆谱，过去他事必躬亲，啥事吩咐别人干他总放心不下，如今他习惯了支使下人，即使看到油瓶子在眼前倒了，他也懒得伸手扶一扶。一早一晚躺在炕上时，他都会透过窗户喊毛草。毛草早知道他的习惯，听到喊声就从下屋跑进来，手脚麻利地给他架上烟枪，再点上烟灯给他烧烟泡。毛草在地上忙着，躺在炕上的薛文才就拿眼睛跟着她转。毛草弯腰他的眼睛跟着弯腰，毛草走路他的眼睛跟着走路，毛草出去了，他的眼睛被关在门里边，他就不自觉地叹口气，使劲咽下一口唾沫。薛文才真是没想到，当年那么不起眼的一个小丫头片子，一转眼就出息成大姑娘了，要模样有模样，要腰有腰，要屁股也有屁股。这么一想，他的身体里就蹿起一阵燥热。

十几年前买下毛草时的情景好像就在薛文才眼前，他记得那年冬天格外冷，放在厨房里的一口水缸冻裂了，刚下生的一头驴驹子也冻死在马棚里。黄沙河破天荒地结了冰，胆子大的人过河不走桥了，干脆从冰面上滑过去。那时候薛文才还是个勤快人，每天早起第一件事就是背起筐出门去拾粪。庄稼一枝花，全靠粪当家，这些粪积攒起来开春撒到地里去，到了秋天就会长成粮食。想起自己平白无故就能拾到粮食，薛文才心里就一阵兴奋，脚下也走得格外有力气。

那天他出门时天上飘着小清雪，风也刮得疾，碎米似的雪粒子迎面抽到脸上。他远远地看见薛家祠堂的白墙时，雪和风更大了，让他有些睁不开眼睛。但薛文才并不打算返身回家，两天前他刚被堵到马寡妇的被窝里，老婆还在没完没了地逼问他的口供。给了马寡妇多少钱多少粮？一共操过马寡妇几次？每次都使出了啥花样？从心里说，薛文才并不怕老婆，他顾及的是老婆的那两个兄弟，他们脾气都很暴躁，打架斗殴是家常便饭，虽然薛文才不通文墨，但和他们打交道他总有一种秀才遇到兵有理说不清的感觉。这样一来，他就尽量避免和老婆打照面，免得再惹起旁的争端。薛文才把身上的棉袄裹紧，头上的帽子向下压一压，低着脑袋向前走。走到祠堂墙角边时，薛文才忽然听到有人喊他老爷。他扭头四处找了找，没见到有人，怀疑是自己听错了，就打算接着往前走。这时候他又听到有人喊老爷。薛文才再次找了找，这才发现对方是在祠堂旁边的戏台底下冲他说话。戏台下先走出一个瘦男人，随后像扯土豆秧似的出来一串人，薛文才看见男人身后跟的是一个女人，女人身后跟着三个孩子。

男人把最小的一个孩子推到薛文才面前说："老爷，求求你发发善心吧，把这个孩子买了吧！俺一家人从山东逃难到这，已经三四天没正经吃东西了。"

薛文才看出那是个小女孩，用虎口叉住下巴颏，把孩子的脸抬起来。孩子瘦得出奇，脸上的骨头硌疼了他的手。他正想问点啥，看看是不是哑巴，小姑娘却先开了口，她竖起小眉毛声音清脆地骂："操你老丈母娘的，麻溜放手，你把俺捏疼了。"

薛文才放开手说："你打算怎么卖？"

男人说："老爷看着给，只要是粮食，随便给俺点啥都行。"

薛文才把男人和女孩带到家门口，让他们先等着，转身进了院门。出来时他手上多了一捧黄豆。薛文才把豆子倒进男人撩起的衣襟里，转身进院又拿来一捧说："这大冬天的俺家也没啥粮食，给你两捧豆子吧！"

男人看一眼豆子说："老爷，你行行好再给加点啥吧，这点豆子吃下去几个屁就放没了，不顶啥饿呀。这孩子虽说瘦小，但毕竟也是条生命啊！"

薛文才再次进了院，出来时把第三捧黄豆倒进男人的衣襟里说："我也就这点存粮了，不信你就进院翻去，你要是再多找到一粒豆子，我就跟你姓。行的话豆子归你人归我，不行把豆子还我，人你带走。"

男人手上不得闲，用腿把孩子推到薛文才身边，转眼消失在风雪里。

毛草站在地上烧烟泡，整个人罩在淡青色的烟雾里。自打在心里把自己许给薛翰臣后，不知不觉间她对老爷和太太也有了一份亲近感，就好像她真的做了人家的儿媳妇。如今翰臣在白城读书难得回家，她就要替他尽一份孝道，这样一想时，毛草做事就格外尽心尽力。

薛文才把一口烟咽进肚子，让它们在五脏六腑里转一圈后，慢悠悠地吐出来说："丫头，我抽得差不多了，用不着再烧了。你先坐下歇歇脚，老爷我有几句话要问你。"

毛草手上依旧忙着说："老爷，想问啥你就问吧，俺听着呢！"

薛文才说："你今年十七了吧？"

毛草笑笑说："俺生日大，转过年就十八了。"

薛文才说："一转眼就是大姑娘了。"

毛草把烧好的烟泡放在烟枪上，端起茶水递上来。薛文才喝一口水又说："这十多年在薛家，你觉着老爷我这个人怎么样？"

毛草说："老爷好，太太好，少爷也好。"

说到少爷时毛草脑海里闪过薛翰臣瘦削的身影，脸就不由得一红，赶忙转过身去拿抹布。炕沿上干干净净没有水也没有灰，毛草还是用力擦了一遍。

薛文才说："丫头，老爷我帮你寻个婆家，你乐不乐意？"

毛草两道眉毛挑起来，硬邦邦地说："俺不想离开薛家。俺要一辈子服侍老爷太太。"

薛文才说："嗯，老爷可以帮你打算打算。"

5

薛文才过足烟瘾走进老婆的卧房时已经到了掌灯时分，薛家一向遵照勤俭持家的古训，没有啥大事入睡前是不点灯的。屋子里漆

黑一团,薛文才的老婆正坐在炕头上敲木鱼,敲三声念一句"阿弥陀佛"。自从六年前大儿子得病去世后,她就开始信佛,家里供奉了佛像,每天晨昏三叩首早晚一炉香念经打坐。也是从那时起,她和薛文才分了居,他们之间也再无男女之事。

薛文才用手摸着坐到炕沿上,又摸着找到炕上的烟笸箩和黄铜烟袋,摸着在烟锅里装上了烟丝,点上火自己先抽一口,然后冲老婆递过去。他老婆已经念完了经,接过烟袋吧嗒吧嗒地抽,火光在黑暗中明明灭灭。他老婆抽完了一锅烟,把烟袋锅在笸箩边磕得咣咣响,倒尽里面残留的烟灰和烟末,这才慢悠悠开口说:"你来找我有事吧!"

薛文才咳嗽一声说:"也没啥大事,这阵子我一直在想我爹,这事倒是挺奇怪的,他老人家死二十年了,一想起来好像还在眼前似的。"

他老婆说:"你爹是不是和你说啥话了,让你干件什么事?"

薛文才有些尴尬地笑笑说:"那倒没有,就是每次想起我爹来,我忍不住就要和他比,比来比去我觉着我处处都比我爹强,家业比他挣得大,儿子比他养得好,但也有一样不如他。"

薛文才说到这里等了等,不见老婆搭腔,就自己往下说:"我爹多子多女,生了我们兄弟姐妹六个人;我呢,就只有两儿一女,半道上老大还殁了。我琢磨人丁兴旺这事我……"

他老婆说:"有话直说别绕圈子,你是不是想娶小老婆了?"

薛文才咽口唾沫说:"我想的是毛草,她是大姑娘了。这第一呢,能给咱添人进口,二呢也算是给她寻一个归处。"

他老婆又装了一锅烟,点上抽一口说:"行。"

薛文才没想到老婆会答应得这么痛快,生怕自己是听错了,试探着又问:"那我就去操办了?"

"去吧!"他老婆说。

薛文才站起身向外走几步，停住脚又说："我琢磨这事你也要出马，得先和毛草那丫头知会一声，那孩子性子急，说不定还不愿意呢！"

他老婆说："啥事还能由着她来？愿意也得愿意，不愿意也得愿意，她愿意咱就笑脸相迎，她要是不愿意咱就拿绳子绑来。十多年的干饭，还能让她白吃不成？今天晚了，就算了，明天我去和她说。"

薛文才说："不急，不急，肉烂在锅里呢！"

第二天下午，薛文才老婆从正屋窗户里喊毛草，毛草正坐在下屋门槛上边摘菜边和郭大强说话，自从薛翰臣去白城读预科班后，毛草就觉得日子突然变得奇怪起来，有些日子格外漫长，有些日子又格外短暂。薛翰臣只有暑假寒假能回家，假期之外的日子就格外长，而翰臣的假期却格外短。

郭大强正在几米外的马棚里喂牲口，人看不见，手里挥动的木叉柄不时从马棚门口露出来。毛草把几棵菜放进盆子里，冲着那段若隐若现的木叉说："大强，你说二少爷现在干啥呢，会不会也在想咱们？"

郭大强不答话，木叉在石槽上撞得咣咣响。

毛草忽然担心起来又说："你说二少爷的预科班会不会有女同学？"

不等郭大强接话，她又自言自语地说："有也没关系呀，他要是相中哪个娶回家来，俺就好生侍候他们。"

郭大强抬脚踢在花牛屁股上骂："饱汉子不知饿汉子饥，你都吃一槽子了咋还跟着往前抢，别人还啥也没吃着呢！"

就在这时候，上屋传来了太太的喊声。毛草站起身拍拍手上的土，把摘好的菜送到厨房里，走进太太的卧室。这间屋子里长年香火不断，毛草每次进去都熏得脑仁儿疼。太太手里擎着三炷香正跪

在佛像前的蒲团上,磕了三个响头后起身把香插进香炉里。

毛草扶太太上了炕,帮她脱下鞋,拿过一个褥垫铺在她屁股底下,自己坐在炕沿上给太太捶腿。太太手里敲着木鱼说:"待会儿你把西头放棉花那间屋子收拾收拾,今黑天你就搬进去吧!"

毛草答应着正要出去,太太念了句"阿弥陀佛"又说:"我上岁数了,侍候不动老爷了,从今天起你就帮我侍候他吧!可有一样你要记住,他也是一大把年纪了,比不起年轻小伙子,圆房后你得板着点自己,别没完没了地贪吃,要是把他身子淘空喽,两腿一蹬归了西,咱娘们儿就得喝西北风去。"

毛草开始没明白太太的意思,心里纳闷儿太太是不是念经念糊涂了,和她说一些不着边际的话,听到"圆房"两个字时突然一下反应过来,知道老爷是打算讨她做小,脑袋嗡的一声一阵天旋地转,手扶住门框站稳,心里最先冒出的念头是这么做对不起二少爷薛翰臣。毛草想,她已经把自己许给少爷当媳妇了,那老爷就是自己的公公,儿媳妇和老公公搅到一块那不是乱了营?

毛草说:"俺不想跟老爷。"

太太把手里的木锤用力敲在木鱼上说:"想跟也得跟,不想跟也得跟,这事由不得你。"

毛草上来了执拗劲,眉毛竖起来,脚一跺腾起一阵土。

"俺偏不跟,你们要是硬逼俺,俺就去死。"

"生是老爷的人,死是老爷的鬼。"太太说,"把鸡毛掸子拿来。"

鸡毛掸子插在柜盖上的茶瓶里,下面是硬竹棍做的柄,上面露出一个蓬松的脑袋。毛草知道太太要拿它干什么,但还是走过去把鸡毛掸子递到太太手里。这么多年常被太太打,但她心里没有一次害怕过。

"你跟不跟?"鸡毛掸子斜着落在毛草左侧的肩膀和后背上,在蓝色家纺布的褂子上抽起一条浅灰的印痕,空气中发出啪的一声脆响,就像是郭大强甩响的鞭子。后背上的刺痛让毛草一抖,紧接着对称的右侧又挨了一下。毛草感觉身上像捆了两道着火的绳子,火烧火燎地勒得很紧。但她咬牙挺着,一声不吭。

太太怒不可遏,鸡毛掸子失去了章法,劈头盖脸落在毛草身上。太太打着问她"跟不跟?"毛草始终一声不吭。毛草想到的是薛翰臣,她觉得,她是在为他守着自己的身子,即便是被打死她也心甘情愿。

薛文才闯进来时,太太已经气得发了疯,人站在炕上跺得炕面咚咚响,芦苇编织的炕席缝里腾起一片土坯的灰尘。太太手里的鸡毛掸子也发了疯,呼啸着不断落在毛草身上。

"跟不跟?你到底跟不跟?"太太喝问。

毛草始终一声不吭,不躲不闪,身子向前送着给太太打。

薛文才跑上去抓住老婆的手,央求她住手说:"丫头不值钱,别把你累着好歹的。"回头对毛草说:"这没你啥事了,还不快出去。"

薛文才老婆挣几下见挣不脱,这才停下手坐到炕上喘粗气:"这个不识抬举的臭丫头,可气死我了,今天我豁出去把她打死。"

薛文才装了一锅烟给老婆递上去,讨好地说:"咱不着急,来日方长啊!今天她不答应,没准明天就答应了呢,再说了新房也得布置一阵呢!"

他老婆把烟袋杆倒过来捅他的腰眼儿,"收个丫头有啥可布置的,你还真当是敲锣打鼓娶媳妇呢?让她住进正房就不错了。"

薛文才点头哈腰说:"简单收拾收拾,用不着破费啥,就是图个喜庆,热闹热闹。"

6

毛草向自己住的下屋走,迈一步就扯得身上的皮肉疼一下,回到屋里时,整个后背和肩膀都火烧火燎地痛起来,好像烧着了一身火。毛草插上门，把外面的蓝褂子脱下来，里面贴身的内衣却脱不下来了，已经被血粘到了皮肉上，一动就疼得钻心。毛草咬牙硬挺着把内衣脱下来，感觉像扯掉了一层皮，白色的内衣上印了横七竖八的血迹。毛草光着膀子走到镜子前面，扭着脖子向镜子里看，后背上鼓起了一道道血檩子，手伸到后面摸一把，痛得直吸气。毛草投了条湿手巾正想擦一擦，郭大强在外面擂门喊她的名字。

毛草穿好衣服，跑过去把门打开。

郭大强闯进来，直眉愣眼地看着她说："草儿，你屋里又没男人，大白天的干吗要插门？"

毛草没心思和他逗乐子，剜他一眼说："俺让太太打了，后背受了伤。"

郭大强的长脸拉得更长，过来就扯毛草的衣服说："伤得重不重，让哥瞅一瞅。"

毛草气得脸通红，一把推开他骂："你规矩点，别动手动脚的。"

郭大强一巴掌扇在自己脸上，发出啪的一声响说："草儿，哥给你赔礼道歉，一着急把男女有别的事儿给忘了。你做错啥事了那个老妖婆就打你？她使的啥家什？到底重不重？"

毛草说："她让俺给老爷当小老婆，俺不干，她就打俺，使的鸡毛掸子，也不算重，起了几道血檩子。"

郭大强一拳砸在屋地当中的柱子上，震得棚顶的灰簌簌地落下来，吐口唾沫骂："该死的老妖婆子，要不是翰臣他娘，老子弄不出她屎来。怪不得老东西让我去买红布呢，感情是老牛想要吃嫩草。我看你得赶紧跑，跑得越远越好，最好进云雾山，他们抓不到你就没事了。"

毛草使劲摇头说："俺不跑。跑了就见不到二少爷了。"

郭大强一跺脚埋怨："都啥时候了你还想着他，再不跑你命都得丢喽！"

毛草仍然摇头:"就算丢命俺也不跑。"

郭大强急得直揪头发,叹口气说:"你可把老子急死了,倔得像头驴。"

毛草坐在炕沿上,低下头不说话。郭大强像拉磨似的绕着屋地上竖着的那根柱子转圈子,突然停下来两手一拍说:"哥有主意了,保证能救得了你。"

毛草想问问他有什么主意,郭大强已经拔腿向屋外跑了。毛草追出去时,郭大强已经到了院门口,身子一晃消失在院墙后面。毛草摇摇头想,这人不知又要搞什么鬼?

毛草不知道,郭大强从她屋子里离开后就一直在跑,他跑出村子、跑过善人桥,跑上村南的大道,像一阵风似的跑过冯家集、立岗子、隆兴镇,跑上通往县城的大道。他跑过王家屯、一面坡、霍卫营,在夜幕降临时跑过了上合县青石铺成的大街……在那个秋天的下午,从大薛庄到上合县的路两边,有好多人都看到了一个身穿土黑色粗布衣裤的汉子,他一路奔跑而来,又一路奔跑而过,随着他的奔跑,豆粒大的汗珠子从他额头上摔下来,在路边的虚土上砸出一只只浅坑。不时有人停下手里的活,好奇地打量他,大家都觉得此人中了邪,发了某种奔跑的瘾症。

郭大强跑了一下午一整夜和一上午,在第二天中午跑进了白城。他找到白城预科班,见到薛翰臣后刚说了一句:"翰臣,快回去救毛草。"一口血就噗地喷出来,整个人像从马车上卸下的麻袋似的咕咚一声砸在地上,两只眼珠子向后转,翻出了白眼仁。

薛翰臣蹲下去拍郭大强的脸,喊他的名字,不见他醒过来,急得脑门上冒出热汗。薛翰臣的两个同学上前帮忙,一个把手伸到郭大强鼻子底下,试了试摇头说:"人好像不行了,一点热气没有。"

另一个家里是开医馆的,想起一个急救的方法掐人中,手上却没有轻重,一上去就下了狠手,掐得郭大强像弹簧似的从地上跳起

来，嗷地叫一声骂："哪个小舅子把老子往死里弄？"

薛翰臣见他醒了抓住他肩膀摇着问："大强，你咋到这来的，家里到底出了什么事？"

郭大强揉揉眼睛，见面前站着的是薛翰臣，抬手推他一把说："老子不是说了吗？让你赶紧回去救毛草，你咋还没走？晚了就来不及了。"

薛翰臣说："大强，你别着急慢慢说，到底出了什么事？"

在翰臣心目中，大强干啥事都毛手毛脚的，偶尔还会弄出个恶作剧，尤其是在黄沙河边看到洗澡的毛草后，翰臣对他更是不敢轻易相信，一不留神就许落到他挖好的坑里边了。

郭大强却没想到这些，他心里现在就装着一件事，就是搬翰臣回去搭救毛草，从毛草的屋子里跑出去时，他就在心里想好了，老爷和太太最疼二儿子，只要翰臣从中阻拦，老爷就娶不成毛草。他扯住薛翰臣的手往校园外面跑，"咱没时间磨蹭，边跑边说。"

两个人拉拉扯扯跑到校门口的大街上，薛翰臣费了好大劲才把郭大强拉住，喘着粗气说："大强你等一等，就算回家也得坐车走哇，难不成咱还跑回去？"

郭大强一笑，龇出两颗大板牙说："咋不能跑回去，俺就是跑来的。"

薛翰臣边抬手招呼黄包车，边扭回头说："大强，你又骗我，从大薛庄到白城，二百多里地呢，你咋能跑得来？"

一辆黄包车带着一阵风跑过来，在他们面前划出一个漂亮的半圆停下来，两个人坐进后面的车座里，吩咐车夫去火车站。郭大强跷起二郎腿，得意地晃着脑袋说："骗你俺是你儿子，俺跑了一个下午，一个晚上，外加一个上午，这才跑得吐了血。"

翰臣看他一脸灰汗，土黑色的裤子上前胸和后背各有一块汗碱印，终于相信他是靠双腿跑来的。翰臣说："毛草怎么了，为啥你让我回去救她？"

郭大强把一口唾沫从车门吐出去说:"你爸那个老东西老牛要吃嫩草,想让毛草给他当小老婆,你妈那个老妖婆也逼毛草,还把毛草打伤了,你要是不快点回去,我怕你爸他会霸王硬上弓。"

郭大强说得唾沫横飞,根本没想到薛翰臣是"老东西"和"老妖婆"的儿子,翰臣和大强从小一起长大,早习惯了他口无遮拦,也不和他计较,正想问问毛草被打得重不重,忽然发觉旁边的大强不说话了,扭头看见他脑袋靠在后座上嘴里流出了哈喇子,心里吓了一跳,以为大强又昏了过去,听到重重的鼾声才放下心来,知道他是劳累过度睡着了。

7

翰臣和大强赶到火车站时,有一趟车正要发车,他们急三火四买票上车坐到上合县。上合离大薛庄还有五十里,没有黄包车愿意跑那么远的路,翰臣就花大价钱雇了一辆汽车。他们进村时已经是晚饭时间,家家户户正烧火做饭,村路上弥漫着一股烟火气,两个小孩手拿红薯跑过他们身边,郭大强一把拽住其中一个,抢过红薯一口咬掉半截。孩子开始没想清楚发生了什么事,等明白过来才哇哇大哭。

郭大强把剩下的红薯塞给他骂:"龟儿子这么小气,吃你口红薯也掉猫崽儿。"又使胳膊肘儿捣身边的薛翰臣:"兄弟,你瞅这小子长得像不像我儿子?"

薛翰臣没心思搭理郭大强,一路上他都在想这事该怎么和父亲谈,他从小读的书就告诉他"父为子纲"、"百善孝为先",他实在不知道该如何劝父亲打消娶毛草的念头。郭大强见他眉头皱成一个死疙瘩,看透了他的心思,抬手抹掉嘴边沾的红薯沫,拍拍他肩膀

说:"这点小事你愁个屌,到家开门见山和你爹谈,让他别娶毛草,谈不拢你就闹,闹不赢你就犯病。你爸你妈心疼你,不敢不答应。"

他们进院子时毛草正在厨房里拾掇碗筷,透过窗户看到薛翰臣,心就一下慌乱起来,就好像做贼被人逮个正着。自从毛草把自己许给翰臣后,每次见到他都会心慌意乱,她不知道自己怕什么,但就是管不了自己的身体。毛草手上一抖,一把筷子哗啦掉到地上,弯腰去捡,屁股又撞翻了一只木桶,桶里的水泼了一地,湿了吴嫂的鞋。吴嫂埋怨她做事毛手毛脚,踮着脚尖儿往厨房外面躲。

毛草蹲下身子捡筷子,心里却在计算着多久没见到他了。翰臣是春节过后走的,暑假没有回,他们已经有大半年没见到面了。和半年前比起来,翰臣似乎长高了些,藏青色学生装里的身体也似乎壮实了一点,但看上去还是有些弱。她发现他鼻梁上多了一架眼镜,知道他眼睛是近视了,心里埋怨他不爱惜身体。紧接着毛草想到他应该是特意为自己回来的,这是不是说明他的心里也有她?脸上就一阵发热,刚刚平复的心又砰砰狂跳起来。

薛翰臣和郭大强走到院子中间那棵老杏树下,郭满仓从马棚门口探出脑袋,看一眼儿子蔫蔫地骂:"小鳖犊子,打昨天下午就不见你人影,跑哪逍遥去了?"

郭大强龇出两颗大板牙,抬手抹一把脸嬉笑着问:"爹,你骂俺是啥?"

郭满仓说:"骂你是鳖犊子,还冤枉了你不成?"

郭大强说:"俺倒没啥冤枉,冤枉的是你,俺是鳖犊子,你就成老鳖了。"

郭满仓翻眼睛看看儿子,好一会儿不说话,慢吞吞地把一只鞋脱下来,突然就冲着郭大强扔过来。郭大强身子一闪,抬手把鞋抓住,顺手扔回去,正砸在郭满仓脑袋上。

薛翰臣走进房门时,薛文才正兴高采烈地布置新房,嘴里哼着桂月娥的《打猪草》,蹬着梯子把一块红绸布往门上挂。想到自己五十三岁还能当新郎,薛老爷就兴奋得要蹦高。在他眼里,毛草要模样有模样,要身材有身材,就像一粒熟透了的红樱桃,虽说性子烈了点,但烈马骑上去才来劲呢!只要好好哄一哄,让她把端着的架子放下来,事情就成了。

他正这么想着,薛翰臣在下面喊了一声爹。

薛文才没想到儿子会突然回来,半句戏词噎在喉咙里,人也愣在梯子上。

翰臣按大强的法子开门见山地说:"爹,我听说你想娶毛草,这事是不是真的?"

薛文才说是真的。翰臣说:"爹呀,这事您不能这么做,毛草才十七,您都五十三了,差了三十六岁,咋能往一起凑呢?"

翰臣说:"再说了,毛草和我是从小一起长大的,我一直拿她当妹子待,我是您儿子,她是我妹子,这么一论她就是您女儿了,当爹的咋能娶女儿呢?"

薛文才这时候明白过味来,儿子是回来坏他好事的,把红绸布搭在梯子横掌上咳嗽一声说:"话不能这么说,先说毛草不是你亲妹妹,爹娶的就不是自己女儿。二个,孔圣人出生时,他妈十八岁,他爹七十岁,俩人相差不是更大?再则说,我娶毛草不是为了我自己,而是为了咱薛家人丁兴旺添人进口,否则进祠堂那天我这老脸无光愧对祖宗。"

翰臣说:"您也得看毛草愿不愿意,人家要是不愿意,您就是抢男霸女,仗势欺人。"

薛文才瞪起眼睛说:"这事你妈同意就行了,我把毛草从小养到大,还不能替她做主?"

翰臣见说不动他爹,就干脆来了第二步,板起脸来说:"反正这事我不同意,你就不能这么做。"

薛文才说："你是老子我是老子？老子做事还要你这个儿子同意？"

话音刚落，翰臣已经咳嗽上了。薛翰臣原本只是装咳，咳了几下后嗓子里刺痒难捺，真的引发了旧疾，没完没了地咳嗽起来。他母亲听到声音过来时，翰臣已经咳得满脸通红，捂着胸口弯腰蹲在地上，鼻梁上的眼镜也滑落下来。薛文才一着急，忘了自己还在梯子上，脚下一绊，险些摔个倒栽葱。两口子把儿子扶起来，揉前胸拍后背折腾好一气，翰臣才渐渐平复了些。

薛文才问他感觉怎么样。

翰臣反问："爹，您还娶不娶毛草？"

薛文才搓着手围着儿子转圈子说："你先告诉爹你好没好？"

翰臣咳得又加了紧，额头上滚下一溜汗珠子，鼻涕眼泪流出来，他抹着眼泪说："爹，您要答应我不娶毛草。"

薛文才不想答应，按他原本的想法今晚就与毛草合房，到嘴的肥肉他不愿吐出来。他老婆发了火，扭过头去骂："不要脸的老色鬼，你咋还不答应？是你的鸡巴要紧，还是儿子的小命要紧？"又拍着翰臣的后背说："孩子，你放心，这事妈说了算，妈不让他娶他就不敢娶。"

薛文才琢磨，白城预科班半年后结业，翰臣一直张罗去外国读书呢，就由了他的意花俩钱把他送走算了，到时候再娶毛草不迟。这么一想，薛文才就点头应承下来，翰臣这才把咳嗽止住。

8

半年后的一天上午，美国"公主"号邮轮鸣响汽笛从白城永定门码头启航，此时毛草正在大薛庄的黄沙河边洗衣服。从早晨起毛草就端着一盆衣服守在了河边，她手上忙着，眼睛却一直看着十几米外的那座石板桥。盆里的衣服一件没有洗好,善人桥上来往的每个人却都被她看在了眼里。

翰臣是头天中午离开的大薛庄。薛文才父子在前面走,郭大强担着行李跟在后面。毛草随着太太一直送到了石桥边,太太停下脚步,毛草也只得停下来。她心里沉甸甸的,好像是咽下了一块泥巴。她知道翰臣第二天就要上船去外国,这一走不知道什么时候才能回来,她有好多话想对他说。她想叮嘱他到了外国小心身体,看书不要熬夜,遇到危难招灾的事时别想不开……她还想对他说让他勤写信回家,衣服鞋子不够穿时就来信说一声。但她听大强说,翰臣要去的地方与大薛庄离成千上万里,中间还隔着好大一片水,她不知道自己做好的东西能不能送到翰臣手里。她也想对翰臣说自己会给他写信,但她突然想起来,她其实只会写五个字。两个字是她的名字"毛草",那是翰臣教她学会的,还有三个字是薛翰臣的名字,那是她从翰臣用过的一张纸上找到后悄悄练会的。这些话想说说不出口,都沉甸甸地压在毛草心上。翰臣在桥头回过头来时,毛草的一颗心突然狂跳起来,她不知道他会不会和自己告别,还是连看也不看自己一眼。翰臣和母亲说了好一会儿话,叮嘱母亲保重身体,不要过分惦记,还说自己已经是大人了,用不着她再操心。最后他说:"妈,您回去吧,不要再送了。"毛草的心已经掉进了冰窟窿,她以为翰臣不会再理睬自己了。就在这时候,他忽然把目光投在她脸上,毛草看见他冲自己笑了笑,露出了两排好看的牙齿,然后她听见翰臣喊了自己的名字说出"再见"两个字。虽然这两个字毛草还是第一次听到,但她能猜出那是翰臣在和自己作别。她当时也想学着说出这两个字,但到底还是没有说出口,不知道为什么,面对别人时她都能天不怕地不怕,唯独面对翰臣时总是心慌意乱。

过了大半天又一整夜,毛草没说出口的"再见"两个字还堵在喉咙口,来到黄沙河边,她就对着河水把这两个字说了出来,河水

似乎听懂了她的话，哗啦一声响，涌起好大一个漩涡，毛草就把它当成是翰臣的回答。毛草知道老爷和大强送过翰臣后就会返回村，她一直守在河边就是想问问大强，翰臣坐的是一条什么样的船，禁不禁得住几千里的漂泊，会不会半道上被风浪打翻？

毛草一直在河边守到下午，才看到大道上远远走来了老爷和大强的身影，急忙把衣服装进盆里，转身向家里跑。毛草躲进屋子里，装作不知道有人回来，心里想着该怎么问郭大强。没等她开口，郭大强就主动上门通报了消息。

郭大强咧着大嘴，两只小眼睛里直放光，用手比画着说："那船有十几丈高，半个大薛庄大，叫唤声震得人耳朵根发麻，一开起来搅得白河的水花翻起两房子高，开得像箭打的一样快，起先俺还能看见站在船头挥手的翰臣，一转眼人就不见了。"

毛草问："那船一直顺着白河往前开？"

大强撇撇嘴："白河才多宽多长？人家那船要往大洋上开，往世界上开，俺听人说，狗日的还会绕大半个地球呢！"

毛草问："大强，你瞅那船结不结实？"

大强说："咋不结实，人家那船是外国造的，用的都是钢板，多大的浪都打不散。"

毛草这才放下心来，想着那条船正在浪里漂，而翰臣就坐在船上面。

郭大强却突然忧心忡忡起来，叹口气说："草儿，俺合计翰臣一走你的苦日子就来了，老东西还得逼你嫁给他。"

毛草点头说："老家伙贼心不死，八成正等着这一天呢！"

大强龇起两颗大板牙，嬉皮笑脸说："草儿，哥倒有个好主意，准能帮你逃过一劫。"

毛草两只丹凤眼里放出亮光问："大强，你有啥好主意？"

郭大强说："今晚你就给俺当媳妇，只要咱俩入了洞房，老东西就再不会惦记你了。"

大强嘴上开着玩笑，心里却想她要是真能嫁给我该多好，一天的云彩就全散了。

毛草"呸"地冲他吐口唾沫骂："狗嘴里吐不出象牙来。"

第二天傍晚，薛文才走进来时毛草正坐在炕上做针线活。好多年来，她一直悄悄给翰臣做鞋垫，但却始终没有勇气送给他，做好的鞋垫都被她藏在一只破旧的木箱里，大薛庄的风俗，只有定亲后女子才能给男子送鞋垫。

毛草麻利地把鞋垫塞进枕头下面，站起来喊了声老爷。

薛文才背着手，绕着屋地当中的柱子转一圈，先是用手拍拍，又仰头向上看，似乎打算顺着柱子爬上去。好半天，薛文才咳嗽一声说："丫头，屋子给你收拾好了，跟老爷回正房吧！"

郭大强说得没错，翰臣前脚刚走，薛文才后脚就开始布置新房。他手上干得欢实，心里美滋滋的，想到马上能和毛草同床共枕，身上就会蹿起一股邪火，火越烧越旺，薛文才就有点飘飘欲仙起来。理智告诉他肉烂在锅里，不急这一天两天，身体却逼着他立刻把毛草接到正房里。

毛草说："在这住得好好的，俺不去正房。"

薛文才说："给老爷做小有啥不好？咋也比当个使唤丫头强。"他把脑袋探过来，凑近毛草耳边小声说："老太婆一死，你不就扶正了吗，到时候想要啥还不就有啥？"

毛草说："不管偏的正的，俺啥都不想要。"

薛文才哼一声说："老爷给你好脸，你可别不识抬举，今天你答应也得答应，不答应也得答应。"薛文才知道毛草不会轻易委身于他，来之前他已经做好了准备，两个家丁正在屋外等着，只要招呼一声就会冲进来。

毛草退后一步，两道眉毛竖起来，眼睛死盯着薛文才说："告

诉你句实话,俺到啥时候也不会给你当小老婆,你要是硬逼俺,俺就死给你看。"

薛文才喊了一声"来人"说:"老爷我也告诉你一句实话,啥事由不得你,你生是老爷的人,死是老爷的鬼。"

两个家丁冲过来拉毛草,毛草像发疯的母狮子咆哮一声,一头撞在一个家丁肚子上,又一巴掌甩在另一个家丁脸上,两个家丁犹豫之际,她已经向屋门口跑过去。薛文才横着迈一步拦在毛草前面,抬手抓住她脑袋后的辫子,冷笑说:"臭丫头往哪跑,小胳膊还想拧得过大腿?"

两个家丁冲过来,一左一右抓住毛草的胳膊。薛文才吩咐把毛草推进准备好的那间新房里,用麻绳捆在一根柱子上,把门在外面锁好,隔着门缝儿说:"丫头,敬酒不吃你吃罚酒,你消停地待着,晚上老爷再来好好收拾你。"

9

两个家丁吃了毛草的亏,下手格外狠,麻绳咬进了皮肉里。毛草脊梁骨紧贴在柱子上,使劲挣扎几下,半点动弹不得。薛文才怕她喊,嘴里还给塞了一块破布。奇怪的是这个时候毛草想的却不是自己,而是二少爷薛翰臣。她想,不知道他现在是在船上呢,还是已经站到了外国的土地上?外国的风大不大,会不会吹犯他的咳嗽病?外国人长得啥样呢?外国人说啥话?外国的地里种些啥庄稼?外国有大薛庄这样的火炕吗?外国人都吃些啥?几年后他回来时能长得高一点壮一点吧?想到这里时,毛草才突然明白过味来,她已经抱定了必死的决心,不会再等到他回来的那一天了。天色暗下来,屋子里的各种摆设渐渐模糊,毛草感觉自己正慢慢被黑暗吞没。院子里不时传来猜拳行令的声音,为了庆贺娶毛草做小,薛文才特意摆了几桌酒席。毛草知道,酒席结束后薛文才就会打开门锁走进来,强迫她做不愿意做的事,而在她心里,一直都把自己当成他的儿媳妇呢!这事情想起来真荒唐。

天完全黑下来,角落里传来老鼠啃啮木箱的声音,毛草用脚跺地,声音停了下来,但隔一会儿又重新响起。毛草又跺脚,声音再停,再响。毛草就不再跺脚,在老鼠的磨牙声里琢磨自己该怎么去死。最后她想到的是跳黄沙河。一呢,她和黄沙河有缘,所以才能在河边与翰臣定下终身。二呢,黄沙河直通白河,白河通向大洋,大洋连着外国,死在黄沙河里就能离翰臣更近一点。毛草这样想,眼前就一下亮堂起来,好像有一盏灯火照在前面,引导着她一直走向黄沙河边。

毛草发觉火光映红窗户时,先是愣了一下,她一心以为那就是带自己走向河边的灯火。外面传来一片惊慌失措的喊叫声时,毛草才明白薛家失了火,看方向烧的是堆在院外的柴禾垛。柴禾是玉米秆,已经晾了一个冬天,响干响干,火苗蹿起两房子高,映红了半边天。毛草正纳闷儿火是怎么着起来的,忽然听到北窗传来一阵响动,有人在拨动窗划,随后是扑通一声响,那人跳进了屋子里。来人摸到柱子旁。毛草听到他把声音压低说:"草儿,别害怕,哥来救你了。"公鸭嗓,来人是郭大强。

郭大强把毛草嘴里的布拽出来。毛草长长出口气问:"大强,你咋来了,火是你放的?"

郭大强用刀割着绳子说:"俺不来还有谁会来救你?火是俺的声东击西之计,烧柴禾垛算便宜他,要不是看在翰臣份儿上,老子把他正房点着,烧他个倾家荡产。"

毛草揉着被麻绳勒过的手腕摇头说:"大强,俺不想跑,跑了就看不到二少爷了。"

郭大强说:"你不跑才见不到他呢,留得青山在,不怕没柴烧。

只要你活着，就迟早能找到他。"

毛草想想大强说得对，留下来就只有一死，如果自己死了，今后真的再不能见到翰臣了。

郭大强带着毛草从北窗翻出去，不敢走大门，顺着西墙一直往北跑。

毛草跑着问："大强，院墙这么高，咱咋出去？"

郭大强不回答，只顾往前跑，又跑出二十几米，墙边竖着一架梯子。毛草心里想，大强看着大大咧咧，做起事来倒有板有眼。两个人顺着梯子翻过墙，贴着墙根向前跑。正跑着郭大强突然停下脚，毛草收不住一头撞进他怀里，大强就势抱住她。

毛草嗅到大强身上浓烈的汗味，挣扎着把他推开问："大强，你想起啥事了？"

郭大强嘿嘿一笑，扯起公鸭嗓说："草儿，俺想起从小和你一起长大，可到现在连手都没拉过，心里就有点亏得慌，正好借这个机会抱你一下。"

毛草一把拧到他脸蛋子上骂："臭不要脸的，一点正经的没有。"

他们正闹着墙里面传来一阵喊叫声，听话音是有人发现了墙边竖着的梯子，紧接着墙头上露出火把的光亮，有人大声喊着让他们站住。大强和毛草向西转身，一头钻进茂密的玉米地里。正是盛夏，玉米已经蹿起一人高，长成了一片林。毛草和大强顺着地垄沟向前跑，人喊狗叫声紧追在他们后面。

郭大强跑着说："狗日的追得挺紧，老子就跟他玩玩。"

郭大强说着向南转了九十度，横着地垄向前跑，追赶的声音渐渐弱了下去。

他们不敢停脚，继续向前跑，又跑了几个时辰，才在两块玉米地间的大车路上停下来。

毛草弯着腰喘粗气，郭大强干脆在地上躺了个"大"字形。他看见今晚天上的星星似乎格外明亮，周围昆虫的鸣叫声也分外美妙。他有些感谢薛文才那个老东西，不是他帮忙自己就不可能把毛草带出来，黑天半夜地单独和她在一起。这么一想，大强就嘿嘿地笑出了声。

毛草不知道他在想什么，刚才的一阵奔跑让她的心跳到了嗓子眼，她尽量把嘴张小，生怕心会蹦出来，有些担忧地问："大强，咱这是在哪儿呢？"

郭大强说："俺也不知道在哪儿，但一直往南跑准能跑进云雾山，进了云雾山咱就安全了。"

毛草说："俺有点儿跑不动了，两条腿像断了一样疼。"

大强一骨碌身子爬起来，走到毛草跟前矮下去说："跑不动哥背你，不跑咱就得等死。"

毛草在黑暗里撇撇嘴，抬脚蹬在他屁股上说："又想占便宜，谁用你背？"抢先在前面跑进了玉米地。

10

毛草和郭大强跑了一夜，第二天太阳出来时进了云雾山。云雾山属于罗霄山脉，其间山高林密沟壑纵横，逶迤数百里，别说是藏两个人，即便埋伏千军万马也绰绰有余。他们慢下步子，心情也放松下来，抹一把头上的汗，这才发觉脸上火辣辣地疼，喉咙里又干又渴，身子乏成了一摊稀泥。昨晚在玉米地里跑了一宿，他们的脸被玉米叶子割出了一道道伤口，再一流汗，就好像撒上了一把盐。旁边就是一条小溪，他们好歹挪到跟前，洗了脸，又掬起水喝了一通，身体里又长出了力气。

郭大强直起身，向不远处一座茅草棚指了指说："草儿，人是铁饭是钢，一顿不吃饿得慌，你先去那座棚子里歇歇脚，俺去找点

吃的回来，吃饱了咱再往山里走。"

毛草答应一声迈步向草棚走，头顶的树上，有两只早起的百灵鸟叫得正欢。毛草仰头向上看，却找不到鸟在什么地方，只有婉转的鸟鸣从枝叶缝隙间露下来。他们跑进的是一处山洼，两边是巍峨的山岗，中间夹着一片平地。乳白色的雾气正从山洼深处升起来，让一切都显得分外宁静祥和。她根本没有想到此处会成为战场，一场战斗正一触即发。

郭大强心情舒畅，顺着小溪向下走，随手拽下几片草叶放进嘴里嚼，清新的青草味就在舌头上弥漫开来。往后就要和毛草住在山里了，虽说她想的是薛翰臣，但时间长了石头也能焐出热乎气，不怕她不回心转意。他似乎就看见了和毛草洞房花烛夜的场景，嘿嘿乐出了声。郭大强走出了二里来路，转过山岗，又向前走出一里多路，右手边长着一块萝卜地，黄色的土地上露出一片通红的小脑袋。萝卜是好东西，又解渴又解饿，拿着也方便。郭大强把身上的褂子脱下来铺在地上，拔一只萝卜拧掉缨子扔进衣服里，一口气弄了六只萝卜，用衣服包好背在身上。又一脚踹翻一只萝卜，懒得弯腰，用脚趾夹着拾起来，抹一把泥土，边啃边向回走。萝卜有点辣，郭大强甩下一路响嗝响屁。

郭大强马上就要转过山岗，周围树上的鸟突然都飞了起来，撒下一片仓皇的惊叫投奔云雾山的深处。他第一个反应是附近有大的野物经过，停下脚步侧耳听了听，没发现什么异常动静，就撮起嘴唇吹了一声响亮的口哨，继续向前走。过了山岗就能看到那座茅草棚，他想毛草可能已经等急了，他得加快些脚步。口哨的余音还在山谷里回荡时，周围突然响起了枪声。开始枪声还稀稀落落，就像过年时孩子们边走边放的小鞭，但瞬间就密集起来，像爆豆一样连成了一片。

郭大强吓得一屁股坐在地上，背着的萝卜也顺着山坡滚下去。

第一章

枪声在山洼上方织成了一只响亮的网,把郭大强扣在了里面,被子弹击落的树枝树叶簌簌地从头顶上落下来。他趴在地上不敢抬头,心里说,哎呀我的娘啊,这是两伙人在干仗啊,放屁拧腰让老子赶上了,看这样小命是要交待到这了。他突然就想起了毛草,枪声就响在那片山洼里,毛草应该更危险。郭大强一骨碌爬起来,心里想,老子就算把命搭上也得把毛草救出来。

枪声更加激烈,间杂着还有隆隆的炮声,空气中流动着浓烈的火药味和血腥气。郭大强一点不知道,发生在他身边的战斗就是有名的第五次反"围剿"的一场小战役,交战双方是中共苏区红军和国民党"剿共军"第十纵队汤恩伯的军队。郭大强顾不上那么多,猫着腰向那片山洼跑,谁打谁他不想管,但毛草他却必须去救。他好容易把她从薛文才手里救出来,不能眼睁睁看着她把小命扔在这里。郭大强心里这样想着,脚下跑得更快,那座茅草棚已经出现在他视线里。就在这时,有人从他侧后方的草丛里腾身而起,把他扑倒在地上。郭大强骂句"哪个狗日的弄老子",拳头就挂着风声抡出去。那人一把抓住他手腕,把他紧紧压在身底下说:"老乡,你不要命了,前面很危险。"

郭大强看见压住他的是一个黑脸膛的汉子,眉毛粗得像板刷,蒜头鼻子大嘴叉,他挣几下见挣不脱,小腿弯过去使后脚跟刨在对方后背上骂:"你把老子放开,老子死活是自己的事,用不着你狗日的管。"

黑脸汉子疼得一咧嘴,抓住郭大强的手却没有放开,教训说:"你这人咋不知好歹,我们是中央红军,是给穷人打天下的队伍,你给谁当老子?我老子早死在日本人的刺刀下了。"

郭大强使劲挣扎,弯起腿又刨一下说:"不管你是红军绿军,也挡不住老子去救人。"

黑脸汉子也来了脾气,捣了他一拳骂:"瞅你这熊样自己都救

不了，还能去救谁？消停待在这不许动。"

郭大强使出浑身的力气，想把黑脸汉子掀翻，但黑汉子身高体重都占上风，依旧压在他身上。郭大强冲地上吐口唾沫骂："俺日你娘的。"

黑汉子说："有本事你就日，我娘也死在了日本人手上。"

后来郭大强才知道，这个黑脸汉子名叫陈建光，是红军的一名排长。

枪声响起来时，毛草已经歪在草棚的柱子上睡着了，一夜的奔跑让她实在太累了，开始只是想打个盹儿，没提防就睡了过去。毛草做了一个梦，在梦里她变成了一只鸟，披着一身白色羽毛，展翅飞在一大片水面上。开始她不知道自己要飞向哪，飞一会才明白自己是要去外国。她看见二少爷薛翰臣正站在远处水天相接的地方等着她，鼓励她快些飞。毛草就飞得更起劲。就在离翰臣越来越近时，突然有人冲她开了枪，子弹从她的身旁划过去，她左躲右闪，一粒子弹还是击中了她的身体，毛草就一头从天上栽了下去……毛草突然从梦中醒来时，发现自己还是原来的毛草，枪声却真的响着，打得头顶的茅草不断落下来。透过草棚的缝隙，她看见两个人正端着枪走过来，毛草想，待下去就只能等死，草棚后面就是山林，跑出去或许还有条活路。毛草没走前面的门，在草棚后扒出一个豁口钻了出去，紧跑几步冲进了树林里。她沿着那条小溪向上跑，枪声和喊杀声响在周围。山势渐高，路越来越陡，身旁的小溪发出淙淙的流水声，脚下的山石上生满滑腻的苔藓。毛草一不留神绊到了一块石头上，身体失去平衡，一头折进了溪水里。她发出一声本能的尖叫，随后就昏了过去。

毛草醒来时发觉自己躺在一只担架上，一前一后两个士兵正抬着她向前走。她的头有些疼，伸手摸到了厚厚的纱布。她努力想了想，明白自己是摔昏在溪水里后被人救了，但不知道搭救她的是什么人。

另外,和她一起从大薛庄里跑出来的郭大强又在什么地方?她看见担架旁走着一个国字脸的军人,就想张嘴问一问,但嗓子哑得像塞进了鸡毛,浑身疼得像碎掉了一样,她眼前一黑,又晕了过去。半个时辰后,再次醒来时毛草才搞清楚,救她的人是国民党军队连长霍东山,他的队伍打了败仗,正撤出云雾山区。

第二章

1

  这一年气温偏低，京都的樱花开放得晚了一些，人们扳着指头张望了几次，枝头上依然不见动静，就在大家将要失去耐性了，所有的花朵却像约好了似的在一夜间绽放开来，弄得人们措手不及，应接不暇。

  关于去哪里看樱花，三个人还是像往年一样争论了一番，结果也和往年一样，两位男士最终让步，听从了女士的安排。圆山公园和平安神宫被扔在一边，踏上去岚山的电车时，高桥幸子的心里有一丝小小的得意，也有一丝温暖的满足。她知道哥哥一郎和谷田茂都有意迁就自己，她喜欢这种被人宠着的感觉。幸子今年十九岁，刚从京都女子高中毕业，举手投足间还是一副学生做派。她没有穿和服，而是选择了一件中式的淡蓝色旗袍，看上去像一个中国女子。距离岚山还有一站路，幸子已经嗅到了空气中甜丝丝的花香味，或许人们尚未察觉樱花已在一夜间绽放，来看樱花的人并不多，电车里很多座位都空着。但幸子却不愿坐，她站在车窗旁，看着外面闪过的景物嘴里轻声哼唱着民谣《樱花》：

> 樱花呀，樱花呀，
> 暮春三月天空里，
> 万里无云多明净，
> 如同彩霞如白云，
> 芬芳扑鼻多美丽。
> 快来呀，快来呀！
> 同去看樱花。

她的歌声越来越低，直到最后消失在车轮与铁轨的摩擦声里，不知为什么，每次唱起这首歌时，幸子的心里都会有一种淡淡的忧伤，仿佛歌里唱的不是观赏樱花，而是给飘落的樱花送行。在她身后不远处，高桥一郎和谷田茂坐在座位上正热烈交谈，他们都是京都大学建筑系二年级的学生，也是一对相交莫逆的好朋友。谷田茂生着一副刻板的面孔，平时不苟言笑，他晃动着紧握的拳头，慷慨激昂地宣布他已经报名参加了关东军，很快就要出征中国了。

他说："作为好朋友，我请求一郎君一起入伍，共同为天皇效命。"

高桥一郎是个举止儒雅的年轻人，他和妹妹幸子一样，从小受汉学家父亲熏陶，对中国和中国文化有一种特殊的亲近感，他总觉得关东军出兵中国东北是一个极为荒唐的决定，但他知道这样的话不能说出来，他微微鞠躬说："对不起，谷田君，我不能和你一起去中国，我还是打算继续读书。"

谷田茂说："很遗憾不能和高桥君并肩作战，不过，你学有所成后，应该会对大日本帝国有更大的贡献。"

三个人走出岚山车站后，迎面撞上一支游行队伍，一大群头上系着国旗的年轻人，挥舞手臂高喊口号。三个人站到街边，等候队伍从他们面前走过去，幸子疑惑地看着那些情绪激动的同龄人，心里纳闷儿他们为什么会成群结队涌到大街上。听到那些人喊的"征

服支那"、"圣战万岁"的口号后,幸子越发疑惑起来,忍不住问身边的高桥一郎。

"哥哥,他们为什么要喊那样的口号?"

幸子用的是中文,为了练习汉语,平时她和哥哥交流都使用中文。

高桥一郎紧张地看她一眼,把手指比在嘴上,做了一个不要说话的手势,他知道在这些人面前说这种话是不合适的。幸子却不想听从命令,反而发起任性的小姐脾气,她提高了声音又问:"哥哥,请你告诉我,他们凭什么对中国那样不友好?"

这次高桥幸子用的是日语。高桥一郎和谷田茂几乎同时转过头,目光中充满紧张地看着她。一郎发觉游行队伍里有几个人正向他们张望,他知道这些话如果被人听到,妹妹就会惹上麻烦。他抓住妹妹的胳膊,想赶快带她离开。幸子却不想走,她执拗地一扭身子,甩开哥哥的手,她无法理解那些人为什么敌视中国,在她心中中国是个神奇的国度,有着悠久的历史和高深的文化,她常常梦想有一天能站在中国的土地上做一些有益于中国的事情。幸子的脸涨得通红,把自己的问题又问了第三遍,这次声音更大。

高桥一郎似乎看到了妹妹声音行走的路线,他看着幸子的喊声像一枚炮弹一样从嘴里飞出去,划出一段三米左右的弧线后,炸响在游行的队伍里。一个穿学生装留小胡子的示威者扭过头,愤怒地冲幸子扬起拳头,质问她是不是日本人?另外两个人从队伍里跑出来,直接向幸子冲过来。高桥一郎知道事情已经无法挽回了,拉起妹妹向人丛外面挤。谷田茂从他们身后站出来,挡住那两位虎视眈眈的讨伐者。一郎和幸子跑出几步时,听到谷田茂用低沉的声音向众人解释一切都只是误会,但那些人显然不相信他的话,喝令他让开路。谷田茂没有答话,身后随即响起一片打斗声和追赶的脚步声。

一郎和幸子跑出三条街,转身拐上一条幽静的小巷,后面的人仍然没有放过他们。幸子步伐越来越慢,她喘着粗气说实在跑不动了。追赶的人越来越近，一郎明白只能放手一搏了。他从小和父亲学习剑术和空手道，想不到今天派上了用场。一郎站住脚，把妹妹护在身后，拉开架势。

追上来的只有两个人，一高一矮，都长得很壮实，他们打量一番瘦弱的一郎，对视一眼仰头大笑起来，在他们看来面前这个瘦小子根本不堪一击。先过来的是矮个子，只用了一个照面，他没看清一郎的动作，就躺在了地上。高个子看出对手不简单，谨慎了很多，迟迟没有过来。一郎知道耽搁时间越长越难以脱身，那些人的援兵很快就会赶到，他主动出击了，用反腿的绝招把高个子踢倒，拉起妹妹夺路而逃。

樱花自然是看不成了，害怕那些人堵截，一郎和幸子走出一站路后乘上了电车。回到家里已经是中午了，他们没有心思吃饭，相对跪坐在榻榻米上，默默地替谷田茂担心。好一会儿兄妹俩都不说话，似乎他们一开口，谷田茂就会遭遇不测。后来是幸子先忍不住，抽泣着说自己错了，不该惹是生非。一郎轻轻拍拍她的肩膀，安慰她不要担心，谷田茂不会有事。对这个比自己小三岁的妹妹，一郎从小就怜爱有加，即便她犯再大的错误，也从不忍心责怪她。

谷田茂终于回来了，只是左侧颧骨上多了一块乌青。幸子忧虑地问他疼不疼？他不以为然地说，一点皮外伤而已，又自嘲说本领还不到家，以后要努力向一郎学习空手道。幸子破涕为笑，嘟起嘴说："可惜今天看不成樱花了。"谷田茂把手伸进怀里，拿出来时手上已有了一枝绽放的樱花，他把花递到她面前说："刚才在岚山，特意为你采了一枝。"

2

京都突然热闹起来，大街上经常能看到游行示威的队伍，他们

高喊着口号群情激愤，一批批新兵也不断被输送到前线去。在幸子看来，一切都变得面目全非，京都不再是从前的京都，日本也不再是从前的日本，就连她曾经非常熟悉亲近的同学也让她感觉无比陌生。一天中午，幸子在一条街上碰到了十几个昔日女中的同学，她们拉住幸子不放，让她和她们一起走，应征去中国做"大陆新娘"。她们说，大日本帝国需要我们，大和民族需要我们。幸子费了好大力气，才摆脱了她们的纠缠，回到家里好长时间还心有余悸。她感到世界仿佛在一夜之间都变了。

　　幸子是在谷田茂开拔第二天收到那封信的。从邮差手里接过信时，她心里有些疑惑，她和哥哥昨天一起去车站给谷田茂送行，有什么话他不能当面说，偏要费力寄信来呢？因为是一郎最好的朋友，谷田茂经常出入高桥家，和幸子的关系也非常亲近，幸子对谷田茂甚至比对哥哥还随便，常常拿他开玩笑，用手拍他的脸，告诉他把刻板的肌肉放松下来。突然收到他寄来的信，幸子觉得有些怪异，好像一下不认识谷田茂这个人了。读过信后，幸子才知道谷田茂是在对她表达爱慕之情。谷田茂说，在好久以前就悄悄爱上了她，发誓要用一生让她幸福，希望幸子能给他一个机会。

　　谷田茂的信让幸子悲喜交加，这是她十九年来收到的第一封情书，捧在手里就像捧着一团火。她喜欢火的温暖，又害怕会被火烧伤。在她心目中一直拿谷田茂当哥哥看待，从来没想过和他成为恋人。她本能的反应就是拒绝，可又害怕伤害他，在饱受了几天折磨后，幸子终于给谷田茂写好了回信，委婉地拒绝了他的爱情。她在信里说她愿做他一生的朋友。写下这句话时，幸子还不知道，为了避免她和哥哥被招募到中国，父亲已经悄悄联系了美国的大学，给他们办好了留学的相关手续。

　　美国"公主"号邮轮驶入日本横滨新港码头时，一场夏末的阵雨刚刚停下来，连日的闷热被彻底扫去，空气显得清新洁净。横滨

第二章

是"公主"号在亚洲停靠的最后一站,从这以后它就将驶入浩瀚无边的太平洋,正式开始美洲之旅。船头正在上客,看上去喧闹杂乱,成群的海鸥鸣叫着飞翔在人们头顶。薛翰臣从船舱里钻出来,张开双臂呼吸几口新鲜空气,信步向船尾的甲板上走。从白河码头上船后,他一直有些晕船,坐在船舱里就会感觉天旋地转,胃里一阵阵泛起恶心,站在甲板上时倒还好一点,所以他除了睡觉就餐之外很少留在船舱里。留学海外是他多年的梦想,对大洋彼岸的生活他早已充满向往。几年前,他还在隆兴镇学堂时,读到了魏源编写的一本《海国图志》的书,从那时起就立下了"师夷之长技以制夷"的志向,因此才考入了白城预科班。想到学成归来后就能为国家做出更大的贡献,他的心里就像烧着一团火,浑身充满了力量。

邮轮在横滨港停靠了近一小时,在傍晚时分起航驶入了太平洋。天色又暗了下来,一块铅灰色的乌云从东南方的天空集结过来,沉甸甸的空气中又有了雨意,风渐渐硬起来,吹得船上的彩旗猎猎作响。一名身着白色制服的黑人仆役走过来,用英语提醒薛翰臣前面将要驶入洋流,船身会出现颠簸,请他回到船舱里,以免发生危险。翰臣在预科班已经学习了三年英文,可以熟练用英语对话,他点点头,用英语说了声"谢谢"。

薛翰臣的船票是二等 B 舱,舱室里有四张铺位,上下铺,两张床。一张床空着,住翰臣上铺的是一位花旗银行的副买办,此人是个矮胖子,是从上海上的船。翰臣看见他一路上只做两件事,一是吃东西,二是睡觉。他睡足了觉就下床吃东西,吃饱喝足就上去睡觉。每次上下床铺时,他都会满脸堆出谄媚的微笑,点头弯腰对翰臣说一声"讨扰",然后才喘着粗气踩着床边的铁梯子爬上爬下。翰臣对这人没有什么好感,他顶瞧不起那些为洋人跑腿效力的中国人。

薛翰臣回到船舱里时,看见原来空着的铺位已经来了客人,一男一女,看起来像一对兄妹。他们穿着西式的服装,但一看就知道

白河桥

他们是日本人,他们见到翰臣进来,主动站起身打招呼,说的竟然是流利的中国话。翰臣心里虽然有些疑惑,搞不懂这两个日本人是什么来头,但也只是冷淡地点点头作为回应。日本关东军占领东北后,白城里常常能看到逃难的百姓,翰臣的同学里也有两位从东北来的流亡学生。虽然白城离东北很远,但从他们身上翰臣早就感受到了国破家亡的痛楚,对日本这个国家充满仇视。

高桥幸子对薛翰臣的第一印象是觉得这个人有些傲慢。她和哥哥虽然学习了多年中国文化,但却没有真正接触过中国人,听说他们乘坐的邮轮是从中国开过来时,她就兴奋得跳起来,对哥哥说这次终于可以用中国话和中国人交流了。他们刚进船舱时里面只有一位客人,正在上铺蒙头大睡,根本找不到交流的对象,幸子的心里就有些失望,直到薛翰臣回来了,她才重新兴奋起来。但她没有想到,那个看上去很斯文的年轻人对他们友好的表示却似乎视而不见,只是冷漠地点点头,随后就躺在铺位上看起书来。幸子嘟起嘴巴,心想碰到了一个无趣的中国人,看到翰臣读的是《唐诗三百首》,立刻又来了兴致,她喜欢中国古诗词,尤其酷爱唐诗宋词,一直渴望能找到可以交流的人。

幸子决定再试一次,主动和对方搭话。就在这时,船身突然摇晃起来。

薛翰臣先是感觉一阵天旋地转,随后,船舱里的摆设都变成了活物,床铺飞起来,桌子和椅子上下跳动,舱顶的天花板也似乎正落下来,他知道这是自己的错觉。他扔下书坐起身,手紧抓住床边的铁梯子,眩晕的感觉半点没有缓解,中午吃下的食物像岩浆一样从胃里冒上来,直顶到喉咙口。翰臣摇晃着跑进洗手间,俯身在水池边,吐尽食物,又吐起酸水。高桥兄妹跑过来时,薛翰臣似乎已经把胃吐了出来,正脸色蜡黄地瘫软在水池边。高桥一郎询问了情况,半拖半抱把翰臣放回床铺。幸子把自己的手绢投湿搭在他额头上,又把两粒人丹塞进翰臣嘴里。

薛翰臣知道照顾他的是那对日本兄妹,他本能地想要抗拒,但却没有拒绝的力气,只得听任他们对自己为所欲为。他发觉额头上传来一阵清凉,随后一股清新的气味在嘴里弥漫开,眩晕和恶心顿时减轻了许多。这时,邮轮已经越过洋流,船身变得平稳起来。

"高桥一郎。"

"高桥幸子。"

两个日本人微笑鞠躬,各自做了介绍。

翰臣心里虽不情愿,也只得说出自己的名字。

3

"公主"号抵达火奴鲁鲁时,薛翰臣已经和高桥兄妹成了熟人,他知道他们也要去美国留学,而且同样是去费城。更巧合的是,高桥一郎和他都要就读宾夕法尼亚大学,他学道桥工程,一郎学房屋建筑。幸子则要到费城大学学习文学。从心里说,翰臣不讨厌这对日本兄妹,看得出来他们有良好的教养,谈吐不俗,待人有礼,尤其对中国文化有一定的了解,但因为家国仇恨,他先入为主地告诫自己不能和他们成为朋友。

那个名叫高桥幸子的女孩儿显然不这样想,她已经把他当成了朋友,总是找机会和他攀谈。翰臣在舱里,她也留在舱里;翰臣出去时,她也会跟到甲板上。奇怪的是,不论什么话题他们聊得都很投机,旅途的风光,未来的打算,都能让他们兴致盎然,尤其是说起唐诗宋词,他们俩更是如遇知音。随着谈话的深入,他们不约而同地发现,他们对好多诗词的理解竟然出奇的相近。相识几天后,他们别出心裁地发明了接诗游戏,一个人念出上句,另一个就很快接出下句。翰臣的抵触心理也在这游戏中不知不觉变淡了,淡

得不成形状。

　　有一天傍晚,正是船上的就餐时间,高桥一郎和副买办先出了船舱,薛翰臣走到船舱门口时,忽然听到幸子在身后喊了一声"翰臣君"。翰臣回过头去,幸子冲他一鞠躬,乌黑的发髻低垂下去,满脸绯红地说:"拜托翰臣君在舱外等一等。"

　　翰臣起初不明所以,在舱门外站了片刻后,才突然反应过来,幸子是要留在舱里换衣服,让他帮着看门。他没有听到舱门在里面上锁的声音,这说明幸子对他非常信任,心里就不禁涌起一股热浪。幸子从舱里出来时,刚才身上淡粉色的和服换成了一件淡绿色的旗袍,一股细若游丝的檀香味钻进翰臣鼻孔,让他的心里忽然生出一种奇异的感觉,好像是一种克制不住的心痒,也好像是一种无法言说的喜悦,或者是一种纵身跳入大海里的冲动……这种感觉如此奇妙,他说不清究竟是什么,但他知道它从未出现过……"爱情"这两个字是突然闪现在翰臣头脑里的,它刚一出现就像一只烧红的烙铁一样烫得他的神经剧烈地一抖,他恶狠狠骂了自己一句,骂自己无可救药,竟然会产生这样荒唐的想法,可是他还是无可救药地意识到,幸子细瘦的小脸,一笑露出的两颗小虎牙,已经印在了他的脑海里。翰臣再一次严厉警告自己悬崖勒马,再也不能向前走了,否则他就会成为一个与敌国女子相爱的罪人。

　　薛翰臣不知道,幸子其实也在心里悄悄地爱上了他,而且比他还要早,还要强烈。后来幸子想,最初让她心动的也许是翰臣走进船舱时脸上傲慢的表情,或者是那本《唐诗三百首》,也可能是翰臣被晕船折磨得那副狼狈相,当然更像是这些东西掺杂在一起的混合物,总之她一下就爱上了这个比她大一岁的中国男孩。这是她的初恋,来得猝不及防,像一记重拳一样,突然之间就把她打晕了。连日来她一直过得晕头转向,白天还好一些,她可以不顾女孩儿的矜持,找机会接近薛翰臣,和他谈天说地讨论唐诗宋词。到了晚上,难熬的时刻就来临了,她常常整夜难以入眠,她的瞌睡似乎都掉进了太平洋里。在黑暗的船舱中,她的听觉变得异常灵敏,努力捕捉着来自翰臣的声音,两张床相对摆在船舱里,中间相隔两米左右的距离,她和翰臣都睡下铺。有时候,她会在黑暗中睁大眼睛,去看另一张床上的薛翰臣,她发现每当午夜过后,月亮就会从舷窗照进船舱里,借着微弱的光亮,她就能看到翰臣酣睡的模样,安详得像一个婴儿。

邮轮从火奴鲁鲁起航后,幸子忽然发觉翰臣的态度发生了改变。那天早晨,幸子起床后见翰臣不在床铺上,就去甲板上找他。翰臣正一个人站在船尾,海风吹进他的衣服,看上去他的后背像一面鼓起的风帆。幸子走过去,像往常一样和他打招呼,没想到翰臣却像第一次见面时那样冷着脸点点头,随后一言不发转身而去,把幸子一个人扔在了甲板上。幸子不知道问题出在哪里,是自己做错了什么,还是有其他原因,看着眼前的海水发了好一阵呆。后来她想,也许是自己多虑了,刚才翰臣只是突然有事才离开的,并没有别的意思。幸子回到船舱,翰臣正躺在铺位上看书,她又主动打招呼,问他看的是什么书。翰臣还是十分冷漠,没说话只是摇了摇头,转身把脸朝向里侧。幸子彻底蒙了,看来翰臣是决心不再理她了,她暗自猜测了各种各样的原因,但却不知道该如何开口问翰臣。幸子的痛苦开始了,白天她惶惑不安六神无主,晚上熄灯后就独自在黑暗里悄悄流泪。心上的那个人近在咫尺,就睡在离她两米远的地方,曾经他们的心贴得那么近,难道她的爱情只是昙花一现,突然无缘无故他们就成了陌生人?

幸子在痛苦中到达了纽约港,他神情恍惚,甚至对那座标志性的自由女神像视而不见。她又在痛苦中换乘汽车,驶往三百里外的费城。灰狗大巴在公路上投下巨大的阴影,让幸子的心越发充满阴霾,翰臣虽然一直和他们同行,但却很少说话,脸上的表情也始终

显得很冷漠。汽车到达费城巴士车站后,薛翰臣提出要先走一步,便和兄妹二人告辞。分别时幸子心里还报着一丝期待,盼望翰臣能对她说点什么,或者只是会心地看她一眼。但翰臣却什么也没对她说,甚至都没看她,只是冲一郎摆摆手,便决然而去。幸子怨艾的目光始终跟着薛翰臣,看着他转过身去,跟着他走过马路,又向前走出十几米后,被街角冷硬的砖墙挡住,转过街角的翰臣完全消失在她的视线里。

一郎察觉到了妹妹的失落,却不忍心说穿,只是善解人意地说:"两所大学离得很近,你可以随时来看我。"他早已发觉妹妹与翰臣之间的情形,知道她动了真情,他暗中观察,觉得翰臣是一个不错的人。这几天他也发觉了翰臣的变化,虽然不明就里,但也猜到了翰臣是有某种苦衷的,他一直想找机会和妹妹谈一谈,但又不知该如何开口,只能暗中替她着急。

"没事的时候就来看我。"一郎又说。

幸子知道哥哥的话中意思,凄婉地笑了笑,却很重地点了点头。

4

宾夕法尼亚大学和费城大学同在费城,相隔一条斯库尔基尔河。斯库尔基尔河也叫思故河,起源于宾州西北部,流经宾州大部分城市后汇入特拉华河,费城就位于两河交汇处。薛翰臣走上横跨河面的大桥时,看见白练似的河水从远方蜿蜒而来,几艘小艇正逆流而上,一阵微风吹过,翰臣忽然发觉心里凉飕飕的,好像裂开了一道缝隙,有什么东西正从这道缝隙间陷落下去。渐渐地,他整个人就变成了一具空壳。刚才在汽车站分别时,他极力克制着自己,不和幸子说话也不向她看,他心里想,只有这样才能迅速把事情了结掉。他感觉到身上沉甸甸的,他知道那是因为背负着幸子的目光,他举步维艰地转身,穿过马路,转过一个街角,直到逃出幸子的视线,才颓然地倚在冰冷的墙壁上。在一瞬间,幸子温软的腔调,细长的小脸,还有那两颗小虎牙,即刻把他团团包围,他在心里骂自己无可救药,却又无力把幸子从脑袋里赶出去。

　　薛翰臣的留学生涯就这样在失魂落魄中开始了。

　　开学后的几天里,他甚至没有留意到校园中那些别具特色的古堡式建筑,就连学校创始人伟大的政治家科学家本杰明·富兰克林的雕像也没能引起他的注意。他和本系的同学一起住进了一幢二层红楼里,每天像别人一样去上课,但他的心却没在课堂上,没在宾夕法尼亚大学的校园里,他的心已经和幸子去了费城大学,当日从汽车站回来的只是一具空洞的躯壳而已。

　　这期间一位名叫褚天泽的学长来看过翰臣一次,自我介绍来自中国福建,是宾大二年级医学系学生。此人口才极好,一进宿舍就滔滔不绝地说个不停。他说起童年时父亲被庸医误诊的往事,说自己的理想是成为一名优秀的西医,回国创办一家先进的医院,尽最大程度救治生病的国人。翰臣插不上话,只能默默当听众。褚天泽说着说着似乎突然想起一件什么事情,猛然把话头打住,走过来和翰臣握手告辞,随后一溜烟似的扬长而去。

　　那天傍晚,翰臣吃过饭后从宿舍里出来,沿着楼前石子铺成的小径信步向前走。开始他不知道自己要去哪里,走着走着猛一抬头,看见一幢鹅黄色的三层小楼,这才发现已经来到高桥一郎的宿舍楼下。他忽然意识到自己是那么渴望见到幸子,渴望听到她的消息。自从在汽车站分别后,他一直没有再见到她,高桥一郎主动来找过他一次,简单说了几句幸子的情况,还说两所大学相距很近,晚饭后散步时就可以自如来去,翰臣知道自己记住了一郎的话,所以才会不知不觉走到了这里。翰臣看一眼楼门进出的学生,心里一阵慌乱,似乎每个人都看穿了他的企图。他赶忙转身,折进楼旁的一片

树林。翰臣正走到一棵红枫树下时,有两个人突然从树后跳出来挡在他面前,大喊了一声"站住"。

两个人一胖一瘦,都生得人高马大,高出薛翰臣一头。翰臣抬头看看,认出其中的胖子是同班同学杰西。但他却不知道杰西来自美国南部的田纳西州,家族里有三K党徒,一向歧视有色人种。自从开学后,薛翰臣就引起了杰西注意,他不明白像宾夕法尼亚大学这样历史悠久的学校为什么会接收低劣的黄种人?几天里他一直在寻找机会,想要给薛翰臣一个下马威,让他知难而退乖乖滚回中国去。

薛翰臣还沉浸在自己的情绪里,没有搞清楚状况,愣愣地看看杰西问他有什么事。杰西撇着嘴,轻蔑地看着他说:"听说中国功夫很厉害,今天特意来向你领教一番。"说着双拳端起来,摆出搏击的架式。

薛翰臣这时候还不知道已经大难临头了,笑着摇摇头说:"对不起,你们搞错了,我根本不会功夫,不能陪你们玩。"话音未落,他的肩膀上就重重挨了一拳头,翰臣被打得倒退几步,身体咣当一声撞在一棵树上。他诧异地抬起头,看到对方眼睛里敌视的目光,这才知道他们是故意来找碴儿生事的。他扶住树干站直身体,厉声问他们凭什么打人?

杰西发出一声嗤笑道:"凭什么?就凭你是中国佬。"扬手又一拳,打在翰臣胸口上。翰臣被打得蹲下身子,与此同时,左侧肋骨上挨了重重一脚,那个汤姆也加入了围殴。翰臣原本生得瘦弱,面对两个人高马大的对手,几乎毫无还手之力,只能边躲闪边大声质问他们究竟要干什么?杰西和汤姆不回答,一左一右把翰臣夹在中间,拳头飞脚像雨点一样落在他身上。翰臣的脸上挨了一拳,眼镜被打落到地上,眼睛顿时失去作用,只能看见两个模糊的人影在眼前晃动。他告诫自己千万不能倒下,否则将会受到更加严重的伤害,但头晕目眩的感觉越来越明显,同时胸口一阵阵发闷,两条腿软得像踩着棉花。这时翰臣的脸上又挨了一下,鼻血流过嘴唇,顺着下巴流下来滴落到林间的草地上,他顿时一阵天旋地转,踉跄地跑出几步,摔倒在一棵树下。他看见两个模糊的身影越走越近,渐渐变得清晰起来。杰西一把抓住他的肩膀,摇晃着说:"中国佬,这里不欢迎你,从哪里来你就滚回哪里去。"就在这时,他突然听到有人大喊了一声"住手"。他听出那是高桥一郎的声音,随后看见幸子和一郎一起站在不远处。翰臣的心里一沉,第一反应就是怕幸子受到伤害,他冲着兄妹俩挣扎着挥动手臂说:"这两个人讲不清道理,你们不要管我,快跑。"

杰西放开抓住翰臣的那只手,扭头看看高桥兄妹,误以为他们也是中国人,耸耸肩对汤姆说:"今天是怎么了?所有的中国佬都凑到一起来挨揍,看来我们要大动干戈了。"

翰臣看见两个人向高桥兄妹逼过去,急得用拳头擂地喊:"不要管我,快跑。"

高桥一郎站在原地不动,幸子向薛翰臣跑过来。翰臣痛苦地闭上眼睛。他先是嗅到幸子身上淡淡的香气,随后发觉她湿凉的手指像微风一样抚过脸庞。他的视线变得清晰起来,是幸子给他戴上了眼镜。幸子用手绢给他擦鼻血,高挽的发髻像一片乌黑的云朵,低垂在翰臣眼前,翰臣想不到他们再次见面会是这样的情形,心里五味杂陈。

看到受伤流血的翰臣,幸子的心里像针扎一样疼,这几天她过得万分煎熬,在课堂上魂不守舍没精打采,傍晚就不由自主地从桥上走起来,盼望能与翰臣见面。刚才她和哥哥从宿舍里走出来时,忽然看见树林里有个熟悉的人影一闪,赶忙拉着哥哥跑过来,没想到竟是翰臣,更没想到他会被打成这样。

幸子竭力控制住情绪轻声问:"翰臣君,你感觉怎么样?"

薛翰臣低着头,痛苦地说:"我说了不要管我,你赶紧跑吧,

这两个人什么事都干得出来。"他听到扑通一声响,以为高桥一郎遇到了不测,但随后看见躺在地上的人居然不是一郎,而是杰西。

汤姆几乎没看清同伴是如何躺下的,开始他以为杰西只是不小心滑倒跌了一跤,在他看来高桥一郎和薛翰臣同样弱不禁风,根本不值一提,看见杰西一直没有再站起来,他才知道事情有些不对,眼前这个人可能会几下子,但他也没觉得有多可怕,他练过几年拳击,一直认为自己身手不错。他摆开架式,脚下使出拳击的步伐,对着一郎打出了一套组合拳,一郎轻巧地闪开,突然一矮身子从对方腋下靠过去,使出一个别子,脚下一钩把汤姆绊倒在地上。

汤姆躺在地上揉着摔痛的屁股诧异地问:"你用的是什么功夫?"
一郎淡淡一笑说:"刚柔流,空手道。"

5

薛翰臣只是受了些皮外伤,并无大碍,他最大的收获是和幸子又恢复了交往。重新开始后,他们都有些畏手畏脚,谁也不愿去触碰那段不愉快的往事。幸子没有问翰臣为什么冷淡自己,翰臣也没有主动提起,他就像两艘船,小心翼翼绕开隐藏在海底的礁石后,又一次并肩航行在海面上。

高桥一郎看到妹妹变得开心起来,心里松了一口气,主动提出教翰臣学习空手道。每天傍晚,翰臣吃过饭后就来找一郎,常常是翰臣练得浑身酸疼,额头上冒出一层热汗时,幸子也从河那边的费城大学赶了过来。一郎和翰臣就势结束训练,三个人一起在树林中散步。散步时他们的位置也在悄悄发生变化,开始是一郎走在中间,翰臣和幸子一左一右走在两边,不时地,他们会隔着一郎交换一瞥会心的眼神。后来就是幸子走在中间,翰臣和一郎走在两边了。

林中的枫叶开始泛红时,斯库尔基尔河上迎来了一年一度的赛艇盛会，常春藤联盟的八所大学分别派出队伍参加了比赛。斯库尔基尔河两岸站满了学生，为自己的队伍加油助威。翰臣和一郎、幸子一起来到河边观看，比赛开始了，岸边人多如蚂蚁，高桥兄妹在前，翰臣跟在后面，三个人在人缝中钻来钻去，试图靠河边更近一些。翰臣用手护住眼镜，低着头正往前挤，忽然看见一只手从人缝里向他伸过来，随后听到幸子温软的声音喊了一声"翰臣君"。翰臣把幸子的手握在手心里时，忽然意识到这是他们第一次牵手，在这之前，他们还没有过身体接触，更多的是用目光和语言进行交流。翰臣发觉自己的心像擂鼓似的狂跳起来，他的手也不由自主地开始发抖，他感觉到幸子的手也在发抖，她柔若无骨的手就像一尾被捉住的小鱼，在他的手心里扭动挣扎。一瞬间，翰臣感觉周围的喧闹突然停止下来，比赛不见了，欢呼喊叫的人群也退到了远方，广阔的天地间就只剩下了他和幸子两个人，他们手牵着手快乐地漫步在无垠的大地上，他不知道他们要走向何处，反正至少在这个时刻他愿意和幸子一起去往任何地方……整个赛艇比赛并没有给他留下什么印象，满脑子里只有幸子那只柔软的手。当天晚上宿舍熄灯之后，翰臣心里突然有一个强烈的渴望，想给幸子写一封信，他把自己藏进被子里，借着手电筒的光亮铺开信纸，拿起笔时他才发觉，他心里想说的其实只有两句话，那是《诗经》邶风里的两句诗：

死生契阔，与子成说。
执子之手，与子偕老。

翰臣就把这两句诗写满了一页纸，装进了信封里，早晨起床后，翰臣急慌慌便去把信扔进了校门口的邮筒。信寄走的一整天，翰臣做什么事都有些心不在焉，他的心好像也装进信封被扔进了邮筒里，这是他第一次对异性进行爱情告白，他不知道她会如何回应。傍晚，

翰臣像往日一样和幸子见了面，让他纳闷儿的是，幸子看上去毫无变化，似乎根本没有收到他的信。第二天傍晚，他们再次见面时也仍然如此。这天晚上，翰臣躺在床上辗转反侧难以入睡，两所大学只相隔一条河，按常理信早该送到幸子手里了，是幸子不愿接受他的爱不打算回应，还是她有意对自己曾经的冷淡进行报复？翰臣的心里就开始后悔，怪自己冲动行事，本来不该写那样一封信，主动向敌国女子示爱已然对不起国家，被人拒绝又伤了自尊。翰臣在被窝里暗自下定决心，一定要讨回尊严，第二天起就再不理幸子了。但第二天上午翰臣就收到了幸子的回信，写得满满的一页信纸上从头到尾都是一句李商隐的诗：

　　　　身无彩凤双飞翼，心有灵犀一点通。

翰臣读到第一句诗时，心就狂跳起来，随着幸子的笔迹，把信纸上的诗念了几十遍后，他的整个人就像打摆子似的剧烈颤抖起来，他告诫自己不该这样，但身体根本不听他的话，反而越抖越厉害。颤抖从他的身体传导到课桌和椅子上，桌椅也像他一样抖动起来，在木地板上发出马蹄般的响声。翰臣赶忙从座位上站起来，跑出教室来到走廊里。他把目光投向窗外，试图分散注意力，但眼前一片模糊，红色的枫叶抖成了一团火。他心里有一个声音骂自己没出息，竟然会被一句诗打得落花流水，但另一个声音却在不断重复着幸子信上的那句诗，并且一遍遍做出回应：

　　　　春蚕到死丝方尽，蜡炬成灰泪始干。

翰臣把上面这句诗写满了两页纸，又给幸子寄了出去。第二天上午，翰臣收到了幸子的回信，满满两页纸上写的都是白居易《长恨歌》里的一句诗：

在天愿作比翼鸟，在地愿为连理枝。

让翰臣有些不解的是，他和幸子在信中两情相悦山盟海誓，但见面时却忽然显得陌生起来，好像是信中的幸子不是眼前的幸子，信中的自己也不是现实中的自己，这种角色上的错位让他无法自如地转换。他开始有意躲闪幸子的目光，不敢向她看，甚至不敢接她的话茬儿，他发觉幸子和他一样，也在有意回避自己。他们似乎约定好了一样，共同守着一个甜丝丝的秘密，他们就像两棵树一样，在地面上保持距离站得很远，但他们的根已经悄悄在地下缠绕在一起。

第一场雪降临到校园里时，他们的爱情已经在信笺叠成的花园中生根发芽开花结果。

翰臣以为他和幸子做得天衣无缝，没想到这一切都没有瞒过高桥一郎的眼睛。一天傍晚，空手道练习开始之前，一郎似乎无意之中说起了幸子，讲述了幸子天真无邪的童年，随后冲翰臣一鞠躬说："翰臣君，幸子就拜托给你了，请你好好照顾她。"

一郎的话说得情真意切，虽说有些突然，但却不允许翰臣装糊涂。翰臣没有说话，用力握住一郎的手，翰臣感受到了一郎回应的力度，于是他也加大了力量。两只手紧紧握在一起，在沉默中完成了一个庄严的交接仪式。

一郎放开手，拍拍翰臣的肩膀说："家妹刁蛮任性，请翰臣君今后多多担待。"

翰臣郑重地点点头，请一郎只管放心。

一郎表情严肃的脸上忽然绽开一丝得意的笑容，如释重负般地说："太好了，背了二十年的那个包袱，今天终于可以甩掉了。"

从这天起,幸子来时一郎就总是借故离开,让他们俩单独在一起。翰臣和幸子常常手牵着手穿过枫林中的一条小路,从东侧的角门走出校园,爬上斯库尔基河高高的河堤,沿着河水的流向一直向下游走。每看到一座横架在河上的桥梁时,翰臣就会停下脚步,兴奋地向幸子分析它们所用的材料和技术,仔细讲解哪个环节有创意,哪个环节很平庸。幸子每次都听得如醉如痴,她搞不懂桥的原理,但她喜欢听翰臣讲话,只要是从他嘴里说出的话,她都如获至宝。每次看到一座好桥时,翰臣就会眼睛看着桥面无限向往地对幸子说:"将来我也要造出一座这样的桥。"幸子相信有一天翰臣会完成自己的心愿,凡是他说的话她都相信。

不时地,幸子也会向翰臣谈起自己喜欢的文学,走着走着她会突然停下来,调皮地歪着脑袋看着翰臣说:"翰臣君,你相信不相信将来我会写出一部像《红楼梦》一样的书?"

翰臣郑重地点点头说:"我相信。"

幸子把目光投向缓缓流淌的河水,眼神里充满无限的遐想说:"那本书将要写的是一段奇特的爱情故事,翰臣君就是男主人公的原型。"

翰臣看见幸子脸上如醉如痴的表情,知道她已经陷在自己的想象里,故意问:"那么书里的女主人公原型是谁呢?"

幸子脸一红说:"你猜呢?"

翰臣皱起眉头似乎努力在想,随后摇摇头说:"我实在猜不出来,不会是像王熙凤那样的泼辣女人吧?"

幸子知道他在逗自己,坏坏地笑笑说:"是《汤姆叔叔的小屋》里的黑奴伊丽莎。"

幸子说完拔腿就跑,翰臣随后追上去,河堤上洒落下一串长长的欢笑声。

6

宾夕法尼亚州的春天来临时，幸子收到了谷田茂从中国寄来的第一封信。

她把那封漂洋过海的信揣进怀里，便脚步匆匆地踏上费城大学通往校外的林荫道。前一天傍晚，幸子已经和翰臣约好今天乘车去白兰地酒山谷，观赏长木花园的兰花。他们早听过有关长木花园的传说。1906年，杜邦化工集团创始人皮埃尔·杜邦获悉一座老树林立的植物园即将被人砍伐，出资买下了这座园子，经过数十年的精心培植，让它成为了全美最著名的植物园之一。

幸子怕翰臣等得着急，没有停下来读信，她只是匆匆地走。当她赶到车站时一辆灰狗大巴刚好正要发车，翰臣手里攥着车票，正站在车门口等着她，车上旅客不多，翰臣和幸子选择了最后排的一个双人座位。大巴车开动后，幸子忽然想起了几天前刚看过的电影《一夜风流》，男女主人公就是坐灰狗巴士相识的，而且同样是车后面的这个座位，后来一对有情人终成眷属。幸子脸一红，知道自己想得太远了，赶忙把头扭向窗外。二月的宾州天气还很寒冷，但春意已经悄悄来临，公路边向阳的斜坡上已经冒出了一层新绿，望过去好像罩上了一层淡淡的绿雾。

巴士开出费城驶上一号公路后，幸子这才突然想起了谷田茂的信。她把信掏出来，在翰臣眼前晃动着让他猜是谁写来的。翰臣摇头说猜不出。幸子调皮地笑笑说："翰臣君，我提示你一下，写信的是一个年轻男人噢！"翰臣知道她在恶作剧，故意不理她，说对这件事不感兴趣。幸子却不想罢手，要把这个游戏继续玩下去，她把信送到翰臣眼皮底下说："加油猜呀翰臣君，不猜恐怕你要后悔的，这个人也许是你的情敌呢！"翰臣知道幸子的小把戏，这个女孩有

些任性，总喜欢制造出一些小考验，最愿意看到自己为她吃醋的样子。他已经上过几次当了，早已得出了经验，越由着她的性子来，她就越会纠缠不休，如果不理她，她就会乖乖说出答案。翰臣干脆闭上眼睛，抱起肩膀假装打起呼噜。幸子顿时觉得兴味索然，嘟起嘴巴主动说："写信来的人是哥哥的好朋友，名字叫谷田茂。"

她没有提谷田茂曾经追求过自己的事，在她看来这根本就不值一提，而且容易引起翰臣的误会。但翰臣的心里已经有了疑虑，既然是一郎的朋友，为什么不给一郎写信而是给幸子写信呢？可见谷田茂和幸子的关系非同一般，甚至超过了和一郎的朋友关系。一男一女非亲非故，超过了朋友关系又会是什么关系呢？幸子已经撕开信封开始读信，翰臣看到她脸色变得绯红，似乎显得很兴奋，他的心里就又多了一分疑虑。

其实，翰臣误会了幸子，她脸上的红晕不是因为兴奋，而是因为震惊，她是被谷田茂信里描述的事情吓到了。她惊诧的目光像一只胆小的老鼠，从信纸上方看过来，求助般的落在翰臣的脸上。

"翰臣君，真的太可怕了，请你也看看这封信吧！"幸子把信递过来说。

翰臣正沉浸在猜疑的情绪中，心里酸酸的不是滋味，他很想把信纸接过来，只要读了信就会解开心中的疑团，搞清那个谷田茂和幸子的关系。但他错以为幸子仍然是在戏弄自己，心里的骄傲让他无法伸出手去。翰臣摇头说不想看信，告诉幸子她有权保留自己的秘密。幸子并未注意到翰臣话里的醋意，这时候的幸子已经非常脆弱，信里的内容像座大山似的压得她喘不过气来，必须立刻找人分担一下，否则她可能就会被彻底压垮，而身边的翰臣无疑是最合适的人选。她把信纸硬塞到翰臣手里，执意让他看信，翰臣再次拒绝了她。幸子急得快哭了出来，从座位上站起来，冲着翰臣一鞠躬说："求你了翰臣君，还是看看这封信吧！"翰臣见幸子不像是开玩笑，这才把信接在手里，他本以为能窥见幸子的秘密，没承想读到的却是一场血淋淋的厮杀。

谷田茂的信是从到达中国后开始写的，信中基本没有提及儿女私情，描述最多的是战争的场面。

高桥小姐：

你好！

戎马生涯时光飞逝，不知不觉我从京都离开已近一年，或许你在异国收到此信时，岚山的樱花又会开得漫山遍野了。令人万分遗憾的是我没能早些投笔从戎，我们到达中国东北时，大日本帝国的军队已将东三省全部占领，并协助爱新觉罗·溥仪皇帝在新京成立了满洲国。我们大家摩拳擦掌，渴望效忠天皇，但却苦于没有用武之地。直到半年后，我们才终于有了上阵杀敌的机会。为维护满洲国的完整统一，武藤信义元帅下令攻占热河，我关东军第八师团从锦州开拔直捣朝阳。

大家原本渴望一场真正的战斗，没想到无能的中国军队竟然毫无抵抗能力，一触即溃，不战而逃，有些竟然主动投降。我军一路高歌猛进，相继攻克朝阳、凌源、叶柏寿、平泉等地，直逼热河省府承德。原本我们已经发誓，要成为第一批进城的军人，但不久前线即传来消息，大日本帝国铁骑一百二十八人已经兵不血刃先行占领承德。就在我们有些失望之际，忽然接到了挥军西进攻占长城古北口的命令，大家顿时一阵欢呼雀跃。我们在《满洲行进曲》激昂的旋律中奔赴长城，我心里想，但愿中国守军能够有些军人气概，让我们打一场真正的战争。

或许是我的期盼发挥了作用，大日本帝国第八师团在突破第一道防线后，受到了中国军队关麟徵部的猛烈反击。双方在前沿阵地短兵相接，随即展开肉搏战。我盼望已久的时刻终于来临了，手里

端着上了刺刀的步枪冲向敌人时,我的耳边一直回响着《拔刀队》激昂的旋律:

> 死在刀下是武士的宿命,
> 大和魂的日本男儿,
> 要死就在这一刻,
> 莫落人后丢脸面。
>
> 我们一起前进,前进,
> 直到敌人全军覆没。
> 拔出武士刀,
> 带着必死之心向前进!

我遇到的第一个对手是个和我年纪相差不多的中国士兵,看得出来他已经负了伤,满脸流血,腿也一瘸一拐的。他嘴里发出一阵吼声,手提着一把大刀向我冲过来。刚一接触我就发觉他的力量很弱,猜想他是因为流血过多失去了力量。我用刺刀挡开他的大刀后,随即一个连贯的刺杀动作,刺刀准确无误扎进了他的咽喉里。刀尖刺穿他的脖子,从后颈冒出了头。我把刺刀拔出来时,他却没有立刻倒下,而是僵立了几秒钟。一只血箭笔直地从他的咽喉射出来,钉在我的脑门上,我感觉到了他血液的温度和力量。真的没有想到,他竟然还会有那么多的血,直到他倒在地上,血箭仍一直射个不停。在阳光的照耀下,透过他喷射出的血雾,我甚至看到了一道美丽异常的彩虹。但我顾不上欣赏,继续向前冲锋,寻找下一个对手。

阵地上随处可见死伤的敌我士兵,空气中弥漫着浓烈的血腥味,凄厉的呻吟和愤怒的吼叫声不绝于耳。我心里只有一个信念,就是要杀敌立功,效忠天皇,这也是我从军的本意。我向前跑出几米后,忽然发觉两只鞋里湿黏湿黏的,我不知道自己什么时候踩进了水里,边跑边低头向脚下看,我突然恍然大悟,原来是战场上的血浸湿了脚下的军鞋。

这场白刃战进行得异常艰苦,但这也正是我渴望的战斗。敌方关麟徵将军称得上是一员猛将,身中数弹,犹如血人,仍然屹立不倒,其部下受到鼓舞亦勇猛异常,向我大日本皇军展开猛攻,我军苦战多时被迫后撤。后来我听说,我军攻击长城其他隘口的部队也受到顽强阻击,尤以喜峰口之战最为惨烈。中国军队组织了大刀队,乘夜对我军营地进行亡命突袭,五百人只剩二十几人仍不肯后退,让我军损失惨重。

两日后,我师团主力赶到,一举拿下古北口,并乘胜对敌方形成合围之势。关麟徵将军率部撤退。但我们却在一个名叫"帽儿山"的高地上受到敌方猛烈阻击,中国士兵占住制高点死守多日,后在我军勇猛冲锋下才将此高地攻克。我们没有想到固守阵地七天之久,打退皇军多次冲锋的原来只有七名中国军人,他们子弹全部打光后,拼刺刀肉搏,最终全部阵亡。我军感慨其壮烈,将七人合葬,立"支那七勇士碑"。在他们坟墓前鞠躬时,我心里暗自想,身为军人,死得其所,这也是我最高的追求哇!

此后数日,我军与敌军展开拉锯战,双方均伤亡惨重。我部接到命令原地休整,集结兵力以利再战。月余后,我大日本帝国军队发起全面进攻,连续五昼夜未作停歇,仅八道楼子一地,落弹三千余发,尽毁敌方工事,敌方营长阵亡,尸骨不存,化为灰烬……

薛翰臣读到这里再也读不下去,谷田茂信里描述的场面似乎就晃动在眼前,他感觉一阵控制不住的天旋地转,正向前行驶的灰狗大巴似乎断成了两截,在车箱中部形成了一道深深的壕沟。他看见壕沟里流淌着暗红色的血水,无数具中国军人的尸体在水流中翻滚

沉浮。他听到了他们愤怒的厮杀声,嗅到了他们浓烈的血腥气,他看到了日寇铁蹄下沦陷的土地,他感受到了亡国奴的疼痛……随后,他看见了幸子,她穿着一件淡绿色的旗袍站在壕沟的另一侧,正挥着手喊他的名字。他知道自己很难再走近她了,因为他们之间隔着一条血海似的鸿沟,那是一段天堑般的距离,也许永远都无法逾越……

翰臣从幻觉中醒过来时,手上的信纸已经飘落到地上,幸子低垂着脑袋,正担忧地问他怎么了,出了什么事。翰臣轻轻摇摇头,答非所问地说:"对不起,幸子,以后我们恐怕不能再交往下去了。"

7

这一天,翰臣和幸子最终不欢而散。他们再无兴致去长木花园,在最近的车站下车后乘上一辆返程大巴回到了费城。幸子觉得翰臣不可理喻,原本想让他分担自己心里的重量,没想到他反而给她又压上了一座大山。回程的一路上,幸子一直在追问他为什么不能再交往了。翰臣回答说因为中日之间的战争。幸子说爱情只是他们两个人的事,为什么要受到两国之间战争的影响?翰臣低着头连连摇头叹息,什么话也不说。后来幸子也失去耐性,嘟起嘴再也不愿理他了。

他们在汽车站分手时谁也没向对方说声再见,都低着头奔向相反的方向。走出十几步后,幸子猛然站住脚转过身去,她满心以为翰臣也会像她这么做,如果是那样,她就会不顾一切地跑过去,一头扑进他的怀里,她会请求他的原谅,向他发誓再不使性子发脾气。但她看到的只是翰臣的背影,那个穿着藏青色学生装的背影,看上去冰冷决绝,幸子感觉痛彻心扉,赌气地一跺脚,眼泪便像断线的珍珠似的流下来。

幸子不知道，翰臣其实一点也不比她好过，转过身离她而去时他的心就像撕裂般的疼痛，每迈出一步，那种疼痛就会增加一分，有一条绳索似乎正系在他的五脏六腑上，固执地要把他拉向幸子。他努力想要挣脱，结果挣得鲜血淋漓，肝肠寸断，他再次感觉到了背后的重量，他知道那是幸子哀怨的目光，他听到那目光正在呼唤自己。有一瞬间他真想转回身去，跑到幸子身边，一把将她拥进怀里，但他知道自己不能那样做，否则他们就会永远牵扯不清，到头来只能害人害己。当他转过曾经的那个街角的时候，他已经觉得浑身瘫软，他像初到费城那天一样靠在冰冷的墙壁上，他感觉胸腔里空得可怕，仿佛五脏六腑都已经被摘掉了。回到宾夕法尼亚大学的薛翰臣，只是具空洞无物的人形。

当天晚上翰臣犯了咳嗽的老毛病，这次发作得更厉害，刚开始还听得出一些间隔，程度也不算剧烈，咳嗽只是像小雨似的断断续续发生。一天一夜后，突然就严重起来，小雨变成了中雨甚至是大雨，咳嗽连成了串，一刻不停地从他的嗓子里蹦出来。翰臣被折磨得日夜不宁，寝食难安，腔子震得生疼，肋骨两侧稍碰一下就针扎一般的疼。连他的同学们也不得安宁，上不好课，睡不好觉。为了不影响别人，翰臣住进了学校的医院里。美国医生并不比中国医生更高明，做了一系列检查后告诉他没有什么具体的病因，怀疑是从小体质衰弱，需要慢慢调理，开了一盒维生素，让他按时服用。

只有翰臣自己心知肚明，自从和一郎学习空手道后，他的身体比过去好了许多，原本今年已经过了发作期，是因为和幸子分手思虑过度，才触动了隐疾。但这些话不能和医生说，也不能和任何人说，只能偷偷藏在他心底。

那位褚天泽学长来看过翰臣一次，他像初次和翰臣见面时一样，刚一走进病房就口若悬河地顾自说起来。他说自己已经放弃了当医生的打算，转到了文理学院，正在主攻文学和写作，他说他终于搞

清楚了，中国人的毛病不是出在身体上，而是出在精神上，当务之急是用手中的笔将沉睡的国人唤醒。像上次一样，正说得热火朝天时他又突然告辞，风风火火地消失在病房门口。

第二个来探望翰臣的是高桥一郎。翰臣知道幸子不会把分手的事告诉一郎，但敏感的一郎肯定早就看出了端倪，恐怕连分手的原因也已猜到几分。翰臣的心里非常矛盾，看到一郎他最想听到的就是幸子的消息，那天分手后她是怎么回到费城大学的？她现在情绪怎么样？是不是还在怨恨自己？但他又最怕听到幸子的消息，幸子就像长在他心里的一根刺，稍一触碰就会疼痛无比。他们的谈话进行得小心翼翼，谁也没有提及幸子。

此时，幸子的日子其实比他还要难过，自从在汽车站分手后，她就一直倍受煎熬。她早已理解了翰臣提出分手的原因，设身处地地想一想，如果自己的国家受到对方国家的打击，自己又会做何感想？她暗自埋怨自己当时过于任性，没有顾及翰臣的感受，她此刻唯一希望的就是与翰臣和好，好几次她已经走到他所在的大学，走到他所在的宿舍楼下，踏上了上楼的台阶，甚至悄悄站在了他宿舍门外，但不知为什么，她最终还是没有抬起手敲门。翰臣的咳声不断传进她耳朵里，每一下都扯得她心痛，她听翰臣说起过这个老毛病，知道他是旧疾发作。她恨自己不能帮他减轻痛苦，只能站在门外默默地流泪。

得知翰臣住进医院后，幸子就逼着哥哥去探望，一郎拗不过她，只得从命。向医院走来的一路上，一郎百思不得其解，妹妹曾经是一个多么高傲任性的女孩啊，她拒绝了谷田茂的求爱，对其他异性的搭讪也不理不睬，甚至一度还信誓旦旦地说过要终身不嫁，为什么如今会对一个中国男人如此痴情呢？在一郎看来，薛翰臣虽然是个不错的人，他们之间也是相交甚欢的朋友，但客观地讲他还算不上太出类拔萃。薛翰臣多愁善感，还有些优柔寡断，将来或许会成为一名优秀的桥梁专家,像他自己常说的那样造出一座属于自己的桥,但不太可能成就更大的事业,他究竟哪里吸引到妹妹了呢?

因为有所顾忌,一郎和翰臣的谈话很快就陷入了僵局,一郎又说了几句好好养病之类的话就提出告辞,翰臣自然也不便挽留。高桥一郎离开后,薛翰臣使劲咳了一气,咳得眼泪都掉下来了,才稍稍平息下来。他躺在床上情不自禁地想起了与幸子在一起的往事,想起在"公主"号邮轮上幸子掠过他额头的指尖,想起他们在斯库尔基尔河边第一次牵手,想起来来往往的那些诗句,想起他们每天傍晚在河边的散步……连日来的咳嗽折磨得他日夜不宁,想着想着翰臣就在不知不觉中睡了过去。

翰臣做了一个梦,梦见自己已经和幸子和好如初,又像往日一样漫步在斯库尔基尔河的河边,幸子挽着他的胳膊,像一只小猫一样温柔地依偎在他身旁,他嗅到了一股淡淡的香味,那是属于幸子的味道。他指点着给幸子讲横架在河面上的一座铁桥,说将来要在白河上造一座同样的桥。幸子赞许地点头,相信他一定会实现这个理想。他们正向前走着,面前忽然出现了一座神庙,他有些纳闷儿,河堤上什么时候建起了这座神庙?幸子拉着他向神庙走过去,说要和他一起在菩萨面前发誓,从今往后再也不分开,但他们刚走到庙门前,那座庙就化成一道青烟消失不见了。紧接着幸子也跟着不见了。天上忽然下起了雨,冰凉的雨点被风吹着打在翰臣的脸上,翰臣顾不得这些,只想立刻找到幸子,他在雨里奔跑着,大声呼唤幸子的名字……

翰臣从梦里惊醒时看见幸子就坐在床边,她正俯身看着自己,眼泪不停地流下来落在他脸上。翰臣没有去想她为什么会来,又是什么时候来的,他心里只有一种强烈的冲动,想要张开臂膀把幸子紧紧抱在怀里。但他还是极力克制住了这种冲动,他知道如果那样做自己就将彻底无法自拔。但是,他还是无法冷下脸来,赶走幸子。

翰臣不知自己究竟怎么了,是不是被谁施了魔咒?他甚至忘记了咳嗽,双手和嘴唇不停颤抖着,不知如何是好。突然,幸子一下子扑到他身上,她用力搂住翰臣的脖子,箍得他喘不过气来,她的嘴唇紧紧贴在他嘴唇上,翰臣尝到了幸子眼泪的滋味,幸子的眼泪正通过她的嘴唇流到翰臣的嘴里,咸咸的外壳里像琥珀一样包裹着一缕少女的芬芳。随后,翰臣听到幸子哽咽着用欣喜的声音说:"翰臣君,我听到你在梦里喊我的名字,我知道你不想离开我,我也同样不想离开你。我发誓从今天起,不管发生什么事,再不让你离开我,你也要发誓,从今天起,不管发生什么事,再也不许说分手。"

翰臣再克制不住自己的感情,抬起双臂把幸子紧紧抱在怀里,相拥而泣。翰臣忽然想到这还是他们的初吻,随后,他尝出了吻的味道,馨香甘甜里带着一丝咸涩。翰臣点着头,不管不顾地在幸子耳边轻声说:"我发誓,从今天起再不说分手了。"

8

斯库尔基尔河上的赛艇盛会第三次来临时,薛翰臣和高桥兄妹没有到河边凑热闹,而是徜徉在极负盛名的费城国家独立历史公园里。如今,翰臣和幸子已经难分难舍,彼此成了对方生命的一部分,漫步在河边的长堤上时,他们已经开始憧憬美好的未来。大学毕业后他们打算先找一份工作,然后继续留学深造,等中日间的战争结束后,再考虑回国的事。关于是回中国还是日本,他们有过几次小小的争执,最后商定两个国家都要回,不偏不倚,一年之中在中国住半年,再去日本住半年。

高桥一郎看到他们感情稳定下来,一颗波动的心也安定下来,也不再想翰臣能否配得上妹妹的事,还打趣说将来要亲手给他们建起两座房子,一座在日本,一座在中国。一郎对建筑的热爱已经达到了痴迷的程度，只要一有空闲他就会身背画夹走进费城的大街小巷，看到一座喜欢的建筑就会停下脚步飞快地临摹下来，回去后再细心揣摩。参观费城国家独立历史公园就是他的主意。第一次来一郎就被里面的建筑深深吸引，此后一有空闲来此观赏，每看一次他的崇敬就会增加一分，终于按捺不住内心的激动，把妹妹和翰臣也拉来一起分享他的喜悦。

褚天泽惶惶出现在他们的面前，此时他们刚刚观赏完自由钟，正走到独立宫门口。高桥一郎仰头指着乳白色尖塔兴奋地给翰臣和幸子做讲解，从建筑风格一直说到独立宫的历史。他说："一座建筑的魅力在很大程度上其实是历史的魅力，浸染了历史的风风雨雨，那些砖瓦石块就有了灵魂和生命，有了精神和骨气……"一郎正说得起劲儿，褚天泽在他们身后喊了一声"薛翰臣"。

褚天泽跑得气喘吁吁，额头上的热汗腾起一片白气，用训斥的口吻说："薛翰臣，我们马上就要当亡国奴了，你怎么还有心思在这里四处闲逛呢？赶紧跟我走。"说着伸出手来拉翰臣。

薛翰臣迅速向旁边迈一步，躲开褚天泽伸过来的手，问："究竟怎么了？你想带我去哪里？"虽然已经相识三年，但对这位学长翰臣一直亲近不起来，总感觉他有些莫明其妙。

褚天泽大概没想到薛翰臣会突然躲开，有些尴尬地愣了愣，抬手在脑门上抹一把，把汗水甩在地上，捏紧拳头举过头顶说："怎么了？日本鬼子炮轰了卢沟桥，北平沦陷了，天津沦陷了，华北危及，中华民族危及！现在全中国的学生都在游行示威，我们这些留学生也要行动起来，走上街头抗议日本侵略者的暴行，声援国内的同胞。"

薛翰臣惊得目瞪口呆，甚至没有注意到身边一郎和幸子一下变得苍白的面孔，原本他以为中日间的战争很快就会结束了，没想到却又暴发了全面战争。他心里的火呼地一声燃烧起来，祖国已经到了生死存亡的关头，作为一个中国人怎么能袖手旁观呢？闲适的心

情瞬间崩溃,他像褚天泽一样握紧拳头说:"我现在就跟你走。"

话出口后他才想起了身边的幸子和一郎,他愣愣地看着高桥兄妹,心里的感觉十分复杂。他们就是褚天泽所说的"日本鬼子"呀,如果他去街上游行,势必会伤害他们之间的感情,可是,个人的感情又怎么能凌驾于国家利益之上呢?褚天泽却不管那么多,催促翰臣快走,说同学们已经集合完毕,马上就要出发上街了。翰臣还在犹豫,就在一年前,他和幸子刚刚一起发过誓,不论以后遇到什么事,都绝不再伤害他们的爱情,幸子会理解他吗?

褚天泽拉住翰臣的一只胳膊说:"你还在犹豫什么?再不去就来不及了。"

幸子就是在这时候向翰臣走过来的,翰臣以为她会拉住自己的另一只胳膊,和褚天泽进行争夺,让他不要去游行。但事情并没有那样发展,幸子没有拉他的胳膊,而是在他的耳边轻声说:"我和哥哥先走了,回头在老地方见面。"幸子说完还冲他笑了笑。翰臣心里一热,他明白幸子是不想让他为难才决定先走,"老地方"是斯库尔基尔河上的一座石桥,他们经常在那里见面。

薛翰臣冲着兄妹俩点了点头,然后便跟着褚天泽走了。

游行过后,好多中国留学生都跃跃欲试要回国从军,去抗日前线杀敌报国。第一个离开的是褚天泽,临走前他特意来翰臣的宿舍里辞行,拉住翰臣的手摇晃着说:"国家兴亡,匹夫有责。如今国难当头,但愿你能抛开儿女私情,以民族大义为重,以抗日救国为重,早日回国效力。"

翰臣低下头,有了一种很浓的羞愧感。几天前他刚刚和幸子约定,毕业后先在美国举行一个简单的婚礼,然后再考虑回国的事情。生逢战乱,谁也无法预料今后会发生什么,他们都有些担心相恋一场,最终却无法结为夫妻。对于他们的主张,高桥一郎开始并不赞同,他认为事情有些仓促,另外也没有征得父母的同意,架不住幸子一再纠缠，最后也只得点了头。

　　京都发来电报的时候，薛翰臣和高桥兄妹正忙着准备各自的毕业论文，四年学业即将结束，他们三个人都很兴奋，渴望着把学士帽扔上天空的那一刻早些到来。翰臣和幸子尤其兴奋，随着毕业临近，他们的结婚的日子也就越来越近了，如今他们每次见面都会谈论婚礼。那天傍晚，高桥一郎拿着电报跑过来时翰臣和幸子正漫步在大堤上，边走边谈论有关结婚的一些细节，翰臣提议先在学校附近租一间房子做新房，然后在教堂举行婚礼，由牧师做证婚人，仪式结束后再办一个简单的派对。

　　翰臣说到这里停下来，双手扶住幸子的肩膀，看着她的眼睛说："只是这样过于简陋，让你受委屈了。"幸子依偎在翰臣怀里，抱住他的腰轻声说："只要能和翰臣君在一起，无论怎样幸子都觉得幸福，我……"

　　幸子正说到这里，一郎跑到了他们身边，满脸焦急地说："妹妹，刚收到家里发来的电报，母亲得了重病，我们必须尽快赶回京都，否则……"一郎没有再说下去，但意思显而易见，晚了恐怕就见不到母亲最后一面。

　　幸子开始没有搞清哥哥的意思，她拿过电报看了一遍，才终于明白发生了什么，她双腿一软，突然瘫倒在翰臣的怀里，嘴里喃喃地说："怎么会这样呢？怎么会这样呢？母亲的身体一向很好哇！"

　　翰臣和一郎架着幸子往回走，来到横跨在河上的桥头时，一郎停下脚步说："翰臣君，我和幸子两小时后在汽车站见面，再乘车去纽约，从那里搭乘邮轮回国，拜托你先把妹妹送回学校，帮她收拾一下东西。"翰臣明白一郎的意思，离别来得过于突然，他是想让自己和幸子有个话别的机会。

　　幸子完全被母亲得病的消息击垮了，回学校的一路上她始终还在喃喃自语，一遍遍不解地问："怎么会这样呢？怎么会这样呢？"

和她同宿舍的珍妮见翰臣来了，会心地笑笑，主动离开给他们提供方便，但幸子却没想起要和翰臣告别，一直坐在床边发呆。翰臣把她的皮箱搬过来摆在她面前，她也没想起收拾东西，反而纳闷地问他想做什么？翰臣的心里像针扎一般的疼，他为幸子难过，更为他们的爱情难过，不知道幸子这一走，今后他们是否还会有再见的机会。他把幸子紧紧抱在怀里说："不要太难过，请你相信我的话，母亲不会有事，一切都会好起来的。"幸子似乎突然清醒了过来，用力抱住翰臣在他耳边说："翰臣君，我现在只有一个愿望，临走之前要做一次你的女人。"

翰臣也渴望和幸子融为一体，但他觉得此时却不能做这件事，幸子母亲病重，他们怎么会在这种时候做这种事呢？他犹豫了一下，轻轻推开幸子，摇摇头说："我们不是早就约定好了吗，这件事要留到新婚之夜时再做。"幸子摇摇头说："翰臣君，你现在就要了我吧，我害怕那一天永远不会到来了。"翰臣也说不清那一天是否还会来临，但他故意轻松地笑笑说："相信我幸子，那一天一定会来的，到那时我们就正式做夫妻。"

翰臣提着皮箱和幸子赶到汽车站时，高桥一郎已经买好了车票，正焦急地等在车门口，一辆开往纽约的灰狗大巴已经发动起来，发出轰隆隆的声响。翰臣把皮箱放进车下的行李箱里，刚刚直起身子，幸子就扑到了他身上，紧紧地搂住他，吻得他喘不过气来。他们两个都流了泪，他们的眼泪合到一处流进两人的嘴里，幸子含糊不清地说："翰臣君，你一定要等着我。"翰臣用力点点头。司机等得不耐烦了，按响了喇叭。幸子猛然把翰臣推开，几步跑进了车门里。高桥一郎冲翰臣挥挥手说："多保重，翰臣君，但愿再见面时，我们不会成为敌人。"

灰狗大巴的窗玻璃是特制的，在外面看不到里面，里面却能看见外面。翰臣知道幸子就在某个窗口后看着自己，他不停挥着手，跟着大巴车跑出车站,又跟着它跑出两条街,直到汽车彻底消失了踪影,他才收住疲惫的脚步,瘫坐在费城的街边。

半个月后,翰臣拿到了宾夕法尼亚大学道桥工程专业的毕业文凭。

一个半月后,他收到了幸子从京都寄来的信。在信里幸子告诉他母亲已经病逝,父亲也病倒了,一郎应征入了伍,她只能留下来照顾父亲,不能再回到美国了。收到信的当天傍晚,翰臣又一次走上了斯库尔基尔河的大堤,每走出几步,他就会想起当日与幸子在一起的一件往事,耳边似乎也回响起幸子温软的腔调喊他"翰臣君"。物是人非,让他备感凄凉,没有幸子的费城他再也无法待下去了。

回到宿舍后,他给幸子写了一封信,告诉她不要难过,自己也很快就要回国,他们迟早都会有相见的那一天。把这封信扔进邮筒里时,他突然有一种可怕的感觉,今生也许再也不会见到幸子了。

第三章

1

郭大强是后半夜带人埋伏在土岗后的。天阴着,月亮没有影,几个星星睡眼惺忪地躺在云缝里。郭大强扒开面前的青草往远处瞄一眼,下合县掉进了黑窟窿,连一点灯火都不见,扭头见肖虎子正趴在地上端枪瞄准,一脚踢在他屁股上,扯着公鸭嗓喝问:"你小子他妈干啥呢?"

肖虎子长得虎头虎脑,爹妈都死在日本人手里,十六岁扛枪当兵,跟了郭大强两年,以往也常挨打,但都有些原因,不是办错了事,就是说话没走脑子,这次却被踢得莫明其妙,咋也想不出自个错在哪儿。他眼珠转转,摸摸脑袋答:"俺保家卫国,跟着连长打鬼子呢!"

郭大强薅把草塞进嘴里,嚼出满嘴丫绿沫子,呸一声吐口青草味的唾沫说:"三更半夜哪他妈有鬼子?听老子的命令,把你的枪当老婆,先搂着它睡一觉,醒了再保家卫国打鬼子。"

肖虎子还趴在地上,犹豫不决说:"连长,咱要是一家伙睡着了,鬼子摸上来可咋办?"

郭大强嘿嘿一笑,大长脸往右边一摆说:"咱这次是联合作战,不是还有国民党呢吗？咱负责睡觉，他负责站岗，枪响咱再起来也不迟。"郭大强长脸又往左边摆摆说："再说了，营长不是在那边埋伏着吗，咱睡得着，他睡不着，有他守着能出啥事？你小子干事得动脑子，该急时急，不该急时别瞎急，要不然，吃屎都赶不上热乎的。"

肖虎子把枪搂进怀里，忙不迭拍马屁："连长，跟着你真好，总能吃到热乎屎。"话一出口才知道不对劲儿，害怕又挨打，赶忙转移话题问："连长，有件事俺一直没琢磨明白，你咋总好吃草呢？走到哪儿吃到哪儿，不光吃青草，连干草你也吃。"

郭大强平常还真没想过这件事，经肖虎子一说才恍然，他还真有这个怪毛病。他自己知道，每次吃草时，心里都会想一个人，那个人的名字就叫毛草。自从在云雾山失散后，他们已经四年多没见面，也不知道她是活着还是死了？要是活着过得是好还是孬？那天他被红军排长陈建光硬架着撤出战场后，就穿上军装当了兵，陈建光表情沉痛地说第五次反"围剿"已经失败，红军大队要进行战略转移，上级命令他们留下来打游击。郭大强跟着陈建光在云雾山里钻了三年，卢沟桥事变爆发，国共合作抗日，他们从山里出来就成了新四军。陈建光被提拔为营长，郭大强成了连长。这次奉上级命令，与国民党汤恩伯的部队联合作战，要在下合县城外和出来扫荡的鬼子干一仗。下合离上合二百公里，已经成为沦陷区。

日本人的军队从县城里开出来时，太阳已经爬到一竿子高，郭大强正站在壕沟里解裤带，趴在土岗上的肖虎子扭回头，又摆手又挤眼睛冲他打哑谜。郭大强掏出家伙对准一个蚂蚁窝，把蚂蚁浇得四散奔逃。

"急个鸟？离得还远着呢！老子咋也不能憋着泡尿打鬼子。"郭大强挤尽最后两滴尿，边提裤子边说。

郭大强爬上土岗，从草丛间看出去，通向上合县的大道腾起一片烟尘，看不见出来了多少人马。郭大强伸出手，肖虎子把背着的

望远镜递给他。郭大强向烟尘里看了一会儿,嘴上数着说:"一辆、两辆、三辆、四辆……小鬼子这回阵势可太大了,我瞅着有点不对劲儿啊,一个下合县哪来这么多鬼子?闹不好是丰城的鬼子出动了,八成狗娘养的提前得到消息,有了防备。咱这点人马,哪能跟他硬碰硬地干?就算加上国民党兵,也干不过人家小鬼子。"

肖虎子凑过来问:"连长,那咱咋办好?"

郭大强把一棵草放进嘴里,边嚼边转着眼珠子说:"营长不是总说吗,既来之,则安之。老子们也不是吓大的,告诉兄弟们,都把手指头从扳机上拿下来,谁也不许给我先弄出动静来。"

小日本的队伍渐渐从烟尘里露了出来。前面跑步前进的是伪军,都是鸡屎黄的军装,头戴大檐帽。后面跟着几十辆摩托车,上面坐的都是鬼子。随后是汽车队,每辆车上都站着几十名荷枪实弹的鬼子,车队只见头不见尾,弄不明白有多少车。郭大强咽口唾沫,看来小鬼子这次是下大本钱了。

肖虎子凑上来小声说:"连长,鬼子进入射程了,咱打吧?"

郭大强眯起眼睛,看看日本人刺刀上反射出的太阳光说:"打个鸟。你去传我的命令,都别着急,我说开枪再开枪,我不点头,鬼子的皮靴踩到脑袋上也不许动。我要是说跑,谁也别犹豫,麻溜跟我跑。"

郭大强已经想好了,挨到国民党兵先开枪,让他们把日本人的火力引过去,再趁乱动手。

敌人越来越近,已经听得见伪军队长的口令声。

肖虎子又凑上来说:"连长,这回该打了吧?"

郭大强不答话,扭头往右边看,国民党的阵地也没有动静。郭大强心里暗笑,看来是跟老子想到一块去了,老子就跟你耗到底,看最后谁能熬过谁。

最后还是国民党军按捺不住,先开了火,像割庄稼似的射倒了一排伪军。伪军就地卧倒，日本兵迅速从汽车上跳下来，用车厢当掩体还击。枪声像爆豆似的响起来。郭大强突然看到，汽车上不但站着日本兵，还站着重机枪和迫击炮，枪炮声一齐响起来，枪子呼啸着飞向国民党阵地，随后炮弹也在那边开了花，国民党军阵地顿时笼罩在一团烟雾里。

肖虎子还没见过这样大的场面，惊得目瞪口呆，郭大强一巴掌拍在他屁股上："你小子看傻了咋的？传我的命令，别理那些伪军，都瞄准小鬼子，给老子往死里打。"

肖虎子答应一声打着滚传达了命令，大家都开了火，他才回归原来的位置，他还从来没见过这么多鬼子，兴奋得端枪的手直发抖，扣一下扳机，就在心里念："爹，儿子给你报仇了。"再扣下扳机又念："妈，儿子给你报仇了。"鬼子的枪炮冲着土岗打过来，在土岗上织成一张火力网，压得他们抬不起头。一发炮弹在离肖虎子十几米远的地方开了花，震得土岗子猛的一颤。肖虎子看见两个战友飞起几米高，又重重落在弹坑里，就再也不动了。肖虎子抖掉脑袋上的土，骂一声"狗日的小鬼子"正要抬头射击，一排机枪子弹扫过来，像鞭子似的在阵地前沿抽出一道土线。

郭大强的公鸭嗓从硝烟里传过来，命令他查查还有多少人能打仗。肖虎子打着滚数完了，交火二十几分钟，连队死伤一大半，他正要回去交令，一串机枪子弹飞过来，眼见着又有三名战友倒了下去。肖虎子从几个死伤的战友身上跃过去，滚到郭大强身边哭着说："连长，咱要完蛋了，去掉死的伤的，没有多少好人了。"

郭大强不答话，闪电般伸出手，摁下肖虎子的脑袋，一颗枪子吹着口哨从他们头上飞过去。郭大强嘿嘿一笑说："你小子是个大老爷们儿，别动不动就哭天抹泪的，打仗哪有不死人的？你就留在我身边，老子估摸上级马上就会下命令撤退，到时候你告诉弟兄们跟紧喽，谁也别掉队。"

郭大强正说着,果然来了传令兵,上级指示:化整为零,分头撤退。

2

郭大强带着人撤下土岗,跃过一道壕沟,一直往北跑。眼前是一片开阔地,正是春天,庄稼还没长起来,地里最高的作物只有越冬的小麦,根本无处藏身。日本人的枪子和炮弹兜着屁股撵上来。肖虎子边跑边说:"连长,小鬼子开车追呢!咱两条腿跑不过他狗日的车轱辘,咋跑也是死路一条。"

郭大强说:"老子早料到了小鬼子有这手,告诉兄弟们,都别照直跑,拐着弯往前蹽,过了这块开阔地,进了那片树林子,小鬼子就拿咱没辙了。"看到鬼子车队第一眼,郭大强就知道苗头不对,早观察好了周围的地形地物,选好了退路。

肖虎子抬头往远处看看,北边果然影影绰绰有一片树林子,跑着也不忘拍郭大强马屁:"连长,你真高,神通广大,火眼金睛。"肖虎子话刚说完,忽然又觉得不对劲儿问:"可北边是丰城,那是鬼子的大本营啊,咱这不是往虎口里送吗?"

郭大强嘿嘿一笑说:"老子就是要跟小鬼子捉迷藏,先把他弄糊涂,再拐弯奔正西,进了云雾山,老子就天不怕地不怕了。"

日本人穷追不舍,郭大强他们钻进树林子,枪子也跟着追进树林子。被打断的树枝树叶噼里啪啦落下来,正在枝头歇脚的一群野鸽子被惊得飞起来,扔下一片惊慌的咕噜声,冲向西南边的天空里。

"连长,鬼子还没糊涂,下车跟进了树林子。"肖虎子闪到一棵树后面,边射击边说。

郭大强抬起驳壳枪,回头打出一梭子子弹,抹一把脸上的汗说:"他娘的,小鬼子这次是裤裆里的屁屁,粘上咱了,出了树林咱往西扎，用不了多远就能看见一条河，过了河鬼子就追不上了。"

过了河，鬼子也没放过他们，枪声一直在身后追，郭大强带人跑到天黑，钻进了云雾山里，身后的枪声才总算平息下来。

大伙聚在一个山洼里，都累得瘫软在地上，扔了枪呼哧呼哧喘粗气。郭大强靠在一棵树上，扭头往两边看看，心顿时就像被扔进了酸菜缸。这场仗开打之前，连里齐刷刷的百十号兄弟，都穿着刚发的新军装，现在跟着他跑出来的只有三十来人，有一半还受了伤。郭大强一拳头砸在地上，在黑暗中把一棵草塞进嘴里，嚼得咬牙切齿，要是早知道这样，还不如他娘的挺到最后，一直不开枪呢！

郭大强站起身，走过去弯腰查看伤员。跑了大半天，受伤的战士都疼得龇牙咧嘴，捂着伤口直哼哼。郭大强扯着沙哑的嗓子骂："小黄，你他娘的卫生员咋给老子当的？这么多伤员不救，跑哪躲清静去了？"

郭大强连喊几声不见回应。肖虎子凑上来低声说："连长，别喊了，小黄在山脚下挨了一枪，临死前把药箱给了我，让我带进山里来。"

郭大强先是一愣，随后一把扯下头上的帽子，狠狠摔在地上。正想亲自动手给伤兵包扎，黑暗中突然又传来一阵枪声。大家赶紧爬起来，手忙脚乱操枪还击。肖虎子带着哭腔说："连长，看来咱这回是走投无路了，小鬼子竟然追进了山里。"郭大强躲在一棵树后面，侧耳听听，不是小鬼子三八大盖的枪声，顿时觉得不对劲儿，喝令大伙停止射击，扯起公鸭嗓冲着枪响的方向问："你们是哪一部分的？"

枪声停下来，黑暗中随后传来喊声："你们是哪一部分的？"

郭大强答："老子是新四军加强连。"

对方说："老子二十五师独立营。"

肖虎子低声说："连长，看来国军也没啥了不起，和咱一样被鬼子撵进了云雾山。"

郭大强示意肖虎子别说话，继续冲着黑暗中喊："你们有多少人？要往哪边去？"

对方说:"我们三十多人,要往西去,你们有多少人?"

郭大强说:"我们五十多人。"

肖虎子扯他的胳膊,"连长,你咋不识数,咱加上受伤的,三十还不到。"

郭大强兜着肖虎子屁股来一脚,嘴上喊:"你们往西,那我们就往东。咱大路朝天,各走一边,井水不犯河水,谁也别惹谁。"对方答应了一声"好"。听到对方离开的脚步声,郭大强才压低声音告诉肖虎子,咱得跟国民党吹着唠,先把他们震住。

郭大强在云雾山里钻了三年,早把这摸得清清楚楚,带着大伙跨过一条小溪,穿过高大的橡树林,钻进一片茂密的灌木丛。天已经快黑透了,只能模模糊糊辨出一条灰白色的小路。不时有野物被惊起来,突然发出一阵响声,从他们脚前逃开。肖虎子弯着腰往前面走,嘴里纳闷儿地问:"连长,咱这是要往哪去?俺也在这山里钻了一年,这条路俺咋没走过?"

从灌木丛里钻出来,眼前出现一片光秃秃的岩石。郭大强拍拍肖虎子肩膀问:"这地方你走没走过?"肖虎子这才恍然大悟:"原来是这里呀!"又用手指着说:"那边有个洞子,叫野猪洞,咱在里面躲过一个冬天。连长,今晚咱是不是就睡在山洞里?"

肖虎子迈步正要往洞口走,郭大强喊住他低声说:"今晚咱不睡洞,睡外面的草棵子。"

肖虎子以为听错了,石洞里有石床石桌,还有以前铺好的干草,又避风又舒服,放着这么好的地方不去睡,干吗要钻草棵子?郭大强把嘴里嚼的一棵马莲草吐掉,脑袋向西一摆说:"那伙人不是善茬子,咱得防着他们点。"

大家各找各的地方,分头钻进草棵里,耳边很快传来战友的鼾声,郭大强却咋也睡不着,那么好的弟兄们,昨晚还在一口锅里搅马勺呢,如今说没就没了,让他咋能不揪心。牺牲的七八十条汉子

— 78 —

站成排，从他眼前的天空里走过去，每过一个，他的心就被扯得一疼，等那些人都走完，他的心就被扯得像刀剜一样疼。月亮升起来了，玉盘一样挂在天上，草棵里传出各种虫子的叫声。郭大强狠狠抹一把眼泪在心里骂自己："兵熊熊一个，将熊熊一窝，你个狗日的窝囊废，没出息的货，就知道淌尿水子，那么好的兵愣被你给带没了，你咋还有脸活着？"他使劲拧一把自己的大腿，疼得直咧嘴。忽然就想起一件事，往前爬几米，拿手去捅肖虎子。肖虎子睡得正香，迷迷糊糊问有啥事。郭大强嘿嘿一笑说："好事，你小子想不想弄把好家伙使？想的话就麻溜起来，跟老子走。"

郭大强是想去国民党那弄枪。刚才对方开火时，他已经听出来，对方手里拿的是德国造的冲锋枪，俗称"花机关"。他早就惦记弄一把这样的枪。他们打算趁对方熟睡之机，悄悄摸过去，把枪弄过来。郭大强领着肖虎子穿过灌木丛，正往前面走，不提防和几个人走了个顶头碰，双方措手不及，都拉起枪栓，瞄准对方。

郭大强抢先开口问："你们是什么人？半夜不睡觉瞎溜达啥？"

对方答是国民党军，正在巡逻放哨，又问他们是什么人。

郭大强说："我们是新四军，也在巡逻放哨。"

双方放下枪，各走各的路。肖虎子边往回走边摇头晃脑说："连长，我看他们不像是巡逻的，好像是奔咱们营地来的。"

郭大强嘿嘿地笑笑说："这还用你说，针尖对麦芒，狗日的国民党跟咱们想到一块去了。日本人封了云雾山，咱得在这窝几天，以后小心点，晚上睡觉留岗哨，别让他给摸了去。"

3

毛草是第二天早晨遇到郭大强的。

当时她正手里提着一只土黄色的橡胶水桶，去一条小溪边打水。

昨晚他们睡在了一片松林里,后半夜起了风,毛草睡不着,听了半宿的松涛声。快天亮时她才迷糊过去,随即做了一个梦,梦见自己变成了一只白色的鸟,飞在好大一片水面上。二少爷薛翰臣就站在远处的岸上等着她。开始,毛草飞得迅捷有力,离翰臣越来越近,但后来她忽然发现,不论怎么飞,她和他之间始终保持一段距离,她飞一段,他就往后退一段,她再飞一段,他又退一段,她总也飞不到他身边。她的翅膀变得越来越沉重,身体不断往下落,汹涌的涛声离她越来越近,她的翅膀沾到了水,变得千钧重,拉着她向水面坠落。她努力挣扎着,试图让自己飞得高一点,但终究无济于事,最后还是一头扎进了水里。毛草就从梦中醒了过来。她抖掉满身的松针,发觉自己还在松林里。

相同的梦她已经做了好多年,每次的结局也都一样。

四年前,也是在这座云雾山里,毛草失足摔下山涧,被国民党军连长霍东山搭救,伤好后就穿上军装当了兵。连里的卫生员老李年纪有些大了,又好喝酒,喝了酒就误事,霍东山就安排毛草给老李当助手。后来又送她到军医院学习了半年,她学成回来不久,老李在一次战斗中负伤,毛草就接替他的职务,当起了连队的卫生员。抗日战争爆发,汤恩伯率部在怀来、南口、居庸关一线与日军血战十日,毛草救治伤员有功,被授予忠勇勋章,霍东山也因战功从连长升为营长。

毛草从营地出来时战友们还都睡着,她准备打些水回来,烧开后给伤员们清洗伤口。昨天撤退时,帮她背药箱的士兵挨了一发炮弹,人和药箱一起飞上了天,没有药物,毛草就只能先简单处理一下,准备回头再去采些草药。毛草提着水桶,奔着流水声走,穿过一片开得正艳的报春花,眼前闪出一条小溪。这时候,毛草看见一个男人正站在水里,那人脱得赤条条的,浑身上下只剩条裤衩,正弯着身子洗澡。毛草当了几年卫生员,早见惯了男人的身体,不以为然地冲着那人的后脊梁咳嗽一声说:"喂,说你呢,凭啥一个人把整条小溪都霸占去?一大早晨的,也不怕冻得慌。"毛草知道这人是新四军,她的战友都还睡在松林里,但国共两军都一样,只要是个人,就得讲道理。

那人听到声音回过头来,毛草立时瞪大了眼睛,这个男人她太熟悉了,眯缝眼,大长脸,两颗板牙,除了郭大强还能是谁呢?

"大强,你还活着?"毛草手里的水桶扑通一声掉在地上,脱口而出。

四年时间过去,毛草的个子长高了,大辫子剪掉,梳成了短发,人也成熟了许多,但郭大强还是一下认出了她。这些年他日思夜想的不就是她吗?那双厉害的丹凤眼,一笑脸上长出的两只酒窝,不知多少次出现在他的梦里,他幻想过许多与毛草重逢的场面,但这一天来临时,他却不太敢相信自己的眼睛。

"草儿,真是你吗?"郭大强呆立在溪水里,傻呵呵地问。

每次嘴里吃草时,郭大强的眼前也会看到毛草,那个毛草也会和他说话冲他笑,有时候甚至还会对他更亲近,但那个毛草很快就会消失在空气中,他生怕眼前这个毛草也是假的,害他空欢喜一场。

听到熟悉的公鸭嗓,毛草激动得流出了眼泪,她从小被卖到薛家,除了薛翰臣之外,大强一直是她最亲近的人,她知道大强真心实意对自己好,为了她连命都可以不顾,在云雾山失散以后,她一直以为大强已经死了,还偷偷为他流过几次泪,没想到他竟然还活得好好的。

毛草用力点着头说:"俺就是毛草,大强,没想到在这里碰到了你。"

她心里一下子冒出一串问题,她想问问大强,什么时候参加的新四军?这些年都在哪儿?

她正要开口,郭大强突然怪叫一声,像猴子似的从水里跳出来,

蹦着高跑到她面前,张开水淋淋的双臂,摆出要拥抱的架势。他兴奋得过了头,完全忘了自己赤身裸体,全身上下只穿着一条湿漉漉的裤衩。

毛草一闪身躲开,脸羞成一块红布,几年过去,没承想大强还和过去一样毛手毛脚。郭大强没想起自己光着身子的事,迈一步追上来,又往毛草身前凑。毛草重重一跺脚,两道眉毛吊起来,指着大强下命令:"站住,你看看自己的模样。"

郭大强一低头,这才发现自己没穿衣服,咧开大嘴嘿嘿一笑,扭身向溪边走,嘴上却还犟:"这有啥了不起,小时候下河洗澡,你也不是没见过?"毛草骂了一声"呸",把脸扭到一边。

郭大强穿好了衣服,两个人离开溪边,向前走了一段路,坐在一块岩石上,把几年来的经历分别讲了一遍。郭大强听说她是卫生员,一把拉住她的手,二话不说就往营地走,毛草不明所以,又没有他力气大,被拖着向前走出十几米,才奋力把他的手甩开,瞪圆了眼睛喝问:"大强,说得好好的话,你又犯什么病?把我往哪儿拉?"

郭大强摸摸脑袋,嘿嘿一笑,露出两颗大板牙。

"一着急忘了征求你的意见了,老子的卫生员牺牲了,扔下一大堆伤兵,在那疼得直哼哼,你帮哥一个忙,给我的弟兄看一看。"

毛草一摊手说:"看看倒是行,可没有药,你让俺咋给他们治?"

大强说:"药箱子还在,就缺个懂医术的人。"

毛草跟着大强向前走几步,忽然心里一动说:"帮你的兄弟治伤行,可有一个条件,你得答应我。"郭大强说:"草儿,咱俩谁跟谁,还啥条件不条件的?有啥事你只管说,只要能让你高兴,哥这条命给你都行。"

毛草知道大强说得不是假话,他是真心对自己好,从小到大他都像亲哥哥似的护着她。毛草抿嘴笑笑说:"大强,用不着你拿命换,我们那边也有十几个伤兵,我的药箱被鬼子的炮弹炸飞了,没办法给他们治,你只要给我些药品就行。"

郭大强脑袋摇得像拨浪鼓,小眼睛瞪成了玻璃球。

"草儿,这事可不中,就在这云雾山里,狗日的国民党整整追了老子三年,多少兄弟死在了他们手里?昨天晚上,他们还冲老子开枪,打伤了我两个兄弟。老子的药品是卫生员拿命换来的,凭啥给那些狗日的,老子……"

郭大强指手画脚说得正来劲,一旁的毛草已经气得炸了肺,抬手一拳捣在他肩膀上。

"俺就是国民党,就是你说的狗日的,你一口一个给谁当老子?"

郭大强被打得身子一歪,看一眼毛草气得煞白的脸,这才意识到自己说错了话,嘿嘿一阵傻笑说:"草儿,没承想,几年不见,你还这么厉害,我骂的不是你,是他们那些人,他们……"

"他们也都是中国人!和咱们一样有血有肉,吃饭睡觉,上面下道命令,让往西边跑,他们就往西边跑,让开枪,他们就只能开枪。他们有啥错?你要是不给我药品,我就不给你的人治伤。"毛草打断他的话厉声说。

郭大强看毛草真生了气,虽然心里不愿意,但为了让她给手下治伤,也只得勉强同意说:"草儿,你还真急眼了,多大点儿事啊,哥给你药还不行吗?"嘿嘿一笑,涎着脸又说:"刚才我不是给你当老子,是给我儿子当老子,那小子还不知道在哪转筋呢!有一点俺敢保证,只要是你乐意,我就让他给你当儿子。"

毛草兜屁股给他一脚骂:"狗嘴里吐不出象牙来。"

郭大强和毛草说说笑笑往营地走,毛草走出几步,突然又停了脚看大强。

郭大强以为她又要提什么条件,一拍大腿说:"姑奶奶,你还有完没完了?不就是会治点伤吗,有啥了不起的?"

毛草不接他的话茬,低头搓着军装的衣角说:"大强,你说二

少爷现在怎么样了？是不是还在国外呢，也该回来了吧！"

郭大强正要开口，前面突然传来一声刺耳的枪响。

4

郭大强扔下毛草，拔腿就往营地跑，穿过那片灌木丛，看见自己的手下正和一群国民党兵顶牛。两伙人都端着枪，枪口指着对方，手指扣在扳机上，双方剑拔弩张，一触即发。肖虎子一见郭大强就叫起来："连长，你可回来了，国民党上门来找碴儿，赖咱绑了他的人，非让咱交出来。"

郭大强顿时火冒三丈，也顾不上问问事情的来龙去脉，紧跑两步蹦到一块岩石上，抽出腰里的手枪，冲天上指着，扯起公鸭嗓吼："还反了他狗日的！老子不找他，他来惹老子，今天咱就跟他较量较量。"

郭大强正直脖子嚷嚷，眼前多出一个人，浓眉大眼国字脸，穿的军装也与众不同，显然是个当官的，那人铁青着脸，冲郭大强一抱拳："小弟霍东山，兄台怎么称呼？"

郭大强撇嘴看看他说："少他妈称兄论弟套近乎，老子不吃这一套，是爷们儿咱就拉开架势干一场，装熊就给老子滚到一边去。"

霍东山听郭大强的声音耳熟，想起昨晚在黑暗中的那通喊话，知道对方不是善茬子，也立时翻了脸，冷笑一声说："霍某本以为事情蹊跷，怕有什么误会，既然你们共产党不识抬举，不把人交出来，咱就只能刀枪相见。"说着也抽出腰里的手枪，冲身后一挥手喊："弟兄们……"

就在这时，毛草从灌木丛里跑出来，几步站到霍东山和郭大强中间，高举双手大喊："都给我住手，你们这是要干什么？"

郭大强伸手拉毛草的袖子说："草儿，你赶快闪到一边去，别跟着瞎掺和。国民党打上门，跟我们叫号，老子咋也不能装熊。"

霍东山看见毛草，一下愣住了，国字脸上的表情既惊讶又尴尬，更多的还是惊喜。四年多朝夕相处，他早在心里偷偷喜欢上了毛草，只是一直没有机会表白，前几年和共产党打，这两年又和日本人打，总也没有消停时候。另外，他也始终没有鼓起勇气，他害怕自己剃头挑子一头热，人家毛草压根没那个意思，到时候两人都尴尬。他的爱情就一直装在心里边。他总是悄悄关心毛草，默默地帮她做事情，刚才听到报告，毛草不见了，他立时就急昏了头。手下人吵着说，这地方除了我们，就只有共产党，八成是被他们绑了去。霍东山脑袋一热，也没有仔细想一想，带人就扑到了新四军的营地。

"小毛，这么长时间，你去了哪里？大家到处找不到，所以才……"

郭大强已经看出端倪，冷笑一声说："所以才打上门来，诬赖老子绑了你的卫生员是吧？"

毛草看一眼霍东山，就知道郭大强说得没错，赶忙笑着打圆场。

"既然是场误会，大家说开也就行了，我来给你们介绍。这是我从小长到大的伙伴儿，新四军连长郭大强。大强，这是我刚才对你说的救命恩人，二十五师营长霍东山。"

霍东山冲郭大强伸出手，抱歉地笑笑说："实在不好意思，兄弟办事鲁莽，请大强兄多多包涵。"

郭大强故意不理他，把双手藏到身后，脑袋仰起来吹口哨，似乎逗弄树上的松鼠。树上根本没有松鼠，他是有意和霍东山斗气。毛草看着又好气又好笑，硬把他推过去，扯着他的手和霍东山握了握。郭大强本来还想绷着，得理不饶人，再收拾霍东山几句，看手已经握了，只得勉强冲霍东山点点头说："我还是那句话，今后咱大路朝天，各走一边，井水不犯河水，谁也别惹谁，下次再出这样的误会，别怪我们不客气。"

霍东山没吭声，虽是刚接触，他对郭大强这人却一点好印象也没有，本来自己理亏，觉得愧疚，既然对方无礼，他也就用不着再客气。他板着脸，冲郭大强点点头，向身后的下属招手，说声跟我撤，带着人往灌木丛边走。回头见毛草站着没有动，就喊了一声小毛，问她为啥还不走。

毛草说："营长，你们先走吧，我待会再回去，先帮他们看看伤员。"

霍东山心里不爽，怪毛草多事，新四军已经先说了"井水不犯河水"，摆明了不想友好相处，咱再这么上赶着，不是拿热脸去贴人家的冷屁股，费了力还不讨好吗？若是别的手下，他早声言厉色下命令，但对毛草他却板不起脸来，他眼睛看着毛草，话说给郭大强。

"小毛，还是算了。新四军定了规矩，各走各路，两不相犯，咱就要尊重人家。"

郭大强把他的话接住，眼睛盯着霍东山，话硬邦邦地也说给毛草。

"草儿，你跟姓霍的走吧，老子的伤兵用不着你治。"

霍东山吼："姓郭的，你没完没了，给谁当老子？"

郭大强吼："老子就给你狗日的国民党当老子。"

毛草看两个人都红了眼睛，手伸向腰里的枪，又要往一起顶架，赶忙连拉带推，把霍东山弄到一棵松树后，低声喊了声"东山哥"。霍东山是她的救命恩人，毛草一直心存感激，没有外人时，从不叫营长，一直叫东山哥。

毛草说："东山哥，我不是白给他治，是有交换条件的，我给他治伤兵，他给我药品。有了药品，就能给咱们的弟兄治伤了。再说了，大家本来都是中国人，没有啥深仇大恨，现在又都被鬼子撵到了山里，就该互相帮助。"

霍东山咽口唾沫，没再说什么，也不冲郭大强打招呼，径直带人离开了。

毛草留下来，忙了好一阵，给伤员们清洗消毒上药包扎，郭大强围前围后跟着她转。毛草嫌他碍眼，挥手赶他走，"大强，你该啥干啥去，一个当连长的，跟卫生员后面转腾啥？"郭大强却不走，赖皮赖脸地嘿嘿笑，"草儿，俺四年多没见你了，都快忘了你的模样长相，你只管忙你的，不用管我，哥在旁边把你好好看看。"

　　毛草听得一阵心酸，大强直肠子，说的都是心里话，看就由他看去吧，反正也看不坏。

　　毛草给新四军战士治完伤，拿上些药品，要回自己的营地，郭大强死活要送她回去。两个人一前一后走进灌木丛，郭大强走在前面，两只胳膊高高扬起，把低垂的枝条架起来，护住身后的毛草。刚才看毛草治伤时，他就已经想好了，这次要正式向毛草表白，让她明白自己多年来的心意，虽然毛草一直说喜欢薛翰臣，但那毕竟是小时候的事，就像是过家家玩游戏，不能太当真。如果自己说得动情，没准毛草就许答应了。

　　郭大强心里这么想着，他们已经走完灌木丛，走进那片橡树林。郭大强想，出了橡树林就是国民党营地，再不说就来不及了，他把拳头捏得咯咯响，手心里握出两团汗，一咬牙，猛然间停住，回过身说："草儿，等一会儿再走，我有几句话要对你说。"

5

　　毛草被郭大强吓了一跳，下意识地站住脚，在她的印象里，大强一向嘻嘻哈哈，从来没有正经的，眼前的他却满脸严肃，好像心里压着天大的事，毛草搞不清他突然犯了什么病，更想不到他要对自己说什么。

　　郭大强显然也不适应这个严肃的形象，脸板得仿佛不是他自己的，两条腿也抖个不停，他使劲咽口唾沫，在心里鼓励自己，别紧张，

营长不是常说吗，窈窕淑女，君子好逑，一个大老爷们儿，对心爱的女人表白不算啥。但他的嘴却不听话，不肯替他办事，好像贴了封条一样，咋也不肯把心里的话说出来。

毛草等急了，推一把郭大强，告诉他有啥事快点说，她还要回去给伤员包扎呢！

郭大强一急，心里的话更说不出来，直脖子瞪眼睛，嘴唇抖得像发疟疾。给他帮忙的是身边的橡树，一颗越冬的橡实被风一吹，从树上落下来，正砸在大强脑袋上，他的话就冷不丁地被砸了出来。

"草儿，俺想对你说，俺喜欢你，想娶你当媳妇，在一块过日子，生孩子，白头到老。俺还想告诉你，从小到大，这么多年，俺一直都喜欢你，只不过没敢告诉你，怕你听了生气，再也不理我，我怕这次再不说，以后就没机会说了。"

毛草吃惊地睁大眼睛，她万料不到大强会对她说这番话，她也从未看出他有这样的心思。从小到大，她都拿大强当亲哥哥，有了麻烦事找他办，有了愁事找他说，甚至包括对翰臣的感情也只对他倾诉。谁想到大强会有这想法呢？她想起过去大强说过的话，这才明白他原本就不是开玩笑，而是在说真的，只是自己一时糊涂，没有往那上想罢了。虽然过去了好几年，但她心里一直想的还是二少爷薛翰臣，想得很苦很苦，白天想，晚上更想，她心里很难再容下其他的男人，即便是大强也不行。但现在大强当着她的面把话说出来了，一时之间，她真的不知该咋办好。毛草急得流出眼泪，两只手互相搅着，扭成了一只麻花。

郭大强一口气把话说完后，整个人就像一条倒空的口袋，肚子里空荡荡的，人也一下放松下来，脸上恢复了痞里痞气的表情，向上挑了挑眉毛，不看毛草，冲着身边一棵橡树说："草儿，行不行的今天你给哥一句痛快话，行咱就在一起过日子，不行也免得今后我还瞎惦记着。"

第三章

毛草心里百感交集，却不知该如何开口，虽然从前没把自己往大强身上想过，但如果没有二少爷薛翰臣，她也许会痛快地答应大强给他当媳妇。但她心里已经先有了二少爷，他就像一把锁一样，把她的心锁死了，再无法对别人敞开。可她知道大强的心里充满了期待，她怕自己实话实说，大强会受不了的。

郭大强转过身，看到毛草脸上的泪，突然慌张起来，结结巴巴说："话又说回来了，这事你也用不着太往心里去，答应咱就做夫妻，不答应咱还像从前那样做兄妹，都没啥。"

毛草知道自己必须开口了，否则就更对不住大强。她抬起头，咬咬牙说："大强，我心里一直放不下二少爷，咱以后还是做兄妹吧！"说完拿过大强手里的药品，转身就跑。

毛草跑出橡树林的时候，霍东山正坐在林边的一块石头上等她。从新四军的营地离开后，他的心就一直放不下来，始终在喉咙口悬着，开始他不知道为什么，后来一下子想清楚了，他担心的是毛草，更确切地说，他担心的是郭大强，他害怕郭大强对毛草做点什么事情。霍东山已经看出来，毛草和郭大强的关系非常亲近，他害怕郭大强花言巧语说动毛草，让她投奔新四军，到时候自己就赔了夫人又折了卫生员。他在营地里待了一会儿，心里越发地乱，就从营地信步走出来。他迈着步子胡乱往前走，似乎没有目的地，到了橡树林前面，他才明白自己是要来接毛草。后来他就看见毛草从林子里跑了出来，毛草跑得慌里慌张，虽然相距很近，却没有看到他。霍东山那颗悬着的心就又往上一跳，似乎就要从喉咙里蹦出来。他怀疑郭大强已经对毛草说了什么，紧接着他就给自己下来命令，要向毛草大胆表白，免得郭大强那家伙先下手。

山里没有粮食，霍东山的士兵采来野菜野果，用水煮一煮，对付着吃了口干粮。毛草半点吃不下，被郭大强搅乱的心还像只兔子似的在扑通乱跳，她努力克制着自己，动手给伤员处理伤口，第一

个伤员包扎好,心才慢慢平静下来。每看一个伤兵,她就命令他们把破了洞的军装脱下来,所有的伤兵都包扎完,毛草已经收集了一堆染着血的军装。她顾不上喘口气,抱着这些衣服去了小溪边。

毛草正低头洗衣服,看见水里映出一个人影子。她抬起头,看见霍东山正站在面前,毛草就笑了笑,喊了声东山哥。

霍东山咳嗽一声,国字脸上的表情严肃起来,两道浓眉也皱到了一起,开口说:"小毛,我有句话要对你说。"毛草嘴上答应着,手上没有停,依旧搓着一件军装。她没看到霍东山脸上的表情,自然也没想到他有啥重要的事情要说,以为只是些无关紧要的小事,耳朵听着,手上忙着,正好两不耽误。霍东山等了等,不见毛草停手,只得冲着她弯下去的脊梁说:"小毛,有件事我一直想问你,你觉得我这个人咋样?"

毛草把洗好的军装从水里拎出来,搭在岸边一块巨大的岩石上,有些漫不经心地说:"东山哥,这还用说吗?你这人挺好的,对手下关心照顾,打仗也勇敢,大家背地里都念叨你的好。"霍东山说:"我不是问大家的意思,是问你觉得我咋样?"毛草看一眼霍东山,她觉得东山哥今天有些奇怪,好像是哪里不太对劲儿。她两道眉毛向上竖了竖,丹凤眼里亮光一闪说:"我也觉得你挺好的,要不能喊你东山哥?"

霍东山心里就一阵欣喜,把最想说的话说了出来。

"小毛,那你愿不愿意和我结成夫妻,从今往后在一起过日子?"

毛草万料不到霍东山要对她说的是这句话,霍东山是她的救命恩人,在她心目中,他一直都是位让她感激敬重的兄长,从未想过要和他做夫妻。她愣在了水里,手上的军装掉下去,被流水冲出几米后,缠在一块突出的石头上。毛草不知道哪里出了问题,几个钟头前,大强刚说过这样的话,现在霍东山也跑来说,毛草就快被逼疯了。她嘴里下意识地说:"东山哥,我真没想过这件事,我们今后还是做兄妹吧!"

霍东山已经明白了她的意思,斩钉截铁地问:"是不是因为郭大强?"

毛草摇摇头,"不是因为大强,我心里早有了另一个人,他的名字叫薛翰臣。"

6

薛翰臣是初夏从美国回来的,刚在大薛庄过完端午节,就动身去了白城,他一心想着用自己学到的知识,为抗战尽一份力量。

如今的白城已经面目全非,不再是他当初读书时的模样,城墙上修筑起工事,大街上到处都是荷枪实弹的士兵和从别处逃来的难民。人们议论纷纷,说日本人刚在下合县城外打败了国共联军,下合县离白城不到四百公里,中间只有上合县这最后一道屏障,日本人就要杀进白城来了。

薛翰臣没有立刻去见守城长官,在白城旅馆住下来后,先搞了几天调查研究,随后又把自己关进房间里准备了几天,这才带着画好的图纸去了白城国民党军的司令部。他在一名警卫带领下,走进余明的办公室时,余明正光着膀子坐在一把藤椅里喝茶,剃得锃亮的光头上挂着一层细密的汗珠。自从被任命为白城卫戍司令后,他的心就没有一天踏实过,他暗自把自己的兵力和日军做了对比,觉得不管是出城迎战还是死守不出,结果都只能是死路一条。日本人离白城越来越近,他的情绪就越来越沮丧,他觉得自己就是被绑到庙门前树上的一头羊,想逃逃不了,想躲躲不开,只能硬生生地等着被人杀掉。这几天他正在收拾东西,打算把家小送出城,让他们搬到白河南岸的永城,他想,有白河这道天险做屏障,永城一时还不会被攻破。

薛翰臣先做了自我介绍，随后把一张图纸铺到桌子上，在余明面前展开。余明向前伸伸脖子，看见纸上画着乱七八糟的一堆线，搞不懂这个自称从美国回来的年轻人究竟是啥意思，他挠挠脑袋，抓下一把汗珠子，随手就甩在红砖铺成的地面上。

翰臣用手指着图纸说："余司令，我图纸上的这两条线，就是城南的白河。白河河宽水深，但现在河上只有一座简陋的漫水桥，不利于大部队通过，这几天我已经观察到，逃难的百姓和从白河南岸来增援的部队都争着走这座桥，使得桥上每天人满为患，不仅部队的行动速度大受影响，而且踩踏和挤落水中的情况也时有发生。我建议司令在河上再架一座新桥，这样，两岸间的往来就会变得畅通无阻。"

余明终于搞懂了薛翰臣的意思，他重新坐回到藤椅里，跷起二郎腿，把穿着皮靴的两只脚放到桌面上，撇着嘴说："我当从美国回来的人，能有什么好主意，却原来不过是纸上谈兵。建一座新桥如果真那么容易，国民政府早在河上建起十座八座桥了，没等你的桥打好地基，日本人恐怕就已经攻到白城城下了。"

薛翰臣对这个光头军人没有好印象，直觉告诉他，这个人并非真想抗日。但他不想放弃自己的计划，并不理会余明傲慢的态度，淡淡一笑，用手在图纸上指着说："为解燃眉之急，我建议司令在这个位置造一座浮桥，这里水流平缓，两岸间距离最窄，架浮桥最合适。"

余明的嘴撇成了一只瓢，摆在桌子上的两只脚抖动着，斜眼睛看薛翰臣。他越来越不喜欢眼前这个狂妄的年轻人了，此人真是一厢情愿，白城已经朝不保夕，所有人都在想退路，谁还有心思琢磨在河上修桥的事？但他没有立刻下逐客令，他觉得还可以逗这个乳臭未干的年轻人玩一玩开开心。

余明用鼻子哼一声说："即使是建浮桥，恐怕也要几个月时间吧？"

薛翰臣摇摇头说:"不必,如果司令按照我的方法,我保证用不了半个月,河上就会架起一座新桥。"

余明掏出一支烟点燃,把一串烟圈吐到头顶的空气里,懒洋洋地问:"你想用什么方法架桥?"

薛翰臣说:"我打算用小船做浮子,船与船之间用铁索串连,再在船上铺木板。此法古已有之,方便快速,经济实用,船划到哪里,桥就能铺到哪里。如果司令……"

余明已经失去了耐性,他突然觉得听一个来路不明的人谈论架桥,简直荒唐透顶。他呼地一声从椅子里坐起来,把烟头扔在地上,用皮靴尖狠狠地碾成粉末,板起脸说:"对不起,本人公务在身,不便挽留,薛先生还是请回吧,建桥之事日后再议!"

薛翰臣不想走,还想仔细给余明解释一下,让他同意自己的主张,他正指着图纸要说话时,余明已经转身而去,把他扔在了办公室里。翰臣只好悻悻然地把图纸收起来,从白城卫戍司令部里离开。

翰臣回到住宿的白城旅馆时已经到了中午,楼上楼下飘着一股菜香味。翰臣心情非常沮丧,精心准备的架桥计划,被余明轻易地否定掉了,画好的图纸变成了废纸,他没有心思吃饭,回到房间就一头倒在床上。看着棚顶的天花板发呆时,幸子的脸浮现在眼前的空气中。

自从幸子回国后,翰臣就开始忍受相思之苦。在美国时他们还可以通过信件联系,回到中国后,他还在不断给幸子写信,但却无法寄给她,写完的那些信都被他放在了皮箱里。这时候,他就只能用回忆和想象继续他们的爱情了。他会从和幸子在船上相识起,一直想到他们在费城车站分手,想过一遍,又会再想一遍。他发现,越想自己就会越痛苦。回忆不是治疗相思的药物,而是一把锋利的锯齿,只会反复不停地切割人心。翰臣尤其后悔自己当初对幸子的那两次冷遇。他想,如果让他重来一次,他会从一开始就和幸子好

好相处,珍惜在一起的每一分每一秒,有时候,翰臣也会想到遥远的日本去。如果是白天,他会想象幸子走在京都的大街上,手里提着竹篮正去买菜,或者是在床前,正服侍生病的父亲,也可能是手里拿着抹布,正擦拭家具上的灰尘;如果是晚上,他就会看到幸子埋头在桌前,写那部计划中的小说,或者是手捧一本书,倚在床上阅读。随后,他看见幸子放下书,发出一声长长的叹息,对着面前的墙壁,轻轻喊了一声"翰臣君"。

翰臣知道,幸子正像他一样在饱受思念之苦。

7

薛翰臣从白城旅馆出来,沿着仁德路一直向西走,转过玛丽天主堂那座铅灰色的钟楼后,又向北走出一段路,远远地就看到了春望茶馆斜着挑出的幌子——镶蓝边的白布上手工刺绣的一个大大的"茶"字,空气中也有了一股淡淡的茶香。

离茶馆越来越近,茶香也越来越浓,春望嫂爽利清脆的嗓音,还有她银铃般的笑声,也进入耳朵里。翰臣喜欢到春望茶馆来,不仅因为快乐的春望嫂能让他暂时忘掉报国无门的愁苦,这里边还有一个秘密的原因,是春望嫂脸上的某个部位长得很像幸子。开始翰臣说不清哪里像,他连着几天到茶馆来,暗中进行观察,最后终于搞清楚了,她们的嘴巴很相像,都是薄嘴唇,紧紧地抿着,两只嘴角略向上翘,即便板起脸时,看上去也带着一丝笑意。

春望嫂是个寡妇,三十出头年纪,说话办事左右逢源,八面玲珑,还有一条透亮的好嗓子,心里高兴时,手上忙着,嘴里就唱了出来。她的声音一落,喝茶的客人就忙着鼓掌喝彩,夸奖说:"春望嫂,你这条嗓子不唱戏可惜了,你要是唱戏,满堂红的桂月娥都会没饭吃。"春望嫂笑笑,抬手抹一把梳得光亮的鬓角说:"桂月娥我可不敢比，人家是响当当的名角，在戏园子里挂头牌。不过话说回来了，我不去唱戏也不是因为怕她，我是怕你们大伙没茶喝。"

春望茶馆里总是那么热闹，从早晨一开张，五行八作各色人等，就陆续聚到这里来。茶水一泡上，大家就自动分成几个小圈子。下棋的一伙，忙着摆棋子；好戏的一伙，开始溜嗓子；更多的人则聚在五爷身边，听他不紧不慢地说时事。五爷是一位前清秀才，六十几岁年纪，生得须发皆白，颇有些仙风道骨，讲起话来抑扬顿挫，更难得的是眼光高，啥事都能被他看到头前去。

春望嫂正提着一只锃亮的铜壶，给一位客人续水，抬头看见薛翰臣，没像对别的客人那样大声招呼，只是嘴巴动了动，梳着高高发髻的脑袋向里面摆了摆。翰臣心领神会，径直向里面走，他知道靠北窗的那个位置春望嫂肯定替他留着。翰臣在座位上刚坐好，春望嫂就像一阵风似的刮到了他面前，手脚麻利地给他泡上茶，端来一盘点心。翰臣用不着开口，茶自然是他喜欢的铁观音，点心则是一盘松软的芙蓉糕。翰臣喝着茶水，吃着点心，眼睛透过窗户看出去。北窗外是一座荒废的园子，主人原是白城一位富商，为躲战乱几个月前去了重庆，园子无人打理，长出了满眼的荒草，间杂着有几朵花开在草丛中，让人更觉凄凉。翰臣把目光收回来，他发觉身边忽然静了下来，众人都停止了说笑，茶馆里只有五爷的声音。

五爷站在茶桌后，正在讲上合县刚打完的一场仗。

五爷说："攻击上合县的是日军谷田茂联队，这个人可大有来头，他发迹于关东军，入伍后屡立战功，不断获得提升，被称为日军中的明日之星。接受上司的命令赶往上合县时，他根本没把这个弹丸之地放在眼里，一心以为不费吹灰之力就能把上合县踏为平地。"

五爷停下来，喝了一口茶水。听到谷田茂这个名字，薛翰臣的心里突然一动，他想起幸子给自己看过的那封信，写信的人也叫谷田茂，而且同样加入了关东军，翰臣心里想，会不会是同一个人呢？

这时，五爷又接着讲了下去。

五爷捋一把胡子，眼睛里放出兴奋的光亮说："谷田茂万没想到，这次他遇见了真神，守上合县的是咱们的一一五团，团长姓龙，名叫龙耀章，是四川人，个子不高，却是条响当当的汉子。过去我在白城见过他一次，骑在一匹黄马上，腰里别着手枪，身后背着大刀，红绸子二尺多长，要多威风有多威风。龙团长的手下也不是孬种，他们没缩在城里等着挨打，派出一个营，事先埋伏在了上合县和隆兴镇中间的小山上，日本人没寻思有埋伏，一到那就给打了个措手不及，一下子死伤了几十人。等日本人琢磨过味来时，咱们的人马已经撤回了县城里。谷田茂气得暴跳如雷，下令全力进攻上合县城。你们知道日本人打仗怎么打？都是先用炮轰，大炮先轰了一个小时，这才发动进攻。这仗从一开始就打得苦哇，你想想看，上合县多大块地方？方圆不过十几里，那么多炮弹落下去，还能有一块好地方？谷田茂满心以为，这么一顿狂轰滥炸，咱们的军队早没了抵抗之力，没承想，第一波进攻的日本人刚到城墙边，就被城里射出的子弹打了回去。龙耀章站在城楼上亲自指挥，他的手下没有一个临阵脱逃的，都咬紧牙关，瞪圆了眼睛，小老虎似的把枪口冲着城外面。日本人很快又来了第二次进攻，又被咱们给打了回去。第三次进攻日本人用上了敢死队，几百人都在脑袋上绑了布条子，手里举着东洋刀，嘴里哇啦哇啦叫着往前冲，跑在头里的中枪倒地，后面的从他们身上迈过去，接着往前冲。咱们的军队没让鬼子吓住，连枪打再手榴弹炸，把敢死队打得七零八落，这一波进攻又被打了回去。城墙下已经扔了二百多具鬼子的尸体。谷田茂气得快疯了，一个赫赫有名的联队，竟然打不过咱们的一个团，真是奇耻大辱哇。其实，咱们的军队伤亡也很严重，受伤再加上牺牲的也有四五百人，就连龙耀章团长胳膊上也挨了一枪，吊起了绷带。但大伙谁也没想退，都一心和上合县共存亡。从上午到傍晚，日本人一共进攻了十次，一次比一次猛,一次比一次凶,都被咱们给打了回去。那仗打得惨烈呀,枪管子打得通红,子弹壳子堆满了城墙豁口,守城的战士抽烟干脆不用火,直接凑到枪筒上就把烟点着了。双方伤亡相当严重,城上城下都血流成河,日本人死伤了好几百,咱们的部队也死伤了近一半。"

五爷把茶碗上的盖子打开,但却忘了喝水,愣愣地看了一会又重新盖上,又接着往下讲。

"第二天早晨,日本人又开始了进攻,龙团长带着部下死守不退,连续七次把鬼子打了回去。县城里的老百姓也没闲着,给咱们的队伍送饭送水递扛弹药,士兵倒下去,老百姓就顶上去继续射击。谷田茂急红了眼睛,从别处调来了坦克飞机,再次对上合县发动进攻。咱们的队伍没有打坦克的家伙,只能用手榴弹和炸药包硬炸。日本人的飞机在头顶上扔炸弹扫射,坦克把南城墙撞开了一个口子,冲进了城里。守城的官兵个个都是好样的,没有一个逃跑的,一营长和一个日军中队长死在了一起。二营长身上绑着手榴弹,滚到坦克底下拉了弦。龙团长被炸掉了右胳膊,用左手使大刀,还砍倒了两个小鬼子。这一仗,——五团从团长到士兵,包括伙夫在内,一千五百八十人,全部壮烈牺牲。"

五爷说到这停下来,发出一声长叹,茶馆里的众人也都不住地叹息。薛翰臣听得流下了眼泪,心也一跳一跳地疼。五爷缓缓喝下一口茶水,又接着往下说:"日本人也没得着啥便宜,死伤多多,谷田茂这个野兽,为了进行报复,下令屠城三天,可怜上合县的老百姓,几乎都死在了日本人的刀下。"

茶馆里突然一片沉寂,大家都低下头去,仿佛是给死去的士兵和百姓默哀。好一会儿,突然听到啪的一声响,五爷的巴掌重重地拍到了桌子上。"但这一仗打出了气势,也打出了血性,咱让日本人知道了,中国人不是好欺侮的,不会甘心当亡国奴,眼看鬼子就

要来打白城，咱们大伙也得学上合县的老百姓，跟他们干到底。"

茶馆里静了片刻，突然响起了一阵热烈的掌声。

8

日本人的军队还是不可避免地打了过来。

这天早晨，薛翰臣正在白城旅馆里给幸子写信，突然就听到了尖利的防空警报声，他跑进旅馆底层的地下室时，里面已经挤了好多人。地下室里潮湿昏暗，低矮的棚顶上只亮着一盏马灯，昏黄的灯光摇曳不定。大家正在议论纷纷，猜测白城是否能守得住，会不会像上合县那样遭受屠城的命运？一个沙哑的声音说："听说国军已经埋好炸药，要炸白河上的漫水桥，阻断日本人南下进攻的道路。"有人问："那样一来，白城不就变成一座孤城了吗？谁还会管咱们这些老百姓？"沙哑的声音再次响起："谁会拿老百姓当回事？为了阻挡日本人，黄河大堤都能扒出个大口子，一下子淹了几十万人，一座白城算什么？"

大家正说着，日本人的飞机扔下了炸弹。

巨大的爆炸声接二连三响起，尘土扑簌簌从头顶落下来，众人挤在一起，都尽量把身体缩小，似乎这样就可以逃过劫难。飞机轰炸之后，日本人开始了炮击，隆隆的炮声连成一片，炮弹不断在头顶上爆炸。炮轰一个多小时后，外面响起了密集的枪声。众人都不敢出去，依旧挤在地下室里，七嘴八舌地猜测战争的局面。突然就听到一声震天动地的巨响，地下室里瞬间沉寂下来，好一会儿才有人开口，猜想发生了什么事。那个沙哑的声音说："八成是国民党军把漫水桥炸了。"

谷田茂这次吸取了教训，攻城之前先调来了坦克和飞机，飞机在白城上空扔了一气炸弹，随后是一阵猛烈的炮击，坦克随之在地面展开攻击。让谷田茂没想到的是,白城的守军竟然不堪一击,仅仅坚持了几个钟头,就溃不成军弃城而去。守城军队之所以会这样,是因为炮声刚一响起,他们就发现司令余明已经不见踪影,一万多人的部队顿时成了一盘散沙,士兵们纷纷扔下枪,脱掉军装,四散逃命。让日本人吃了些苦头的是白城的老百姓。他们自发地组织起来,登上城楼,捡起国民党军扔下的枪,当起了守城者。日本人攻进城后,这些老百姓躲在暗处,又和敌人打起了巷战。

薛翰臣是临近中午从地下室出来的,那时城里的枪声还没有完全停息下来。枪声像夏天的雨脚,一阵走得紧,一阵走得慢,偶尔还会小跑一通。推开地下室的铁门后,薛翰臣不由自主打了一个喷嚏,空气中弥漫着浓烈的硝烟味,那种味道异常尖利,像刀一样扎进他的气管和肺叶,他知道这里面掺杂着死亡的气息。仁德路两边的很多建筑已经被炸毁,残垣断壁上闪着火光。有人在瓦砾堆上寻找财物,有人拖着长腔,呼唤亲人的名字。一个披头散发的女人不知从哪里跑出来,突然拉住薛翰臣的胳臂摇晃着问,见没见到一个七八岁的小男孩儿。翰臣看看眼前那张慌乱惊恐的脸,无奈地摇摇头,好不容易才挣脱开,继续向前面走。

一大群人拥挤在玛丽天主堂的大门前,乞求里面的人放他们进去,有人干脆跪在地上,不停地给站在铁门里的一位神父磕头。翰臣心里无比酸楚,想不到中国的老百姓在自己的国家里,反而要哀求外国人来保护。薛翰臣挤过人丛,转过街角,继续向前走。在春望茶馆门前,他看见挂着幌子的那根竹竿已经断成两截,倒在茶馆门前的大街上。写着"茶"字的幌子烧得只剩下一半,铺在茶馆前的台阶上。春望茶馆上着厚厚的门板,显然没有营业,不知春望嫂此刻躲在哪里,是否平安?翰臣这样想着,转上市府路。市府路上同样满目疮痍,路面上布满了弹坑,胡乱扔着人们抛弃的衣物。走在路上的人们一脸茫然,不知该去向何处。翰臣下意识地迈动双脚,

心里同样一片茫然。街两边突然出现了一群日本兵，这些人凶神恶煞似的用皮靴踹，用枪托砸，驱赶着人们向市府广场上去。薛翰臣身不由己，被人群裹挟着往前走。

市府广场上已经聚集了好多人，大家缩着脖子，满脸惊恐地看着前面。广场四周布满了日本兵，两挺机枪架在汽车顶上，乌黑的枪口对着人群，似乎随时都会喷出火舌。有一群人正站在广场中心的台子上。那只台子原本是座戏台，每年从小年起，就会在上面唱大戏，一直唱到正月十五才结束。此刻，戏台上站着一群日本军人。他们大部分站成一排，立在戏台靠后的位置上。站在台前的是两个人，一高一矮。高的那个显然是个军官，腰上挎着一把长刀，站得笔直。矮的那个满脸讨好的笑容，腰里别一把短枪。高个子嘴里叽哩哇啦一阵，矮个子冲着他鞠躬敬礼，随后转身面对众人，把日本话翻译成中国话。翰臣和幸子交往几年，早已经熟悉日语，用不着他翻译，先听明白了鬼子军官的话。日军攻城时受到白城百姓的抵抗，让他们恼羞成怒，他们抓到一批反抗的老百姓，准备在广场上示众三天，然后处决，以此杀一儆百。

日本军官一挥手，几个日本兵把一队老百姓押上台。一共有三十几个，全部五花大绑，又用一根麻绳串在一起。翰臣的目光顺着那根绳子从一端看过去，来到中间时，他发现了一个熟悉的身影，那人腰杆笔直，高昂着脑袋，花白的头发和胡子，正是在春望茶馆里说书的五爷。翰臣的双手攥成了拳头，骨节发出嘎吧嘎吧的响声，五爷说过的话似乎还回响在耳边。翰臣想，自己绝对不能袖手旁观，必须做点什么。但他却不知该怎么做，面对凶残的日本人，他的留洋经历根本派不上用场。

薛翰臣暗自咬紧牙关，对自己说一定要想出个办法来，把五爷和这些老百姓搭救出来，但越急越想不出主意来，额头上冒出了一层热汗，心里还是毫无头绪。

第三章

就在薛翰臣无计可施时,一个日本军官出现在他的视线里。那个人原本站在戏台后侧,此刻不知什么事走到了前面来,凑近那个高个子日本军官,低声说了几句。翰臣的眼睛突然一亮,这个人他太熟悉了,虽然穿上了军装,但此人的身上依然散发着儒雅的风度,他太熟悉他了,他怎么能认不出他呢?他就是高桥幸子的哥哥,也是自己的好朋友,高桥一郎。

第四章

1

薛翰臣是傍晚时分走出白城旅馆的。

他没有直接去日军司令部，而是兜了个圈子先去了市府广场。走在被炸得坑洼不平的大街上时，他的心里像烧着一团火。他打算先看看五爷等人的情况，告诉大家要挺住，他会想办法搭救他们出来。没想到，广场路口上站着荷枪实弹的日本兵，他刚一靠近，就被枪杆推了回来。薛翰臣只能远远地向戏台看过去。戏台上的人们受过严刑拷打，又一天水米没打牙，大多有气无力地低垂着脑袋，但五爷的脑袋却高高昂起，像一朵硕大的白花开放在晚风中。翰臣在心里悄悄叮嘱五爷一句，转身快步向日军司令部方向走。

日军驻白城司令部对于薛翰臣来讲并不陌生，就在一天前，这里还挂着国民党军白城卫戍司令部的牌子，如今却讽刺性地成了日军的大本营，那位守城长官余明也不知所终，几个月前，翰臣还到这里来找他商议抗战大计，现在却是来找高桥一郎疏通关系。翰臣无奈地摇摇头，心里泛起一丝酸楚，迈步踏上台阶。

侧前方的大理石柱子后，突然闪出一个日本兵，大喊一声站住，把刺刀逼到翰臣的胸口前。翰臣向后退一步，他知道自己不能急，否则什么事情都办不成，他努力克制住情绪，用日语向对方说明了来意。那个日本兵愣了愣，大概没想到眼前这个中国人会说日语，并且还认识高桥长官，他判断出此人来头不小，急忙把刺刀收回去，双脚并拢立正敬礼说："高桥长官不在司令部，住在不远处的一个四合院里。"

薛翰臣按照日本兵的指点，找到那座古朴的四合院，此时高桥一郎正手里拿着画夹，站在院子里画速描。进入白城不久，高桥一郎就被这座四合院的建筑风格所吸引，没有住进司令部，而是执意住进了这里。从司令部一回来，高桥一郎就脱掉了军装，换上一件白绸布的中式长衫，仰头看几眼面前的建筑，随即在纸上飞快地勾画几笔。他再次抬起头时，看见侧后方的院门外站着一个身着学生装的年轻人。高桥一郎愣了一下，随后惊喜地喊了一声"翰臣君"，快步向门口走过来。翰臣犹豫了一下，没有像过去那样喊"一郎"，而是客气地喊了一声"高桥君"。也就一年多，在宾夕法尼亚大学的校园里他们还是同学和朋友，可如今高桥一郎已经成为了一个侵略者，他怎么能再和往常一样与他亲近呢？高桥一郎却似乎并不像他这么想，他亲热地拉住翰臣的手，一直把他拉进屋子里，扶坐在一把椅子上，然后亲自动手泡茶。薛翰臣看着高桥一郎在茶几前的背影，突然发觉一件事，自己到这里来，除了要搭救五爷等人外，还有另一个目的，就是要打听有关幸子的消息。这个想法起初还只是若隐若现，随即就越发强烈起来，像洪水一样在他的脑海里泛滥成灾，甚至把他来此的本意也淹没殆尽。

高桥一郎把一杯茶放在翰臣面前，就滔滔不绝地讲起了自己的经历。回到京都不久，他就应征入伍，经过短暂急训后便开赴到中国战场，经过两次调防，他和东京大学的同学谷田茂重逢，就留在其手下当了个参谋。薛翰臣侧对着高桥一郎，不时点头回应一下，

表面上他听得很认真，只有他自己知道，高桥说的那些话他其实一句也没有听进去。在高桥讲述的过程中，翰臣的脑袋里始终转着一句话，那句话开始还很小很小，像儿童手里拿的纸风车，慢慢就越转越大，最后就变成了一只巨大无比的风车，把他的脑袋都装满了。他最想问的就是幸子现在的情况，她一切是否都好？有没有像她自己说的那样开始小说创作？但他知道，此时此刻谈论这些事情又是何等的不合时宜。他暗中咬紧牙关，努力把那些盘旋在喉咙口的话硬压下去。

高桥一郎说完自己的情况，又问到翰臣的经历。翰臣本来不想说，自己的经历乏善可陈，但却无法推辞，只得简单地讲述了一下，一不留神，他就说出了几个月前向余明献计抗击日军的事。他用的是"日寇"两个字，话刚一出口，薛翰臣突然意识到眼前的高桥一郎正是"日寇"中的一员，赶忙尴尬地停下话头。

天色暗了下去，挂在墙上的条幅模糊起来，好像融化在灰白色的墙面上，两个人一时都噤了声，屋子里突然变得很静，似乎掉下一根针都能听得清清楚楚，空气也仿佛凝固了一般。高桥一郎率先打破了沉默，左手搭在翰臣的右手上问："翰臣君，空手道还在练习吗？哪天找机会一起切磋切磋？"

薛翰臣忽然就想起了宾夕法尼亚大学里的那片枫树林，还有他和一郎学习空手道的那些时光，心里不由得一热，右手敏捷地一翻，反扣住一郎的手腕，笑着说："好哇，真要动起手来，许胜谁负还不好说呢！"一郎手腕一缩，像蛇似的从翰臣手里滑出去，手掌立起来变成一把刀，撞向翰臣胸口。翰臣以攻为守，左拳迅速出击，直捣一郎肩窝。一郎收住攻势，双手呈十字型架住翰臣的拳头。两人同时停住手，会心地相视一笑。这一瞬间，他们似乎又回到了从前的时光里，屋子里越发黑下来，但谁也没想起要点灯，好像这样一来，他们就会一直留在回忆里了。

第四章

薛翰臣知道自己必须说出来意了,拖得越久就会越难以启齿,他收回手,端起茶杯浅浅地抿一口说:"高桥君,我今天来是有一件事请你帮忙,市府广场戏台上的那些人,都是普通老百姓,并非守城军人,请高桥君网开一面,把他们放了吧!"

高桥一郎放下手里的杯子,眉头渐渐皱成一团,谷田茂下达示众命令时,他就认为这么做不太妥当,如此滥杀无辜不仅违反人道,而且也有损大日本皇军的形象,但碍于上下级身份,他没有当着众人提出反对。高桥一郎点点头说:"翰臣君请放心,这件事我会和谷田茂联队长请示,力争让他改变主张。"

薛翰臣站起身,向高桥一郎深深鞠躬说:"拜托高桥君了,我代白城的百姓感谢你。"

高桥一郎一把扶住薛翰臣,"翰臣君言重了,说心里话,谷田茂联队长下命令时,我就觉得这么做不太妥当。即便你今晚不来,我也打算向他提出放人的建议,你来了,我的想法就更坚定了。"

翰臣察觉到高桥一郎的手臂在颤抖,知道他说的这番话出自真心。此行的目的已经达到,翰臣知道该告辞了,但他发现自己并不想走,渴望听到幸子消息的念头就像一根绳子,紧紧把他捆在椅子上,他骂自己没有骨气,但又盼望高桥一郎能主动把话头转向幸子。黑暗中传来啪嗒一声开关响,屋子里随即亮起来,翰臣感觉很不自在,似乎在明亮的灯光下他的想法暴露无遗,再无藏匿之处。

高桥一郎忽然从椅子上站起来,笑笑说:"翰臣君,你今天来得正巧,有一些东西我正打算送给你。"

翰臣的脑袋一晕,心突然剧烈地跳动起来,他本能地觉得,高桥一郎要给他的东西与幸子有关。他看着一郎转身进了里屋,捧着一只木盒子走出来,他提醒自己要沉住气,千万不要失态。

高桥一郎把那只盒子放在茶几上,推到翰臣面前说:"翰臣君,这是幸子写给你的信,自从你回国后,她就一直把信寄给我,已经

积攒有十几封了,我一直没有机会带给你,现在好了,它们终于物归原主了。"

2

送走了薛翰臣,高桥一郎换上军装便去了日军司令部。

夜已经深了,白城的大街上冷清得看不到什么行人,高桥一郎走得很急,在街面上留下一串匆忙的脚步声。这阵子,上合县被屠城后的惨状不时会浮现在他脑海中。那天谷田茂下令屠城时,高桥一郎恰巧没有在场。后来,他不止一次想过,如果他在的话,或许能让谷田茂改变主意,收回那个残忍的命令。当时高桥一郎奉命去日军总部送交一份战情报告,等他回来时,谷田联队已经攻破了县城,高桥一郎走进城门洞时,心里还想着能找到几座别具特色的建筑。自从开赴中国后,他就醉心于收集各种类型的古建筑,他觉得在那些雕梁画栋和高扬的飞檐中蕴含着一种独特的美感。但他刚一进城,就嗅到了一股浓烈的血腥味,随后,就看见城墙边倒毙着两具尸体,那两个人都没有脑袋,像两棵树似的倒栽在城墙的垛口旁。这时候,高桥一郎还没有意识到发生了什么事,他以为这只是两个战死的守城军人,他沿着县城的街道向前走,发觉血腥味越来越浓烈,那股刺鼻的味道像一张网似的紧紧把他罩住,让他根本无处躲藏。紧接着,他看到了更多的尸体,街道两边似乎正在举行一场盛大的死亡展览,一具又一具死法不同,形状各异的尸体竞相登场。被砍掉脑袋的、被刺穿胸膛的、被剖开肚子的、被子弹打成筛子的、被吊死在树上的、被淹死在路边沟的……千奇百怪,五花八门。高桥一郎突然察觉到,除了本方的士兵外,一路上竟然没有看见一个活着的中国人,他突然明白这个名叫上合的小县城里发生了什么,他撒腿飞奔着去找谷田茂,想要制止这场残忍的屠杀。

第四章

高桥一郎最后是在一条小巷子里找到谷田茂的。在巷子口上，他看见谷田茂正把手里的东洋刀高高举过头顶，冲着一个跪在地上的中国女人劈下去，高桥一郎赶到时那个女人已经栽倒在地上，脑袋被劈成了两半，一道血雾从脖颈里喷射出来，染红了旁边的一棵柳树。血同时喷到了谷田茂的脸上，谷田茂抬手抹了一把，脸上浮现出诡异的笑容。

"哟西，高桥君你来得正好，这恰巧是我杀死的第一百个中国人。"

事后，高桥一郎问谷田茂，为什么要下达屠城的命令？谷田茂回答得直截了当，为了给攻城时阵亡的士兵报仇雪恨，也为了震慑中国人，让他们知道厉害，今后不敢再进行抵抗。谷田茂说得理直气壮，似乎除了屠城之外再无别的选择。

谷田茂住在司令部后面的两间房子里，高桥一郎穿过前面的办公室走进院子里时，谷田茂穿着一件白色的空手道服，正在一棵石榴树下舞刀，院子里一片刀光和冷森森的风声。高桥一郎想起来，这套练功服还是几年前谷田茂出征时自己赠送给他的，当初他还叮嘱谷田茂勤加练习，日后再见面时切磋切磋。但现在的谷田茂却让他感觉分外陌生，似乎已经完全变了一个人，高桥一郎也不知道自己还能否说服他。

谷田茂收住刀势，抹一把脸上的汗，把刀插进鞘里。高桥一郎看到了他脸上的疑虑，这么晚找上门来，显然是有什么事情要讲。高桥一郎就不再掩饰，开门见山地说："谷田君，我来是有件事要提醒你，请你三思，戏台上示众的那些人都只是普通老百姓，为维护大日本皇军在此地的长治久安，不宜大开杀戒，还是把他们放掉比较妥当。"

谷田茂已经猜到了高桥一郎的来意，再次见到这位昔日的同窗好友时，他感觉留洋生活已经让高桥变成了另外一个人，毫无大和民族的斗志，半点都不像一个合格的军人。

"高桥君,那些人不能放掉,他们虽然不是军人,但却在守城军人逃跑后公然拿起枪和皇军为敌,造成了我军的伤亡。把他们示众后正法,就是为了杀一儆百,让别的人再不敢和我军对抗。"

"但这样做也许会适得其反,很可能激化矛盾,燃起中国人反抗的情绪,中国古人说'攻心为上攻城次之'、'不战而屈人之兵,善之善者也。'"

"那依你看该如何统治白城?"

"如果想要维护此地稳定,当务之急是成立维持会,让中国人去管理中国人,而不是用暴力进行镇压。"

谷田茂面无表情,双手拄着战刀,像一座石像般一动不动,好一会儿没有说话。他的眼睛忽然直盯着高桥一郎,目光尖锐得像两把刀子,出其不意地开口问:"高桥君,是不是有人找你说情,让你放掉戏台上那些人?"

高桥一郎不打算隐瞒,针锋相对地回答:"确实有一个人找过我,不过即便没有他,我也会来找你,天皇想要建立的是大东亚共荣圈,而不是一片躺满了尸骨的坟场。"

谷田茂仍然紧盯着高桥一郎问:"他是什么人?"

高桥一郎也紧盯着谷田茂说:"他是我宾夕法尼亚大学的同学,学习桥梁建筑的,名字叫薛翰臣。"

谷田茂对着高桥一郎看了一会儿,突然把目光转向别处说:"高桥君,我可以放掉戏台上那些人,但你这位同学必须加入维持会,从今天起为皇军效劳。"

3

在回白城宾馆的路上,薛翰臣始终感觉胸口热乎乎的,幸子的信就揣在胸前的口袋里,只要向前迈一步,他都能感觉到那些信触碰到自己的身体上。开始还是长方形状，慢慢地就变成了圆形，就仿佛是一颗心紧贴在他的心上，和着他的心跳有节律地跳动。

薛翰臣走得脚下生风，恨不能立刻回到房间，把幸子的信捧在手里。他推开白城旅馆那两扇笨重的大门时，刘老板手里拿着一把蒲扇，正歪在走廊上的一把藤椅里打瞌睡，肥胖的肚子像座小山似的一起一伏。听到脚步声，刘老板猛然醒了过来，睁开惺忪的睡眼看了一眼薛翰臣，在他心目中，这是个不务正业的年轻人，整天游手好闲无所事事，不是泡茶馆就是逛大街，连一毛钱的进项都没有，将来拿啥娶妻生子安家立业呢？好在他没有欠自己房费，就由着他住下去吧！他忽然想起了一件事，就喊了声："小伙子，留步。"

薛翰臣在楼梯上转回身，问刘老板有什么事？

刘老板费力地从椅子上站起来，迈步走到楼梯旁边。

"刚才有一个人来找你，给你留下了一张纸条。"

薛翰臣心里纳闷儿，在白城他几乎没有什么熟人，谁会找上门来呢？他把那张纸条展开，借着走廊里的灯光看见上面写着一行字：明早八点，春望茶馆见。落款是褚天泽三个字。翰臣想起了在宾夕法尼亚大学时那位说话滔滔不绝的学长，他比自己早离开一年，说是要回国抗日，不知道今天来找自己又有什么事。

仅仅一分钟后，翰臣就把褚天泽忘在了脑后，一回到自己的房间，他就迫不及待地把那只木盒打开，拿出了幸子的信。

幸子的第一封信，是在翰臣回国不久写下的，打开那只淡蓝色的信封后，翰臣先是嗅到了一股幽幽的清香，随后看见洁白的信纸上躺着一朵压扁的樱花。在那朵干枯的花下面，就是幸子纤秀的字迹。

翰臣君：

我写下这封信时，你应该已经结束大洋上的漂泊，回到你的故乡大薛庄了吧？但愿这个春天你没再犯咳嗽的老毛病。京都的樱花

又一次开放了,今年的花开得似乎格外好,但看花的人却冷冷清清,比不上往年那么热闹,或许大家牵挂在外打仗的亲人,都没有看花的兴致吧!想一想,如果不是陪伴父亲,让他出来散散心,我恐怕也不会站在樱花树下的。这一段时间,父亲的病开始一天天好起来,已经可以拄着拐杖行走了,他是忧思成疾,母亲去世和这场战争是他心里绕不开的两块石头。父亲时常会把手上的书放下,发出一声长叹说:"穷兵黩武,家国不幸。"他也很惦记哥哥一郎,我看见他几次偷偷翻开家里的影集,用手抚摸着上面哥哥的照片,为了让他开心,我才提出去平安神宫看樱花。

去平安神宫除了看花,更重要的是为了祈福,在神殿前面的院子里,我在樱花树下的牌坊上挂了三块祈福牌,分别写上了父亲、哥哥和翰臣君的名字,在我心目中,你们三个都同样重要。

坐在神殿前的长廊里休息时,我鼓起勇气和父亲说起了你。我对父亲介绍了你的情况,告诉他你是我这一生最值得珍惜的人。父亲听得很认真,然后沉思了好久,慢悠悠地说:"幸子,我相信你的眼光,你喜欢的这个年轻人一定很出色。不过作为父亲我也要提醒你一句,你选择的是与众不同的爱情,就要准备好承受与众不同的磨难和考验。"我告诉父亲,我早就已经做好了准备,不管将来遇到什么事情,我都会勇敢地去面对。翰臣君,你也像我一样做好了准备吧?

翰臣读到这里,不由自主地把信放下,右手紧紧地握成拳头,在心里对幸子说:"放心吧,我早已经像你一样做好了准备,前面如果是天堑和急流,我就架起一座桥走过去。"

接下去幸子说起了一件往事。那是他们到达美国后的第二年夏天,有一天傍晚,他们在斯库尔基尔河边漫步时,翰臣的注意力被一座铁桥吸引,一不留神失足落进了河里。等他手忙脚乱地爬上岸时,浑身上下已经湿透,整个人都变成了落汤鸡,眼镜也险些落入河水里,只剩下一只腿挂在耳朵上。幸子在信里开玩笑说:"但愿中国的河上没有那么多引人入胜的桥梁,免得翰臣君没完没了地掉进河里。"

翰臣的脸上不自觉地浮现出微笑,这一瞬间,幸子仿佛就站在他的眼前,正调皮地冲着他眨动细长的眼睛。

在信的最后,幸子写道:

翰臣君,今天在平安神宫我偷偷摘了一朵樱花,现在把它夹在信里一起寄给你。"折花逢驿使,寄与陇头人。江南无所有,聊赠一枝春。"这首诗还是你教我念的呢!可恶的战争让我们无法直接通信,我只好把信寄给哥哥,有一天你们重逢时,就会读到它们了。

翰臣从深夜读到凌晨,直到熹微的晨光从窗口透进屋子里,照在窗前的书桌上,他才读完了幸子所有的来信。他的目光像水一样,温柔地流过信纸上心爱的人写下的每一个文字,甚至连一个标点符号也不肯错过。阅读那些信件时,翰臣觉得幸子就坐在书桌旁边的床铺上,正轻声细语地对他说话。但合上信纸,幸子就一下子消失得无影无踪,屋子里又只剩下他一个人,冷冷清清地坐在灯光下。他赶忙打开另一封信。幸子再次出现在眼前,但信一读完,她又一次消失了踪影。翰臣像一个无望的溺水者,把幸子的信当成了救命的稻草,一遍又一遍,反复不停地阅读,直到走廊里传来其他客人起床的声音,他才恋恋不舍地把信放下,收进那只木盒里。

4

薛翰臣揉着通红的眼睛,走出房间去水房里洗漱,虽然一夜没睡,但他却半点都不觉得疲惫,幸子的信好像给他注射了一针强心剂，让他精神百倍。这一天，他打算先去春望茶馆见褚天泽，再去日军司令部找高桥一郎，询问什么时候能释放五爷那些人。

白城的大街上已经有了些人气，不时能看到人们低着脑袋匆匆走过的身影，不过没有人敢在街上逗留，也没有人交头接耳，大家都生怕惹上什么麻烦。

春望茶馆的幌子又重新挑了出来，一个大大的"茶"字在晨风里飘舞，离茶馆还有几十米，薛翰臣就闻到了熟悉的茶香味。他踏上茶馆门前的台阶时，春望嫂笑吟吟地从里面迎出来，手里提着一只擦得锃亮的铜水壶，尖尖的下颏向里面一摆，示意翰臣向里面走。茶馆里面显得很冷清，全无往日的热闹，五爷等几个常客还在戏台上示众，其他的一些老主顾也因为害怕日本人，不大敢上街。翰臣向茶馆里扫一眼，没看到褚天泽的身影，就走到北窗边坐在自己常坐的位置上。春望嫂一阵风似的刮过来，把一盘点心放在桌子上，又弯下身子给他倒茶，一股女性身体特有的温热和茶水的热气掺合在一起，在翰臣鼻翼周围升腾起来，让他的鼻子一阵发痒。他假借伸手去拿点心，把身体离春望嫂远了一点。他这个动作却没能逃开春望嫂的眼睛，她一巴掌拍在翰臣后背上笑着问："咋的兄弟，是不是烦你嫂子，想方设法要离我远一点？"说着故意夸张地把半边身子压过来。

翰臣的脸涨得通红，尴尬地推推鼻梁上的眼镜，咳嗽一声正要辩解几句，春望嫂已经扔下他，一阵风似的刮到门口去招呼其他客人了。翰臣掩饰的目光投向窗外，虽然已经是春天，但残雪还没有完全消融，一株红梅在雪里开得正热闹。他从园子里收回目光时，褚天泽已经坐在了对面的椅子上，开始翰臣没能一下认出他来，褚天泽穿的是一身教书先生式的灰布长衫，头上的礼帽压得很低，腮边蓄着一部有些夸张的大胡子。

"翰臣兄弟，别来无恙啊！"褚天泽向翰臣伸出手。

第四章

翰臣和他握了握手，对这位大师兄他一向有些亲近不起来，和此人交往让他总感觉自己只是个傀儡和木偶，或者说是一枚棋子，一切都要由其操纵和摆布，即使是多年后再次相见，他也很难燃起久别重逢的热情。褚天泽约他到这里来显然也不是为了叙旧，不等翰臣开口，他已经迅速切入正题说出了来意。

"翰臣兄弟，我今天和你见面，是有件事请你帮忙，想必你已经知道了，你的同学和朋友高桥一郎现在就在白城，而且是日军联队长谷田茂身边的一名参谋官。我代表四万万同胞，代表白城百姓，请你务必做一件事，利用你和高桥之间的关系，随时了解日军的动向。"

褚天泽的声音压得很低，但语调却斩钉截铁不容推辞。

翰臣有些措手不及，他万没料到几年后刚一见面对方就会突如其来提出这样的要求。

"你的意思是让我做刺探情报的间谍？"翰臣问。

"不错。国难当头，匹夫有责，咱们要像当年在美国上街游行时那样大干一场,把小鬼子赶出中国去。"褚天泽忽然抓住翰臣的手，摇晃着说："拜托了，翰臣兄弟，身为中国人，我们不能任由他人欺凌。"

尽管有抵触情绪，但褚天泽的话却说得在理，容不得他反驳，至少在这种时刻，对他来说别无选择，作为一个中国人，也许他只能照着褚天泽说的那么做了。他无奈但却是有力地盯住对方的眼睛，沉吟片刻，然后说："天泽兄，你说得对，我没有理由不答应，这几年我一直都盼着为抗日做一点事，现在终于有这个机会了，我焉有不答应之理，请你告诉我具体该怎么做？"

褚天泽压低声音说："事情很简单，你发现日军的动向后就到这里来找我。"

褚天泽说到这停了停，用下巴指了指放在窗台上的一只花盆，里面的万年青苍翠碧绿。"如果我不在茶馆，你就把情报放在这只

花盆下面。"

翰臣庄重地点了点头,褚天泽会心地笑了,摸了一把自己的大胡子说:"回国那一天我就立下了誓言,不把日本人赶走,我的胡子就永远不剃。"

门口传来春望嫂一串银铃般的笑声,招呼客人向里面请,随后便看见两个日本军官走进了茶馆。褚天泽又握了握翰臣的手,随后起身飘然离去。

5

薛翰臣从春望茶馆里出来后,匆匆回到白城旅馆,回国后他一直在悄悄给幸子写信,积攒下来的信已经有十几封,他打算把那些信拿给高桥一郎,请他转寄回日本给幸子。他走进自己的房间,刚打开皮箱要把里面的信拿出来,外面就传来一阵敲门声。翰臣以为是刘老板,没事的时候刘老板喜欢挺着大肚子巡视他的旅馆,呼哧呼哧喘着粗气爬上楼来,和房客们聊几句闲天,顺便催一催房钱。翰臣不耐烦地走过去打开房门,外面站着的却是高桥一郎。

翰臣愣了愣,在他的印象中应该没有把住处告诉高桥,不知他是怎么找到这里来的。

高桥一郎穿着一身白色的中山装,身后背着一只画夹,看上去就像一位出来采风的中国画家。

"怎么,翰臣君不想请我进去坐吗?"高桥笑了笑开口说。

翰臣这才把高桥让进房间,高桥摘下画夹,放在墙边的桌子上,没有坐进翰臣搬给他的椅子里,而是背着手在房间里踱了一个来回,四处打量了一番。"翰臣君,这个房间让我想起了宾夕法尼亚大学的宿舍,虽然小,但却整齐有序,真的很怀念那段时光啊!"

自从回国后,翰臣也经常会回想起留学的那段时光,那同样是他记忆里最快乐的一段日子,但他却没有兴趣和高桥一郎共同回忆,他敷衍地点点头,转移话题说:"高桥君,我想问一下你是否找过了谷田茂联队长,戏台上那些人能释放吗?"

"我已经找过谷田联队长了,只要你答应一件事,就可以放掉戏台上那些人。"高桥一郎看着翰臣说。翰臣本能地觉得那不会是什么好事。"不知道需要我做什么?"翰臣直视着对方的眼睛问。

"很简单,白城刚刚成立了维持会,会长的人选已经有了,还需要几位德才兼备的副会长,翰臣君年轻有为,是很合适的人选。只要翰臣君做副会长,戏台上那些人就能立刻回家去。"

翰臣避开高桥的目光,想不到日本人会给他出了个这样的问题,他知道维持会是个汉奸组织,如果自己答应下来,国人会怎么看他?但不这样做,就要眼睁睁看着五爷他们被枪决,这两者之间孰轻孰重,他一时无法做出决断。如果现在能问问褚天泽就好了,他一定能给自己一个妥当的提示。但翰臣显然没有这样的时间,戏台上那些人受过刑,再加上又饥又渴日头晒,等不到枪决就可能没命了。

"翰臣君,维持会的办公地就在这附近的德云楼,明天早晨请你去那里参加剪彩仪式。"

翰臣还在犹豫不决,此事绝非儿戏,弄不好自己就会身败名裂,成为众人眼里的汉奸,可是,救人的事呢?

"翰臣君,我知道你心里为难,我会尽力向谷田联队长争取,让你只挂虚职。"高桥说。

翰臣知道自己不能再犹豫了,他努力使自己镇定下来,勉强点了点头。

"翰臣君,我马上回去向谷田联队长汇报,让他下令释放戏台上那些人。"

高桥从椅子上站起来,和翰臣握了握手,脚步匆匆向外面走。翰臣在后面喊了一声:"高桥君,请留步。"高桥已经走到了门口,

手正抬起来伸向门把手,转回身来问:"翰臣君,还有什么事?"

薛翰臣的脸突然一红,低声说:"我有件私事请你帮忙。"

翰臣走到皮箱边,把自己写的那些信拿出来,"拜托高桥君把这些信寄给幸子。"

翰臣把信递过去时一直低着脑袋,不敢看高桥一郎,他心里觉得有几分惭愧,托一郎给幸子寄信,似乎也成了这场交易的一部分,仿佛是他为了出任副会长而加上的一个砝码。这让他有些瞧不起自己,也感觉愧对他和幸子纯真的爱情。

高桥一郎爽快地把信接过去说:"翰臣君只管放心,我乐意做你们的鸿雁,以后你和小妹之间的信件,就由我转寄好了。"

高桥一郎走后,薛翰臣突然像被抽去了筋骨,一下子瘫软在床上。他望着头顶上的天花板想,今后还不知道会发生什么事,但为了救五爷他们,也只能硬着头皮走下去了。他打定主意,明天就从白城旅店搬出去,到别处租一个房子,离维持会尽量远一点。

走廊里喧闹起来,一股饭菜的香气从门缝里钻进来,在往常,翰臣的午饭都是在旅馆里吃,交一点钱在刘老板的灶上搭伙,今天他改变了主意,决定不吃饭了,立即去春望茶馆。

他很快又回到了春望茶馆,虽然早晨刚来过,但春望嫂看到他却似乎一点也不觉得奇怪,依旧笑着用下巴把他往里面请。茶馆里的人比早晨多了些,有几个人聚在一起正谈论还珠楼主最新的武打小说。翰臣还是坐在靠北窗的桌子上,喝了几口茶水后,假借欣赏窗外的景色,把一张纸条悄悄放在了花盆下面,纸条上写着日本人让他做副会长的事情,他觉得应该把这事告诉褚天泽。

从茶馆出来后,翰臣绕个弯去了市府广场。他看见路口戒严的日本兵已经不见了,戏台上空空如也,五爷那些人显然已经被释放了。

翰臣长长地出了一口气。

6

两天后，薛翰臣从白城旅馆搬出去，住进了绿柳巷。

绿柳巷在白城东北，因为巷子口长着一棵百年老柳树而得名，翰臣的新住处是一个独门独户的院落，里面三间正房，外带一个不大的天井。平时翰臣深居简出，实在推脱不过时，才去维持会应个卯。

有一天傍晚，翰臣回到住处时看见院门上贴着一张纸，上面用墨笔写着"汉奸"两个字。翰臣呆立在门前，感觉自己的心像被重锤击打一般剧烈地抖动两下，好一会儿才有勇气抬起手把那张纸撕下来。翰臣刚一走进屋子，就一头倒在床上，他看着头顶上雪白的天花板出了一会儿神，右手习惯性地伸向枕头下面，幸子的信就藏在那里。这些日子里，每天晚上他都是在阅读幸子的来信中睡去的，那些信他已经读过了好多遍，几乎每一封刚看个开头，他就能立刻一字不差地背出全部的内容，但他还是会不停地读下去，每次看到幸子的字迹，他就仿佛看见她站在了自己的眼前。除了读信之外，翰臣还会常常给幸子写信，那些信都交给高桥一郎转寄回了日本。有时候，翰臣会不由自主地责问自己，答应高桥一郎担任副会长的职务，到底是为了救人，还是为了保持和幸子的通信呢？如果是前者，他的出发点就是好的，他称得上是一个救人于危难之中的义士；如果是后者，那他无疑就是一个置民族大义于不顾，只想着男欢女爱的汉奸和败类。这两个念头像两只野兽似的厮杀搏斗，打得难解难分，让他到底也分不清哪个更占上风。翰臣常常被搞得头疼欲裂，寝食难安。这时候，只有给幸子写信读幸子的来信，才能让他安静下来。如果没有这两件事，他真无法想象自己的日子如何熬下去。

几天后翰臣又去了春望茶馆。

他在维持会听到一个消息，日军很快就要派出一个中队下乡去

征粮,这也许是一个有用的情报,他想把这个情报给褚天泽传递出去。让翰臣欣慰的是,春望嫂像往日一样接待了他,似乎根本不知道他当了副会长的事,也未留意到他已经好久没有上门了。她还是像往常那样妩媚地冲他笑笑,用下巴向里面指了指,示意他去坐北窗下的老位置。春望茶馆又恢复了往日的热闹,五行八作各色人等又聚集在这里,下棋的下棋,唱戏的唱戏,聊天的聊天。翰臣看到了好些熟悉的老顾客。翰臣也看到了五爷。自从五爷他们被释放后,这还是翰臣第一次见到他。五爷手捋着白胡子,正坐在一张八仙桌后侃侃而谈,嗓音洪亮,中气十足,受刑和示众似乎对他半点没有影响。翰臣心里涌起一股热流,他没想过要让五爷报答自己的搭救之恩,看到五爷生龙活虎出现在茶馆里,对他来讲就已经足够了。

翰臣穿过茶馆中间的过道,坐到北窗下的位置上,春望嫂很快沏上一壶茶,摆上一盘点心。翰臣喝下半杯茶,吃了一块点心,见没有人注意自己,就站起身假借向窗外观看,把一张纸条悄悄放到了花盆下面。随后装作若无其事的样子,坐下来听五爷说话。

五爷今天讲的是抗倭名将戚继光的故事。翰臣听得入迷,眼睛虽然望着窗外,耳朵却一直捕捉着五爷的声音,五爷讲着讲着,声音忽然停了下来,周围变得一片沉寂。翰臣正想扭回头,看看发生了什么事,身后传来一阵有力的脚步声。翰臣转过脸去时,听到底气十足的一声"呸",随后,一口痰就像一枚子弹似的落在了他的脸上。翰臣惊讶地看见五爷正站在面前,满脸怒容地看着自己,五爷从牙缝里挤出四个字"汉奸,走狗"。

翰臣愣了片刻,随后霍地从凳子上站起来,狼狈地从茶馆里逃了出去。跑到大街上了,他恍惚听到有人在身后喊了一声"兄弟,别往心里去"。是春望嫂的声音,显然是在安慰自己。翰臣没有停下脚步,一直沿着大街向前跑,甚至顾不上擦掉脸上的那口痰。此时他只有一个念头,就是要找到高桥一郎,告诉他一句话:"从现在起，自己再也不会当什么副会长了，要杀要剐，悉听尊便。"

翰臣冲进院子里时，高桥一郎正在一棵桂花树下练习空手道，未等翰臣开口，高桥一郎就收住招式，开口说："翰臣君，你来得正好，幸子来信了。"

翰臣一下愣住，想了一路的话硬生生憋在了喉咙口，到底也没有说出来。这是幸子给他的第一封回信，他实在太想知道她在信里都说了些什么了。翰臣双手颤抖着接过信，找个借口把来意遮掩过去，和高桥一郎闲谈几句，就告辞回到绿柳巷。刚走进屋子，他就迫不及待地把信封打开，抽出里面的信纸，幸子熟悉又亲切的字迹一下跃入眼帘。

幸子在信里说，收到了他的那些信后万分欣喜，十几封信她一口气就读完了，随后就给他写下了这封回信。她告诉翰臣，她不想再忍受相思之苦，打算来中国找他。翰臣读过信后焦急万分，立刻坐在桌前给她写回信，叮嘱她千万不要来中国，如今时局动荡，兵荒马乱，很容易遇到什么不测。

翰臣没有停留，即刻又去了高桥一郎的住处，嘱托他尽快把信寄回日本。翰臣在心里说："但愿幸子能听我劝告，不要任性地来中国了。"

7

天阴着，星星和月亮都藏进了云朵里，夜黑成了一只窟窿，伸手不见五指，好像是哪一步迈不好，就会咕咚一声掉下去。肖虎子一脚高一脚低，走得提心吊胆，忍不住压低嗓音冲前面喊："队长，你在哪儿呢？俺咋瞅不着你的人影子？"喊了几声不见回应，肖虎子就慌了，提高声音，手向四周摸着又喊："队长，你在哪儿呢？你可别把俺自个扔在这儿啊！"

冷不防后脖子上挨了一巴掌,郭大强从他身后跳出来骂:"看你这点出息,挺大个老爷们儿,走几步夜道也害怕。"

肖虎子摸着脖子嘿嘿笑,"队长,你误会俺的意思了,走夜道俺不害怕,俺怕的是把你给弄丢喽,回去和政委不好交代。"

"你少跟老子逗闷子,"郭大强笑着说:"丢了谁也丢不了老子,就大薛庄这一片,你说想去谁家,老子闭着眼睛也能把你带到门口去。"

肖虎子跟着郭大强的脚步向前走,不失时机拍马屁,"队长,怪不得上级派你来这片当游击队长呢,换了第二个人,准保玩不转。"

郭大强和肖虎子从村南摸进来,过了善人桥,直奔村中走,远远看见薛老爷家高大的门楼时,郭大强停下脚,伸手从怀里摸出一块黑布蒙在脸上,肖虎子也抻出一块黑布蒙上。

"队长,俺跟着你借了那么多次钱和粮,从没见你蒙过脸,你是不是怕那个薛老爷?"

"老子咋会怕他?我是有些磨不开面子,实话告诉你,我和他儿子是从小一起光屁股长大的朋友,不想让他知道俺招惹他老子。再说了,我也不想让我爹认出来,免得他没完没了穷唠叨。"

郭大强说着话,紧跑几步蹿上墙头,一骗腿跳进院子里。

院子里那棵桂花树开花了,迎面扑来一股香气,虽然明知道毛草不可能在,郭大强还是习惯性地瞄了一眼西厢房,过去好多个夜晚,郭大强总能在西厢房的窗子上看到毛草在灯下做针线活的身影。现在窗户一团漆黑,仿佛没有人住过似的。

郭大强是半年前带队伍从云雾山里出来的,在山口分别时,郭大强把毛草拉到一棵高大的栗子树下,扯起公鸭嗓问:"草儿,哥和你说的那件事,要不你再好好琢磨琢磨?"毛草甩开他的手,一跺脚说:"大强,你就别逼我了,我知道你对我好,可我心里只有二少爷,装不下别人了。"郭大强摇头叹气,"可惜了,这么好的一个男人,硬生生地就让你给错过了。"他们在山脚下的一个岔路口

第四章

分了手,霍东山带着人往左转,郭大强带着人往右转,郭大强一直没回头,可心里却酸得不是滋味,他想,这一别又不知道啥时候能见到草儿了。

东厢房里也不见光亮,这个时间厨娘吴嫂应该已经休息了。马棚门口挂着一盏马灯,昏黄的灯光咬出一个月牙形的光影,马棚里不时传出一阵踢踏的蹄声,郭大强知道,再过一个时辰,他爹郭满仓就该起来给牲口喂夜草了。郭大强猫着腰,从正房前的一排瓦盆前面绕过去,直奔薛老太住的东屋,薛家的钱财都放在薛文才住的西屋的柜子里,但开柜的钥匙却挂在薛老太的裤腰上。

薛老太睡得挺沉,直到郭大强和肖虎子拿到钥匙溜出门时,她也没醒过来。薛文才却很警醒,两个人刚一进屋,他就在炕上问了声:"什么人?"郭大强和肖虎子两步蹿上去,两把盒子枪一左一右顶在薛文才腰眼上。郭大强抬腿踢一脚肖虎子,示意由他开口说话。

肖虎子咳嗽一声说:"你给我听好了,老子是八路军游击队,今晚到你这借点钱使,有了钱咱好打鬼子。咱好借好还,再借不难,多了不要,给二十块大洋就中。"

"老总,俺没钱哪!"薛文才身子抖着,带着哭腔说,

"没钱老子就在你后脑勺上开个口子,让你凉快凉快。"肖虎子用枪口顶他一下说。

"俺真没钱哪,钱都让俺老婆卷走了。"

"你老婆呢?"

"俺老婆不知道跟哪个野汉子跑没影了。"

肖虎子硬板着没有笑出声,郭大强扔下薛文才,两步走到地上放的红漆大柜前,用钥匙打开锁,伸手从里面拽出一只沉甸甸的布口袋,摇晃一下,发出哗啦哗啦的响声。

肖虎子用枪捣薛文才的后脊梁:"你说没钱,口袋里装的是什么?"

薛文才像堆稀泥似的瘫在炕上，哭着哀求："两位好汉，两位大爷，那是俺攒了一辈子的家当，您老手下积德，多少给俺留点啊！"

郭大强把布袋里的大洋倒在柜盖上，数出二十块，又把口袋扔回柜子里，把钥匙也扔在柜盖上，咳嗽一声示意肖虎子可以走了。肖虎子却还舍不得走，摇头晃脑地教训薛文才。"老子说话算话，说借二十块，就借二十块，日后打跑了鬼子，准保把钱给你还回来。"

郭大强急了，拉起肖虎子就往外跑。他们翻过墙头，钻进玉米地，郭大强一把扯下脸上蒙的黑布说："你小子哪来那么多废话？说起来还没完没了了，薛文才养的家丁就睡在院外的房子里，要是惊动了他们，咱吃不了就得兜着走。"肖虎子嘿嘿笑两声说："队长，俺这都是学你呢，以往借钱借粮时，俺就觉着你特威风，今天终于有机会也威风了一把。"

郭大强和肖虎子走了好一会儿，薛文才才战战兢兢从炕上拱起来，鞋也顾不上穿，光着两只脚就往东屋跑。进门见薛老太还睡在炕上，心里顿时火冒三丈，一巴掌拍在老婆屁股上骂："败家老娘们儿，你咋还有心睡觉呢？"他老婆腾地一声从炕上坐起来，直眉愣眼地瞪着他，他才猛然想起来，这还是他平生第一次做出打老婆的壮举，看见老婆瞪圆的眼睛，情知事情不妙，一屁股坐在地上，拍手打掌说："咱家遭劫了。"

薛老太倒还冷静，念着阿弥陀佛问，被劫去了多少钱？薛文才说二十块大洋。薛老太说："劫就劫了，钱财是身外之物，生不带来，死不带去。"薛文才却还想不开，哭得鼻涕一把眼泪一把，说劫匪剜掉了他一块心头肉。薛老太厉声呵斥他住嘴，问："看清劫匪的模样长相没？"薛文才这才停下来，想了想说："他们都蒙着脸呢，没看清模样。"薛老太说："蒙脸说明是熟人，怕咱认出来。"薛文才说："你这一说我倒想起来了，个子高点的那个，瞅背影有点像郭大强。"这时候，吴嫂和郭满仓听到哭声，都跑了过来。郭满仓慌忙辩解：

"老东家,这话可不敢乱说呀,大强野是野了点,可兔子不吃窝边草,他干不出这事来呀!"

郭大强和肖虎子穿过几片玉米地后,沿着黄沙河往下游走,不知什么时候,月亮已经出来了,一团白影子落在河水里,跟着他们向前走。天渐渐亮起来,河水在晨光中显露出来,一条白练似的蜿蜒向远方。两个人走出十几里地,向左转弯,离开河道钻进一片小树林,天完全亮起来,一缕薄雾缭绕在树丛里,清脆的鸟叫声从树叶间落下来,像珠子似的洒在林中的草地上。肖虎子得意地吹起了口哨,正迈步要跨过一棵倒在地上的枯树,冷不防被郭大强扑倒在地上。

郭大强捂住肖虎子的嘴巴,双眼紧紧盯着前面,在他耳边小声说:"有情况。"

8

肖虎子把眼睛瞪成铜铃铛,前面只有草丛和树木,到底也没发现啥情况,好容易从郭大强手缝里喘出一口气说:"队长,情况在哪儿呢?俺咋啥也没看见?"

郭大强说:"你小子往天上看。"

肖虎子扬起脖子,目光从树叶的缝隙穿过去,天上除了一轮初升的太阳,就只有一群盘旋的野鸽子,还是看不见啥情况。

郭大强一巴掌拍在他后脑勺上说:"你小子看仔细喽,那些野鸽子就是情况。它们一早晨出去打食,吃饱了要找地方落脚,但现在却说啥也不敢落,肯定要告诉咱点啥事情。"

"队长,野鸽子要告诉咱啥玩意?"

"它要告诉咱,这树林里有埋伏,咱们俩一不留神闯进了人家的埋伏里。"

"那咋办？队长，要不咱赶紧跑吧？免得惹麻烦。"

"跑个屁，瞅你这点出息，咱就在这等着看他们打，没准还能捞到点油水呢！"

郭大强说得没错，树林里果然有埋伏，二十分钟后，一阵密集的枪声骤然响起，子弹呼啸着飞向树林外的空地。郭大强一翻身，仰面躺在地上，胳膊腿摆出个"大"字，打着哈欠说："虎子，你盯着点，我先眯一觉，等他们打完，咱再出去打扫战场。"

肖虎子紧盯着前面说："队长，你猜猜看是谁和谁在打？最后谁能打胜？"

郭大强随手扯下两棵草，放在嘴里嚼着说："这还用问吗？听枪声就知道，是国民党在伏击小日本，两边兵力相当，都有四五十人的样子，不过日本人武器好，战斗力也强，最后肯定要占便宜。"

肖虎子说："队长，咱帮不帮国民党一把？"

"帮也不能现在帮，咱得见机行事，否则连咱俩也得搭进去，啥时候你看见国民党兵往后跑了，你再告诉老子。"

肖虎子说："这伙国民党兵还真挺能打呀，硬是不往后撤退。"

郭大强眯缝着眼睛，看着从树叶间漏下来的光影说："那咱就再等他一会。"

肖虎子报告国民党兵顶不住了的时候，郭大强已经迷迷糊糊睡着了，而且还做了一个梦，梦见他正和毛草奔跑在茂密的苞米地里，枪声和喊叫声从他们身后追上来。他知道这是多年前他和毛草从薛家逃跑时的情景，这么多年来，这段出逃的经历不时就会出现在他的梦里边。郭大强一骨碌身子爬起来，双手扒开眼前的草丛，向前面看了看说："虎子，把你身上的步枪给我，咱现在该上场了。"

肖虎子把枪摘下来递给郭大强说："队长，小鬼子已经打胜了，咱现在开火弄不好会引火烧身。"

郭大强拉动枪栓，眯起一只眼睛瞄准，"俗话说擒贼先擒王，

第四章

老子把小鬼子的军官撂倒,让他们不战自乱。"话音刚落,手指就扣动了扳机,随着一声枪响,正站在树林边督战的一名日本军官应声倒地。肖虎子高兴地喊了一声:"队长,你打中了,干掉了一个鬼子官。"郭大强手里的枪再次响起,又一名手握东洋刀的日本军官翻倒地草丛里。鬼子的队形顿时大乱,追击的脚步声弱下去,纷纷向后撤退。肖虎子乐得直拍巴掌,"队长,鬼子掉屁股跑了,再不敢往树林里追了,咱现在该咋办?"

"你小子这还用问吗?咱麻溜上去打扫战场,能弄点啥就弄点啥,去晚了好东西就都让国民党弄去了。"郭大强和肖虎子从草丛里跳起来,飞快地向前面跑。肖虎子眼尖,先在草丛里找到一挺轻机枪,耀武扬威地扛在肩膀上。郭大强随后捡起一把东洋刀。他们俩正低着头继续往前面找,旁边响起一阵拉枪栓的声音,有人大声喝令他们举起手来。

郭大强站直身子,见两个国民党兵正端枪站在身旁,黑洞洞的枪口瞄在他们身上。郭大强撇嘴冷笑一声说:"你们算干啥吃的?凭啥命令老子举手?"

"我们是国军独立营,刚把鬼子打跑,你们就出来捞油水,把东西放下赶紧走,要不然别怪老子不客气。"一个国民党兵气势汹汹地说。

"笑话,鬼子是你们打跑的?要不是我们队长两枪撂倒两个鬼子官,你们现在早让小鬼子撑出屎来了,还能跑这来耍威风?"肖虎子瞪着眼睛说。

一个国民党兵先急了,对另一个说:"兄弟,咱少跟他废话,最后再警告他们一遍,再不走咱就开枪打他个狗日的。"

他的话音刚落,郭大强的盒子枪和肖虎子的步枪已经分别指到了他们胸口上。

"你们动一动试试,看看是你们快还是老子快。"郭大强大吼一声。

双方各不相让顶起了架,树林里的空气骤然紧张起来,又有两个国民党兵跑过来,用枪口对准郭大强和肖虎子。郭大强呵呵笑笑,问旁边的肖虎子,"四对二,虎子,你怕不怕?"

肖虎子眼睛瞪得溜圆,活像一只发怒的小老虎,"队长,跟了你这么多年,早不知道啥叫怕了,打死一个够本,打死两个赚一个,脑袋掉了碗大个疤瘌,二十年后又是一条好汉。"

就在这时,有人在郭大强和肖虎子身后开了口,"大强兄,别来无恙啊!"

郭大强扭过头去,见面前站着一个英姿飒爽的军官,浓眉大眼国字脸,正是在云雾山里曾经打过交道的那个霍东山。郭大强向霍东山身后找了找,没看到毛草的身影,心里顿时有些失望。

"东山兄久违了,想不到云雾山一别,今天会在这里见面。"郭大强收起枪,冲霍东山伸出手说:"你手下这个兵训练有素哇,碰上鬼子往后跑,看见战利品就往前冲。"

霍东山笑笑,冲手下的士兵摆摆手,示意他们把枪放下。他猜出郭大强早就躲在树林里,专等着仗打完就出来捞油水。他摇晃着郭大强的手说:"大强兄真是神兵天降啊,你要是早点赶到就更好了,咱们兄弟就能并肩和鬼子作战了。不过既然赶上了,这战利品就分你一份,想要什么只管拿就是了。"

郭大强听出对方话里的讥讽,一下甩开霍东山的手说:"东山兄,你这话可说错了,兄弟刚才就和你并肩作战了,要不是我两枪撂倒两个鬼子官,东山兄现在恐怕又跑进云雾山里了。"

这时候,霍东山看到躺在草丛里的两具日本军官的尸体,知道郭大强没有说假话,在关键时刻出手给自己解了围,赶忙打着哈哈把话头岔开说起了毛草。一听到毛草的名字,郭大强的火气顿时就熄灭了,看到霍东山后他最想问的就是毛草现在的情况。

霍东山说:"毛草现在不在我手下当卫生员了,从云雾山出去后,她就被上级抽调走,现在我也不知道她身在何处。"郭大强听出霍东山语气里掩饰不住的失落,心里顿时涌起一阵得意,就好像毛草离自己又近了一些似的。霍东山似乎也察觉到自己有些失态,转移话题说:"兄弟从今天起奉命驻扎在大薛庄一带,今后要经常和大强兄合作了,手下的弟兄要是有什么不周之处,还请大强兄多多担待。"

郭大强说:"好说好说,彼此彼此。"

9

霍东山的人马是第二天上午开进大薛庄的。他骑在马上在村里转了一圈,一眼就相中了戏台旁边的薛家祠堂。祠堂不久前刚粉刷过一次,墙白门红,房上新换的青瓦,看上去格外打眼。霍东山准备征用它做指挥部,见祠堂门上着锁,就吩咐手下把门砸开。两个士兵抡起锤子刚要动手,有人从戏台底下钻出来,哆哆嗦嗦地走到霍东山马前。

"老总,手下留情啊,这里面供奉着祖宗的牌位,可不敢随便惊动啊!"

霍东山看眼前站着一个其貌不扬的矮胖子,缩着脖子端着膀子,一身蓝布大衫,脑袋上不伦不类地扣着一顶瓜皮小帽,猜出来来人大概是本村的财主之流的人物,就调侃地问:"你倒说说看,祖宗牌位和抗战大业比,哪个大,哪个小?"

来人把头点得像鸡啄米,"抗战大,祖宗小。不过祠堂墙上没安窗户,也没开后门,里面又黑,又不通风,现在这个季节住进去怕要遭罪。"

霍东山想想,觉得此人说得不无道理就问:"那依你说不住祠堂,我该住哪里?"

对方似乎就等着他这句话，赶忙就坡下驴说："请老总屈尊，住进我家里好了，五间正房我都给你们腾出来。"

就这样，霍东山住进了薛文才家里。

薛文才和老婆收拾收拾，搬进了毛草曾经住过的西厢房。

睡在西厢房炕上的头一天晚上，薛老太埋怨薛文才不该把这些兵招到家里。薛文才得意地摇晃着脑袋说："你懂个屁，我是给咱招保家护院的家丁呢，现在兵荒马乱的，有他们住在咱这里，从今往后谁还敢打咱的主意？"

薛老太想想觉得薛文才说得有道理，念一句阿弥陀佛说："当家的，今天这事你办得倒挺有章程的。"薛文才张狂起来，一只手放到老婆屁股上说："那些傻当兵的，还以为落下啥便宜了呢！"

薛老太说："依你看，那晚来的人真是大强吗？"

薛文才犹豫不决地说："好像是，又好像不是，到底是不是，我也闹不明白。"

薛老太一把甩开他的手说："小胡同赶猪——两头堵，是不是都让你说了。"

薛文才两口子在西厢房里说话时，霍东山正站在正房东屋地上，凝视着挂在墙上的一张军用地图，国字脸上一脸严肃。一个多小时前，通信员刚刚送来上级的密令：后天中午时分，一名军统情报人员要从这一带通过，去白城执行特殊任务，霍东山所部需全程护送。霍东山心里清楚，这件事难度很大，这一路上日本人设下了好多道卡子，来往人员都要进行严格盘查。最难过的一道关口在上合县，守上合县的鬼子头名叫小野四郎，这家伙心狠手辣狡猾多端，在东西南北四个城门都布下了检查站，不分昼夜盘查过往行人，遇到可疑对象不由分说立即处死，常有无辜群众含冤而死。固定卡子还好对付，小野不时还会派出机动的巡逻小队，这些鬼子更加蛮不讲理，不管你有没有良民证，抓住个由头就会干出抢男霸女的勾当。最让

第四章

霍东山头疼的还不是这些检查站如何难过，而是他要护送的对象，那个要从此经过的军统情报人员，正是他一直喜欢的毛草。那真是踏破铁鞋无觅处，得来全不费工夫，霍东山不想看到心爱的人在自己手上出半点闪失。

霍东山想了半宿，最后为了万全起见，他打算找郭大强的游击队帮忙，共同护送毛草平安过境，他知道郭大强那小子对这一带熟，而且做这种事比他们在行，有了郭大强帮忙，保险系数就会提高到最大值。第二天天刚亮，霍东山就写了一张纸条交给通信员，让他立刻送到冯家集，郭大强的游击队就活动在那一带。果然，通信员很快就拿回了郭大强的回复，巴掌宽的纸上歪歪扭扭写着一行字：东山兄放心，兄弟一定全力配合。

毛草是第三天上午赶到大薛庄的，她没有进村子，在黄沙河边和霍东山见了面。第一眼看到毛草时，霍东山的心止不住剧烈跳动起来，自从毛草被军统征招后，霍东山一直为她牵肠挂肚，不知她身在何处，接受了什么样的训练？他一直都没有听到毛草的消息，只能在心里暗自担忧。此时面对毛草，霍东山感觉毛草完全变了一番模样，原来的齐耳短发留成了长辫子，身穿一件蓝色印花的小褂，臂弯里还挎着一只竹篮子，看上去已经半点都不像一名国军卫生员了，而是一个朴实的农家女。

霍东山盯着毛草发呆，毛草也正在暗自出神，她的眼睛虽然看着霍东山，但视线的余光却落在了河边那片柳树上，透过柳叶间的缝隙，她看见了一片白沙铺成的沙滩。好多年前，正是在这个地方，二少爷薛翰臣撞见了在河里洗澡的自己，也正是从那时起，她就在心里悄悄把自己许配给了他。那时候，她还是个十五岁的小女孩儿，如今已经长成了一个大姑娘，当年那片柳丛，也变成了一座柳林。

霍东山和毛草同时醒过神来，不约而同向对方伸出手。毛草喊了声"东山哥"，霍东山喊了声"小毛"，他们俩又几乎同时问到对

方分别后的情况,两个人相视一笑。霍东山三言两语先讲完了自己的经历,毛草却迟迟不肯讲,霍东山等了一会儿,突然明白特工人员涉及保密制度,也就不再勉强,转变话题说出了请共产党游击队配合,护送毛草通过上合县关卡的计划。

毛草听说大强也在这一地区活动,顿时兴奋得两眼放光,抢过话茬儿说:"想不到在这里还能看到他,当年我和他就是从这里一起逃进云雾山的。"

霍东山看毛草满脸兴奋的表情,心里酸溜溜地不是滋味,有些后悔不该把郭大强拉进来。霍东山问毛草要不要进村先休息一下,毛草摇头:"事不宜迟,还是及早上路为好。"

霍东山一挥手,早晨他选定的十名手下从队伍里走出来,站成一排给毛草敬礼。十个都是精壮干练的小伙子,按霍东山的计划,他和毛草扮成一对夫妻,这十个手下化装成农民,在暗中负责保护。

乔装打扮后的霍东山走在毛草身边时,心里有一种甜丝丝的感觉,虽然明知道这只是在执行任务,但他却止不住要浮想联翩,有一瞬间,他甚至以为他和毛草真的是一对刚刚举行过婚礼的小夫妻,此刻正结伴回娘家。当郭大强从路边的壕沟里猴子一样蹿出来时,霍东山吓了一跳,本能地向后退两步,手伸怀里的枪把上,待看清是郭大强,这才长出一口气,把手拿了出来。

郭大强拉着毛草的手,一个劲儿地喊毛草的名字。昨天接到霍东山的纸条后,他就开始在心里想象毛草如今的模样,她是胖了还是瘦了?是晒黑了还是仍然像过去那么白净?被上级抽调走后,她都执行些啥任务?有没有危险?她心里是不是还像过去那样惦记着薛翰臣?郭大强颠来倒去想了一宿,也没想出个子丑寅卯,早晨天刚蒙蒙亮,他就一骨碌身子从床上爬起来,一巴掌拍醒肖虎子,两个人就出了冯家集,守在通往大薛庄的路上,准备着迎接毛草。一直等到日上三竿,才看见远处毛草和霍东山的影子,他心里有一肚子话要对毛草说，一时却又不知该从何说起。公鸭嗓拉着长腔，只会一遍遍喊"草儿"，他抓住毛草的手不停地摇晃，好像毛草的手是棵摇钱树，能摇下钱来似的。肖虎子在一旁看出了端倪，心里想队长今天是咋的了？咋黏糊糊地像个娘们儿？

毛草心里也很激动，自从在云雾山分手后，已经有一年没有见到大强了，如今意外相逢，让她感觉分外亲切。她真想把自己的经历原原本本地都告诉大强，对他说自己被军统征招后，先是去息烽参加了一个培训班，学习了各种特务技能，随后又被派往南京，完成了两次暗杀的任务，干掉了两个民愤极大的汉奸，前一阵在白城的日军司令部卧底的一名情报人员被杀害，她又被紧急抽调去白城。但这些事情都是秘密，按照情报人员的纪律，半句都不能讲出来，她只好把这些都憋在肚子里，反问大强的情况。霍东山看到他们亲近的样子，心里越来越不是滋味，就好像自己的媳妇真的要被别人抢了去似的，忍不住在旁边咳嗽一声，提醒毛草时间不早了，得快些上路。

郭大强放开毛草的手，撇着嘴看了霍东山一眼说："新郎官等急了，咱就不耽误你们小两口回娘家了。你们在明处，我和虎子带人跟在暗处，准保把草儿安全送到地方。"

10

郭大强说完，冲毛草挤挤眼睛，细长的大下巴向两边摆了摆，带着肖虎子跳下路边的壕沟，又从另一边沟沿爬上来，就头也不回地钻进了苞米地。正是盛夏季节，苞米地里热得像蒸笼，进去不大会儿，汗就顺着脊梁沟淌下来。郭大强抬脚踹倒一棵苞米，撅几下放进嘴里嚼，心里把霍东山恨得咬牙切齿，"好事都让姓霍的占去了，老子在苞米地里受罪，他走在光溜溜的大道上扮新郎官，这世上哪

还有说理的地方?"肖虎子看他黑着脸不说话,知道他是因为什么事情不开心,就故意开口逗他:"队长,这么多年俺今天总算明白你为啥喜欢吃草了。"

郭大强横他一眼,没好气地问:"你说为啥?"

肖虎子脑袋一点一点说:"原因很简单,因为有个人的名字就叫草儿,她呀,还是个女的。"

郭大强被说中了心思,脸上挂不住,用苞米秆抽到肖虎子屁股上骂:"别一天到晚胡思乱想,老子爱吃草,是因为老子属牛的,天生注定的事,和啥人都无关。"

毛草和霍东山是在隆兴镇外的一片树林前碰上鬼子的。本来这一带不在日本人的势力范围内,他们遇到的只是一支小股的巡逻队,那队鬼子有十几个人,早晨从上合县出来后,走得又热又累,看到一片树林子,就停下来在树阴底下乘凉休息。毛草和霍东山没想到日本人会躲进树林里,等他们发觉时,几个日本兵已经哇哇叫着从林子里扑了出来。

霍东山试图蒙混过关,拿出良民证冲几个鬼子晃着说,他和毛草是安善良民。鬼子根本不听他解释,嘴里喊着:"花姑娘,大大地好。"直接扑向毛草。霍东山知道日本人犯了兽性,只能硬碰硬地开火了,他刚把手枪从怀里抽出来,枪声已经在身后响起来,两颗子弹同时命中前面的两个鬼子,像割庄稼似的把他们撂倒在地上,砸起一片烟尘。霍东山猜到开枪的是郭大强,他后悔自己没能抢在前面,他甩手一枪打倒了第三个鬼子。

树林里其他的鬼子听到动静,抓起枪冲出来。霍东山抬手一枪,又打中一个鬼子,随后抓住毛草的手跳进壕沟里,用沟沿做掩护,向鬼子射击。郭大强、肖虎子射出的子弹从他们头顶上飞过去,不时把一个鬼子掀翻在地。霍东山的枪也交替开火,但架不住鬼子的火力猛,歪把子机枪响起来,压得毛草和霍东山抬不起头来。霍东山心里着急,自己手下的那十个人怎么还没赶上来?打头阵的鬼子已经越来越近了,只要甩出一颗手榴弹,就能把他和毛草炸上天。就在这时,苞米地里响起了密集的枪声,顷刻之间把鬼子的火力压了下去,借着这个机会,霍东山和毛草从壕沟里跳出来,爬上沟沿钻进了苞米地。他们冲着枪响的方向跑,霍东山满心以为是自己手下人赶到解了围,跑到近前才看清,原来是郭大强的游击队。

郭大强趴在地上,从玉米棵子的缝隙间向外面射出一颗子弹,大长脸上挂着不以为然的表情,对霍东山摇摇头。郭大强虽然没开口,但霍东山明白他的意思,他是在说:"你手下的人都是吃屎的货,要是没有我们共产党游击队,你姓霍的早就见阎王了,还怎么保护草儿去白城?"

霍东山趴在垄沟里,气呼呼地射出几颗子弹,心里也有些纳闷儿,自己手下的人咋到现在还没有赶到。他正这么想着,大道另一侧的苞米地里传来枪响声。霍东山知道是自己的人到了,就挑衅似的看一眼郭大强。郭大强也看明白了霍东山的意思,霍东山是在对他说:"你们游击队有勇无谋,就知道胡乱开枪,根本不懂战略战术,还是我们正规军打得好,懂得用夹击的方法进行合围。"

郭大强来了驴脾气,偏要和霍东山争出个长短,扯着脖子喊一声:"兄弟们,跟我冲。"打头从苞米地里跳出来向日本人冲过去。游击队员们跟在他身后,也不要命似的跳起来。随后,路另一侧的国民党军小分队也发起了冲锋。等霍东山跑出苞米地时,战斗已经结束了,十几个鬼子全部被击毙,都变成了躺在地上的尸体。郭大强从地上捞起那挺歪把子机枪,甩手扔给一名游击队员,挑衅似的看着霍东山。霍东山明白他的意思。郭大强是在对自己说:"看你这次还跟不跟老子抢战利品?"霍东山选出的那十个人里,有一个就是几天前和郭大强发生冲突的士兵,皱着眉头看霍东山,显然是想对他说:"仗是两家打的,战利品凭啥由着他们共产党先挑?"

霍东山的火气就上来了,正想吩咐手下上去抢,毛草看出苗头不对,抢先岔开话题说:"大强,东山哥,这里离上合县只有十几里地,县城里的鬼子听到枪声,很快就会赶过来,下一步你们打算怎么办?"

不等霍东山开口,郭大强就抢着说:"草儿,这事你放心,刚才开第一枪时,哥就已经想好了对策,咱把死鬼子身上的衣服扒下来,穿在咱身上直接杀奔上合县,等我们和鬼子交上手时,你再乘乱混进城里去。到了上合县,你就可以坐上火车直接到白城去,再也不用担心鬼子的巡逻队了。"

毛草点点头,看看霍东山,意思是想听听他的意见,霍东山虽然觉得郭大强这人蛮不讲理,但在心里也觉得这个主意不错,不过在毛草面前他不想被郭大强比下去,就又补充说:"这次大强兄带人走在大道上,我带着弟兄们走在暗处,到时候两下夹击,给小鬼子点颜色瞧瞧。"

毛草和霍东山钻进苞米地,郭大强和十几个游击队员换上鬼子的服装,大摇大摆地走在大道上。在隆兴镇和上合县中间,郭大强他们和出来增援的二十几个鬼子走了个顶头碰。鬼子满心以为对面来的是巡逻的小分队,半点防备没有,手榴弹就在鬼子堆里开了花。日本人这才知道上了当,赶紧手忙脚乱地应战。霍东山他们在苞米地里也开了火,两下夹击顿时把鬼子打得一阵大乱,四散奔逃。国共两军齐心协力,边打边追,一直撵到上合县城下。看到毛草混在十几个老百姓堆里进了上合县,城里又出来了更多的鬼子,郭大强和霍东山才停止追击,掉头钻进了苞米地。

11

日本人吃了亏,在后面穷追不舍,枪声和迫击炮声紧紧咬在郭大强和霍东山他们身后。郭大强对这一片了如指掌,招呼霍东山跟他走，游击队和国民党军混在一处，随着郭大强穿过两片玉米地，又向东拐了个直角弯，眼前闪出一条白亮亮的河，正是黄沙河。郭大强带头跳进河里，大家顺流蹚出几百米后，从另一侧上了岸，钻进一片火红的高粱地里，身后的枪声终于稀疏下来。众人没有停下脚步，从高粱地钻出去，又翻过两道小山岗，枪声再也听不见了。

刚过了中午，正是一天里最热的时候，太阳火球似的挂在头顶上，晒得大家身上脸上滋滋地往出冒油汗。战士们又渴又饿又累，腿上都像坠了铅块沉得抬不起来。霍东山看着旁边的郭大强说："大强兄，弟兄们都走不动了，咱们是不是休息休息？"

霍东山说得很客气，他心里有些感激郭大强，也有几分不好意思，这一路上他们俩一直在顶牛，可关键时刻人家郭大强没计较啥长短，反而带着自己和手下逃过了日本人的追击，如果他霍东山再计较，就显得过于小肚鸡肠了。

郭大强蔑视地看一眼霍东山，撇着嘴扯起公鸭嗓说："跑这点道就拉稀了？再挺着往前挪几步吧，进了前面那片树林子，既有吃又有喝，想咋歇着就咋歇着。"

霍东山听郭大强说得不中听，扭过头去不理他。众人顺着两片苞米地中间的茅草道又走出几百米，果然看见一片树林子，一阵槐树花的香气随风钻进鼻孔里，让人神情为之一振，树林里阴凉安静，好像世外桃源一般。向里再走几步，一口池塘从草丛中露出来，几只水鸟被惊起来，扇着翅膀从树林里飞了出去。

郭大强说："想喝水那边有泉眼，饿了树上有槐花，塘里有菱角，要不是老子，你们上哪找这样的好地方？"

郭大强的话是冲着肖虎子说的，但却一字不漏都进了霍东山的耳朵里，这些话像一群野蜂子似的嗡嗡地叫着，把毒刺都扎在霍东山的心头上。他知道郭大强之所以对自己充满敌意，完全是因为毛草，郭大强显然对他和毛草假扮夫妻的事耿耿于怀，霍东山立时就

想发作，但转念一想，看在毛草的面子上还是算了吧！他使劲咽口唾沫，把火气硬压进肚子里。郭大强却仍然不依不饶，喊了一声东山兄，用戏弄的语气说："依你看，你们国民党和我们共产党，到底哪个真抗日，哪个假抗日？"

霍东山知道他话里有话，懒得正面回答，反问道："大强兄，你对这件事怎么看？"

郭大强似乎就等着他这么问，撇着嘴说："这事秃脑袋瓜子上的虱子——明摆着，从打和日本人交上手，你们就节节败退，从卢沟桥一直退到中原，从白河北退到白河南。你们的蒋委员长一直嚷着什么'攘外必先安内'，要不是张学良将军硬逼着，国民党恐怕还在打内战呢！"

霍东山心里的火气腾地被点燃了，郭大强羞辱自己还可以忍受，但对校长和整个党派不敬，却万难听之任之。霍东山板起面孔说："从卢沟桥事变开始，在正面战场上，我军已经多次和日军交火，平津作战、淞沪会战、太原会战、徐州会战，哪一仗都打得无比惨烈，我军……"

"打了这么多仗，你们哪一仗打胜过？就拿眼巴前的事说吧，日本人刚一开炮，你们守白城的那个司令余明就跑得没了影儿。"郭大强抢过霍东山的话头，两手掐腰，一只脚在地上不停地点着说。

霍东山气得满脸通红，两只拳头攥得格格响，脑子浮现出他参加过的平津作战和徐州会战的惨烈场面，一句话像炮弹似的脱口而出："你简直是一派胡言，信口雌黄。"

郭大强瞄他一眼，不屑地说："看你这架势，是打算撸撸胳膊？有胆子只管放马过来，老子皱皱眉头就不是好汉。"

霍东山针锋相对地说："想咋较量都由你，霍某奉陪到底。"

双方的士兵见两位长官要动拳脚，纷纷围上来站脚助威，吹口哨起哄，好像生怕事情闹得不够大。霍东山和郭大强摘下身上的手枪，扔给手下，就像两头牛似的顶到了一起。霍东山身体长得壮实，又接受过正规的军事训练，四五个回合下来，几记重拳击中郭大强的面部。郭大强身体灵活，滑得像条泥鳅，不时使出个绊子把霍东山掀翻在地上。两个人打得难解难分，谁也不肯先停手，在他们心目中，这一仗在云雾山时就该打了，碍于毛草才没有动手，今天终于如愿以偿。虽然两人用的招数不同，但每次向对方出击时，他们心里想的却同样都是毛草。

霍东山挥出一拳头，在心里说："看你这副熊样，毛草咋能看上你？"

郭大强踢出一脚，在心里说："老子从小和毛草一起长大，偏偏你姓霍的从中插一杠子。"

两个人打得难解难分，眼珠子都瞪得通红，谁也不肯让步。一旁观战的肖虎子突然扯起嗓子，大喊了一声鬼子来了。霍东山和郭大强同时停住手，四下看了看，没发现鬼子的影子，郭大强冲上去给了肖虎子一脚："你小子瞎嚷嚷什么？哪他妈有鬼子？"

肖虎子摸摸脑袋说："队长，俺眼睛看花了，还以为那边的两棵死树是鬼子呢！"

郭大强又骂他一句，咧开大嘴转脸对霍东山笑着说："东山兄，今天这一仗咱没打痛快，你回去好好养伤，改日有机会再切磋。"霍东山知道他在逞口舌之勇，哭笑不得地点点头："彼此彼此，咱改日再会。"两个人互相拱拱手，带着手下分头出了树林。

肖虎子边走边凑近郭大强小声说："队长，俺刚才是给你解围呢，这才故意用了一计，说是鬼子来了。"郭大强横他一眼骂："老子用你解什么围，你小子是帮了他姓霍的，要不是你喊了那一嗓子，他现在早让老子打趴下了。"肖虎子心里说："看你鼻青脸肿的模样吧，我要是不喊，你让人家打得更惨。"咽了口唾沫，到底也没把这些话说出口。

说出这话的是游击队的谭政委。

郭大强刚一回到住处,谭政委就注意到了他脸上的伤。郭大强狗肚子装不下二两熟油,被谭政委三问两问,就说出了打架的主要原因是为了毛草。谭政委和郭大强共事几年了,知道他的驴脾气,掏出一支香烟捅进郭大强嘴里,又给他点上火,看着郭大强抽了两口才说:"大强同志,这事你做得有些欠考虑啊,如今正是国共合作时期,大家共同的敌人是日本人,中国人必须团结起来,一致对外,儿女私情还是不要看得那么重,为了维护抗日统一战线,那个毛草我看你还是放弃算了。"

谭政委说话时,郭大强一直低着脑袋,这么多年了,在政委面前他总有一种心虚的感觉,总是像一个犯了错误的小学生似的,就拿今天的事来说,政委刚一开口,他就已经意识到自己做错了,不该头脑冲动和霍东山动拳脚。谭政委说话时他就在心里不停地骂自己头脑简单难成大器,但听到让他放弃毛草,郭大强的脑袋突然一下抬了起来,两只小眼睛瞪得溜圆。

郭大强拧着脖子吼:"政委,打架这事俺承认自己做得不对,该咋反思做检讨,俺都依着你,可让俺放弃毛草,门儿都没有。国共合作咋的,老子就得把心上人让给他国民党?"

第五章

1

　　白城的春天是在不知不觉中来临的，早晨薛翰臣从绿柳巷的住处走出来时，看见巷子口那棵巨大的柳树已经冒出了嫩绿的叶子，该开的花儿也都开了，在迎面吹来的风里，也有了一股春天的气息。但翰臣的心里却依旧灰蒙蒙的，仿佛还留在冬天里。自从被迫答应日本人当上那个副会长后，翰臣的心就没有一天轻松过，老百姓怎么看自己，他一清二楚，可又有什么办法呢？他有口难辩，只能默默地承受。

　　薛翰臣走进春望茶馆时，感觉出好多道目光像刀子似的从不同的方向刺过来，重重地扎在他的脸上和身上。有人"呸"地向地上吐口唾沫，骂了一句"狗汉奸"，声音洪亮，底气十足，不用看也知道骂他的人是五爷。现在翰臣在春望茶馆里已经成了一个不受欢迎的人，除了春望嫂之外，所有人都对他怒目而视，如果不是要给褚天泽传递情报，翰臣恐怕再不会跨进茶馆的大门。

　　薛翰臣低着脑袋走到北窗下的老位置上，一言不发地坐下来，透过后窗望出去，那座废旧的园子里已经满眼春色，一丛桃花开

得正闹,浅粉色的花朵间飞舞着几只蜜蜂。翰臣忽然想起了幸子,还有她夹在信里寄来的那朵樱花,他想,幸子此时在做什么呢?京都的樱花是不是也已经到了花期?

春望嫂一阵风似的刮过来,把一碟点心放在桌子上,又探着身子给他倒茶,她身上的香气和茶水的热气搅和在一起,热烘烘地冲进翰臣的鼻孔里。春望嫂的一缕发丝掠过他的脸颊,让他的脸一阵发痒。春望嫂斟满茶,一只手轻轻搭在翰臣肩膀上,在他耳边小声说:"不管他们咋说,嫂子我都拿你当兄弟待,这地方你想啥时候来,就啥时候来。"

翰臣已经好久没听到这样暖心窝的话了,他心里一热,支吾着慌忙点头,而春望嫂已经轻盈地走开,去招呼其他客人了。翰臣喝了几口茶水,吃下一块点心,见没有人注意自己,悄悄地把一张纸条放在了窗台边的花盆下面。这阵子日军正在四处征集粮食,看样子很快会有大行动。

薛翰臣刚放好纸条,外面突然传来一阵刺耳的刹车声,一辆深绿色的三轮摩托颠几下屁股停在了茶馆门口,两个日本人从车斗里跳下来,径直向茶馆里面走。正喝茶的客人互相看一眼,纷纷起身离开,转眼间茶馆里只剩下翰臣一个客人。翰臣心里一惊,是不是给褚天泽传递情报的事情暴露了?如果真是那样,自己就咬定牙关,说啥也不能把褚天泽供出去。待看清来人是高桥一郎,翰臣的心才放进肚子里,知道他找自己另有别的事情。

高桥一郎仍然是一身中式长衫,手里摇着一把纸折扇,走进茶馆里后,他先冲春望嫂鞠躬说:"对不起,大嫂,把你的客人吓跑了,回头我会包赔损失。"春望嫂圆滑地笑笑,摇头说用不着他赔,招呼他向里面请。

高桥一郎穿过中间的过道,走到翰臣的桌子前,在对面的椅子上坐下。春望嫂手脚麻利地倒上一杯茶,随后知趣地躲开。高桥一郎喝下一口茶,在嘴里咂咂说:"如果我猜得没错,这是上好的铁观音吧?"翰臣点点头,他知道高桥追到茶馆里,不是要和他谈论茶道的。

高桥一郎笑笑说:"翰臣君,我有个好消息要告诉你,你多年来的愿望终于有机会实现了,为了保证南下补给线畅通无阻,我军需要在白河上建起一座新大桥,我已经推荐翰臣君做设计者和监造者。"

翰臣心里涌起一股热流,好多年前他就梦想能亲手在白河上建起一座大桥,怀揣着这个梦想,他远赴重洋去美国留学,想不到如今这个梦想终于有机会实现了。在一瞬间,他甚至已经在脑袋里设想自己要建起的那座大桥的模样,这些年他见过的各种各样的桥梁,一时间都浮现出来,属于他的那座桥就在其中若隐若现……

翰臣突然从幻想中惊醒过来,他猛然意识到一个事实,如果在白河上建起一座大桥,那么日军南下入侵的道路就会畅通无阻,到那时候自己就真成了一个万人唾骂的汉奸和卖国贼。翰臣用力摇摇头:"对不起,高桥君,作为一个中国人,我不能做这件事。"

高桥一郎双手拄在桌面上,静静地看了翰臣好一会儿,轻轻叹息一声说:"翰臣君,你做出这个决定,让我感到很遗憾。"说着起身拂袖而去。

翰臣知道日本人不会轻易罢休,他没有再坐下去,起身也匆匆离开了茶馆。日本人的动作很快,他刚回到绿柳巷的住处,一辆吉普车就停在了门口,两个日本兵闯进屋子,二话不说架起翰臣就塞进车里,一左一右把他夹在中间。汽车驶上大街后,翰臣在心里想,看来日本人是要下狠手了,但不管他们怎么对付自己,都别想让他屈服。

薛翰臣被带进日军司令部后面的院子里,他先是看见了站在柳树下的一排中国人,他们一个个衣冠不整,显然是刚从大街上被抓回来的,都浑身不停地颤抖着,满脸惶惑惊恐的表情。接着他看见日军联队长谷田茂从屋子里走出来,站到薛翰臣的面前。每次看到

这个脸孔板得像一块石头的家伙，翰臣就会不由自主地想起上合县的大屠杀，不知道今天他又要搞什么名堂？

谷田茂手里握着一把明晃晃的东洋刀，眼睛里射出两道阴冷的目光，上下打量一番薛翰臣，用生硬的中国话说："薛桑，今天请你到这里来，是有一句话要问你，你究竟答不答应给皇军修桥？"

翰臣毫无惧色地看着对方的眼睛，坚决地摇摇头说："我不会帮你们日本人修桥。"

他的话音刚落，谷田茂的身体突然一转，手里的刀闪电般向柳树下的一个中国人劈了下去。那是个和翰臣年纪相仿的年轻人，一副黑红的脸膛，看起来是在外面下力气干活的穷苦人，谷田茂的刀光闪过后，他的身体先是剧烈地抖了一下，随后一道血箭从他脖颈的伤口里喷射出来，笔直地射在树干上。僵立了十几秒钟后，这个年轻人扑通一声倒在了地上。

翰臣登时惊呆了，他满心以为谷田茂手里的刀会劈向自己，万没想到他对一个无辜的年轻人下手。谷田茂双手拄着刀站在院子里，脸上仍然没有一丝表情，"薛桑，如果你还是不答应修桥，我就再杀一个中国人，直到你改变主意为止。"他的语气平静得像一块石头，好像他说的不是杀人，而是杀鸡。

翰臣心里无比矛盾，答应给日本人修桥，他就会变成汉奸和罪人，不答应，他就是间接害死同胞的凶手。翰臣转过头，目光向周围看了看，他希望能看到高桥一郎的身影，谷田茂似乎看穿了他的心思，依旧用刻板的语气说："请你不要找了，高桥君不在司令部，我刚打发他去了上合县，就算他在这里也不会帮你，否则他就不配做大和民族的子孙。"

薛翰臣无法做出选择，一时间痛苦不堪，他闭上眼睛，真想立即就撞墙而死。

站在柳树下的那几个中国人，突然一窝蜂似的跑过来，齐刷刷地跪在翰臣面前,哭着哀求:"大爷,您老行行好,救我们一命吧!就答应给他们修桥吧!"

谷田茂挥挥手,几个日本兵冲上来,用刺刀把跪在地上的中国人赶回柳树下。

谷田茂向翰臣走近两步,从怀里掏出一封信递过来,"薛桑,我再增加一个砝码,如果你答应修桥,今后就可以继续和幸子小姐保持联系,这是她刚刚寄来的一封信。"

翰臣突然意识到,原来自己和幸子的通信都在日军的掌握之中,他原以为自己会对谷田茂手里的信不屑一顾,没想到心里却有一种极其强烈的冲动,想要伸出手把信拿过来。他使劲捏紧拳头,牙齿深深咬进嘴唇,直到渗出腥咸的血丝,才终于克制住这种冲动。

谷田茂晃晃手里的信说:"薛桑,我再问你一遍,答不答应给皇军修桥?"

不等翰臣回答,柳树下的那几个中国人不约而同跪倒在地上,不顾日本兵的阻拦,用膝盖爬行着走到他面前,脑袋咣咣地磕在青砖铺成的院子里,抱住他的大腿哀求:"大爷啊,好人啊,你就发发慈悲,救我们一命吧!"

翰臣又一次紧紧闭上眼睛,还是无力地点了点头。

2

薛翰臣从日军司令部离开时太阳正挂在头顶上,不知为什么,春天的太阳居然热得像下着火。大街上见不到几个人影,知了的叫声从树叶的缝隙间漏下来,像尖锐的钻头一样刺进人的耳朵。翰臣沿着街边向前走了一会,忽然发觉手里紧紧捏着一封信,那是幸子写来的信,已经快被他捏出了水。他真的说不清楚,自己之所以答应帮日本人建桥,到底是为了搭救柳树下的那些人,还是为了与幸

子保持联系？如果这两者兼而有之，那么哪一个占的比重更大一些呢？他只知道，此时此刻幸子的信就是一剂良药，有了它就可以止住自己内心的痛苦。

翰臣脚步匆匆地回到住处，正要动手拆信，忽然发现信封的封口处有一部分已经张开，好像是被人做过了手脚。他忽然想到，幸子的信会不会已经被人看过了，然后才交给自己的？翰臣疑惑地打开信封，抽出里面的信纸，幸子熟悉的字迹一下跃入眼帘。

幸子在信里说，父亲的病已经完全康复，可以像从前那样练习空手道和剑术，不再需要她的照料了，她最近一直在进行构思，打算着手写对他说过的那部小说。在信的最后幸子又一次提出要来中国找他。

幸子在信里写道：

翰臣君，我知道你不想让我去冒险，但多年来中国一直是我渴望到达的地方，我好想立刻就踏上那片神奇的土地，亲眼看看李白笔下奔流不息的长江和黄河，亲自登上杜甫诗里描述的泰山，亲身感受拥有五千年历史的古国文明啊！当然了，在我的眼里，这所有的一切和翰臣君比起来都微不足道。我到中国去，最想见到的还是你，自从分别后，我每日每夜每时每刻都在遭受思念的煎熬，其实，翰臣君从未真正离开过幸子。入睡时,翰臣君就在我的梦里；醒来时，翰臣君就在我周围的空气中，我可以时时刻刻感觉到你，但却无法真实地触摸到，这大概是更残酷的折磨吧！翰臣君，没有你我真的再无法活下去，我已经打定主意去中国找你……

薛翰臣看到这里，额头上已经冒出冷汗，他无力地放下幸子的信，沉吟一阵后，开始伏在桌上给幸子写回信。他告诉幸子如今的中国根本不是她想象中的模样，枪声和炮声每天都会在这片土地上

第五章

响起,死亡和流血无处不在,灾害随时都会降临到每个人的头上。在信的末尾,翰臣又叮嘱:你一定要答应我,不要任性到中国来,我真的不想看到你受到意外的伤害,一定一定,千万千万。

翰臣把信纸折起来,装进一只信封中,写好地址和幸子的名字就匆忙从屋子里走出去。他要立刻把信交给高桥一郎,让他赶紧寄回日本。幸子是个做事冲动的人,想到某件事情往往不计后果,他希望自己的信能尽快送到她手里,让她打消来中国的鲁莽念头。

翰臣脚步匆匆地出了门,走到巷子口那棵老柳树下时,他突然想起一件事,又急忙返身折回屋子里,飞快地写好了一张纸条。他要把给日本人建桥的事告诉褚天泽,似乎这样一来,自己的罪责就会减轻一些。

薛翰臣疾疾赶到日军司令部门口,对着哨兵高嚷要找高桥一郎,哨兵往里打了电话,时间不长,高桥一郎就出来了,翰臣不由分说把信递过去,让他立刻寄回日本。高桥一郎问他出了什么事?翰臣说,幸子太任性了,她居然要来中国。高桥一郎笑了笑说:"翰臣君不必太担心,我已经写信叮嘱小妹,告诉她不要冒险来中国。"

翰臣一下子明白自己的怀疑并非空穴来风,幸子的信确实被人做过手脚,他怒不可遏地问:"你是不是先读过了幸子的信,所以才知道她打算来中国的事?"

高桥一郎愣了愣,随即点点头说:"不错,这只是例行公事而已。"

"你们有什么权利检查私人信件?"

"对不起,翰臣君,这是日本军部的规定,不但幸子的信要检查,所有前线与后方之间来往的信件,包括我和谷田茂联队长的信,也都要经过检查。"高桥一郎叹息一声,又接着说:"在战争面前,个人是没有秘密的。"

翰臣知道再说什么都没有意义,把信扔给高桥一郎,就转身离开了。

翰臣踽踽走向春望茶馆。

此时午饭时间已经过去,晚饭还没有到,茶馆里显得有些冷清,只有一个瘦老头歪在墙边的一张桌子上打瞌睡。春望嫂背对着门口,蹲在屋地当中的炉子前面出神,炉火映红了她的脸庞,听到脚步声回过头来时,薛翰臣正迈步踏上门口的台阶。对这个斯文的年轻人,她有一种发自内心的好感,一直在心里悄悄拿他当弟弟待,春望嫂站起身冲翰臣笑笑,拍拍手,把一壶茶和一碟点心摆在靠窗的桌子上。

"兄弟,看你脸色有些不好,是不是有什么心事?"

春望嫂给翰臣倒上一杯茶,把茶壶放在桌子上。

翰臣真的想找人倾诉一番心里的苦闷,但他知道不管是建桥的事,还是幸子的事,都无法说出口,只能自己一个人独自承受。他苦笑一声撒谎说:"没有什么事,这几天可能休息不好,所以显得挺疲惫。"他的话没能骗过春望嫂,她手按在他肩膀上,在他耳边轻声说:"有啥事就和嫂子说,别一个人憋在心里。"

翰臣突然有一种强烈的冲动,想要扑进春望嫂的怀里,痛痛快快地大哭一场,或许那样他就能把心里的苦水全都倒出来,但他知道自己不能这么做。他努力克制着情绪,喝了一口茶水摇摇头说:"春望嫂,我真的没有什么事。"

尽管已经饥肠辘辘,但他却一点吃东西的欲望都没有,趁着别人不注意,他把纸条悄悄放在花盆底下,然后就一直望着窗外那座废弃的园子发呆。

3

薛翰臣望着窗外的园子发呆的时候,毛草正走到春望茶馆斜着挑出的那面幌子下面,毛草上身穿着蓝色碎花的褂子,下身一条绿色的家纺布裤子,胳膊上挽着一只布包袱,看上去就像一个回娘家的小媳妇,赶路走得口渴了,就到茶馆里买一杯水喝。

  毛草在霍东山和郭大强的掩护下混进上合县后,就直接去了火车站,打算乘车来白城。她走进那间售票的白房子,才听说日本人正在铁道线上运送军用物资,所有客车一律停驶,毛草只得改为步行前往白城,走了一天一夜,路上又遇到几次盘查,毛草才和另外三个人一起进了城门。这还是她第一次来到白城,走进幽深的门洞时,毛草不由自主地想起了二少爷薛翰臣。她所有与白城相关的记忆,无不是和他连在一起,从翰臣最初到白城读预科班时起,一直到他从白城的永定门码头坐上轮船远赴重洋,白城这个地方就始终让她牵肠挂肚无限向往。她不止一次在心里想象过这座城市的模样,尽可能地把它想得繁华热闹,如今到了这里才明白,她当初还是把白城想小了,刚一进城,一条条宽广的街道,一排排高大的楼房,街两边五花八门的店铺就晃得她眼花缭乱。但毛草顾不上看这些东西,上级给她的任务是到德仁路上的春望茶馆,找一个代号叫"老八"的人接头,然后再自寻住处潜伏下来,在白城开展情报工作。

  春望嫂嘴里叫着"大妹子",亲热地把毛草让进茶馆里。毛草选了茶馆中间的一张桌子坐下,用眼角迅速地把周围扫视了一圈,没发现哪个人像来接头的"老八"。她的目光经过窗前那张桌子时,在一个背影上停留了几秒钟,她感觉这个人似乎在哪里见过,但她没有认出那就是薛翰臣。五年多不见,翰臣已经从一个文弱的少年长成了一个壮实的青年,她又怎么能一下子分辨出来呢?她要了一壶碧螺春和一盘小点心,喝一口茶,吃一块点心,似乎不经意地把两根筷子在茶杯上摆出了一个开口向内的"八"字形,这是定好的接头暗号,"老八"看到就会主动过来联络。

  毛草喝下三杯茶,吃下半盘点心,仍然不见"老八"露面,她心里有些纳闷儿,"老八"是不是还没有来?正在她疑惑时,墙角

处的一个瘦老头从桌边站起来,招呼了一声"结账",把一张纸钞拍在桌子上,迈步向这边走过来。瘦老头显然腿脚有些不大灵便,走得身子一浮一沉,好像是摇着船,经过毛草身边时,"咣当"一声撞到了桌角上,把毛草摆在茶杯上的筷子撞落到地上。毛草弯腰捡筷子时,发现脚边多出一个小纸团,她不动声色地把纸团踩在脚底下,拾起筷子后又顺便提了一下鞋子,纸团就被她放进了鞋窠里。

毛草从桌边挺起身子时,薛翰臣刚好从窗边转回身,喊了一声"春望嫂",毛草一下子呆住了,她听出了翰臣的声音,虽然几年过去,但翰臣的声音却没有变,仍然是弱弱地带着一股书卷气。紧接着,她就看到了翰臣的脸,是他,可不就是他吗!几年不见他胖了些,也黑了些,不再像从前那样透着病态的苍白,嘴角和眉梢上也有了几分男人的刚毅。毛草飞快地低下头,在心里做出决定,为了保护自己的身份,不能当着众人的面和翰臣相认。

毛草赶紧结了账,匆匆从茶馆里走出来,等在不远处一棵槐树下。槐花早已经谢了,椭圆形的槐树叶遮出一丛浓荫,毛草倚在树干上假装乘凉,不时用手绢在脸边扇风,眼睛瞟向茶馆门口。正午的阳光像水一样洒在德仁路上,让它看上去像一条流淌的河流,有一瞬间毛草出现了幻觉,以为自己还是那个十五岁的小姑娘,正站在大薛庄外的黄沙河边,望着缓缓流淌的河水出神。如今她早已不是那个不谙世事的小姑娘了,但她的心里却依旧装着二少爷薛翰臣,以至于不管是郭大强还是霍东山,都无法走进她的内心。

薛翰臣终于从茶馆里走出来,毛草没有立刻迎上去,而是跟在他身后走到玛丽天主堂的拐角处时,看四周没有人,她才紧走几步追上去,喊了一声"二少爷"。薛翰臣愣了愣,他已经好久没有听到这个称呼了,无法把它和自己联系在一起。翰臣有些迟疑地转过头,看到面前站着一个村妇打扮的女人,五年时间已经让毛草变成了一个成熟稳重的大姑娘,眼角眉梢的稚气完全褪去,换成了几分女性的柔情。但她那双丹凤眼没有变,依旧有些霸道地竖在两道细长的眉毛下。

"你是,毛草?"薛翰臣向毛草走两步,习惯性地伸出手。

"是我,二少爷,我是毛草。"握住翰臣的手时,毛草发觉自己的心正像擂鼓似的狂跳不已。自从成年以后,这还是她第一次和翰臣进行身体上的接触,她觉得一切似乎都那么不真实,就像多年来她的梦境一样。

"毛草,真是你,你怎么到这里来了?"翰臣摇晃着毛草的手,脸上现出惊喜的表情,上次回大薛庄时,他听母亲说起过大强和毛草双双逃跑的事。母亲边说边骂毛草是养不熟的小贱人,骂大强是放火拐人的强盗,翰臣当时嘴上没说什么,心里已经想到了可能是父亲打算强娶毛草,才逼得他们逃出了大薛庄。

好多话一下子涌上毛草的喉咙口,反而一句也说不出来了,不争气的眼泪却顺畅地流下来,从眼角一直淌到了腮边。毛草像个木头人似的只会不停冲翰臣点头,好半天才从嗓子里费力地挤出一句话:"说来话长啊,二少爷。"

"还没吃饭吧?"翰臣问。

"嗯。"毛草老实地点点头。她急着和"老八"接头,从早晨起只刚才在茶馆里吃了几块点心。翰臣放开毛草的手,招手喊来一辆人力车:"毛草,我带你去饭店,咱们坐下来边吃边说。"

坐进人力车里,毛草的心还在兀自跳个不停,日思夜想的那个人就坐在自己身边,近得可以感觉出他身体散发出的热度,一股年轻男人特有的气息不时钻进她鼻孔里,让她有些头昏脑涨。人力车跑过一个十字路口时,薛翰臣再次问起了毛草这几年来的经历,毛草好想原原本本把遭遇到的一切都说给他听,但她知道不能这么做,她现在是一名特工人员,不能随意暴露身份。毛草只得撒了谎,她告诉翰臣,从大薛庄出去后,她和大强就进了云雾山,不巧正遇到

白军和红军打仗,她和大强跑散了,她混在一群逃难的老百姓里,跑到了下合县,经一位茶馆的掌柜介绍,给一个姓孙的大户人家当了几年丫鬟。日本人打过来后,孙大户带着全家一路向南跑,她也跟着往南跑,孙大户大概觉得带上她是个负担,有一天夜里趁她睡着时,把她扔在了上合县城外的一座破庙里。她醒来找不到孙大户他们,只好开始一个人流浪,今天早晨才进了白城,现在吃穿无着,也没有睡觉的地方。毛草这么说时,心里已经想好了要留在翰臣身边,她告诉自己,这不是为了儿女私情,而是为了更好地展开工作。

4

毛草是在吃饭的时候知道了翰臣要给日本人建桥的事。

他们走进的是一家名叫"得意楼"的老餐馆,餐馆规模不大,楼上楼下也只有十几张餐桌。在二楼靠窗的一张桌边坐下后,薛翰臣先要了两盘炒菜一盘凉菜,给毛草要了一碗米饭,又招手喊伙计给他上一壶酒。毛草有些好奇地看着他,在她的印象中,二少爷从来没有喝过酒,他从小身子骨弱,家里人都拿他当宝贝疙瘩娇贵着,别说是喝酒,就连夏天喝口凉水都不行。翰臣一连喝下三盅酒,辣出了一串眼泪,脸也登时红得像秋后的高粱,他抹一把溅在下巴上的酒,就说出了答应给日本人建桥的事。讲到谷田茂刀劈柳树下的同胞时,毛草看见翰臣的眼睛里闪出了泪光,放在桌子上的一只手紧紧攥成拳头,发出"咯咯"的响声。

薛翰臣说完这件事又喝下一盅酒,叹息一声苦笑着说:"想不到我漂洋过海学到的本领,一直找不到用武之地,如今却要给这些侵略者派上用场了。"他说话的声音很大,似乎全无顾忌。毛草迅速向四周扫视了一圈,楼上冷冷清清,只有一个老者坐在角落里的一张桌子上背对着他们自斟自饮。毛草的心一牵一扯地疼,默默地替二少爷担忧,她知道给日本人修桥这件事像块石头似的正压在他心头上,所以他才会借酒浇愁花钱买醉。毛草抬手拉拉翰臣的衣袖说:"二少爷,你别这么想不开,你是为了救人才答应做这件事的,你也是迫不得已。"

翰臣先是点点头,似乎同意她的说法,但随后又摇摇头,嘴巴动了动好像有什么话要说,但却终于没有说出口,又倒满一盅酒,一口喝下去。翰臣已经有些醉了,好像猛然想起来似的硬着舌头说:"毛草,你现在既然无家可归,待会就跟我回绿柳巷吧!"他直眉愣眼地看着毛草,呵呵地傻笑两声,抬手拍拍她肩膀又说:"从今往后,你就和我在一起,咱们俩有福同享,有难同当。"说着手又伸向酒壶想要倒酒,毛草赶忙去抢酒壶。

"二少爷,你已经醉了,不能再喝了。"

翰臣的手按在酒壶上和她抢夺着说:"我没醉,谁说我醉了?我现在清醒得很,对了毛草,从现在开始,你别再叫我二少爷,就叫我翰臣好了。"

毛草的心里一抖,从小时候起,翰臣就让她叫他的名字,但她却总是叫不出口。"翰臣"这个亲近的称呼似乎是她心底埋藏的秘密,如果喊出口就会让别人看穿她的心意,这两个字她只能悄悄在心里叫,而面对他本人时,她只能规规矩矩地喊"二少爷"。

毛草还是把酒壶夺下来,翰臣已经醉得睁不开眼睛,菜忘了吃,话忘了说,双手托着脑袋看着她傻笑。毛草帮他把伙计找回的零头放进口袋里,搀着他走下楼梯,走出饭店的大门。旁边柳树下停着的一辆人力车飞快地靠过来,车夫回手拉开车门,说了一声:"老爷、太太请上车。"

毛草的脸不由得一红,她知道车夫把他们误会成了一对夫妻,但却不便做什么解释。她费了好大力气才把翰臣安顿在座位上,翰臣已经醉成了一摊泥,脑袋一歪,就靠在她肩膀上睡了过去。毛草

还记得他说过住在绿柳巷,就吩咐车夫赶过去。车夫是个壮实的年轻人,有一把子力气,把车拉得刮起一股风声。

毛草的身体像木头似的僵在座位上,一动也不敢动,甚至连大气也不敢出。即便是在梦里她也没想过有朝一日会和二少爷挨得这么近,他们现在就像黄沙河里开着的两朵并蒂莲,头碰着头,肩挨着肩。二少爷是个斯文人,平时言行举止彬彬有礼,今天是喝醉了才会这样,她生怕自己动一动就会惊醒他,她希望他能一直这么醉下去,永远都不要醒。三轮车在一个十字路口上转弯时,翰臣忽然嘟囔着开口说:"毛草,你知道我答应给他们建桥除了救人之外,还有另外一个原因吗?"

毛草以为翰臣醒了过来,侧转头看一眼,他仍然双眼紧闭,似乎还处于睡梦中,他的眉头紧锁着,皱成一个愁疙瘩,说话的语气里也充满自责和惶恐,那另外一个原因显然是他不愿提及的秘密。翰臣的脑袋微微摇了摇,嘴里又发出两声苦笑。

"我是为了一个人,一个我这辈子最珍惜的人哪!"

毛草的心好像被扔进了五味瓶里,百般不是滋味,她本能地察觉出二少爷说的是一个女人,一个和他相当亲近的女人,正是为了那个女人,他才会背叛自己的良心和道义。毛草有些妒嫉那个女人,但更多的是为二少爷担心和焦急,他心里承受了相当大的压力,但她却不知道咋样才能帮他从这口泥潭里走出去。

毛草等了一会儿,以为他会继续往下说,但翰臣却再没了下文,转眼又打起了呼噜,就好像刚才只是说了两句梦话。她无奈地摇摇头,轻轻叹了口气。

5

绿柳巷的房子是坐北朝南的三间屋,翰臣住东屋,毛草就搬进了对面的西屋里,两间屋子隔着一间厨房。去市场买菜的路上,毛草按照"老八"纸条上写的,和化装成算命先生的一名情报人员接上了头,汇报了自己的落脚处,请上级对下一步行动给予指示。从绿柳巷出门之前,毛草犹豫了片刻,她在想该不该把翰臣给日本人建桥的事情汇报上去,出于一位情报人员的本能,她知道这件事干系重大,很可能预示着日军的下一步行动,必须向上面汇报,但她也有些担心这么做会对翰臣不利。毛草咬着笔杆发了一会儿呆,最后还是情报人员的职责占了上风,她原原本本地把事情写在了纸上。

几天后,毛草收到上级指令,让她密切注意薛翰臣的动向,有什么情况立刻汇报。

其实用不着上级指示,毛草的心思也自然全在二少爷身上,这么多年她日思夜想的不就是他吗?如今意外重逢,又睡在了同一个屋檐下,毛草总觉得这不是一件真事。住进绿柳巷的头几天晚上,她躺在西屋的床上说什么也睡不着觉,总觉得自己是在梦里,她害怕一旦睡过去,再醒来时这个美梦就已经破了,她就又要和二少爷分开。毛草蹑手蹑脚从床上下了地,趴在西屋的门缝里向外面看出去,她发现二少爷还没有睡,一道橘黄色的灯光从东屋的门缝里透出来,在厨房青砖铺成的地面上割开一条亮亮的口子。毛草想,这个时候二少爷在做什么呢?是读书看报,还是写文章呢?接着她又想,他咋就不知道爱惜身体呢?每天都这样熬夜,咋能受得住呢?毛草心里胡思乱想着,直到蹲得双腿发麻才从地上站起来,重新爬回到床上去。

毛草上了床,却还是睡不着觉,望着黑暗中的棚顶想,二少爷的酒是越喝越凶了,不知道咋才能劝他少喝一点。

薛翰臣是在一次酒后向毛草说起幸子的。

那天毛草正在厨房里炒菜,铁勺子在锅里翻炒着,嘴上小声地对那些菜说话。

毛草说:"你说说看,俺是不是该对二少爷把话说明白,告诉他这么多年俺心里一直都喜欢他,不管走到哪儿,都悄悄挂念着他?"

灶下的火烧得正旺,锅里的菜扭曲起来,发出噼啪的响声。

毛草赶忙又摇摇头说:"还是算了,还是算了,你是什么人,二少爷是什么人,离着十万八千里,咋能硬往一起扯?不把话挑明,你还能每天看到他,给他洗衣做饭端茶倒水,话要是真挑明了,恐怕你就没脸在人家面前待着了。"

毛草把菜盛进盘子里,一双好看的丹凤眼抬起来,向窗外看一眼。从早晨起就开始下雨,已经稀稀落落下了一整天,外面弥漫着一团乳白色的雾气,屋子里的东西也湿漉漉的,好像出了一层细汗,厨房被一道木屏风隔成两部分,屏风后面摆着一张饭桌。二少爷不知道还要多久才回来,毛草把菜端上饭桌,用一只盆子扣起来,动手炒下一道菜。把切好的菜倒进锅里,毛草又开了口。

"你说咋办呢?二少爷这阵子还在糟践身体,又喝酒,又熬夜,整天唉声叹气,眉头皱成一个大疙瘩。俺劝过他几次了,他就是不听,再这样下去身体不就弄垮了?有天大的事,也该想开一点儿啊!"

毛草轻轻叹口气,接上自己的话茬儿,反驳说:"你说得轻巧,他是心里难受哇,有苦说不出,打掉牙往肚子里咽。因为给日本人建桥,白城人都拿他当汉奸,他想拖延工期,日本人又在屁股后头追着。他是想不出辙来,才跟自己过不去的。"

毛草正说到这儿,房门在外面拉开,翰臣裹着一身潮湿的水气进了屋。毛草接过他手里的油纸伞,倒挂在墙上的一根木钉上,心里想,不知道自己刚才的话他听没听到。翰臣胸前鼓囊囊的,看样子揣着东西,毛草把一瓢温水倒进盆里,喊二少爷洗手洗脸。翰臣答应一声,却转身先去了屏风后面,毛草听见"咚"的一声响,知道他是把酒瓶放在了饭桌上。

屋子里黑下来,毛草拉亮了电灯,两个人在饭桌前坐下,一时都有些沉默。翰臣自顾自喝闷酒，一脸的愁容。毛草看在眼里，心一牵一扯地疼，手上擎着饭碗，心里想着该咋样劝劝他。外面的雨忽然大起来，好像是一群马奔跑过来，马蹄从院子里和屋顶上踩踏而过。

翰臣很少吃菜，酒却喝得很快，不大一会儿，脸上就泛起两团酡红，他已经有些醉了，一种倾诉的欲望越来越强烈。对幸子的思念一直深深埋藏在心底，早已经像炙热的岩浆一样在胸膛里奔流冲突，让他承受不住，他早就想找人说说幸子，说一说他们与众不同的爱情。

毛草开始想拦着翰臣，让他不要再喝，后来转念一想，灯不拨不亮，话不说不明，二少爷要是能借着酒劲把心里的苦水往出倒一倒，就不会憋得那么难受，没准情绪就能慢慢好起来。

翰臣又喝下一盅酒，推了推鼻梁上的眼镜，果然开了口："毛草，我有几句话想对你说。"

"嗯，二少爷，我听着呢，你只管说。"毛草点点头。

翰臣看着那扇木屏风说："在美国读书时，我爱上了一个女人，她也同样爱上了我。"

毛草的脑袋嗡的一声响，尽管她早已觉出二少爷心里有一个女人，但今天他面对面说出来，还是让她猝不及防，就好像挨了当头一棒似的。她感觉与二少爷挨在一起的心，被一下子撕扯开，扔进了冰窟窿，心冰冷得好像要失去了知觉，身体抖起来，她赶紧放下碗，用双手扶住桌子，硬撑着听翰臣往下说。

翰臣完全沉浸在自己的情绪中，脸上浮现出幸福的神情。

"她温柔美丽，才华出众，偶尔也会耍些小脾气。她在费城大学读书，和宾夕法尼亚大学一河之隔。在美国时，我们每天傍晚都会见面，牵着手在斯库尔基尔河边散步，我们相恋四年，在一起度过了四年快乐的时光。"

毛草感觉自己正化成一摊水，向青砖铺成的地面流淌，她努力

克制着让自己重新变回人形,她对自己说,这么多年你一直想的不就是让二少爷幸福吗?你不是在心里说过多少次二少爷幸福,你就会幸福,现在咋就变得这么小肚鸡肠?

"二少爷,她现在在哪呢,咋不接到这来一起住?"毛草挑挑眉毛,努力着用笑容说。

翰臣的声音低下去,叹口气说:"她是个日本人,在日本京都,根本没办法到这里来。"

翰臣又喝下一盅酒,摇晃着站起来,毛草以为他要去解手,想提醒他小心一些,翰臣又一下坐回到椅子里,手拄着腮帮看着毛草说:"我之所以答应日本人在白河上建桥,有一部分原因就是为了和她保持通信。"

翰臣胳膊一歪,脑袋滑到了饭桌上。

"二少爷,二少爷。"毛草喊。

翰臣嘟囔着说:"没有她,我活不下去,真的活不下去。"转眼就打起了呼噜。

毛草连着喊几声,再不见回应,知道他是完全醉倒了。毛草架着他走进东屋,把他放在床上,帮他脱掉外衣盖好被子,在床头上站了一会儿,忽然弯下腰在他脸上亲了一口。

毛草喃喃说:"二少爷,以后有啥心事,你只管对俺说。"

6

夏至过后,吃完毛草手擀的过水面,薛翰臣便把家搬到了河边新租的一座房子里。大桥施工进展缓慢,他要守在工地上,督促那些工人,现在,白河上搭起了施工用的架子,好多条船在河上往来穿梭,运送材料和施工人员,看上去一派繁忙。但翰臣心里清楚,没有谁真正出力干活,大家都在磨洋工,做样子给他和日本人看。

建桥的一部分人是国民党军战俘,还有一部分是白城百姓,船只则是沿河征用来的,如果不是刺刀在后面逼着,没有人会愿意来为日本人建桥。翰臣的心里其实也充满矛盾,当初答应谷田茂建桥只是权宜之计,那时河南岸的永城还在国民党军手里,根本不能开始施工,他没想到日军那么快就打下了永城。

日本人是在一个雨夜占领永城的。那天凌晨,高桥一郎带领一支小队涉水上岸,河边堡垒里的守军还在睡梦之中,根本没想到日军会摸过来,他们的眼睛没有完全睁开,就稀里糊涂地当了俘虏。高桥一郎带人向永城纵深前进,谷田茂率领的后备队也乘船过了白河,天刚蒙蒙亮,白城就成了日军的天下。薛翰臣只得开始丈量和设计,但随着工作不断深入,他心底对桥梁的热爱被激发了出来,让他力图把每一步都做得尽善尽美,在他内心深处已经悄悄把那座桥当成了自己的作品,看着纸上的蓝图,他就想到它横跨在河上的伟岸模样。

薛翰臣手里拿着一卷图纸,站在白河岸边发呆,风从河面上吹过来,把一股咸腥味掼到他脸上。按照原定的计划,大桥的基础工程现在应该已经结束了,开始转入下一道工序,但实际情况却只完成了一半。大家都在消极怠工,装病不出,假装失手把材料扔进河水里,或者不断返工的情况比比皆是。翰臣知道大家这么做是对的,桥越快建成,日军入侵的步伐就会越快,但他知道他还是不愿看到这样的局面,这是他的第一座桥,他做梦都盼着它能早一天屹立在河面上。在工地上监工的高桥一郎每天都催促他加快进度,谷田茂也来过河边两次,阴冷的目光盯着他问,是不是在故意拖延工期?他低着头,内心十分矛盾和痛苦。

翰臣喊来一条小船,让船老大载着他沿脚手架前进,查看每个桥墩的施工情况。

船老大是个三十几岁的汉子,身材矮粗,壮实得像一只压地的

磙子。他一句话不说,呸地向河水里吐口唾沫,手里的竹篙点在石砌的河岸上,小船就转过身向河里划去。翰臣知道人家对自己并不友好,他也懒得搭腔,只是站在船头上对照着图纸进行检查。船到河中心时,水流变得急起来,翰臣正全神贯注看图纸,船身突然一歪,他立足不稳,一头栽进河水里,翰臣在河水里挣扎,没有人上前救助,船老大的骂声传进他的耳朵:"淹死你个狗汉奸。"附近施工的中国人都面露喜色,做作壁上观状。翰臣从小和大强、毛草在黄沙河里游泳,水性原本很好,只是突然落水有些手忙脚乱,稳定住心神后,很快游到小船旁,扒着船帮爬进船里。他的眼镜丢了,图纸也湿了大半,坐在船里屁股底下一摊水。他知道这是船老大故意的,但他也不想追究下去,如果声张起来,日本人就会把这个船老大杀掉。

翰臣像只落汤鸡似的回到住处时毛草已经做好了晚饭,正坐在房檐下一只木墩上等他回来,手里纳着一只鞋底。好多年之前,她就悄悄给翰臣做过鞋,但一直没有机会让他穿在脚上,那时候翰臣的鞋都是薛老太太做的,毛草根本没有资格,她做的鞋都压在一只箱子底。现在只有他们两个在一起,她终于可以名正言顺给他做鞋了。毛草把针穿进锥子扎出的窟窿里,把麻线"哧啦啦"扯过去,比好了针脚正打算纳下一针,抬头看见翰臣进了院子。

翰臣的身上还在往下滴水,鞋窠里的水控不尽,一迈步就像蛤蟆叫,踩出两只湿脚印。

"我掉进河里了。"翰臣说。

毛草看他脸色灰白,知道是被河水激的,赶忙转身进屋,打了一盆热水让他快洗洗。

新租的房子也是三间屋,翰臣在厨房里擦洗,毛草就进了自己住的西屋,翰臣的衣物都放在西屋的一只大衣柜里。毛草把衣服找出来抱在怀里,正要走出屋门,忽然在门缝里看见翰臣弯下去的光脊梁,他身上脱得只剩一条短裤,毛草脸腾地一红,心扑通得好像要从嗓子里跳出来,赶忙转过身去背对着房门喊:"二少爷,我要出去了。"

翰臣正掬起水洗脸,眼泪和水混在一起,顺着腮帮往下淌。他心里的委屈说不出,就只能化成眼泪流下来。听到毛草喊,他答应一声,拉开东屋门躲进去。毛草把衣服放在一把椅子上,喊一声"好了",从房子里走出去。她打算去给二少爷买瓶酒,让他喝一点驱驱寒气。

吃饭时,翰臣一直沉默不语,只是闷头喝酒。毛草看出他心里有事,却不知如何开口询问。翰臣喝下第三盅酒,脸上才有了些血色,长长呼出一口气说:"毛草,在你眼里,我是个汉奸吗?"

毛草早就想开解开解他,一直没找到合适的机会,虽然她的心和二少爷贴得很近,但一旦面对他,她又总是有些不由自主地心慌意乱。见翰臣问起,她赶忙摇摇头说:"二少爷,在俺眼里你是个好人,离汉奸十万八千里。俺知道你心里有苦衷,是迫不得已才帮日本人建桥的,不管别人咋说,反正俺相信你,永远都相信你。"

毛草没想到自己一口气能说出这么多话,她怀疑自己已经泄露了心底的秘密,赶忙低下头,双手不安地搓起衣角。翰臣苦笑一声,又喝下一盅酒,筷子伸向盘子夹了半天,却没有夹到菜,收回去横在饭碗上。"毛草,现在恐怕也只有你还相信二少爷是个好人了。"翰臣从桌边站起来,脚步摇晃着走到碗柜边,又找出一只酒盅,倒满了酒推到毛草面前,"毛草,就凭你刚才那句话,我要敬你一盅酒。"

毛草二话不说端起酒盅,和二少爷碰一下,一仰头把酒喝下去。辛辣的酒水流过食道,像吞下了一团火,呛得毛草流出了眼泪,但她的心里热乎乎的,觉得和二少爷又近了一层。毛草拿过酒瓶,先给翰臣满上,又给自己也倒满,双手端起酒盅,心就扑通通跳起来,她真的想告诉二少爷,从打十五岁那年夏天起,她就悄悄把自己许给了他,这么多年不管走到哪儿,她一直都想着他,但她知道这样

的话不能说,否则就可能再见不到二少爷了。毛草使劲咽口唾沫,把表白的念头压在肚子里。

"二少爷,俺今天也要敬你一盅酒,从小你就处处照顾俺,从没拿俺当下人,喝下这盅酒你要答应俺一件事,从今往后有啥难心事,只管对俺说,别自己一个人憋在肚子里。"

他们碰了酒盅,各自把酒喝尽。

天色暗了下来,但毛草没有起身开灯,她害怕灯光亮起来后,一切就都变了模样,她情愿和二少爷就这样坐在黑暗里。她从未喝过酒,两盅酒下肚,脑袋重起来,压得她抬不起头来,双脚却轻得好像踩在棉花上,似乎要从地面上飞起来。二少爷给她倒酒时,她半点都没有推辞,端起酒盅就一口喝了下去,她不能代他受苦,但愿意陪他醉一场。

一瓶酒喝光,薛翰臣完全醉倒了,手里的筷子掉到地上,人像一摊泥似的软在椅子里,嘴上喊着毛草的名字,但却一直没有下文。毛草也醉得不轻,眼里看见两个二少爷,她向其中一个伸出手,摸到一团空气,她又向另一个伸出手,扯起二少爷一条胳膊,搭在自己肩膀上,架着他往东屋走。她感觉天旋地转,好像站在一艘船上,走出两步踢翻了一只脸盆,盆里的水洒出来湿了她的鞋。她顾不上理会,架着二少爷进了东屋,把他放在墙边的床上,正要转身找东西给他盖上,一只手突然被翰臣抓住。

"幸子,是你吗?你真的从日本来看我了?"床上的翰臣睁开惺忪的醉眼,嘟囔着说。

毛草的心跳骤然停止,似乎有一道闪电划过她昏沉沉的意识,酒醉的二少爷错把自己当成了心中爱恋的那个人哪!她想甩开他的手,对他说认错人了,自己是毛草,不是什么幸子。但她却没有这么做,她不忍心让他失望,她也不愿错过这个被他当成心上人的机会,即便这只是他酒醉时的误会,但她知道,这样的机会从今往后恐怕永远不会再有了。

毛草僵立在床前，用力握住翰臣的手，天已经完全黑下来，她看不清二少爷脸上的表情。

"你说话呀幸子，告诉我是不是你？"翰臣用力摇晃着毛草的手。

"翰臣，是我，我是幸子。"

毛草忽然一阵心酸，眼泪像断线的珍珠流下来，这是她第一次对他喊出"翰臣"两个字，但却是用另一个女人的身份和口吻。毛草想，这大概就是自己的命吧！人是不能和命挣的。

"真的是你呀，幸子，自从你从美国离开后，我没有一天不在想你，这次你来了，我再不会让你走。"

翰臣的手上突然加大了力气，拉得毛草的身体向他倒下去。毛草用力抵挡，空着的那只手撑在床边，无声地和翰臣对抗。她要对抗的其实还有她自己，她心里有一种强烈的愿望，想要靠近翰臣，扑进他的怀抱里，这个愿望越来越强烈，像一根绳索一样拉着她靠向翰臣。喝下去的那些酒也让她浑身绵软无力，她努力撑了一会儿，最后还是倒向床铺，扑在了翰臣身上。她有些害怕，不知道接下去会发生什么，但也有一份期待，渴望被心爱的人爱抚和怜惜。

翰臣的嘴巴贴过来，吻上她的额头，又一路向下吻过她的眼睛、鼻子和脸颊。毛草的心里涌起一股羞愧，告诉她现在必须立刻跳开，但她的身体却不听使唤，继续紧紧地依偎在翰臣的身体上，翰臣的嘴唇吻上她的嘴唇时，毛草听到身体里发出"轰"的一声响，随即感觉自己一下子化成了一摊水，她知道不管他对自己做什么，她都不会从这里逃开了……

7

第二天早晨薛翰臣从床上醒来的时候已经日上三竿，阳光从窗

梲照进来，落在他的眼睛上。他眯起眼睛，抬起手把阳光挡住，心里有些纳闷儿，这时候自己为什么还没有去工地？脑瓜仁儿一阵阵地疼，让他想起昨晚是喝醉了酒。撩开身上的毯子，从床上坐起来时，他忽然想起昨晚和幸子约会的事，虽然他知道不可能，但那种感觉却无比清晰，让他没法不相信那是真的。他记得开始幸子一直站在床边，紧紧拉着他的手，然后幸子倒下来扑进他怀里，他忘情地吻她，从额头一直吻到嘴巴，接下去他们就行了夫妻之事……翰臣笑笑摇摇头，告诉自己这只能是一个梦而已，幸子在遥远的京都，怎么会来这里和他相会？

　　翰臣穿好衣服翻身下了床，手扶在床边穿鞋，目光忽然被床单上一块红褐色的污迹吸引住了。他低下头仔细看了看，辨别出那是一片已经干了的血迹。他心里充满疑惑，自己身上没有流血，这血又是从哪来的？他打算喊毛草过来，让她看看是怎么回事。"毛草"两个字没有喊出口，他突然意识到一件事，昨晚与幸子的相会那么清晰，会不会是真的发生了什么？紧接着他被脑袋里冒出的一个想法吓得目瞪口呆，这间房子里只有他和毛草两个人，昨晚喝醉后他是不是把毛草当成幸子，和她做了夫妻之事？翰臣的额头上冒出一层冷汗，两条腿抖得站立不稳，扑通一声跪倒在屋地上，他不停地在心里问自己，是不是真的对毛草做了错事？如果真是那样，今后他还怎么面对她？脑袋疼得要裂开一般，让他想不出答案来。他像做贼似的从东屋溜出来，小心翼翼走进厨房，他没有看到毛草，她可能去市场上买菜了。翰臣的心这才稍稍安稳了些，像逃跑一样慌张地跑出屋子，没有去建桥工地，而是向德仁路上的春望茶馆走去。

　　高桥一郎登门造访时，毛草正坐在院中一棵芙蓉树下洗床单。

　　翰臣前脚刚走，毛草就拎着买好的菜从市场上回来了，她以为翰臣还睡着，走得高抬腿轻落足，生怕把他惊醒。发生了昨晚的事情后，她不知道该咋样和翰臣打照面，唯一的念想是他把一切都当成一场梦。毛草提心吊胆地走进院子,轻手轻脚打开房门,这才发现二少爷不在屋子里。她把悬着的心放下,走进翰臣住的东屋,打算给他整理床铺,突然看到了床单上那块红褐色的污迹,毛草的脑袋嗡了一下,知道二少爷肯定啥都明白了,一股热血像潮水似的从脚底涌上来,嗡啦一声灌进她脑袋里,她的脸又热又胀,大得像一只笆斗。她以后再没脸见他了,一想起和他见面的情景,她就羞得恨不能找条地缝钻进去,但她真的不想离开他,一辈子都不想离开他。她把床单扯下来泡进盆子里,心里还存着一丝幻想,或许他早晨走得匆忙,还没看到床单上的东西。

毛草正用力搓洗床单,高桥一郎抬手敲响了院门,这是他第一次来翰臣的新住处,今天一直不见翰臣到工地,他才找到这里来。毛草以为是二少爷回来了,慌张地从树下站起来。院墙不是很高,墙头上露出一顶绣着黄五星的军帽,毛草知道来人是个日本军官。毛草从树下站起来,甩掉手上的肥皂沫,走过去打开院门。她不知道这个日本人来干什么,但她心里一点不害怕,此时此刻,她倒宁愿被抓进牢里去。一个日本军官正毕恭毕敬站在门口,毛草愣了愣,这个日本人让她有些吃惊,以往她看到听到的日本人全都是凶神恶煞,这个人却谦恭有礼,透出和二少爷相似的斯文和儒雅。

高桥一郎也愣住了,这还是他第一次见到毛草,在此之前,他听翰臣提起过毛草这个人,当时他想象出的是一个其貌不扬的乡下姑娘,他万没想到,毛草竟然长得这么水灵大方。这个中国姑娘让他倏忽之间想到了一座木楼,那是他在北京一条胡同里找到的一座古建筑,它造型精美,巧夺天工,质朴中带有一种灵气,他一直觉得那是自己看到的最美的建筑。

毛草收回目光,两道眉毛挑起来,语气冰冷地问高桥一郎有什么事。高桥一郎定定心神,他有些想不通,自己为什么会把眼前这个女人和一座建筑联想到一起。

高桥一郎深鞠一躬,用中国话说:"小姐你好,不好意思,打扰了,请问翰臣君在家吗?"

毛草又愣了愣,这个日本人怎么会把中国话说得这么好?小姐这个称呼还是第一次有人用在她身上。随后,她又有些奇怪,在这个侵略者面前,她竟然没有涌起切齿的仇恨,她用眼角瞥对方一下,尽力做出水火不相容的模样,摇摇头说:"他不在家。"抬手要关大门。

高桥一郎再次鞠躬,"小姐,恳求你帮一个忙,如果翰臣君回来,请你转告他我来过了,我叫高桥一郎,是他在宾夕法尼亚大学时的同学。"

毛草心头一动,一句话未假思索就冲口而出,"哎,你认识幸子吗?"

高桥一郎已经走开了两步,又转回身点点头,"当然认识,幸子是我的妹妹,她当时在费城大学读书。"他以为毛草还会问什么,就垂首等在她面前,毛草却一直没再开口,高桥一郎就轻声问了一句:"还有什么事情吗,毛草小姐?"

毛草这才回过神来,察觉自己的问题没头没脑,找补似的反问:"你咋知道俺叫毛草?"

高桥一郎笑笑,露出一口整齐的牙齿,"是翰臣君说的,我和他是好朋友,希望以后我和你也能成为好朋友。"

毛草知道,自己最好的回答是吐口唾沫,义正辞严告诉面前这个日本人,想和她成为朋友是白日做梦。但她只是嘴巴动了动,什么也没有说,什么也没有做。高桥一郎再次鞠躬,随后转身而去。

8

这天晚上翰臣回来得很晚,毛草心里七上八下等得心焦,纳鞋的锥子几次扎到了手指头,她想二少爷肯定是看到了床单上的血迹,

第五章

并且想到发生了什么,所以才躲在外面,迟迟不愿意回来,越这样想,心里就越焦躁。

其实薛翰臣并不是有意躲在外边,而是一直在建筑工地忙碌,在日军的催促下,工人们已经开始二十四小时不停歇地施工,而技术方面也需要他不停地去指导。天色已晚,翰臣刚刚走下河堤想回家休息,高桥一郎却从一棵柳树后面转出来喊住了他,高桥一郎的脸色看上去有几分怪异,目光定定地看着翰臣,翰臣以为高桥又要催自己加快进度,这样的话听得他耳朵里已经起了茧子。但高桥并没有说建桥的事,而是提到了毛草,这令他十分意外。

高桥规规矩矩给翰臣鞠了一躬说:"翰臣君,我想请毛草小姐帮忙料理家务,请你一定要成全。"

翰臣看着高桥发呆,他没想到对方会提出这样的请求,不便直截了当拒绝,只得委婉地说:"高桥君,这件事我没法私下做主,需要回去问问毛草的意见。"

高桥抬起头,随后又鞠一躬,"拜托了,翰臣君。"

翰臣回到住处时毛草正在灶前生火,菜已经热了几遍,每次把菜倒进锅里,她的心就跟着一疼,好像是也一起进了锅,又要受一遍煎熬。她有一种奇怪的预感,二少爷可能再也不会回来了,她不知道什么时候能再次见到他。房门突然从外面推开,毛草吓了一跳,手里的火柴掉到地上,滚进了灶坑里。她喊一声二少爷,说我这就热菜,慌张地低下头去捡,火柴拿到手里却点不着火,两只手抖得不听使唤。翰臣没敢看毛草,胡乱点个头,就慌张地逃进了自己住的东屋里,他莫明其妙地想起了多年前父亲要强娶毛草的事,在心里把自己骂得狗血喷头,觉得自己连父亲也不如。

两个人在饭桌前坐下,一时间谁也不说话,眼睛都掉进菜盘里,不敢抬头向对方看。好一会儿,翰臣才总算找到一个话题,咳嗽一声说:"毛草,刚才有个名叫高桥一郎的日本人,要请你帮他去做家务。"

翰臣说完这句话，不以为然地笑了笑，在他看来高桥一郎真的有些异想天开。

"二少爷是咋回他话的？"毛草对着眼前的饭碗说。

"我告诉他要回来问问你的意见，你不会同意去他那里吧？"

"二少爷，我愿意，愿意去他那儿！"毛草迫不及待地说。她想，不能和二少爷待在一起，在哪里都无所谓。更何况上级也会同意她这么做，住在一个日军军官的家里，会更利于收集情报。

"毛草，你要好好想想，真的愿意去给他当仆人？"翰臣没想到她会同意，他心头一紧，脱口问道。

"二少爷，我想好了，真的想好了。"毛草依旧低着头，语气却非常坚决。话一说完，她突然想起来，自己走后二少爷就没有人照顾了，饭没有人做，衣服没有人洗，心里憋闷没有人陪着说话，她的心就酸得像扔进了醋瓶子，觉得自己不可理喻。

"那好吧，明天我就告诉高桥一郎。"翰臣叹口气，无奈地摇摇头说。他知道，毛草一定是有意要躲开自己，才这么迫不及待地要换个地方。

几天以后，毛草便搬到了高桥一郎那里。

高桥一郎的住处是一座典型的四合院，毛草没住正房，把行李搬进了西厢房里。她本能地觉得，高桥这个日本人可能对自己有什么企图，还是离得远些好。毛草铺好被褥，打水洗了手，准备去厨房做饭，高桥一郎从正房走出来，在厨房门口拦住她说："毛草小姐，你的任务是休息，这顿饭由我来做，请你尝尝我的手艺。"

毛草停下脚步，看一眼高桥一郎，她心里有些惊奇，从小到大，她还没见过一个愿意给女人做饭的男人，大薛庄没有，白城也没有。她转身又回到自己的屋子里，索性就落个轻闲自在，看看这个日本人能折腾出一些什么东西出来。高桥一郎显然早有准备，不大一会就做好了一顿正宗的日本料理，三文鱼、味噌汤、寿司、咖喱牛肉饭，都摆在一只红木托盘里端上了餐桌。

"献丑了,毛草小姐,不成敬意。"高桥一郎给毛草倒满一杯茶,回首摆弄了一下放在木架上的唱机,一首舒缓的音乐随之在屋子里响起来。"这首歌的名字叫'樱花',是小妹幸子最喜欢的歌。"

毛草挑挑眉毛,看看高桥一郎,毫不客气地操起筷子,甩开腮帮一顿大吃。除了在二少爷面前之外,她不管在哪里,面对任何人,都从来没有胆怯过,毛草一边吃还拿筷子比画着做品评,咖喱的味道有些怪,三文鱼有点腥,味噌汤和寿司的味道还不错。高桥一郎不停地点头,表示接受她的意见,保证下次再做时会注意。毛草心里感觉好笑,自己到这里似乎不是当仆人,而是来做主子的,有吃有喝,还横挑鼻子竖挑眼。

毛草的仆人生活就这样开始了,她为他做饭做菜,收拾房间,高桥一郎对他一直都很客气,几天来几乎从来没主动吩咐她做过什么,这使毛草反而觉得有些别扭。

高桥一郎的头疼病是三天后发作的。

这是他的老毛病了,两年前刚入伍不久,他在一场战斗中负了伤,伤势痊愈后,就落下了头疼的后遗症,常常不定期发作,折磨得他死去活来。疼痛剧烈时,一向儒雅温和的高桥,还会克制不住地要伤人砸东西。

那天傍晚毛草正在厨房里做饭,突然听到正房传来一阵噼里啪啦的响声,毛草从厨房里跑出来,透过窗玻璃看见高桥一郎手舞木棒,正在屋子里四处乱砸。毛草跑进正房门口时,高桥一郎大喊着向她摆手,告诉她不要靠近,说自己头疼发作无法控制,怕伤害到她。毛草跑回西厢房,拿出针灸用的铁盒,又折身进了正房。当年在军医学院进修时,毛草学会了针灸的技艺,两只银针扎进去,高桥一郎便稳定下来。歇了一会儿,一郎盯住毛草,惊讶地问,你还有这能耐?毛草说,我跟一个老中医学过一点医术,一点而已。一郎说,什么一

点儿啊,简直是太厉害了,有你在,我就不怕头疼了,看来我是真的不能离开你了。毛草没再吭声,一想到自己要照顾一个鬼子,她的心里就不是滋味,好在有重任在肩,她也就有了安慰自己的理由。

高桥一郎说起了两年前受伤的经历,毛草默默地听,还是一声未吭。但她出于作为医生的人道精神,还是主动给一郎开始定时做针灸治疗,一段时间后,高桥一郎的头痛病便大有好转。

高桥一郎对毛草感激不尽,又亲手做了一次日本料理,还把薛翰臣也请了过来,三个人在一起美美地吃了一顿。

再出去寻访古建筑时,高桥一郎还会让毛草陪同,白城的大街小巷都留下了他们的足迹。看到一座值得称道的建筑,高桥就会兴奋地向毛草讲解,告诉她好在哪里,又有哪些缺陷。看高桥一郎十分信任和看重自己,毛草也很高兴,这对她的潜伏太有利了。

此后,毛草利用高桥一郎的信任,多次刺探到日军的机密情报,她巧妙地将情报传递出去,上级对她的工作十分满意。

而毛草和高桥一郎之间的关系也在悄然发生着变化。

一天下午,高桥一郎独自背起画夹出了门,走在白城的大街上,他忽然感觉百无聊赖,坚持多年的爱好,好像也一下让他失去了兴趣。他漫无目的地转了好久,最后才在一座木楼前停下脚步,支起画夹,拿出铅笔,昏头昏脑地画起来。高桥一郎停下笔时,突然发觉他画在纸上的不是眼前的木楼,而是那个名叫毛草的中国女孩儿,这时候,他才猛然意识到,自己在不知不觉间已经爱上了这个美丽的中国姑娘。

9

几天后的傍晚,高桥一郎来到薛翰臣住处时,翰臣正坐在书桌前给幸子写信。自从毛草离开后,他就陷在悔恨里无法自拔。他骂自己不是人，心里肮脏，是个畜生，不过是一点酒就现出了原形。他觉得对不起毛草，也对不起幸子，更对不起他们海誓山盟的爱情。他还想告诉幸子，最近这阵子，高桥一郎手下的监工队加强了管理，每天都有人因为消极怠工被绑在工棚前面的柱子上暴晒鞭打。大桥施工有了进展，但他却更加难过，打手的鞭子每一下都似乎抽在他心上。

薛翰臣气愤地扔下笔，从信纸上抬起头，忽然看见墙壁上映出一个颀长的身影。翰臣转回头，发现高桥一郎已经来到了屋门口。

"翰臣君，打扰了，有件事想对你说。"高桥一郎走进屋子，笔直站立在翰臣面前。

翰臣扫了高桥一眼，看到他一脸严肃的表情，在翰臣印象中，高桥一向儒雅洒脱，很少有如此严肃的时候，高桥要说的肯定是一件很重要的事，会不会是幸子出了什么问题？她已经两次在信里说要到中国来找他，会不会真的这么做了？翰臣的心顿时提到嗓子眼儿，紧张地看着高桥一郎。

高桥一郎脸忽然一红，像个犯错的孩子似的把头埋得更低些说："翰臣君，我喜欢上了一个女人。"

翰臣忽然觉得有些好笑，他想起几年前在美国时，有一天高桥一郎曾经万分不解地问过他，爱情到底是什么东西，一个男人为什么会爱上一个女人呢？那时候高桥一郎自认为，有精美的建筑，有剑术和空手道，有小妹和朋友，生活就差不多已经圆满了，根本不需要什么爱情。不知道他现在喜欢上了谁。

"我喜欢上的人是毛草，在我眼里，她就是世界上最美丽的女孩。"高桥一郎兴奋地说。

翰臣万没想到高桥会说出毛草的名字，本能地提出反对意见。

"高桥君，依我看，你和毛草不合适。"

"为什么？"高桥万分不解地看着翰臣问。

"一个日本军官,一个中国女仆,相距十万八千里,怎么会往一起联系呢?再说了,现在中日双方正在打仗,两国人民也成了敌人,怎么可能谈恋爱呢?"

"翰臣君,你和小妹不是正在恋爱吗?"

翰臣顿时哑口无言,不知该怎么往下说。

高桥一郎抬起头,目光中透出一股坚毅。

"翰臣君,不管你怎么看,毛草都是我喜欢上的第一个女人,也会是最后一个,我要对她展开攻势,一攻到底,不会轻易放弃的。"

高桥一郎是个言出必行的人,第二天傍晚在饭桌上,他当面把一封求爱信交到了毛草手里。毛草看完信,丹凤眼瞪得溜圆,又好气又好笑,半点都没有犹豫,就毫不客气地把信给他扔了回去。

高桥一郎显得十分执拗,很快又给毛草写了第二封信。毛草这次连看也没看,直接扔进了垃圾筒。几天后,毛草收到上级指令,告诉她不要和高桥一郎把关系弄僵,要保持融洽的关系,好借机收集更多的情报。毛草这才被迫转变态度,不再明确地予以拒绝。高桥一郎以为他的爱情有了转机,十分兴奋,几天来欢快得像个小孩子。

但不久后,高桥一郎的情绪起了变化,幸子给翰臣的一封来信让他的脸上布满了乌云,从负责检查往来信件的军官手里把信拿过来,他就立刻奔工地去找薛翰臣。

翰臣正在河里对着图纸给一个施工小组讲解下一道工序,见到高桥一郎向他挥手,有些不耐烦地喊过一艘小船,载他回到岸上。翰臣工作的时候最不喜欢被人打扰了。

"你和我都没能阻止住小妹,就在十几天前,写下这封信后,她已经动身来中国了。"

翰臣刚一跳上岸,高桥一郎就把幸子的信递了过去。

"什么?怎么会这样?"翰臣把信一把抓过去,双手颤抖地抽出信纸。幸子在信中的第一句话就这样写道:"翰臣君,当你读到这封信时,我已经踏上中国大地,开始了和你相会的旅程了……"

"高桥君,能立刻查到幸子的行踪吗?"翰臣摇着信纸,焦急地问。

"现在中日间正常的旅客往来已经中断,小妹只能偷偷混上轮船,我们无法确定具体班次,只好慢慢查找。"高桥一郎无奈地摇头说。

翰臣重重地一跺脚,他此时的感觉十分复杂,既有要见到幸子的兴奋,又有为她安全的担忧,他此时只能默默祈祷,让上天保佑幸子能够平安来到白城。

第六章

1

薛翰臣脚步沉重地走在德仁路上,白城的夜晚像一道帷幕似的落下来,街两边亮起了璀璨的灯火,街上的人们不约而同加快了步伐,翰臣却依旧走得不紧不慢,他瘦削的身影一会儿长一会儿短,显得有些不可琢磨。翰臣要去的地方是春望茶馆,自从毛草离开后,他就把酒戒掉了,又恢复了经常去泡茶馆的习惯。他一般都是晚上前往,这时候五爷那些常客已经散去,不必担心有人横眉冷对,茶馆里客人不多,边喝茶还可以和春望嫂聊几句天。偶尔,他也会把情报留给褚天泽。

翰臣刚迈上茶馆门前的台阶,忽然下意识地停下了脚步,透过面前的门玻璃,他看见春望嫂正侧对着门口,弯腰擦拭一张桌子。春望嫂的身影让他想起了幸子,他早就发现她们俩有几分相似之处,想到幸子,翰臣的心就沉沉地向下一坠,似乎拴上了一块石头。这几天高桥一郎正在四处打探幸子的消息,但却始终毫无结果,谁也不知道她在哪里,是平安到达了中国,还是在某艘轮船上漂泊?翰臣的心一直悬在喉咙口,吃不下,睡不着,白天在工地上甚至几次看错了图纸。

"兄弟,看你愁眉不展的,是不是有啥心事?"

春望嫂给翰臣倒上茶,坐在他对面的凳子上,手上做着针线活,不时抬头和他搭句话。除了翰臣之外,茶馆里只剩下两个客人,一个已经趴在桌子上睡着了,扯出一长串鼾声。另一个手托腮帮,正在读还珠楼主的武侠小说。

翰臣向对面看一眼,春望嫂光滑洁净的头顶像一朵墨色的菊花,不时开放和闭合。他真想把心里的苦水往出倒一倒,但他知道不管是幸子的事还是毛草的事,都不能轻易说出口,他摇摇头,努力笑了笑,推说自己昨晚没有休息好,把话题转向别处。

"大嫂,怎么一直不见春望哥?"

"别提他,一提他我就气不打一处来,这个没良心的东西,两年前说是做生意,过白河去了永城,从那以后就再也没了音信。要是他在,我一个女人家,何苦抛头露面。"春望嫂手上的针使得又重又快,似乎每一下扎的都是她的男人。

"或许他遇到了啥难处呢?"翰臣安慰说。

"他能遇到啥难处?我看他是遇到女人了。"

"大嫂,你不要这么想,没准哪一天大哥就突然站在你面前了呢!"

翰臣这么说时,心里想的却是幸子,自从收到她最后一封信,他就常常幻想幸子突然出现在自己面前的情景,好几个晚上,他都是在这样的梦里快乐地醒来,可幸子却消失了,屋子里漆黑一团,让他格外地落寞。

看武侠书的客人站起身,大声喊结账,豪气地把一张钞票拍到桌子上,迈步出了茶馆。睡觉的客人吓了一跳,抬起头四下看了看,嘟囔一声也结账走了。春望嫂起身把一只冰片放在翰臣茶杯里,又倒满水。

"兄弟，不说我了，还是说说你，咋总不见你带女朋友来？"

翰臣无奈地笑笑，撒谎说自己还没有女朋友。

春望嫂笑笑，一双好看的桃花眼上长长的睫毛像掀起的门帘，忽闪着撩他一眼。

"你也老大不小了，该到找女朋友的时候了，用不用嫂子给你介绍一个？"

翰臣赶忙摇头，推托说现在还不打算找呢，以后有想法时再说。

炉火暗了下去，春望嫂起身用黄泥把炉子封上，这样火就不会灭，明早起来捅开，可以接着烧水。翰臣的目光一直跟着她，他感觉春望嫂似乎比前几天胖了些，行动也好像比以前笨了。

就在翰臣和春望嫂在茶馆里闲聊的时候，一支皇协军的队伍正悄悄开进白城。他们或许知道自己的行动并不光明正大，特意选择在夜里进了城。鸡屎黄的军服让他们看上去像一条肮脏的河水，从城南的门洞流进来，漫流到中央大街，又转上二七路，最后都流进了白城预科班的院子里。

走在队伍最前面的就是原来负责白城防御的司令余明，他骑在一匹白马上，剃得锃亮的脑袋反射出路灯的光芒，四下转动着，不无得意地欣赏着这座城市的夜景。白城失陷之时，他带着手下的精锐部队过桥跑到了永城，用脑袋向战区总指挥汤恩伯保证，自己并非贪生怕死，而是从大局出发保全实力，只要稍作休整，就会将白城夺回来。没想到白城没有夺回，仅仅过了几个月，永城也被日本人攻占，余明带着一群手下再次仓皇出逃，他这次没有去找汤恩伯，而是托人找到了日本人，一番讨价还价后，他就成了皇协军的一部。余明随即打出旗号，在白河两岸召集残部。驻白城的日军不断向前线增援，谷田茂见城内防御吃紧，就命令余明带队进驻白城，把白城预科班的校舍当作兵营，协助皇军防务。

余明骑在马上自言自语："不管是个啥，老子他妈的回来了。"

- 174 -

2

郭大强和肖虎子来到高桥一郎住处墙外时太阳正照到头顶上，天热得好像要把人烤出油来，院墙边的柳树上两只知了一唱一和地叫。郭大强把褂子上的纽扣解开，露出油黑精瘦的胸脯，摘下头上的草帽扇风，汗湿的头发打成了绺，汗水顺着他的长脸淌下来。郭大强晃晃脑袋，汗珠子就噼里啪啦落到地上。他们是早晨进的白城，先在城里逛了一圈儿，然后才赶到了这里，远远地看高桥一郎离开，才装作若无其事地靠过来。

郭大强往地上吐口唾沫，冲肖虎子使个眼色，用下巴指了指，示意他过去敲门。

肖虎子向前走两步，又扭回头看郭大强，疑惑地问："队长，咱到这来，真能弄到枪？"

郭大强的游击队发展很快，人多枪少，把附近村庄家丁的枪都征用过来，还有一半人手上没家伙。

"让你敲门你就敲，哪那么多废话，老子啥时干过二五眼的事？"郭大强推一把肖虎子。

毛草正在一棵玉兰树下洗衣服，两条嫩藕似的胳膊让井水拔得一直红到胳膊肘儿，院子里很凉快，不时吹过的一阵风里，带着一股淡淡的花香。衣服都是二少爷的，虽然不住在同一屋檐下了，但毛草不时还会过去看看他，顺便把脏衣服带过来，洗好晾干后再送回去。毛草把洗好的衣服搭在晾衣绳上，抻平上面的褶皱，走开两步看一看，心里就想象出二少爷穿上它们时的模样。听到敲门声，毛草低头从晾衣绳下钻过去，边往门口走边脆生生地问是谁。她有些纳闷儿，这个时间平时很少来人的。

"草儿，是我，哥来看你了。"郭大强的公鸭嗓在外面搭了话。

毛草紧走几步把门打开,郭大强和肖虎子飞快地从门外闪进来,令毛草十分意外。

郭大强上下打量一番毛草说:"草儿,跟哥说实话,那个叫高桥一郎的日本鬼子没难为你吧?"

毛草赶忙摇头,说没有。这阵子高桥一郎还在向她发动爱情攻势,写信、送礼物、给她画画,有一天还给她表演了剑术和空手道。毛草知道,从心里讲她其实并不讨厌这个日本人,有的时候甚至心里还有一点小小的兴奋,毛草想不明白为什么会这样,她就暗自认为这事和二少爷有关,二少爷喜欢的女人是高桥一郎的亲妹妹,所以自己也对高桥一郎恨不起来了。

这些事都不便和大强说,毛草把话岔开问:"大强,你咋来了,是不是出了啥事?"

"草儿,你说对了,真出了事,出了大事。"郭大强压低声音,满脸一本正经的表情说。

"大强,你快点说,到底出了啥事?"毛草顿时慌了手脚,丹凤眼瞪圆了看大强。

郭大强凑近毛草,手捂着胸口,在她耳边小声说:"俺这个地方出毛病了,天天半夜三更向俺喊话,对俺提要求。"

"啥意思啊?"

"它对俺喊'俺要见毛草,俺要见毛草,见不着毛草俺睡不着觉。'"郭大强说着哈哈笑起来。

"去你的,一点正经的都没有。"毛草一脚踢在郭大强腿弯上,踹得他扑通跪在地上。

郭大强爬起来,拍拍膝盖上的土,回头看肖虎子正捂着嘴咻咻地笑,抬手给他一拳头。

"你小子还赖在这干啥?麻溜出去给老子守着门口,有人来就学两声蛤蟆叫。"

第六章

"队长,这是城里,没蛤蟆。"肖虎子往院门走两步,带着笑声说。

"那就学黄莺,一长两短,叫三声。"

肖虎子出了院门,毛草又问:"大强,说吧,你来到底有啥事?"

郭大强不答话,几步跑到院子西北角的井台上,用辘轳摇上一桶水,捧起来咕嘟嘟喝一气,剩下的兜头倒在脑袋上,嘴里连声说好凉快,抹一把脸上的水珠子,这才说:"草儿,哥今天来有件事求你,这阵子俺们游击队又来了不少新人,手头的家伙不够使,你给哥帮个忙,弄点枪和子弹啥的。"

毛草说:"大强,你来得真够巧的,眼前就有个好机会,原来白城的守城司令余明刚成立了皇协军,日本人正给他们补充装备呢,三天后就有一批军火要运过来。"

郭大强高兴得直拍巴掌说:"这可太好了,老子要啥,他就给送啥,还真像歌里唱的,'没有枪,没有炮,敌人给我们造。'"

郭大强说到这又问:"毛草,你知道他们的行车路线吗?"

毛草说:"这是他们的机密,我怎么能知道?"

郭大强说:"白说了,不知道行车路线,我怎么能弄到这批军火。"

毛草扑哧一笑,说:"谁叫你是郭大强呢,要是别人,我肯定不告诉他,这是机密,我只能向我的上级汇报。不过,我还是告诉你吧,记住,别说是我告诉的。"

毛草把路线写在一张纸上,冲郭大强递过来,郭大强刚伸手接,毛草又飞快地把纸收了回去,转转眼珠说:"大强,俺琢磨这事你不能自己干,军火事关重大,伪军肯定防范严格,光靠你们游击队的力量怕啃不下这块骨头,你回去后找霍东山合作,你们俩联手干,肯定万无一失。"

郭大强知道毛草的用意,一个军统特工把情报给了共产党游击队,于情于理都说不过去,让他和霍东山一起干,也算是对自己有个交代,好事大家做嘛!既然毛草不挑明,他也揣着明白装糊涂,

- 177 -

小眼睛眨巴几下,嘴上说:"草儿,这事你放心,回去我就找姓霍的,联手干这一票。"心里想的却是"谁去找姓霍的谁就是傻子,老子也不是二百五,到嘴的肥肉还能给他国民党吐一半?"

郭大强接过那张纸,放进一只烟盒里,看着毛草问:"翰臣那家伙现在怎么样?"

毛草摇摇头,有些无奈地叹口气说:"日本人逼着他建大桥,他心里不愿意,可又没办法,整天心事重重的。"

"他从小性子就闷,干事优柔寡断,屁大点儿事,也能琢磨天那么大。"郭大强说。

毛草不愿意听郭大强这么说二少爷,转变了话题问起霍东山。郭大强想起当日决斗时霍东山被他打青的脸,却忘记了自己的惨状,嘿嘿笑笑说:"老霍挺好的,还驻扎在大薛庄呢,娘个腿儿的,那家伙胖了,看来没少吃肥肉。"

正说到这里,外面传来黄莺叫,两短一长,是肖虎子发来的信号。郭大强几步蹿到门口,又回过头来说:"草儿,哥走了,小鬼子要是欺负你,就找人带个信,看我弄不出他屎来。"

毛草却说:"你也记住,别竟给我找麻烦,不要再来找我了。"

3

三天后的下午,当一阵枪声从隆兴镇方向传来时,霍东山正指挥士兵在薛家祠堂外面的广场上操练。霍东山站在戏台上,手里的马鞭不时扬起来,在身旁的柱子上抽出响亮的声音。自从毛草到白城卧底后,通过她传递来的情报,他的队伍打了好几个胜仗,几次成功躲开日伪军的"围剿",前不久又收编了余明手下的一批残部,如今实力已经大大增加,这阵子,霍东山正踌躇满志,打算向上级申请,把独立营扩编为独立团,好好跟鬼子干一场。每次接到白城

第六章

传来的情报霍东山的心里都有些激动,他暗自觉得,那些情报就像一条条纽带,把他和毛草紧紧联系到了一起。

霍东山把马鞭指向空中,刚喊出刺杀的口令,枪声突然响了起来。他放下胳膊,侧耳听了听,枪声不算密集,也没有重武器,听得出来,一方有所准备,另一方仓促应战,大概是一场规模不大的伏击战。隆兴镇离共产党游击队的活动地区冯家集不远,会不会是郭大强有什么行动?想到郭大强他心里就气不打一处来,几次合作他就看明白了,这家伙滑得像条泥鳅鱼,硬碰硬的事总是往后缩,见了好处准保往前面冲。

霍东山跳下戏台,喊来两个侦察兵,让他们火速去查看一下,郭大强这家伙是不是背地里捞到了啥油水?

两个小时后侦察兵跑回来报告,在隆兴镇南八里地的钱坟岗,共产党游击队刚打了个伏击战,把伪军运送枪支弹药的车队包了圆。霍东山皱起眉头问:"有多少家伙,油水大不大?"侦察兵嘟着嘴说:"看起来油水不小,十多辆大马车都装满了。"霍东山一跺脚,没承想在眼皮子底下让共产党占了这么大便宜。

霍东山正懊悔,一名警卫跑过来报告,游击队赶着两辆大马车进了村,吵着要见他。霍东山心里纳闷儿,郭大强这家伙搞什么鬼?我不找他,他倒主动送上门。马车已经在广场东边的路口露了头,离着几十米远,郭大强难听的公鸭嗓就传了过来:"东山兄,最近混得怎么样?听说又来了不少弟兄,以后再见面得喊你霍团长了吧?"

"马马虎虎混日子,哪比得上大强兄,刚才的一票赚大了吧?"

霍东山迎上去和郭大强握手,看见他一脸的坏笑,心想这家伙又要打什么鬼主意?

郭大强仰起脑袋,笑得像鸭子叫:"东山兄消息灵通啊!我姓郭的也没打算瞒着掖着,这不是吗,东西我都给你拉过来了,伪军的车队看着浩浩荡荡,十多辆车,其实没啥干玩意,咱们二一添作五,

一家一半。"

霍东山没想到郭大强会这么做，自己没伸手打仗，却平白无故分得了战利品。

"大强兄，这样不好吧，仗是你们打的，缴获的东西自然该归你们，兄弟怎好无功受禄？"

"东山兄客气了，如今是国共合作，今后咱还要并肩作战，用不着分得这么清楚。"

郭大强冲霍东山挤挤眼睛，招呼手下过来卸车。

霍东山说："那就恭敬不如从命了，以后有啥难处大强兄只管说话，我霍某义不容辞。"

霍东山心里还在纳闷儿，以往郭大强没这么大方啊，今天这是怎么了？送走郭大强回来，他就命令手下把马车上的箱子打开。士兵们七手八脚掀开箱子盖，立刻吵得炸了营。一个士兵从箱子里拿起一杆枪给霍东山，"营长，你看看，共产党游击队实在太欺负人了，鸟枪、火铳都给咱们送来了。"

霍东山铁青着脸，绕着箱子转一圈，郭大强这是在有意羞辱自己呀，有了新武器装备，把淘汰不用的废铜烂铁送到了我这来。他命令手下把箱子盖合上，原样送回冯家集，"告诉共产党，家伙太好，消受不起"。

霍东山气得晚饭也没吃，咬牙攥拳，盯着墙上的地图运气，他要打一仗给郭大强看看，让他从今往后再不敢轻视自己。他琢磨了半宿，最后把拳头狠狠砸在桌子上，要干就干大的，他决定联系上合县里的伪军做内应，出其不意拿下县城。

薛翰臣是在白城火车站附近的中央大街上碰到高桥一郎的。

昨天上午他刚收到父母寄来的一封信。父母都不识字，信是托他小时候的启蒙老师冯先生写的，端端正正的蝇头小楷写了两页纸，表达的都是一个意思，父母均已年过六十，来日无多，嘱咐翰臣抽空回家看看。翰臣读完信,止不住一阵愧疚,自上次从大薛庄离开后,他已经一年多没有回家了,他在心里骂自己不孝,当天下午安排了一下大桥施工的事情,第二天早晨就动身回家。翰臣赶到白城火车站,才知道铁路线已经戒严,根本没有开往上合县的火车。

翰臣只得无奈地穿过站前广场,沿着中央大街向回走,没有火车,他不知道怎么才能回去。突然,街上的人群慌乱起来,大家纷纷离开街面靠到路边上,翰臣听到有人悄声议论,日本人的车队过来了。翰臣也随着众人靠到路边,站在一棵柳树旁边。

日本人的车队规模不小,开路的是十几辆三轮摩托,紧跟着十多辆敞篷卡车,车顶虽然遮着苫布,但隐约也能看见车厢里站满了荷枪实弹的日本兵。翰臣心里想,日本人这是要有行动啊,不知道他们的目标是哪里?这件事应该通知褚天泽,但显然已经来不及了。翰臣正低头想着,忽然听到有人喊自己的名字。行驶在队伍最后面的一辆吉普车停了下来,高桥一郎从车上跳下来。

"翰臣君,你这是要去哪里?"

高桥一郎穿着一身笔挺的军装,但脸上和身上依然透出一股儒雅。

"我打算回大薛庄看望父母,但铁路线戒严了,找不到去上合县的车。"翰臣实话实说。

高桥一郎沉吟片刻说:"我正要去上合县,请翰臣君与我同行好了。"

翰臣回乡心切,没有细想就上了高桥一郎的汽车。吉普车重新开动起来,翰臣知道不便问及高桥具体有什么行动,便把话题转到了幸子身上,问高桥是否查找到她的行踪。几天来,这个问题他已经记不清问过多少次了。

高桥一郎摇头叹息:"还没有,小妹做事过于冲动任性,过去也常常闯祸,但愿这次她也能平安无恙。"

4

高桥幸子是在一周前混上了那艘满载日本女人的军舰。

寄出最后一封信的第二天,她就乘火车去了东京,随后又辗转到了长崎。她打算从这里乘船到中国上海,然后再去白城找翰臣。但她在码头上徘徊了一整天,也没有找到一艘开往中国的船。她还不知道,自从日中全面开战后,正常的客运往来就已经中断了。

夜幕不知不觉落下来,码头上的灯火渐次熄灭,白天喧闹的人声沉寂下来,海浪拍击在岸上的声音清晰地传进幸子的耳朵。幸子知道今晚肯定找不到船了,只好恋恋不舍地从码头上离开。沿着海边公路走出几百米后,幸子看到了一个名叫吉野家的小旅店,她当即决定就住在这里,她觉得离码头越近,离翰臣也就越近些。旅店的条件非常简陋,显然是给出海归来的船员准备的,幸子躺到床铺上嗅到一股浓烈的男人体臭味,她没有脱掉衣服,也没有盖被子,搂着自己随身带的一只包袱睡了一夜。

第二天早晨,天刚蒙蒙亮,幸子就爬起来到了码头上。

早起的海鸥鸣叫着在她头顶盘旋,幸子在心里想,如果自己能变成一只海鸥该多好哇,就可以展开翅膀飞越海洋,到达中国。她在码头上又足足等了一天,仍然没有去中国的船。天色又一次黑了下来,幸子正失望地打算离开,忽然看见一艘军舰靠了岸,随后海边公路上驶来一支车队,汽车停下来后,车上下来一群身着和服的女人,她们排起长队,登上那艘停泊的军舰。从她们的窃窃私语中,幸子听出军舰的目的地是中国,她兴奋得险些叫出声来,赶紧躲进一间储藏杂物的小房子里,脱下身上的猎装,从随身带的包袱里找出和服,飞快地换好,借着夜色悄悄混进了队伍里。

幸子跟着人流踏上跳板,走进一间宽大的船舱里,席地坐在暗红色的舱板上。周围的女人显得很兴奋，七嘴八舌地议论着中日之间的战争。幸子听到从她们嘴里说出的"大东亚圣战"、"天皇陛下"等字眼，她悄悄坐远一些，和她们保持一段距离。船舱外传来汽笛低沉的吼声，船身晃动了一下，幸子知道军舰已经起航了，她兴奋得浑身不由自主地颤抖起来，使劲握紧拳头，努力克制着自己的情绪，在心里悄悄说："翰臣君，我很快就能赶到中国，赶到你身边了。"船舱里照明的大灯熄灭了，只有一盏昏暗的小灯还亮在角落里，周围人谈话的声音渐渐停歇下来，继而响起一片鼾声。幸子却怎么也睡不着，她的脑袋里像放电影一样不停地闪现着与翰臣相见的场面，直到凌晨时分，她才迷迷糊糊地进入梦乡。

军舰在海上航行了三天，在第四天清晨靠了岸。幸子揉着坐麻的腿从船舱里站起来，跟随其他人走到甲板上时，看到的是一个简陋的码头，她知道这里不会是上海，但也无从知晓究竟是什么地方。一个脸板得像把刀似的日本军官站在高高的塔楼上，手扶着挂在腰上的军刀，指挥大家下船上岸。不知为什么，幸子的脑海里浮现出了谷田茂的形象，她想起自己到底也没能遵守当初的诺言，在美国收到谷田茂那封信后，她彻底被信里描述的残酷场面震惊了，一直也没有回信，他们之间的书信往来自那以后就中断了。从哥哥一郎的来信中，幸子知道谷田茂打了很多胜仗，如今已经是声名显赫的联队长。

幸子的双脚踏在石砌的码头上，心里涌起一股抑制不住的激动，从小时候起她就一直盼望有朝一日能够来到中国，欣赏她美丽的景色，学习她迷人的文化，如今这个愿望终于实现了。更何况，自己日思夜想的那个人，就生活在这片土地上呢！幸子的脚步里透出轻松和愉快，她对自己说，每向前迈出一步，她就距离翰臣更近了一点。

码头上聚集着更多的中国女人和朝鲜女人，她们的表情和幸子她们正好相反，一个个面露恐惧，有端着枪的日本士兵看押着，这

令幸子很是困惑，问一个士兵，她们都是干什么的，和我们一样吗？士兵说，她们都是支那人和朝鲜人，和你们一样去做同样的事。幸子跟随别人上了一辆敞篷军车，汽车发动起来，车身一阵晃动，大家就在车上挤成一团，发出尖叫声。汽车驶离码头后不久，眼前闪出一片辽阔的平原，路两边都是一望无际碧绿的庄稼地。汽车行驶了几个小时，临近中午，停在一个不大的火车站上。在那位脸板得像刀似的日本军官的指挥下，踏上了一列火车。幸子已经知道大家都要去前线，索性也就不再劳神费力，干脆跟着众人一起走。

火车行驶起来，幸子看见车窗外的平原渐渐消失，换成了青葱的群山，夜色缓缓降临，当晚大家就睡在火车上。第二天早晨睁开眼睛，幸子向窗外看出去，发现火车正行驶在一片丘陵地带。早饭过后不久，火车在一个小站停了下来，脸板成一把刀的军官出现在车厢里，目光扫视了一圈众人后，指了指离幸子不远的两个女孩儿，命令她们下车。那两个女孩儿先是兴奋地叫了一声，随即有些伤心地和周围的人告别。大家已经在一起几天了，都有了感情，分别时难免难分难舍。幸子知道她们一个叫纯子，另一个叫由加，今年都只有十九岁。

两个女孩下车后，火车再次开动起来，此后走走停停，每次停下时，就会有两个女孩儿被喊下车。幸子在心里猜测，她们大概是去执行某项与战争有关的任务。三天后，车厢里剩下的女孩儿越来越少了。幸子在心里猜测，现在肯定是已经接近前线了，只是不知道离白城还有多远？这天傍晚，脸板成一把刀的军官把手指向了幸子，示意她和另一个女孩儿一起下车。

幸子走出车厢时看见一辆吉普车已经等在了站台上，一名身材矮胖的军人抬手拉开后车门，弯腰做出一个请的手势。幸子和同伴相视一笑，挽着胳膊坐进汽车里。吉普车离开小站，驶上一条有些簸箕的沙石路，天色渐渐黑下来，窗外的景物开始变得模糊。行驶了一个多小时后，车头前方出现了灯光，灯光越驶越近，最后汽车就停在了一片强烈的白光里。幸子跳下汽车，揉了揉被刺疼的眼睛，看到了几排长长的白房子，她猜测这里大概是兵营吧。身材矮胖的军人带着她们从两座房子中间穿过去，转了一个弯后又向前走出几十米，停下了脚步。幸子看见眼前耸立着一幢黄色的小房子，房子一共有两间屋，一间门上用白漆写着大大的"1"字，另一间门上写着"2"。幸子猜测这可能就是给她们准备的住处了。

天色已经很晚了，幸子想今晚就住在这里吧，明早起来和他们说明情况，再动身去白城。

幸子有些迫不及待地走进了"1"号门。

5

霍东山是凌晨时分带领队伍走出大薛庄的，走到隆兴镇时，天阴了下来，紧接着雨点就落到了头上。霍东山心里高兴，老天爷给他帮忙，这样的天气神仙也想不到有人会来攻城。如果拿下了上合县，看那个郭大强以后还敢不敢在他面前翘尾巴？霍东山没有从镇上的主街穿过，指挥手下的士兵从镇外的田地里绕了过去。

雨来得快去得也快，队伍走到隆兴镇和上合县中间地带时渐渐停了下来，月亮和星星从云缝里露出头，像被洗过一般显得格外明亮。又走了半个钟头后，上合县城在前方显露了出来，霍东山举起手，示意跟在他身后的士兵停下来，小声吩咐旁边的传令兵：告诉大家，待会兵分两路，一路从内应打开的城门往里冲，另一路搭人梯上城墙，能不开枪尽量不开枪，使身上背的大刀解决问题。

队伍到达城下时霍东山用手电筒打出了信号，城墙上很快传来回应，不大一会，黑暗中传来吱呀一声，城门从里面打开了。霍东

山带领大队人马一拥而入，突击队也飞快地攀着云梯翻上了城墙，三下五除二用大刀解决了几个站岗的敌人，两伙人合在一处，按原定计划直奔武器库。

在一个十字路口上他们遇到了小股日军的阻击，霍东山并不担心，指挥手下从两侧包抄上去。上合县里的守军人数比他的独立营少一半，即使是正面冲突他也不怕。敌人很快被打散，霍东山带着人继续往前冲。武器库门前也只有几个零星的士兵，在他们的火力下很快就逃得无影无踪。门上的铁锁被砸落，沉重的大铁门向两边打开，一排排遮盖着苫布的武器垛出现在眼前，霍东山一挥手，命令大家挑好的拿，别跟小鬼子讲客气。他根本没想到，那个做内应的伪军出卖了他，从白城增援来的日军已经在里面设好了埋伏。

霍东山的独立营刚冲进武器库，那些苫布突然被掀开，露出了一排排黑洞洞的枪口。枪声骤然响了起来，无数条火蛇向他们蹿过来，冲在前面的一批士兵像被割倒的庄稼似的，纷纷扑在地上，砸起一团混合着血腥味的尘土。霍东山大喊一声"有埋伏"，带着手下转身向外面冲。武器库外枪声也响成了一片，霍东山留下警戒的士兵和敌人交了火，日本人的两挺重机枪封住了武器库门口，里面的子弹也兜屁股射出来，独立营损失惨重。天色渐渐亮了，再拖延下去就会全军覆灭，霍东山急红了眼睛，抢过一把轻机枪带头往前冲，总算杀出了一条血路。霍东山带着手下且战且走，迅速向县城外面撤退。

在一个街角上，霍东山飞快地观察了一下地形，暗自盘算转个弯就能看见城门，冲出墙钻进庄稼地，就算安全了。但他没料到刚一转过街角，密集的枪声又响了起来，高桥一郎正在这里等着他。

薛翰臣是被一阵枪声惊醒的。搭乘高桥一郎的汽车赶到上合县时已经进入午夜，他本打算立刻赶回大薛庄，高桥一郎拦住了他，说今晚不方便出城,让他在县城住一夜,明天早晨起来再走。翰臣只得留下来,睡在了兵营里。翰臣惊醒后发觉窗外已经露出了曙色,外面的枪声连成了一片,玻璃上不时映出一团火光,往旁边看,高桥一郎的床上空空如也。翰臣意识到发生了大事,他穿好衣服奔出屋子,打算看看究竟发生了什么事。

翰臣猫着腰沿着街边向前走,枪声越来越近,震得他耳朵发麻,向左转了一个弯后,翰臣看到了前面街上交战的双方。他分辨出来,躲在掩体里射击的是日本人,对面大喊着往前冲的是国民党军。紧接着,翰臣就看见了高桥一郎,他手里的东洋刀向前指着,不断地喊出"呀叽给给"的命令。大概察觉中国军人冲锋的势头很猛,他把一挺机枪抢在手里,平端在胸前向对面射击。翰臣看见一条条火蛇从高桥一郎端着的枪口里喷射出去,机枪强烈的震动让他脸上的肌肉像两只烦躁的小兽似的不停地上下蹿动,在他的枪口下,中国军人一个接一个地倒下去。翰臣突然觉得高桥一郎变得无比陌生,身上全无半点儒雅和风度,他知道,一郎已经再也不是他熟悉的同学和朋友,而是一个嗜血如命的刽子手了。

翰臣的心针扎般难受。

霍东山眼看着手下不停地倒下去,城门虽然近在咫尺,但就是冲不过去。天已经彻底亮了,火红的朝阳从东方照过来,像血一样洒在街面上,他苦笑一声,在心里对自己说,这次看来是要全军覆灭了,想不到我霍某人会死在这个小县城里。

就在他仰头长叹的时候,枪声在日本人的背后响了起来,随后手榴弹也在敌人的掩体里开了花。日本人突然一阵大乱,扔下霍东山他们,回头应付身后的敌人。霍东山听到一个破锣般的公鸭嗓在枪声里传过来:"东山兄,是我,我来救你了。"

霍东山愣了愣,分辨出是郭大强的声音,他一下子又兴奋起来,借日军慌乱之机带着手下又一个冲锋,冲过伏击圈,撤出了上合县。

6

太阳升到头顶了,毛草从菜市场往住处走,她走得脚步匆匆,菜篮里的青菜上下颤动,翻卷起翠绿色的波浪。她急着回家查看上级下给自己的指令,昨晚高桥一郎一直没有回来,她的心里就始终惴惴不安,直觉告诉她,高桥一郎是出去执行紧急任务了,糟糕的是这个任务她毫不知情,根本没法往外传出情报。刚才在菜市场上,毛草也从接头人的眼神里发现了端倪,对方虽然没有开口说话,但脸上的阴云躲不过她的眼睛。

毛草小小心心关好院门,拿出菜篮里的鲤鱼,熟练地用刀剖开肚子,从里面找到一个小纸卷。纸上写的话印证了她的猜测。上级告诉她,独立营在上合县中了日本人的埋伏,损失了一多半人马,现在已经被迫退入云雾山。日方指挥战斗的军官就是高桥一郎。毛草的心剧烈地一抖,她第一个想到霍东山,不知道他是否平安撤退了?上级最后给她下达指令,以后要不惜一切代价,密切监视高桥一郎的一举一动,不允许再有半点闪失。那张带着鱼腥味的纸从毛草手里滑落下去,像片羽毛一样飘落到院子里。

毛草心里非常清楚"不惜一切代价"的含义是什么,自从迈进息烽特工训练营的大门起,她的一切,包括精神和肉体,都不再属于自己,而是属于党国和军统,属于蒋委员长和戴老板。毛草的目光落在那条鱼剖出的内脏上,胃里突然泛起一阵抑制不住的恶心,她的手刚扶住树干,一张嘴就狂吐起来。她吐得翻江倒海,惊天动地,胃里的食物吐尽了,她还是停不住,又开始吐酸水,酸水吐完了,她还在吐,毛草感觉五脏六腑都被自己吐了出来,最后她像那条被剖开的鱼一样,完全瘫软在天井里。

好一会儿,毛草才从冰凉的地面上坐起身子,擦燃火柴,把那张纸条烧掉,动手收拾篮子里的菜。

高桥一郎是三天后的傍晚回来的,在院门外呼唤毛草的名字时,他的声音里透出一股抑制不住的兴奋。毛草答应一声从厨房里跑出来,这几天她一直在担心霍东山,盼望高桥一郎回来能透露些信息。毛草抬手拉开门闩时,发现自己慌乱之间还拿着一把摘到一半的芹菜。高桥一郎并未注意到这些,他和毛草打了个招呼后,就很快进了正屋。高桥一郎再出来时已经脱去军装,换上了一身藏蓝色的长衫,看上去就像一个普通的中国读书人。谁能想到他几天前还是穷凶极恶的刽子手,手上还沾着中国军人的鲜血呢?毛草扫视一眼站在厨房门口的高桥一郎。

"毛草小姐,我有一件小礼物送给你。"

高桥一郎满脸的兴奋,把手上捧着的一只纸盒送到毛草面前。

"是什么东西呀?"毛草告诉自己千万不能急,尤其不能提起三天前的那场战斗,她耐着性子装出饶有兴趣的样子问。

"是一只小鸟。"

一阵叽叽喳喳的鸟叫声从纸盒里传出来,盒子里的那只鸟长得异常美丽,红色的嘴巴,翠绿色的羽毛,毛草看一眼,却不认识是什么鸟。

"这是一只红嘴相思鸟,"高桥一郎说着,有些羞涩地低下头,似乎"相思"二字让他感觉不好意思。"在云雾山里,它被炮弹从树上震下来,刚好落到我的身边,我把它带回来送给你,有了它,我不在家时,你就不会寂寞。"

毛草做出高兴的样子把鸟儿收下,她真的有些搞不懂这个高桥一郎,在枪林弹雨里他竟然还有闲心想着做这些事。听他的话音,日本人是从上合县一直追到了云雾山,不知道霍东山他们最后怎么样了?

"你三天没回来,又没有半点消息,没想到是去云雾山里闲逛。"

毛草歪着脑袋看着那只相思鸟,故意嗔怪地说。

"对不起,毛草小姐,谷田联队长下达的紧急命令,没有时间通知你,让你担心了。"高桥一郎深深鞠躬说。

毛草向上挑挑眉毛,两只好看的丹凤眼扫一下高桥一郎,撇撇嘴说:"我担心的才不是你,而是我做出的饭菜没有人吃。"她知道自己言行有些轻佻,但为了执行上级的命令,她必须迅速恰到好处地和高桥一郎拉近一些距离。

高桥一郎愧疚地笑了笑,再次向毛草赔礼,心里却涌起一股温暖的甜蜜,三天没有见到毛草,他发觉她对自己的态度终于有了一些改变,不再是那种拒人千里之外的冰冷了,看来这些日子坚持不懈的追求终于见效了。

"毛草小姐,我向你保证,以后不管多么紧急的任务,我都会先通知你。"

毛草把一盘菜递到他手上,笑笑说:"请你先完成一个任务,把它放到餐桌上去。"

两个人坐在了饭桌边,高桥一郎主动把话题转到了三天前的战斗上,他喝下一口茶,兴致勃勃地说:"这次在上合县,我有幸遇到了真正的中国军人,他们作战勇敢,不怕牺牲,眼看着前面是枪口,还在不停地冲上来,这支队伍值得尊敬,只可惜,中国这样的军队太少了。"

毛草表面一副漫不经心的样子,但高桥一郎的话却一字不落都听进了耳朵里,她希望他能继续说下去,但高桥适可而止,开始一个劲地夸奖她做的菜好吃。毛草也只好附和着他说话,不再多问什么。

毛草担心了一夜,第二天才从接头的联络员那里得到消息,霍东山安然无恙,已经撤进云雾山里,毛草悬着的心这才放进肚子。

7

薛翰臣迈上春望茶馆门前的台阶时听见里面传出一阵呕吐的声音，推开茶馆的大门，他看见春望嫂正蹲在烧水的炉子前面一声接一声地干呕，耸起的后背不停地颤抖着，显得非常痛苦。翰臣快步走过去，蹲在春望嫂身边，见她脸色非常苍白，问她是不是生病了，要不要去找医生？

春望嫂呕得满脸鼻涕和眼泪，转头看见是他，似乎显得有些意外，努力笑笑，摇摇头说："兄弟，我没事，你先帮嫂子把门上的灯笼拿进来，免得有客人再走进屋。"

翰臣扶春望嫂在一把椅子上坐好，给她倒了一杯茶水，随后走出门，把两盏写着"茶"字的灯笼摘下来。外面已经黑透了，夜晚的风吹得挑起的幌子"啪啪"响，好像是某只大鸟在扇动翅膀。翰臣复又进屋，春望嫂的脸上已经恢复了些血色，她告诉翰臣不要替她担心，不过是胃里不舒服，已经是老毛病了，很快就会过去。说话之间，她果然恢复了正常，从椅子里站起来，张罗着给翰臣倒水端点心。翰臣发觉她的腰身似乎比前几天又胖了些，动作也好像更笨了，不再像从前那样一阵风似的飞快。

春望嫂给翰臣倒上茶，在他对面坐好，从一只抽屉里拿出一件活计，随手做起来。大概察觉到翰臣一直在看着自己，春望嫂把手里的东西扬了扬说："隔壁卖炒货的王婶眼睛花了，求我给她孙子做件肚兜。"

翰臣喝下一口茶，忽然觉得春望嫂的解释有些多余。他昨天刚从大薛庄回来，本想和春望嫂聊聊父亲和母亲，见春望嫂身体不好，也没了说这些事情的兴致，点心没有吃，只喝下两杯茶，就起身和春望嫂告辞。春望嫂也没有刻意留他，说一声"改天再来，兄弟"，

把他送出了茶馆。

翰臣踽踽地走,走到玛丽天主堂的钟楼下时一股夜风迎面吹过来,让他不由自主打了个寒战。时令已经进入了初秋,夜晚的风开始硬起来,翰臣裹紧身上的长衫,一只手抬起来,试图扣紧头上的礼帽,突然发觉自己的脑袋上根本没有戴帽子。他这才想起来,刚才走得匆忙,帽子忘在了茶桌上。翰臣摇摇头,怪自己粗心大意,赶紧转身向回走。

离春望茶馆还有二十几米,他望见茶馆里的灯已经熄灭了,他想春望嫂大概睡下了,此时再去太讨扰人家了,便要转身离开,就这时他看见一个男人的身影从柳树下闪出来,迅速进了茶馆大门。翰臣发了一会儿呆,忽然觉得那人的背影很像学长褚天泽,翰臣的好奇心占了上风,走近几步偷偷站在茶馆的窗下。

一阵争吵声突然从里面传出来,开始声调压抑着,听不十分真切,随后两个人都不约而同提高了声音,翰臣听出说话的那个男人果然是褚天泽。

"不行,这是我的亲骨肉,我说什么也要生下来。"春望嫂说。

"你不要任性好不好,现在形势这样严峻,咱们怎么可能生孩子?白城人都知道春望两年前就失踪了,你生下这个孩子怎么向别人解释?"褚天泽说。

"我不管,反正我就要生。"春望嫂哭着说。

"现在肯定不行,我们只能等胜利的那一天再做父亲和母亲了。"

翰臣没有再听下去,飞快地从窗前离开了。

第二天晚上,薛翰臣再次来到春望茶馆时看见门上贴着一张纸,上面用毛笔写着一行字:因事外出,暂停营业。翰臣再次见到春望嫂,已经是在一周后,春望嫂还是像过去那样冲他笑笑,用下巴向里面指了指。翰臣发觉她的腰身瘦了下去,脸色透出苍白,似乎刚刚大病了一场,笑容里也夹杂着一丝无奈。他知道发生了什么,没有问春望嫂这一周的行踪。春望嫂却主动提起了,说一个乡下的老亲戚病了,去侍候了几天,说着把翰臣落下的帽子放在桌子上,叮嘱他走时不要再忘记戴,天已经凉了。

毛草也摊上事了。

毛草在天井里吐得翻江倒海,这阵子她越来越频繁地出现呕吐的情况,这种呕吐往往毫无征兆,嗅到某种味道,吃下某种东西,甚至是听到某种声音,都会让她吐得昏天黑地。她以为自己得了什么奇怪的病症,有一天试探着走进了一家医馆,坐堂的是一位老医生,闭着眼睛给她号了脉,捋着银丝似的白胡子说:"恭喜夫人,你已经有喜了。"

毛草先是惊出了一身冷汗,想起月信上次就没有来,知道医生说的是实情。从医馆里走出来后,她心里突然涌起一股巨大的喜悦,千真万确,她已经怀上了二少爷的孩子!真是天可怜见!她当即决定无论如何也要把这个孩子生下来,然后把他养育成人。

毛草从地上站起身,擦掉嘴上的秽物,轻轻拍拍肚子在心里说:"孩子,你咋就不能消停些呢,偏要这样折腾你娘?"

她现在已经习惯了和肚子里的孩子说话,她是受过训的特工,当然不会把话说出口,那样也许会祸从口出,她只是在心里说,无声地和肚子里的孩子说。她说自己,也说二少爷薛翰臣,当然说得更多的还是她这么多年来对二少爷的思念。

说够了,毛草揉揉蹲得发酸的腿,转身走进了厨房,她知道,高桥一郎就要回来了。

8

毛草正站在镜子前面化妆,那些化妆品是高桥一郎不久前送她的礼物,他说东西是从日本寄过来的,漂洋过海走了几千里。毛草

听到"日本"两个字,心里就本能地升起一股反感,口气生硬地说:"我一个做粗活的仆人,用不上这些玩意。"在高桥一郎再三坚持下,她才勉强收下了,随手就扔进了一只箱子里。她本以为自己永远都不会碰它们,没想到今天却派上了用场。

听到外面传来了熟悉的敲门声,毛草没有立刻跑出去,而是又仔细端详了一番自己。在息烽参加军统训练班时,她专门学习过化妆课程,她记得那位气质优雅的女教官说过,一个女人形象很重要,一个加入了军统的女人形象尤其重要。毛草有些惊呆了,镜子里的女人美得让她陌生:两道细长的眉毛向上挑着,一双丹凤眼含情脉脉,鸭蛋形的脸,薄薄的嘴唇……

毛草走到院子时心里突然冒出一个想法,站在门外的人如果是二少爷该多好哇,那样打开门时他就能一眼看到美丽的自己,这个念头一闪而过,她摇摇头,他知道二少爷根本不会注意到这些,他心里只有那个叫幸子的日本女人。

高桥一郎看了毛草一眼,当即愣在了大门口,好一会儿才回过神来,语无伦次地赞叹说:"毛草小姐,你今晚,实在是,太美了。"

"高桥君,请洗洗手,吃晚饭吧!"毛草淡淡地笑笑,从他身旁绕过去,把门闩插上。洗手的水她已经打好,摆在了一只石墩上。

高桥一郎再次愣住了,尽管他建议了好多次,但这还是毛草第一次用"高桥君"称呼他,他有些不知所措,也有些受宠若惊,儒雅的脸上腾起一团红晕。

几道菜都是毛草精心准备好的,正在餐桌上冒着热气,一盘竹笋,一盘蘑菇,都是云雾山里的特产,鳜鱼是从白河里打上来的,还有她亲手种的菠菜,只是用水稍稍焯了一下,看上去鲜嫩碧绿。这些都是高桥一郎平时最爱吃的东西。毛草像变戏法似的,又从橱柜里拿出一瓶酒,冲高桥一郎晃晃说:"这是白城最好的酒,度数不高,大概和你们的青酒差不多。"

第六章

酒的名字叫透瓶香，毛草刚一打开瓶盖，一股浓郁的香气就弥漫在屋子里。高桥一郎的目光一直追着毛草，看着她把酒拿出来，打开，倒上，最后他的目光就落在面前的酒杯上。他愣愣地看了一会儿杯子里淡黄色的酒液，忽然站起来，满脸严肃地望着毛草说："毛草小姐，请你告诉我，是不是发生了什么事？"

毛草看看他，突然大笑起来，一直笑得弯下腰，流出了眼泪，才终于停下来。

"高桥君，没有发生什么事，今天是我的生日。"

高桥恍然，深深冲她鞠一躬，"对不起，毛草小姐，我不知道这件事，所以没有给你准备礼物。"

毛草脸一红，低下头说："只要你人在这里就行了，这些日子我已经看得很清楚了，你是真心实意对我好，谢谢你。"毛草觉得自己的话并不完全是假的，从心里说，她真的并不讨厌眼前这个日本人，虽然霍东山和郭大强都喜欢她，但他们却都比不上高桥一郎这样细心又浪漫，如果他不是个日本人，他也许就是一个最适合做恋人的那种人。

高桥一郎再次鞠躬，"是我该谢谢你，毛草小姐，你让我有生以来第一次明白了爱情的含义。"

毛草愣了一下，旋即笑了笑说："咱们还是吃饭吧，谢来谢去的，菜都快凉了。"

高桥一郎端起酒杯："毛草小姐，这第一杯酒我敬你，祝你生日快乐，永远美丽！"

毛草端起酒杯和高桥一郎碰了碰，一扬脖子把酒喝干。她需要用酒精麻醉自己，否则无法把计划执行下去。毛草拿起酒瓶，再次把酒杯倒满，又敬了高桥一杯。就这样两个人喝下几杯酒后，毛草话锋一转，问起了高桥幸子。对二少爷喜欢的这个女人，她并不嫉妒或者仇恨，而是始终充满了好奇。

"小妹已经失踪了,这些日子我动用各种关系寻找,都没有她的消息。"高桥一郎放下酒杯,摇头叹息一声说。毛草的心里咯噔一声,第一个反应是二少爷肯定会为这件事难过。她让高桥一郎具体说说,究竟是怎么回事。高桥一郎闷闷地喝下一杯酒,讲了幸子来中国寻找翰臣的事,末了又摇头,"这阵子翰臣君尤其痛苦,又开始借酒浇愁,每天都问我有没有小妹的消息,都怪我和父亲一直宠着她,让她从小就养成了任性的臭毛病。"

毛草的眼前出现了二少爷酩酊大醉的模样,耳朵里似乎也听到他痛苦地呼喊幸子的声音。她的心尖锐地一疼,似乎被什么东西刺中了一般,她既为二少爷难过,也为自己难过。两个人一时都有些沉默,后来还是高桥一郎率先提起精神,举起酒杯敬毛草,感谢她这些日子的照顾。毛草喝干了杯里的酒,又回敬高桥一郎,感谢他送的那些礼物。

不知不觉一瓶酒已经下去了大半,毛草的脑袋开始发晕,脸颊热得像烧了两团火,面前的杯盘、桌椅和高桥一郎都旋转起来。她知道自己是真有些醉了,她在心里责怪自己,原来的计划不是装醉吗,你怎么还真的喝醉了?你这副模样,哪还像个经过专门训练的特工?她这样想着,但身体却不再受头脑指挥,她发现自己又摇晃着从椅子上站了起来,睁着惺忪的醉眼,要和高桥一郎喝酒。她手里的酒杯重重地冲对面撞过去,但却没有听到清脆的响声,她只是撞到了一团空气,而不是高桥一郎的酒杯,她的身体扑在桌子上,把杯盘碗盏撞落到地上,发出一片响亮的破碎声。

有一瞬间,毛草失去了知觉,像一摊泥似的伏在桌子上,等她的意识恢复过来时,发觉自己正走在院子里,腿软得像踩着两团棉花。在一旁架着她的是高桥一郎,他不时关切地问她一句,毛草小姐,感觉怎么样?毛草搞不清自己是摇了头还是点了头,她感觉自己的双脚已经离开了地面,正像无数个梦里那样飘浮在空中。在那个梦里,她飞行的终点是二少爷薛翰臣,这次她又要飞向什么地方?

毛草发觉自己飞过院中的天井,飞进了西厢房自己的卧室,最后降落在床上。她觉察出高桥一郎给她盖好了被子,又投了一条湿手巾,给她擦脸颊和额头,然后,她听到他轻声在耳边说:"毛草小姐,你好好休息吧!"毛草的头脑突然变得清醒起来,她知道自己只有一次机会,今晚所有的表演都为了这一刻,为了肚子里的孩子平安出生,她必需按计划行事。毛草突然伸出双臂,一下抱住高桥一郎,紧紧箍住他的腰说:"高桥君,请你不要走,请你留下来陪我。"

9

余明带着一队皇协军开到了白河岸边。

大桥的基础工程已经全部结束,三十二只桥墩从南到北站成一排,像怪兽一样伏在湍急的河水里。薛翰臣正站在木船上检查桥墩,对前期工作翰臣感到很满意,工程进度虽然有些拖延,但每一步都是按照他的设计实施的。这些天他的精力都放在工地上,借此冲淡对幸子的担忧和思念,有时候他暗自觉得这座大桥就是他们爱情的见证,记录了他对幸子的全部情感。翰臣像一只桅杆似的笔直地站在船头上,风把他的衣服吹得像一只鼓起的帆,他检查得非常仔细,下一步就要铺设桥面,准备工作不能有半点闪失。

薛翰臣检查完最后一只桥墩,从木船里上岸时,余明手里拎着一只马鞭,正站在高高的河岸上,傲慢地扫视着河面。翰臣先是看到一双锃亮的皮靴,随后看见一个土黄色的身体像树一样长在河堤上,树的最高处结出的是一只圆溜溜的秃脑袋。翰臣扫视一眼余明,心里涌起一股强烈的反感,这个贪生怕死的汉奸为什么会出现在这里?翰臣不想理睬余明,向旁边迈两步,打算从他身边绕过去,余明也横着迈两步,拦在翰臣前面。

"喝过洋墨水的洋秀才，这阵子混得不错呀！"余明的马鞭不时敲打在另一只手上，撇着嘴看着翰臣说。

"哪里比得上余司令你呀？这么快又带兵杀回了白城。"翰臣冷冷地看一眼余明，满含讥讽地说。

余明愣了愣，圆盘似的大脸向下一沉，显然没想到翰臣会如此顶撞自己，他眼睛挤了两下，忽然发出一串沙哑的笑声，"用你们读书人的话说，彼此彼此呀，你这个洋学生不是也实现理想，有机会在白河上架桥了吗？咱们现在都一样，谁也别说谁，都是在为皇军服务。"

"余司令过奖了，我只是负责建桥，不会带兵去打中国人。"翰臣针锋相对，紧盯着余明，一字一顿地说。

余明再次笑了，笑声震得翰臣的耳膜嗡嗡响："你的桥建好后，皇军就能更方便地去打中国人，咱们俩半斤对八两。"

翰臣气得浑身发抖，不知该如何进行反击，他不想再和这个兵痞纠缠下去，又向旁边迈两步。余明再次挡住了他，手里的马鞭扬起来，指着他的脸说："洋秀才，我知道你心里拿我当汉奸，我要是汉奸，你也一样是汉奸。"

翰臣的目光一下子硬成刀子，直扎到余明的脸上，厉声说："余司令，请你让开。"

"我要是不让呢？"余明没有动，肥胖的身体像一只石磙子拦在翰臣面前。

"不让，就别怪我不客气。"翰臣把拳头攥得格格响，两只脚尖用力陷进泥土里，身体绷成一张弓，立刻就要向余明射过去。余明的一只手也搭在枪套上，做出掏枪的姿势。

"余司令，翰臣君，你们两位看来是老熟人哪！今后合作起来一定非常愉快。"高桥一郎从大堤下爬上来，站到他们身边。

翰臣一言不发，喷火的眼睛看向高桥一郎，意思不言自明，余明为什么会来这里？

高桥一郎解释道:"最近国民党残部和共产党游击队活动猖獗,余司令来此加强防御。"

余明的脸上一下子堆满了笑容,恭敬地向高桥一郎问好,说队伍已经带来,请高桥安排驻防的区域。高桥一郎拍拍翰臣肩膀,意思是劝他不要再生气,转过身背对着河面,冲河堤下的一排房子指了指,让余明带队住在那里,从今天起把手下的士兵编成班次,二十四小时进行巡逻。余明把身体弯成了一只虾米,狗一样站在高桥一郎面前,不停地点头说是,趁高桥一郎不留神,忽然变了脸,压低声音对翰臣说:"你给我小心点,别有啥把柄落在老子手上,否则让你吃不了兜着走。"翰臣不愿再和他纠缠,转身拂袖而去。

一个身背步枪的日本传令兵跑过来,向高桥一郎报告,谷田联队长打来电话,让他立刻回司令部。

高桥一郎急忙跑向停在大堤下的吉普车,当他急匆匆地走进司令部时,谷田茂正在办公室里发脾气。谷田茂瞪着通红的眼睛,像一只发疯的公牛似的四处乱撞,一脚踢翻了椅子,又抽出战刀砍向一只巨大的瓷瓶。高桥一郎在一阵瓷器破碎的声音里走进办公室,扫视一眼屋子里凌乱的场面,心里不由得一沉,这个昔日的同学和朋友,变得让他越来越陌生,有时候他真的怀疑这个人还是不是自己认识的那个谷田茂?也许自己也变了,战争使每一个人都不可救药地变了。

谷田茂铁青着脸,伸出三个手指头,"高桥君,这已经是第三次,我们运送给养的车队又遭劫了,只能有一种解释,城里出现了奸细,掌握了我们的动向。"

高桥一郎也意识到问题的严重性,垂首而立,请谷田茂给予指示。

谷田茂一字一句地说:"从今天起,你,有一项秘密任务,查出他们的情报网,将其一举摧毁。"

第七章

1

白城忽然变得异常热闹起来。

一群穿得花枝招展的日本女人排成长队,沿着火车站前的中央大街一直走向市府广场。走在最前面的是一个身材矮胖的中年女人,她身穿和服,脸上画着厚厚的白粉,手里举着一面"大日本帝国皇军慰问团"的旗帜,跟在她身后的女人,有些穿和服,有些穿裙子,一律都是浓妆艳抹,肩膀上斜披一条绸带,上面写着"日本国防妇人会"。空气里流动着一股浓烈的脂粉味,让人忍不住想打喷嚏。好多市民出来观瞧,一时间满大街都是人。

市府广场上的戏台布置得花花绿绿,看得人眼花缭乱。一段日本乐曲像雾似的弥漫开,演出正式开始,台下的观众有日本人,也有中国人,大家各怀心腹事,都伸长脖子看。

日本慰问团在戏台上演得热火朝天,郭大强和肖虎子也混入了戏台下的人群中,和大家一起往台上看。他们俩是昨天傍晚进的城,先去市府广场上转了一圈,然后就住进了白城旅店。一进旅馆房间,郭大强就吩咐肖虎子钻进被窝,郭大强压低声音说:"虎子,麻溜睡觉，养足了精神咱明天闹他个天翻地覆。"

肖虎子躺在床上却说啥睡不着，翻过来倒过去烙了会烧饼，憋不住小声喊郭大强，"队长，你倒是说说看，慰问团的那些日本娘们儿长得啥模样？"

见郭大强不理他，肖虎子就自问自答说："俺琢磨她们八成长着红头发绿眼睛，脸上抹得煞白，像鬼似的，一张嘴露出两排大黑牙。"

郭大强隔着过道给他一脚，"你小子赶紧闭嘴，再啰唆老子明天不带你去看戏。"

肖虎子嘴里嘟囔一句，这才不再说话。

白城的好多老百姓都跑来看热闹，市府广场上人山人海，分外地热闹。郭大强和肖虎子身穿黑色短褂，黑色灯笼裤，头上戴一顶黑礼帽，看上去像两个游手好闲的小混混儿。戏台上演完了一个扇子舞后，郭大强冲肖虎子使了个眼色，两个人一前一后不动声色地向戏台前挤过去。舞台上的幕布撩开，两个肥胖得异乎寻常的日本女人走出来，拉着手摆出个小天鹅的造型，戏台下响起一片哄笑声和口哨声。郭大强和肖虎子像两只小船一样，奋力航行在人丛里，慢慢走到了左侧的台口。

肖虎子用眼睛瞄了瞄挂在舞台上方的两只巨大的红灯笼，嘴巴贴到郭大强耳朵上问："队长，咱商量商量，你打近的那个，我打远的那个中不中？"

郭大强的右手已经伸进了怀里，扭头冲他一瞪眼，"咱俩不是早说好了，你小子跟老子抢啥？"

肖虎子嘿嘿笑笑，手也伸进怀里。两个人对视一眼，手几乎同时从怀里拿出来，手上都多了一把盒子枪，枪口向上一扬，两把枪同时响起。挂在舞台上方的两只大灯笼应声而落，砸在两个表演的日本女人身边，发出"轰"的一声巨响，两道火柱随即像龙似的从台面上蹿起来，顷刻之间引燃了幕布和那些花花绿绿的宣传画。两

个日本女人身上着了火,发出一串瘆人的尖叫,带着火苗从台上滚下去,像两只肉礤子似的砸到地上。火烧着了台板,整个舞台变成了一片火海,幕布后那些演员抱着脑袋夺路而逃,嘴里发出叽哩哇啦的叫声。

台下的人群也炸了营,乱哄哄地四散奔逃。郭大强和肖虎子本来还打算看会儿热闹,被人们冲得站不住脚,只得混在人流里离开市府广场。他们沿着中央大街一直跑到白城火车站,从铁栅栏的缝隙钻进车站,站台上有一辆货车喷出一股白烟,正缓缓地起动。郭大强紧跑两步,手扒住车帮翻进车厢里,肖虎子随后也上了车,紧跟着一阵尖利急促的警报声在白城上空响了起来。

肖虎子拿手比画着,不失时机拍郭大强马屁:"队长,你往灯笼里灌汽油的招还真好使,那火一家伙就烧起来了,神仙也没个救。"郭大强得意地笑笑:"那还用说?你跟我这么多年,啥时候看我干过二五眼的事?"他摘下头上的礼帽扇风,胳膊肘儿捣一下坐在旁边的肖虎子,"小鬼子全城戒严了,正满大街搜查纵火犯呢!"

肖虎子笑笑说:"那个叫谷田茂的鬼子头,现在肯定气得七窍生烟了。"

郭大强说:"我估计他们找不到人气急败坏,下一步就会下乡扫荡,咱回去得麻溜做好准备,别让鬼子占到便宜。"

就在郭大强和肖虎子坐的那辆火车开出白城时,谷田茂正在司令部里冲一群手下大发雷霆。

"你们,统统的都是饭桶,死啦死啦的,"谷田茂手拍在桌子上,发出啪的一声巨响,"我再三叮嘱要加强防范,确保演出顺利进行,结果还是让人混进了城,在眼皮子底下兴风作浪。"

负责安全防护的一名中队长低着头搭话:"谷田联队长,游击队狡猾狡猾地,他们事先在灯笼里放了汽油,才让火一下子着了起来,属下……"

谷田茂冲到他面前,一耳光把他剩下的话扇回肚子里,"八格牙路,大日本帝国的军人,不允许找借口推脱,你的从现在起降职为小队长,戴罪立功。"

众人垂首而立,再没谁敢开口说话。

谷田茂像一只困在笼子里的野兽,在手下面前逡巡,皮靴踩得地面发出嘎吱吱的响声,他突然站住脚,目光像刀似的在众人脸上扫视一遍,咬牙切齿说:"不剿灭游击队,我谷田茂誓不为人。"

2

霍东山带着队伍撤出大薛庄的那天傍晚,天上正下着一场雨,冷冽的秋风吹着雨丝,像鞭子似的抽到人的脸上身上,凉气一直透进骨头缝里。霍东山刚接到上级的紧急命令,让他们随大部队南下,去湘赣集结,准备和日本人打一场大仗。走过村头的善人桥时,霍东山忽然想到,离开这里以后,他就再不能接到军统传来的毛草从白城传来的情报,又要和她断掉一切联系了,心里就不由升起一丝酸楚,默默地在心里叮嘱毛草,在白城一切小心,不要在鬼子面前露出马脚。

霍东山正暗自想着,有人从路边玉米地里跳出去,尖利的公鸭嗓划破雨帘传进他耳朵里。

"东山兄,这一阵子一切都好吧,你这急三火四的是要去哪里呀?"

霍东山抬起头,见面前站着的是郭大强,便抹了一把脸上的雨水,一抱拳说:"大强兄别来无恙,兄弟要随大部队撤到白河南岸去。"

郭大强的长脸拉得更长,好像要掉到脚下的泥地里,扯起嗓门儿说:"东山兄,你这事做得可不够仗义呀,就这么偷偷摸摸走了,也不打声招呼,让兄弟我挑礼呀!"

霍东山赶忙解释:"大强兄,兄弟确实失礼了,半个钟头前接

到的命令，事出突然，没来得及向你通报。"

郭大强眼珠转转，心里琢磨姓霍的是不是要去什么地方捞油水，看看又不像，粮草和辎重都跟在后面，应该是真的要转移。郭大强哈哈笑笑说："我和虎子刚在白城大闹了一场，烧了鬼子慰问团演出的舞台，估计他们很快就会来报复，所以特意来给东山兄提个醒。看来我来巧了，正好送你一程。"

霍东山明白郭大强是炫耀来了，笑笑说："大强兄，兄弟此去是要和日本人打一场大仗，这一片地区就留给你了，今后你正好大展拳脚，天高任鸟飞，海阔凭鱼跃。"

郭大强听出霍东山话里的讥讽，一抱拳说："东山兄，但愿你们这次能把小鬼子打垮，我们就用不着费劲了。"

两个人握了握手，心照不宣地冲对方笑笑，就此别过。

高桥一郎带领着一支队伍悄悄地离开了白城，他是受谷田茂的紧急指令，让他带人去"剿灭"乡下的共产党游击队。下达命令的时候，谷田茂把一个人推到高桥一郎眼前，"高桥君，这是你的向导齐桑，由他带着你去。"

高桥一郎扫视一眼姓齐的中国男人，见对方长得尖嘴猴腮，满脸谄媚的笑容，心里就有一种本能的反感，"谷田联队长，我自己认识路，用不着带什么向导。"

谷田茂刻板的脸上浮现出一丝笑容，"高桥君，还是请你带上他，齐桑刚刚从游击队的营地投奔过来，了解那边的情况。"

姓齐的中国男人凑近高桥一郎，一咧嘴露出两排黄板牙："高桥长官，我刚才已经和谷田联队长说过了，郭大强这个人狡猾狡猾的，上次他偷袭白城得手后，回去就做好了皇军去扫荡的准备，随时打算向云雾山里逃跑。我有一个十拿九稳的计划，就是分兵两路，一队人马假装去冯家集，把他们惊起来，另一队绕道埋伏好，等在游击队的退路上。"

这家伙献上的果然是好主意,高桥一郎点点头,就带着这家伙出发了。

黎明时分,郭大强突然从梦里醒了过来,他一骨碌身子坐起来,直眉愣眼地看了会黑暗中的屋子,抬手推睡在旁边的肖虎子。

"虎子,你快醒醒,快醒醒。"

肖虎子睡得正香,迷迷糊糊地坐起来嘟囔着问:"队长,天还黑着呢,你喊俺干啥呀?"

"我觉着有点不对劲儿啊,咱们俩回来七八天了,按理说鬼子早该打上门了,可他们竟然一点动静都没有,是不是跟咱玩啥花花肠子呢?"

"队长,你说他们能玩啥花样?"肖虎子揉着眼睛问。

"这我还说不清,但就是觉得不对劲儿,你现在起来,告诉兄弟们留点心眼,睡觉也别忘了睁一只眼睛,都给老子警惕点。"

肖虎子答应一声,下床往屋外跑。郭大强拽出床下草垫上的一根稻草,习惯性地在嘴里嚼着,心里还是七上八下地不安,他突然想起一件事,就大声喊肖虎子等一等:"虎子,你顺便去三中队看看,前天挨了老子两脚的那个齐德利还在不在?"

半小时后,肖虎子跑回来报告,齐德利不见了人影。郭大强一跺脚:"他娘的,老子咋早没想到呢,这小子肯定当了叛徒。"话音刚落,村外就响起了枪声,看来预感还真的灵验,郭大强抽出腰里的枪说:"小鬼子摸上来了,我带人去村口拖住他们,你去通知谭政委,让他带队伍立刻撤退。"

郭大强带着一个小队在村口与摸上来的鬼子接上了火,鬼子的火力太猛,战士们伤亡惨重,郭大强不敢恋战,抵挡了一阵便撤了下来。

郭大强摆脱追击的鬼子赶上了大部队,此时谭政委已经带人走到了离冯家集三十里的胡家店。看到郭大强,谭政委兴奋地说:"这次多亏了你及时发现情况,咱走得急,队伍才没受啥大损失,你小

子的预感真灵啊！"

郭大强摇摇脑袋，甩落一串汗珠子说："政委，我咋觉着心里还是不落帖呢？就好像还要出啥事似的。"

谭政委的手向前一指说："大强，我看你是神经过敏了，翻过这道土岗子再走十里地，就能进入云雾山，小鬼子就拿咱没办法了，还能出啥事？"

郭大强还是一个劲儿地摇头，抬手把路边的枯草薅下来塞进嘴里，嚼出淡黄色的汁水，"我也说不上会出啥事，反正就是心里不安稳，你说吧，来那么多鬼子，怎么会让咱走得这么利落？"又转头对游击队员说："弟兄们都小心点，这一片全是开阔地，没遮没挡的，真要碰上鬼子咱就坏菜了。"

肖虎子说："队长，要不俺先上土岗子侦察一下，看看有没有啥情况？"

郭大强点点头说："好，虎子你就先上去看看，可千万得加小心。"

肖虎子嘻嘻笑笑说："队长你只管放心，这么多年跟着你大风大浪都闯过来了，还能在这小河沟里翻了船？"

郭大强的目光一直跟着肖虎子，看着他像一只羚羊似的敏捷地跳过一道土沟，又穿过一小片低矮的灌木丛，消失在另一道土沟里。不大一会儿，肖虎子出现在另一侧的沟沿上，郭大强看见他回过头来冲这边做了个手势，脸上似乎还笑了笑。就在这时，郭大强看见土岗上闪过一点光亮，就好像镜子的闪光，他大喊了一声"虎子卧倒！"但枪声几乎同时响了起来，密集的子弹像一阵暴雨似的从土岗上兜头倾泻下来，郭大强眼睁睁地看着肖虎子中了弹，像一棵枯树似的倒在地上，砸起一片黄烟。

郭大强嘴里喊着"虎子"，撒腿就往土岗上跑，谭政委从侧面扑过来，死死搂住郭大强的腰。

"大强，虎子已经牺牲了，咱以后有机会给他报仇。小鬼子在这摆了口袋阵,咱得赶紧冲出去。"

郭大强额头上蹿起青筋,两只眼睛瞪得血红,尖着嗓子冲着土岗上喊:"虎子,你放心,老子肯定给你报仇雪恨。"

一排子弹从土岗上飞下来,像冰雹似的在郭大强脚前砸起一片尘土,又有三个游击队员中了弹,倒在他身边。郭大强和谭政委带着游击队向后撤退,没跑出多远,迎面就撞上了冯家集的鬼子,土岗上的鬼子也兜屁股追上来,眼看就要把他们包在中间,眼看着游击队员们一个接一个中弹倒地。

谭政委打出一梭子弹说:"大强,鬼子前后夹击,咱今天看来凶多吉少!"

郭大强突然从腰里抽出手榴弹,把弹弦缠在手指上,"弟兄们,都学我的样子,把手榴弹准备好,咱炸一条血路冲出去。"

郭大强说着打头向鬼子冲过去,游击队员们也紧随其后,手榴弹不断在敌群里爆炸,腾起一团团浓烟,正形成合围之势的两股日军被手榴弹炸出了一道口子,游击队员就这样硬闯了出去。

高桥一郎眼见要把游击队消灭了,没想到对方采取了这种不要命的打法,眼睁睁看着郭大强和谭政委带着落网的游击队员一直跑进了云雾山。高桥一郎叹息了一声,摇摇头,面对着一望无际的大山,他知道鸟已入林,再好的猎手也已经毫无办法了。

进了云雾山,总算暂时安全了。清点人数,发现队伍损失了一大半,郭大强扯起公鸭嗓冲山外的方向骂:"小鬼子,我日你们八辈祖宗,早晚有一天老子让你血债血偿。"

3

高桥一郎带领着队伍走在回白城的路上,卡车在黄土路上搅起一条土龙似的烟尘,透过烟尘看过去,路两边即将成熟的庄稼也泛出一片枯黄的颜色。高桥一郎收回目光，下意识地摇了摇头，他十分沮丧，本来这一仗应该全歼游击队才是，谁承想硬让对方撞开了一条口子，眼睁睁看着人家逃走了。

　　这一仗虽然也算是胜利，但他的心里却像丢了什么，此时令他想得更多的不是逃走的游击队员，而是毛草。联想一些事情，令他不得不对毛草产生某些怀疑，上次他接谷田茂的紧急命令去上合县伏击霍东山的独立营，结果大获全胜，这次也是接到紧急命令，来乡下"围剿"游击队，同样也是大获全胜。这两次任务有一个共同点，就是紧急，他没有机会在毛草面前露出半点风声，也就是说毛草都不知情，而以往凡是毛草知晓的行动，几乎都以失败告终。这难道是偶然的结果吗？尽管高桥一郎不愿意相信这与毛草有关，但他又实在没有理由为毛草开脱。

　　他在心里不断地问自己，是不是该想办法试探一下毛草？如果真的试出毛草是内奸，他又该如何对待她呢？

　　杀游击队一个回马枪的计划，是那个名叫齐德利的中国人提出来的。回到白城的第二天上午，高桥一郎奉命赶到谷田茂的办公室，此时齐德利正在眉飞色舞地讲解他的计划。谷田茂一只手托着腮帮坐在办公桌后面，有些疑惑地看了看齐德利问："齐桑，游击队刚刚遭受重创，还会回到冯家集？"

　　齐德利弯着腰曲着膝撅着屁股，两条八字眉不时向上挑起，得意扬扬地说："谷田联队长只管放心，我对郭大强太了解了，这个人胆子比倭瓜还大，做事好出其不意。云雾山里没有粮食，队伍撑不了几天，他心里肯定盘算，现在最危险的地方就是最安全的，所以他很快就会从山里出来回到冯家集。只要太君派出一队人马，一定能瓮中捉鳖，全歼游击队。"

　　谷田茂点点头，冲着齐德利说："你的主意不错，成功的话我一定大大的奖赏你。"随即又看着高桥一郎说："高桥君，那就请你带队再跑一趟,力争将游击队一网打尽。"高桥一郎答应一声,问什么时候出发。谷田茂说:"时间由你来定,尽快动身,打他个措手不及。"

高桥一郎犹豫一下说:"那就明天早晨出发,我回去先准备准备吧。"

高桥一郎神情忧郁地回到了住处,一进院子便看见晾衣绳上挂满了衣服,随后看见毛草从衣服的缝隙间露出笑脸,冲他打了个招呼。他凝视着她,一时间心情十分复杂,这是个可爱而又勤劳的女人,他的父亲曾经说过,找老婆就要找勤劳朴实的,在他的印象中,毛草好像从来就没有闲下来的时候,即便是聊天,她的手头上也会找些事情做。

"你回来了,我把衣服洗完就去做饭。"高桥一郎中午很少回来吃饭,这个时间他应该在司令部里,但毛草对此却似乎一点也不惊奇。

高桥一郎停在院子里,此时桂花树已经开花了,天井里弥漫着一股浓浓的花香,高桥一郎抬头向上面看,阳光从枝叶间的空隙洒下来,落到他的脸上,他的脸看上去就好像开了几只小孔。从司令部回来的一路上,他一直犹豫不决,好几次几乎已经放弃了试探毛草的计划。

"别站在那卖呆儿,帮我打一桶水去。"毛草隔着一床被单发布命令。

高桥一郎默默走到院角的井台前,摇起辘轳搅上一桶水,提到毛草身边。毛草把大木盆里的水倒掉,换上清水开始投衣服,高桥一郎看见她的肩膀不时地耸动,两条油黑的辫子也像精灵似的跳动起来。高桥一郎发现心里的勇气正在慢慢消失,他赶忙转过身去,把眼睛望向自己住的正房。这是一幢明朝晚期的房屋,属于典型的徽派建筑,青瓦白墙,木雕、石雕、砖雕,他忽然又想起了曾经把毛草比喻为建筑的事情,赶忙又把脑袋低下来,看着脚下铺的青砖。

他看了一会砖缝里生出的青草,强迫自己狠下心来。

"明天我有任务,要带兵去乡下,晚上不会回来吃饭了。"高桥一郎知道说出这些就足够了,毛草如果真是奸细,肯定不会放过这个情报,国民党独立营已经撤走,他的目标只能是冯家集的共产党游击队。

午饭做得很丰盛,但高桥一郎却吃得无滋无味,在餐桌上他也很少说话,尽力躲避着毛草的目光。匆匆吃过饭后,高桥一郎推说身体有些累了,要去睡一会,就进了正屋的卧室。高桥一郎躺在床上,毛草在院子里走动和洗碗的声音传进他的耳朵,他实在躺不住,就坐起身,从窗帘的缝隙间看出去,毛草忙碌的身影不时闪过一下,不大一会儿,声音消失了,他悄悄把窗帘撩开一点,发现毛草已经不在院子里了。他心里忽然一沉,起身跳下床。

高桥一郎跑出院门,远远地看见毛草臂弯里挎着一只竹篮已经走到了巷子口。他愣了一下,就随后跟了上去。毛草似乎只是去买菜,她走得悠闲自在,好像一点也不着急,出了巷子后,她沿着街边一直往前走,随后拐上了德仁路。在玛丽天主堂的钟楼拐角处,毛草停了停,弯腰系了系鞋带。随后,又向前走几步,进了菜市场。高桥一郎赶到钟楼拐角处仔细观察了一番,发现一条砖缝里隐约露出一点白色,高桥一郎用小刀挖了几下,从空隙里抽出了一张纸条。

高桥一郎把纸条展开,只见上面写着一行字:鬼子明天下乡扫荡。他知道,自己最不愿意看到的事情还是发生了。他稳了稳心神,把纸条装进口袋,迅速离开了德仁路。

高桥一郎回到住处后,先泡了一壶茶,又细心地洗净两只茶杯,接着就坐在院里的石桌边等毛草。表面上他异常地平静,但心里却皱起波澜,两个高桥一郎在不停地打架。

一个说,毛草就是奸细,该受到应得的惩罚。

另一个说,会不会有什么意外?毛草也许只是碰巧在那里弯下了腰,纸条不是她放的,她也根本不是什么奸细?

一个骂道,你真可耻,作为大日本帝国的军人,怎么能感情用事,置国家和民族于不顾?

另一个说,我喜欢毛草,她让我懂得了爱情是什么,即便她是奸细,我也不能对她下手。

……

毛草挎着菜篮回来时看见高桥一郎身上穿着一件灰布长衫,正坐在院中的石桌旁喝茶,看上去一副悠然自得的模样。她一点也没想到,这个男人的心里正狂风大作电闪雷鸣。

高桥一郎提起茶壶,把摆在对面的一只茶杯倒满说:"毛草小姐,请坐下喝杯茶,我有几句话要对你说。"

毛草挎着菜篮走到井台边,把青菜泡进刚打上来的井水里,向上挑挑眉毛,歪着脑袋冲高桥一郎喊:"你说吧,我听着呢!"

高桥一郎却不肯说,一直等毛草忙完了,在对面的石凳上坐下,又看着她喝下半杯茶,才把口袋里的纸条拿出来,推到她面前。"毛草小姐,我已经知道了你的身份,"停了停,他喝了一口茶又接着说:"但我不知道该拿你怎么办。"

毛草没有去动那张纸条,只是飞快地扫了一眼,她猜出高桥一郎刚才跟踪了自己,也许他还安排了人捉拿去取情报的下线。这是她和共产党游击队的联系方式,是当初和郭大强定下的,她完全是看在郭大强的面子才一石二鸟,在为军统提供情报的同时,也为游击队传一些有关对游击队有用的情报。她不知道共产党的交通员什么时候会去取情报,当然也不知道他是谁,她最担心的还是大强他们,情报没有送出去,游击队会不会被日本人消灭?(实际情况是,郭大强真的像齐德利说的那样,很快就带人从云雾山里走出来,想要重新驻扎到冯家集,但路走到一半时,郭大强突然改变了主意,带人去袭击了下合县。第二天高桥带队赶到冯家集时扑了个空,下

合县却被郭大强搅得人仰马翻。)

毛草想到了否认,但立刻又打消了念头,她知道否认就是掩耳盗铃。她低下脑袋,用眼睛的余光看了看挂在自己脖子上的那条项链,在项链底部那只心形饰品里,装着一种名叫氰化钾的白色粉末,只要舔一舔,就能在几秒钟内让人毒发身亡。她想,也许这正是自己最后要走的路。

毛草又看了一眼高桥一郎,说:"你不用为难,把我交上去好了。"

高桥一郎愣了愣,他本以为毛草会不承认此事,那样他就可以理直气壮地揭发她,然后把她交给特高科进行审讯,万没想到她会这么说,这令他心里反而有些犹豫不决。他沉吟片刻,点点头说:"看来也只得如此了。"

两个人谁也没有动,也没有向对方看,都低着脑袋注视着桌面,似乎在举行某种特殊的仪式。有一瞬间,高桥一郎想,如果能永远这样和毛草坐下去该多好,一直坐到战争结束,坐到天荒地老。最后还是毛草先站起身,她笑了笑对高桥一郎说:"咱们还是走吧,去该去的地方。"高桥一郎仍然没有动,他听到自己发出了一声幽长的叹息,他知道走出院门后,毛草就再也不会回来了。

毛草就是这时候看到那只蜗牛的,它拖着土黄色的硬壳正爬行在桂花树上,在身后留下一道发出银光的黏黏的足迹,一阵恶心的感觉顿时从胃里涌上来,让毛草弯下身子蹲在地上。顷刻之间,她就变成了一架呕吐的机器,把中午吃下的食物,甚至包括自己的内脏都吐了出来。

高桥一郎吓呆了,这还是他第一次看到毛草的妊娠反应,以往毛草都是有意躲开他。虽然迟早要告诉他这件事,但她希望时间能尽量向后延一延。高桥一郎蹲在毛草旁边,轻轻拍着她的后背,语气急切地问:"毛草,你怎么了?要不要去找医生来?"

毛草知道这是自己唯一的机会,抓住它也许就可以转危为安。

她抹一把眼泪，摇摇头说："不用找医生，这只是正常的生理反应，我肚子里已经有了孩子。"

高桥一郎脑袋里突然闪过了毛草生日那天晚上的情景，"你是说，我，已经当上了父亲？"毛草理一下鬓角垂下的头发，努力笑笑说："是呀，已经一个多月了，我只是一直没有告诉你。"

高桥一郎的脑海里浮现出毛草受刑的场面，他仿佛看见一个冷酷无情的刽子手正挥起皮鞭抽打到她的身上。他了解特高课的手段，即便是铁人到了那里，也会脱掉一层皮。他知道他不会把毛草交出去了，她现在不仅是自己喜欢的女人，而且还是他孩子的妈妈。

"请天皇原谅我吧！"高桥一郎在心里说。

4

高桥一郎提着一瓶酒来找薛翰臣。

自从收到幸子来中国的那封信后，翰臣就得了严重的失眠症，他的睡眠似乎和幸子一起消失了踪影，一到晚上他就异常清醒，直到天快亮了才能迷迷糊糊地入睡，但往往刚一睡着，又很快被噩梦惊醒。听到敲门声，翰臣还以为是大桥出了什么问题，急忙披上衣服从屋子里跑出来。

看见门口站着高桥一郎，翰臣心里忽地一亮，以为幸子终于有了消息。

高桥一郎却根本没提幸子，只是苦笑了一下，问翰臣想不想喝几杯。

薛翰臣发现今晚的高桥一郎似乎完全变了一个人，面色忧郁，让他感觉极其陌生。他看着高桥把手里的酒瓶放在饭桌上，又自己动手从碗柜里找出两只杯子，满满倒了两杯酒。没等翰臣反应过来，他就端起酒杯仰头喝了一大口。

高桥一郎只是闷着头喝酒,一杯酒见了底,他突然没头没脑地说了一句:"翰臣君,你没有想到吧,毛草其实是个间谍。"

薛翰臣愣了愣,端着酒杯的手僵在了空中,他想替毛草辩解几句,告诉高桥一郎搞错了,毛草无论如何也不可能是间谍,但没等他开口,高桥一郎冲他摆摆手,喝下一口酒说:"你放心翰臣君,我是不会把毛草交上去的,她肚子里已经有了我的骨肉。"

翰臣惊得目瞪口呆,手上的酒杯一下落到地上,啪的一声摔得粉碎。这怎么可能呢?以毛草的性格,怎么会和一个日本人有这种关系呢?

"已经一个多月了,毛草一直瞒着我,直到今天才说出口。"高桥一郎又喝了一口酒说。

薛翰臣不知道该说什么,他的目光落在酒瓶上,看到瓶上的商标写着:白城老窖。这也是他常喝的酒,味道纯正,纯粮酿造。好一会儿,翰臣才含糊其辞地问:"高桥君,你会不会搞错了?"

他说不清自己问的是毛草的间谍身份,还是她肚子里的孩子,或者两者兼而有之,他突然发觉自己心里已经开始生气,既生高桥一郎的气,也生毛草的气,但却找不到生气的理由。有两股火从脚底板蹿起来,沿着两条腿向上爬,在小腹部合在一处,烧成了更大的一团火。

高桥一郎用力摇摇头,酒精已经把他的脸变成酱紫色,脸上惯有的儒雅一扫而尽,换成了一副愁苦无奈的表情。"翰臣君,事情千真万确,一个多月前,在毛草生日那天,因为喝酒,我没能控制住自己,以至于和她……"

不知道为什么,翰臣的脑海里蓦然闪现出自己酒后失德的情景,他发现和高桥一郎的描述竟然那么相似。随后他又想起,毛草属羊,生日是在冬天,而不是夏天。她曾经对他说过,冬天的羊没草吃,所以她妈才给她起名毛草,让她补一补。

第七章

高桥一郎已经有些醉了，瓶子里的酒喝光了，他还在没完没了地倒。他把酒瓶竖得高高的，不停地摇晃着，见仍然没有酒出来，他就歪起脑袋，眯着眼睛从瓶嘴往里面看，折腾了好一会儿，高桥一郎才终于停了手，把酒杯里剩下的酒都倒进嘴巴里，抬手拍拍翰臣的肩膀说："老同学，知道我为什么来找你喝酒吗？"

翰臣也有些醉了，高桥一郎的面孔在他的视线里越来越模糊不清，屁股底下的凳子好像也向屋地里塌陷进去。他用力揉揉眼睛，高桥一郎的脸变得清晰起来，翰臣突然发现，一郎脸上某个部位特别像幸子，但仔细看又似乎哪里都不像。他发觉自己还在生气，火气已经从肚子升起来，烧到了胸口。他摇摇头，生硬地说："不知道。"

高桥一郎端起空酒杯，把里面残留的几滴酒倒进嘴巴里，苦笑一声说："我到这来，不仅因为你是我的同学和朋友，还因为咱们同病相怜，为了心爱的人，我们都背叛了国家和民族。"

火气一下冲到了翰臣的喉咙口，变成一句硬邦邦的话冲了出来："不，你和我截然不同。"

高桥一郎愣愣地看看翰臣，又扭头四处找了找，大概他以为刚才说话的另有其人。翰臣的怒火还在往出喷射："你是日本人，是个侵略者。我是中国人，是四万万受苦受难的同胞中一员，我给你们日本人做事，是为了救白城的百姓。而你放过毛草，只是为了她肚子里的孩子。我和幸子是真心相爱，谁也没有强迫对方，而毛草却不可能爱你，你一定是趁她喝醉，占了她的便宜。"

翰臣的话像炮弹一样砸到高桥一郎身上，直到说完最后一个字，他才终于明白，原来自己是在为毛草讨回公道，也是在为自己讨回公道。自从被迫当上那个维持会的副会长，他已经压抑得太久了，表面上他逆来顺受，委曲求全，炙热的熔岩和火蛇早已经在内心纵横奔突，今天终于像火山爆发一样喷射出来。

在翰臣说话时，高桥一郎一直在看着他，脸色渐渐从酱紫变成

了惨白,眼睛也睁得越来越大。翰臣说完最后一个字,高桥一郎缓缓从桌子边站起身,不动声色地说:"翰臣君,你刚才的话污辱了我,更污辱了毛草小姐,我要和你决斗。"

翰臣二话不说,站起身迈步向屋外走。

迎面扑来一股凉气,外面不知什么时候下起了雨,秋天冷硬的雨丝像鞭子似的抽在院子里,发出噼啪的响声。高桥一郎和薛翰臣一南一北,在院子里站定身子,同时摆出了空手道的起势,高桥一郎甚至没有忘记向翰臣鞠躬。翰臣却顾不上这些,一招前踢,脚尖挂着风声击向高桥一郎的下颌,高桥一郎侧身躲开,用手刀劈向翰臣左耳。两个人拳来脚往打在一起。

雨越发大起来,浇湿了他们身上的衣服,但他们都没有停手的意思。开始,他们还讲些章法,进攻防守兼而有之。很快,他们就忘记了这些东西,都发了疯一般全力向对方展开进攻。高桥一郎一记侧踢打过来,翰臣不退反进,硬生生地用肩膀接住,一掌劈在对方胸脯上。他们俩不断中招,又不断把拳头飞脚打到对方身上。他们都挂了彩,血从鼻孔嘴巴流出来,和雨水混到一块。他们已经累得筋疲力尽,但还像两头野兽似的冲撞撕咬纠缠,谁也不肯先停手。在这个秋雨绵绵的夜晚,打斗成了他们唯一的倾诉方式,好像只有拳脚才能让他们吐尽心中的块垒,他们已经耗尽力气,无法再使出招式,但还在用肩膀推撞着对手,用脑袋顶击对方。最后,他们同时倒在青砖铺成的院子里,砸起两朵硕大的水花。

高桥一郎把手脚摊成个"大"字,感觉雨丝正从容不迫地穿透自己,突然敞开喉咙喊了一声:"毛草,我爱你,你为什么要当间谍呢?"

翰臣睁大眼睛,看着从黑沉沉的天空中落下来的雨,也扯起嗓子喊:"幸子,我爱你,你在哪里呀?"

5

高桥幸子走进那间写有"1"号的房子,她先是嗅到了一股奇怪的味道,好像是闷热潮湿中掺杂着未燃尽的煤油味还有某种臭味。屋子里只亮着一盏马灯,昏黄的灯光从棚顶落下来,像污水似的泼洒在简陋的木床和红砖铺成的地面上,她摸索着寻找门闩,但最终却没有找到,她转念一想,军营里应该是最安全的,有那么多士兵给自己站岗呢!她暗自笑了笑,在床上坐下来。褥子湿黏油腻,散发出浓烈的霉味和臭味,熏得她一阵头晕。幸子皱皱眉头,随后又劝解自己,只是住一宿就走罢了,没有必要太挑剔,就和衣躺在床上。

望着头顶上黄白色的板条,幸子止不住浮想联翩,虽然不知道此刻身在何处,但她知道自己离翰臣已经越来越近了,也许明天就能见到他,扑进他的怀里,紧紧抱住他不放手。幸子激动得两颊发烧,一颗心也剧烈地跳动起来。

就在这时候,门从外面被人推开了。走进来的是一个留着两撇小胡子的年轻军官,身材高挑笔挺,看上去和哥哥一郎年纪相当,黑红的脸上还挂着一丝羞涩。幸子以为这人是走错了屋子,就从床上站起身,笑着向对方问了一声好。那人也向幸子问好,深深鞠躬说:"辛苦了。"

他的声音听上去也有些像一郎,浑厚有力,充满了男人的阳刚气。幸子以为他说的是自己一路上的颠簸,向对方回礼说:"谢谢,不辛苦。"她心里有些奇怪起来,这个走错屋子的军人为什么没有离开的意思,反而像有什么事情要做似的?

那个军官向前走两步,站在屋地当中,冲幸子摆摆手说:"麻烦你,脱掉衣服吧!"

幸子以为自己听错了,疑惑地问:"请问你说什么?"

那个军官又礼貌地重复了一遍，"请脱掉衣服吧！"。这时，幸子看到他已经飞快地解开了皮带，军裤褪下去，露出里面花花绿绿的短裤。幸子惊恐地叫了一声，双手捂住眼睛问："你要干什么？你要干什么？"

"请不要浪费时间好吗？大家还等在外面呢！"对方说。

对方的话说得莫明其妙，皮靴踏在屋地上的声音沉重有力，一步步向幸子逼近。对方已经走到床边，离幸子只剩半米左右距离，幸子感觉到他像骡马一样喘着粗气，一股股气息不断喷到自己脸上。一股浓烈的骡马身上的味道钻进她的鼻孔里，压迫得她无法呼吸，她不知道这人怎么了，是不是突然发作了某种疾病？但她终于意识他要对自己做什么。

"不要过来，请你不要过来。"幸子惊恐地尖叫一声，抬起胳臂试图把他推开，双手撞上的好像是一堵墙，坚固结实，纹丝不动。

"看来你还有些羞涩，那就由我代劳吧！"那人说。

对方脸上的羞涩消失了，变成了一副冰冷刻板的表情，他一只手像铁钳一样抓住幸子的胳膊，另一只手伸向她和服胸前的带子。幸子向后退两步，腿弯撞到了木床上，嘴里发出更大声的尖叫，用力推打着那人，质问他要干什么。对方一言不发，动作像操练一样准确无误冷酷无情。

幸子胸前系着的名叫"伊达"的小带子被解开，扔到了地上，随后胸下系着的细绳也被解开。幸子栽倒在床铺上，慌乱地爬到靠墙的角落里，双臂紧紧抱住胸前，浑身不停地抖动着说："求求你，不要这样，不要这样。"

回答她的只有动作，对方在床上跪爬几步，两只有力的大手又伸向她，幸子腰间最后一条带子被撕扯开，宽大的和服忽然散落下来，像一朵硕大的花朵开放在床铺上。那人的手再次探过来，和服被扯落，露出了里面白色的内衣内裤，幸子不知哪来的力气，突然从床上跳起来，抬起脚踹在对方面颊上。这是她偷偷向一郎学会的招数，从小时候起，父亲就教一郎学习空手道和剑术，幸子也吵着要学，父亲摇着头把一本唐诗放进她手里，说女孩子不该学习这些打打杀杀的东西，应该学习诗词歌赋。幸子不服气，硬磨着哥哥要学，一郎被纠缠不过，就教了她这招"前踢"的动作。后来，幸子被唐诗深深吸引，对空手道也失去了兴趣。

幸子看见那人的脸向后一抖，然后就像雕塑一样僵立在床铺上。一缕鲜血从他嘴角流下来，像蚯蚓一样爬过他的下巴，滴落到褥子上，他显然没想到会发生这样的事，愣愣地看了幸子一会儿。随后，喉咙里发出一声野兽般的嚎叫，脸孔随之扭曲起来，眼睛里放射出疯狂的目光，再次扑向幸子。他的双手抓住幸子的脚踝，一下把她扯倒在床上。他的手指变成了野兽的牙齿，狠狠咬在幸子的胸脯上，随后猛地一扯，撕掉了她的胸衣，两只处女的乳房像一对白鸽在幸子的胸前展开翅膀。她发出一长串尖叫，双手护住胸脯，再次请求对方放过自己。那人毫不理会，一把扯掉她的内裤。幸子变得赤身裸体。她绝望地拉起床上的褥子，试图把自己的身体遮挡住，但那人一下就把褥子夺过去扔在了地上，幸子抱着臂膀，蜷缩在角落里，惊恐万状地抖成一团。对方再次抓住她的两只脚踝，拖曳着把她放平在床上，床上没有了褥子，只剩下稻草和木板。幸子感觉到一阵刺痛，身体下的皮肤被划出好多道口子。

"求你，放过我好吗？"幸子又一次哀求对方。

回答她的是两只铁钳似的大手，它们抓住幸子的两条腿，无情地向两边分开。幸子感觉自己像一只河蚌似的被打开，露出了里面鲜嫩无助的肉体。随后，她绝望地看见对方身上的短裤滑落下去，露出了一只丑陋的阳物，对方的身体随之像一座山似的压了下来。

"求你，不要这样做，放过我吧！"幸子声嘶力竭地发出最后一次哀求。

那人一言不发，双手重重抓在她两只乳房上，用力地揉搓起来，他脸上的汗水和嘴里的血水像雨滴一样洒下来，落在幸子的脸上身上。她感觉到了更重的压迫，对方汗湿的身体死死压在她的身上。幸子再没有力气挣扎反抗，眼前变得模糊起来，呼吸越来越艰难，她脑袋突然一晕，就一下失去了意识。

6

一轮下弦月像特务似的从云缝里探出脑袋，而一道模糊的身影则投在灰白色的路面上，郭大强随口喊了一声"虎子"，话刚一出口，他就明白喊错了，"虎子"已经牺牲了，他看见的不过是自己的影子，他的心就像被剜掉般一疼。风突然大了起来，吹得他睁不开眼睛。郭大强抬手护住眼睛，却摸到一巴掌泪水，郭大强就冲自己发起了脾气，"呸"地吐一口，扯起公鸭嗓骂："他娘的，瞅瞅你这点出息，还流起了尿水子。"

大强紧了紧腰上的武装带，塌下身子快步向前跑，把一串沙沙的脚步声甩在身后。好多年前的夜晚，他也曾经奔跑在这条路上，那时是为了搭救毛草，而现在是为了收拾余明。这阵子余明带着一伙伪军驻扎到隆兴镇，借给鬼子征粮之机，四处骚扰周围的老百姓，乡亲们苦不堪言，郭大强下了决心，决定自己出面教训他一顿。

远远看见镇子里的灯光，郭大强就下了大道，走进了路边的玉米地里。为了防备游击队，余明在镇口安排了岗哨，黑天白天守着，轻易很难通过。地里的庄稼已经成熟了，走进去一片哗啦的响声，郭大强绕到镇南，穿过一条隐蔽的小巷子走进镇子。余明的临时住处就在镇公所，那是一座古朴的四合院，四周都竖着高大的围墙，余明手下的士兵就驻扎在离此不足百米的一所小学校里。

郭大强躲在一棵杨树后，看见高大的门楼下灯火通明，几个背

第七章

枪的士兵走马灯似的来回巡逻。他知道大门是肯定进不去了,就从树后闪出来,顺时针绕着院墙向北走。转了大半圈,大强眼前忽然一亮,院墙边长着一棵老榆树,枝繁叶茂遮天蔽日,郭大强往手上吐口唾沫,向后退两步,紧跑几步向上一蹿搂住树干,三把两把爬到树上,一悠荡身子站上墙头。

院子里还有第二道岗,四个伪军两人一队,不停歇地走动,余明这老小子还真够小心的。正房透出一点灯光,余明好摆谱,有正房绝不会睡厢房。郭大强踩着墙头翻上正房的屋顶,掀开瓦片向下看。西屋的地上摆着两张桌子几把椅子,墙脚是口躺柜,揭开堂屋上的一块瓦,又看见几只戴大檐帽的脑瓜顶,老狐狸在这还安排了第三道岗。大强踩着房脊向前走,揭开东屋房顶的一块瓦,果然发现余明正睡在床上,秃脑袋闪着亮光,像猪似的发出一串鼾声。大强暗自一笑,心里说,到底还是让老子找到了,看不弄出你屎来!

郭大强回手抽出缠在腰里的绳子,在一根房椽上系结实,把房瓦再掀开几块,抓住绳头垂到余明的床上。

郭大强把冷冰冰的枪口顶到余明脑门上时,余明还一刻不停地打着呼噜,大强心想,这货觉还真大,抬手拍着他的胖脸喊余司令,叫了三声,余明才一激灵醒过来,直眉愣眼看郭大强。郭大强手上加了力气,枪口捣在他的秃脑袋上。"你给我老实点,要不让你脑门上开个窗户。"

冷汗从余明的脑门上淌下来,顺着一张胖脸往下流,最后消失在粗壮的脖子上。

"好汉饶命,好汉饶命,只要不杀我,要啥我给啥,金子银子袁大头,只要说出来,我一定双手奉上。"

郭大强心里一阵冷笑,真是个胆小鬼,怪不得投降鬼子当汉奸。

"老子是共产党的游击队,不稀罕你这些破东西,这阵子你他娘的把老百姓折腾苦了。挖地三尺找粮食,不交粮就被你抓到学校

里严刑拷打,这些是不是你干的缺德事?"

"是我干的,是我干的,可我也实在没办法呀,日本人逼得紧,不完成任务回去我就得掉脑袋。"余明提高了声音,抹一把脸上的油汗说。

郭大强知道他是有意想把堂屋里的岗哨招进来,枪口使劲顶在他脑袋上,撩起衣襟,露出里面一捆手榴弹:"你小子少给老子耍花招,现在玉皇大帝也救不了你,一拉弦你眨眼就得见阎王。"

"好汉说得是,好汉说得是。"余明的声音低下去,肥胖的身体不住地发抖。

"今天我来不是想要你的命,是为了给你个警告,麻溜给老子滚回白城去,别在这为非作歹祸害老百姓。"郭大强说。

余明跪在床上,磕头如捣蒜,"好汉教训得对,我明天就回白城。"

郭大强说:"你抓的那些老百姓也赶紧放喽,有伤给人家治伤,没伤平安给人家送回村里,以后再不许到乡下来征粮。"

"再也不敢了,再也不敢了,"余明说,"敢问好汉尊姓大名。"

"老子行不更名,坐不改姓,游击队郭大强。"

"原来是你老人家,怪不得神出鬼没防不胜防。"

"知道我厉害就好,从现在起你给老子小心点,少干点坏事损事缺德事,否则别说你放上三道岗,就算藏进老鼠洞,老子也能把你掏出来。"郭大强得意地撇着嘴说。"现在麻烦你余司令一件事,把我从这儿送出去。"

郭大强薅着余明的脖领子走出东屋,堂屋里的伪军都忙不迭地拉枪栓。大强手里的枪一使劲,狠狠顶在余明腰眼上:"告诉他们都往后退,要不老子一枪崩了你。"

"都往后退,往后退。"余明慌张地下命令。

郭大强推着余明出了镇公所,一群伪军端着枪围上来。

"余司令,告诉你的手下都不许动,谁也别跟过来。"郭大强说。

余明再次下命令，伪军们都不敢再往前走，眼睁睁看着长官被带走了。

郭大强押着余明顺着镇中的大道一直往西走，直到出了隆兴镇，才抬起一脚把余明踹倒在地上，一头钻进了苞米地。余明摔了个狗啃屎，好一会儿才从地上爬起来，伸手摸到一把血，一张嘴吐出两颗牙，心里说好险好险，能活着算老子命大了。

从这以后，余明真的有所收敛，不敢再随便祸害老百姓了。

7

天气渐渐凉起来，白城换了一身装束，从翠绿变成了枯黄，毛草挎着菜篮从院门口走出来，风迎面吹乱了她的头发，她抬手理了理头发，嗅到空气中有一股肃杀的秋味。毛草的心里隐隐有些担忧，高桥一郎带兵去冯家集，"围剿"大强的游击队，不知道大强他们能否逃过危险？还有那个负责去玛丽天主堂取情报的共产党交通员，此刻是不是已经落在了日本人手里？

毛草心里正想着，一个身材魁梧的日本兵从梧桐树后闪出来，一步迈到了她面前。毛草的眼前突然一黑，好像所有的光线都被那人遮住了。她看到两只巨大无比的脚在青石铺成的街面上摆出一个拘谨的"八"字形，顺着"八"字向上，是两条壮硕的大腿。毛草向后仰了仰脸，勉强看到了一张古铜色的脸，在这张脸的下方，生着一只阔大的嘴巴，这张嘴巴一开一合，毛草的耳朵里就听到一阵瓮声瓮气的声音。

"一等兵吉野，奉高桥参谋官的命令，前来保护毛草小姐。"

毛草闹不清高桥一郎在搞什么名堂，为什么会突然派给自己一个兵。她点点头，冲吉野打了招呼，迈步向市场的方向走。毛草打算立刻向组织上汇报，高桥一郎已经知道了她的身份，暂时不要再

进行联络了。她边走边听到背后传来一串沉重的脚步声,扭回头去,看见那个吉野正紧紧跟在自己后面。

"吉野,我现在要去买菜,你不用再跟着我了。"毛草说,她想把这个日本兵打发走。

"毛草小姐,高桥参谋官吩咐,要寸步不离地保护你。"吉野上前一步,敬了个礼说。

毛草这才恍然大悟,原来她已经被高桥一郎软禁起来了,虽然他没有把自己交上去,但也不会再相信她。毛草知道说什么都没有用处,这个愣头愣脑的日本兵,不会让她离开他的视线。毛草笑了笑,索性边走边和吉野拉起家常,她问他老家是哪里人?吉野说是京都人,和谷田茂联队长、高桥参谋官是同乡。毛草又问他当兵前是做什么工作的?吉野兴致勃勃地回答说是一个皮匠,他的手艺远近闻名,能缝制各种各样的皮鞋,很多人从外地赶来定制他做的皮鞋呢,每年光牛皮就会用掉二十几张。

毛草被他脸上自豪的笑容逗乐了,挑挑眉毛和吉野开玩笑:"没见过谁像你这样自己夸自己的,我看那些牛皮是被你吹掉的。"

吉野蒲扇似的大手抬起来,在胸前用力地一挥说:"不对,毛草小姐,你说错了,牛皮不是吹掉的,是做鞋子用掉的,二十几张,我把它们一律都做成了鞋子。男人穿的,女人穿的,大人穿的,孩子穿的,高腰的,低腰的,应有尽有。"

毛草看到吉野脸上认真的表情,不忍心再和他开玩笑,收敛起笑容,庄重地点点头,表示相信了他的话。这一天毛草没有和联络人接头,经过那个熟悉的鱼摊时,她略微停了停脚,问了一下价钱,说一声太贵了就迈步继续向前走。这是当初商定好的暗语,表明自己遇到了麻烦,暂时不能接头。

晚上吉野撤了岗,来了一个四十多岁的日本女人,一进院门就对毛草鞠躬说:"山田扬子,奉高桥参谋官命令来照顾毛草小姐,今后请多关照。"随后，手脚麻利地在毛草睡觉的西厢房外屋铺好了床铺。毛草知道自己已经完全处在别人的监视之中了，索性不管不顾，躺到床上放心地睡大觉。

山田扬子抬起手，插上厢房的门划时，一等兵吉野正走到兵营前的广场上。三四个相熟的日本兵从营房里走出来，看到吉野就一哄而上围住他，说要带他去一个好地方。吉野的人缘一向很好，因为他很少会反驳别人，虽然不知道他们要带自己去哪里，但他还是脸上挂着憨厚的微笑，跟着他们向前走。

吉野闻到了同伴们嘴里刺鼻的气味，知道他们都喝了酒。街两边的路灯已经亮起来，把他们的身影一会儿拉长，一会儿又缩短，他们的兴致很好，互相搭着肩膀，边走边唱起了一首《红蜻蜓》的歌：

……
晚霞中的红蜻蜓啊！
你在那里哟，
停歇在那竹竿尖上，
是那红蜻蜓。
……

吉野随着他们穿过两个路口，最后走进一个不大的院子里。他看见有一排黄色的长房子，房子上有好多门，每个房门上都用白油漆写着号码，看上去像一间临时性的小旅馆。吉野心里正纳闷，写着"2"号的房门打开了，一个日本兵边系裤子边从里面走出来。

"吉野，我们几个已经来过一次了，这次请你先来吧！"一个同伴拍着吉野的肩膀说。

吉野仍然没搞清楚这里是什么地方，但他一向都是谦恭礼让的

人,他憨憨地笑笑,大手一摆让同伴们先请。写着"3"号和"4"号的门也打开了,三个同伴嬉笑着走进三间空闲下来的屋子里。在他们消失在门口时,吉野还笑着和他们挥了挥手。就在他的手放下时他看见了"1"号门里走出来一个一丝不挂的女人,吉野一下子明白了,这里就是好多人谈起过的慰安所。据说里面有各种各样的女人,中国人、韩国人、日本人,她们在这里给大日本皇军提供性服务。吉野的喉咙里忽然发出一阵低沉的吼声,好像是某种野兽的嚎叫,他撒腿跑出了院子。

吉野跑到大街上,喉咙里还像一只受伤的野兽似的不停地发出呜咽声。他心里埋藏着一个无法启齿的秘密,在攻打上合县的那场战斗中,一颗从城里飞出来的子弹射中了他的生殖器,伤好以后,他就变成了一个废人,彻底对女人失去了兴趣。吉野的脚下还在不停地奔跑着,似乎这样就可以减轻一些内心的痛苦。

他是在一个十字路口上撞上那个伪军连长的,吉野停下脚步时,看见那人已经被他撞倒在地上,嘴上骂骂咧咧的,一只手伸向别在腰里的手枪。"你他妈眼睛瞎了?往老子身上撞。"

吉野闻到了对方嘴里浓烈的酒气,他的心情糟糕到了极点,没有心思和此人纠缠,一声不响地绕过去继续向前走。这时候,伪军连长已经看清了撞自己的是个日本兵,若在平时他会自认倒霉,乖乖从地上爬起来,拍拍屁股走人。但今晚酒精却壮大了他的胆量,以往被日本人欺压的情景一下子都浮现在脑海里,伪军连长从地上站起来,挥起拳头打向吉野。

"撞了人屁也不放就走,小鬼子太欺侮人了。"

吉野抬起檩条似的胳膊一挡,伪军连长向后倒退几步,一屁股又坐到地上。吉野低下头接着往前走,伪军连长彻底被激怒了,拔出手枪比画着吉野:"小鬼子,你要是个男人,就和老子痛痛快快地打一场。"

"男人"这两个字让吉野感觉格外刺耳,他没有丝毫犹豫,一步迈到那人面前,扬手一拳准确无误地打在对方的太阳穴上。伪军连长已经站起来一半,喉咙里发出嘎的一声响,就咕咚一声又倒了下去,手里的枪掉在地上,两条腿痉挛似的踹了几下,就再也不动了。吉野在那人面前站了一会儿,看着一缕殷红的血从半张的嘴巴里流出来,漫流到街面上,自言自般地说:"我的,是个男人。"然后,就迈开大步穿过路口,消失在黑夜之中。

8

余明带人找上门来时,高桥一郎正在住处翻阅自己手绘的建筑图册,几年来他收集的建筑图已经有厚厚的一大本,只要一有空闲,他就把本子拿出来,在各种各样的建筑中流连忘返。但这天晚上,高桥一郎却无法沉醉其中,那些建筑像鸟一样从纸面上飞起来,在他的眼前不停地旋转。自从那天晚上从住处跑出来,他就再没有回去过,他又重新找了一处房子。搬进新房子后他感觉自己像毛草一样也被软禁了起来,他既不敢去见毛草,又控制不住地想她,毛草忙碌的身影,常常出现在眼前,毛草呕吐的声音,也不时回荡在耳边。

夜已经深了,巡逻兵的影子在窗户上不断拉长缩短。高桥一郎不由自主地想,毛草现在也该睡下了吧,不知道这几天她的身体怎么样?这个念头刚一闪过,他就无奈地摇摇头,他知道自己不该再想毛草,叹息一声合上本子,准备上床休息。就在这时,外面突然传来一阵吵闹声。高桥一郎披上衣服走出屋子,看见余明正掐腰站在院子里,在他身后还跟着十几个伪军,其中两个伪军放下抬着的一块门板,门板上躺着一个口鼻流血的人,也穿着伪军的服装,看样子已经死了。

"高桥太君,我余某人无事不登三宝殿,今晚到这来,是要向

你讨个说法。"余明便用手比画着边说,"你手下的士兵无缘无故打死了我的好兄弟,你看这事该咋解决?"

"到底是怎么回事,请余司令说仔细。"高桥一郎皱皱眉头,冷冷地说。对余明他一向没什么好感,这个兵痞子滑得像条泥鳅,碰到危险时就向后退,见了好处就削尖脑袋往前挤。

"还用得着我说吗?这件事好多人都看在了眼里,你手下的士兵吉野,先在十字路口上撞了人,又一拳打死了我的三连长,一命偿一命,找吉野给我的兄弟偿命,否则这件我不会善罢甘休。"余明的嗓门儿越来越大,震得高桥一郎的耳膜嗡嗡响。

最近大批日军从白城开拔去打湘赣会战,余明的伪军就成了负责白城防御的主要兵力,所以他说话才会如此理直气壮。高桥一郎听他说出吉野的名字,心里觉得非常纳闷儿,吉野这个士兵为人憨厚淳朴,从不惹是生非,所以他才会让吉野执行软禁毛草的任务,吉野怎么会突然打死了人呢?

高桥一郎克制着火气说:"这些只是你的一面之词,事情没有调查清楚之前,我不能答复你。"

余明肥胖的身体像只皮球似的蹦起来,抓下头上的帽子,一把摔在地上:"高桥你别在这跟我兜圈子,现在就给句痛快话,到底管还是不管?你要是不管,我余某人就自己出面解决,要是被我抓到吉野,到时候他会死得更惨。"

高桥一郎的火气腾地烧到了脑袋顶,目光像利箭似的逼视着余明说:"余司令如果敢擅自动我手下的士兵,休怪我不客气。"

"老子动了你又能怎么样?"余明眼睛瞪得溜圆看着高桥一郎说。

"你尽管试试看。"高桥一郎一字一顿地答。

余明身后的伪军哗啦一声拉起枪栓,高桥一郎手下几个士兵也把三八大盖端了起来,双方各不相让,在院子里形成对峙。余明手下一个副官站出来打圆场,提议双方一起去找谷田茂评理。

第七章

"高桥参谋官,敢不敢跟我去见谷田联队长?"余明挑衅似的看着高桥一郎问。

"去哪儿我都不怕。"高桥一郎针锋相对地说。

众人一起来到日军司令部,此时谷田茂正在院子里舞刀,锋利的刀光满院飞舞,让空气仿佛都变得分外寒冷。没能去参加湘赣会战,让谷田茂一直耿耿于怀,他觉得自己受到了军部的轻视,没有得到这个施展才华的机会。谷田茂手里的刀挂着呼呼的风声,越来越快地劈向假想中的对手,他的眼前似乎又出现了尸横遍野的场面。

看见余明和高桥一郎走进了院子,谷田茂脸上挂着残忍的微笑收住刀势,盯住两个人的脸,这两个人都铁青着脸,显然发生了什么不愉快的事情。谷田茂叫余明先讲,余明便气呼呼地把吉野打死人,高桥一郎袒护吉野的事说了一遍。谷田茂听后点点头说:"余司令,你放心,我不会让你的亲信白死,一定会给你主持公道。"说罢转身问高桥一郎,情况是否如此。

高桥一郎说:"这只是余司令的一面之词,具体情况还不清楚。"

谷田茂把刀插进鞘里,吩咐两个士兵去把吉野抓来。

十几分钟后,两个日本兵把吉野带进了院子,谷田茂二话不说,上去打了吉野两个耳光。

"八格牙路,你的,是不是打死了余司令的连长?"

吉野的嘴角流出了血,低垂的脑袋点了点。"报告联队长,我确实打死了人。"

谷田茂冲上来又是两巴掌,"你的,为什么要打死人,仔细地说。"

"我是打死了人,任凭长官处置。"吉野所答非所问地说完这句话,就低下脑袋一言不发。

高桥一郎看得心里着急,几步走到吉野面前说:"吉野,我知道你不会无缘无故打死人,究竟为什么,请你快说出来吧!"

吉野仍然低着脑袋,嘴里说出来的还是那句话:"我打死了人,

任凭长官处置。"

谷田茂转身问余明:"余司令,你打算怎么处置这个凶手?"

余明掐着腰,挺着大肚子,拍着锃亮的秃脑袋,冷笑一声说:"谷田联队长,我的要求很简单,杀人偿命,欠债还钱,他打死了我的三连长,理所应当以死谢罪。"

"你胡说八道,事情还没搞清楚,凭什么让吉野偿命?"高桥一郎质问余明,又转身对吉野说:"你快说出来吧,到底为什么打死人?"

吉野嘴里说出的还是同样的话:"我打死了人,任凭长官处置。"

谷田茂把手里的武士刀咣当一声扔在吉野面前:"看在同乡的份上,请你自己了断吧!"

高桥一郎万没想到谷田茂会真的答应余明的要求,他冲到谷田茂面前说:"联队长,吉野入伍以来一直英勇善战,立了多次战功,请你饶他一命。"

谷田茂把高桥一郎带开几步,压低声音说:"余明的伪军人数众多,一旦哗变,局面将会无法控制,眼前这件事只能舍卒保车。"

高桥一郎正要再说几句什么,突然听到十几米外的吉野大喊了一声"撒哟那拉",随后一下便把明晃晃的东洋刀插进了肚子里。

第八章

1

幸子从昏迷中醒过来,先是感觉到下体传来一阵撕裂般的刺痛,随后她发现自己像一条被捉到岸上的鱼似的,正赤条条地躺在床铺上,她的身体已经被汗水浸透了,黏稠滑腻的感觉像一条口袋,把她装在里面紧紧地包裹住。她浑身酸痛,呼吸艰难,甚至连动动胳膊抬抬腿都无法做到,此时幸子已经知道自己遭遇到了什么,一种更大的痛苦像尖锐的钻头一样在她的心里飞快地旋转,一点点把她磨蚀掏空。

那个年轻军官已经离开床铺,正站在屋地当中整理军装,忽然向幸子深深鞠躬说:"谢谢你,辛苦了。"

幸子对他的话充耳不闻,她的眼睛一直盯着头顶上简陋的木板条,感觉自己已经只剩一具空洞的硬壳,勉强支撑出虚弱的人形。恍惚间她想起了薛翰臣,过去相亲相爱的场面就像潮水一样涨起来,渐渐淹没了她。疼痛像牙齿一样开始啃啮她的心,经过这场变故后,她不知道自己还能否像过去那样和翰臣君快乐地相处?

门突然在外面被推开了,幸子恐惧地看到,又有一名日本军官

走进了屋子。幸子心里发出一声绝望的呐喊,这座军营里到底怎么了?为什么会有这么多禽兽不如的家伙,竟然会结伴对一个女人施暴?幸子本能地蜷缩起身体,双手护住胸前的乳房,尖叫着让那个人出去。

这次进来的是一个矮胖的军人,一只阔大的嘴巴,上嘴唇留着一撇仁丹胡,他脸上挂着淫秽的笑容,嘴上说着"小妹妹,你好美呀!"伸出油腻的胖手拉扯幸子的胳膊。幸子本能地挥起手,一巴掌甩在那张圆鼓鼓的胖脸上,污浊的空气中传来一声击打在脂肪上的闷响,那个胖军官愣了一下,眼睛里突然放出两道凶光,抬手重重地给了幸子一记耳光。

"你的,不过是一个慰安妇,竟然敢打大日本皇军?"胖军官喘着粗气说。

幸子被打得脑袋嗡地一声响,一阵天旋地转,但她的思维却突然清晰起来,她终于搞清楚了一件事,原来她已经稀里糊涂地成了日本军人的慰安妇。"慰安妇"这个词她在京都时曾经听说过,那时候她以为这只是战争中众多谣言里的一个,根本不可能会出现这种事。但现在她终于明白了,她在长崎混上的那艘军舰运送的都是慰安妇,她们飘洋过海被送到中国,然后与比她们多得多的中国女人和朝鲜女人汇合,组成了一支庞大的慰安妇队伍,再被分配到一座座不同的军营里,来满足日本军人的性饥渴。

那个胖军官已经解开裤子,向床前逼了过来,油腻的脂肪味越来越浓,直冲幸子的鼻孔。幸子不想再遭受第二次羞辱,她发疯地挥舞双手,喊叫起来,"别过来,别过来,我不是慰安妇,我是来中国找人的……"

胖军官的巴掌再次抽在幸子脸上,粗暴地打断了她的话。幸子的胳膊被对方抓住,反扭到后面去,那人把她从床上拖曳到地上,用手按低脑袋,让她被迫弓起腰。幸子嘴里刚喊出:"不要这样,"

四个字,感觉下体又一次被撕开,一个硬硬的东西侵入了她的身体,胖军官的油手从后面抓在她的乳房上,让她感觉到一阵阵钻心般的疼痛,随着对方的动作,她的膝盖不时撞击到坚硬的木床上,发出咣当当的响声……

对方终于放开了手,而幸子却感觉自己已经变成了一堆碎片,她支撑不住身体,咕咚一声瘫软在地上。躺在冰凉的红砖地上,幸子觉得自己要死了,肯定无法活过今晚了,她哪里会想到,折磨还远远没有结束,"1"号屋外面还排着一条长队,一个个军人正等待着走进来发泄欲火。

第三个军人进来时幸子已经完全失去了反抗的力量,她听任对方把自己从地上抱起来,粗鲁地扔回到床铺上。她像一条死鱼似的躺着,一动不动,任凭对方为所欲为。她的思维变成一片空白,一首熟悉的旋律仿佛从天外飘来一般突然进入她的脑海里,那是她最喜欢的一首歌曲——《樱花》,从前在京都,每年去看樱花时她都会唱起这首歌。她不知道为什么会想起这首歌,但就是控制不住在心里重复它的旋律。

> 樱花呀,樱花呀,
> 暮春三月天空里,
> 万里无云多明净,
> 如同彩霞如白云,
> 芬芳扑鼻多美丽。
> 快来呀,快来呀!
> 同去看樱花。

在这个永不止息的旋律里,幸子的目光已经穿过板条铺成的棚顶,看到了一棵棵樱花树,它们结出的花朵美丽异常,甚至令人不

忍心观看,她就在樱花树下小心翼翼地行走,生怕碰落一片花瓣。与此同时,一个个日本军人像车轮一样从她的身体上碾过,又匆匆走出屋子。

《樱花》的旋律是突然间停下来的,薛翰臣的名字出现在她脑海里,她的心里突然冒出一个强烈的渴望,无论如何也要见到翰臣,只要能见到他,即使马上去死也在所不惜。生命又回到了幸子身上,她忽然开口说:"请问,这里是什么地方?"

压在幸子身体上的士兵停顿了一下,他本以为这个女人已经昏死了过去,他感觉自己很不走运,因为排在后面,面对的竟然是一具半死的躯体,没想到她却突然开了口。他停顿了一下,说出了一个地名,告诉她这里属于胶东地区。然后他又加大力度动作起来。

"这里离白城有多远?"幸子再次问。

那个士兵没有立刻回答,他正在激烈地动作着,一阵痉挛般的抽搐后,他嗓子里发出一声尖叫,停下来想了想说:"白城在南边,在最前线,离这里大概一千多公里。"

幸子惨白的脸上浮现出一丝笑容,有气无力地说:"谢谢你!"

2

有敲门声轻柔地响了几下,那个名叫山田扬子的日本女人迈着碎步去开门,毛草坐在石凳上做针线,她没有动窝儿,她的小腹已经明显有了隆起,白净的脸上也长出了妊娠斑。毛草却顾不上自己的形象,她甚至也没有想该如何重新与接头人联系的事,她现在全部心思都在肚子里的孩子身上。好几次她在梦里看见孩子已经出生了,拍着小手响亮地喊她妈妈,她笑着把孩子搂在怀里,用嘴巴不停地亲吻,又忽然把孩子推开一点,仔细查看他(她)是像自己多一点,还是像二少爷多一点。半个月前,毛草就开始给孩子准备衣物,她做得非常耐心,每一个针脚都细致无比,有时候做着做着,她还会不由自主地笑出声来。

她想自己也许是天底下最没心没肺的人了。

天色不知不觉暗了下来,毛草放下手里正做的一只小鞋子,抬起手揉了揉眼睛。这时候,她看见那个日本女人已经拉开了门闩,大门吱嘎一声打开,高桥一郎瘦削的身影出现在大门口。毛草愣了愣,自从上次高桥一郎离开后,她已经好久没有见到他了,不知道他今天来有什么事情,是不是改变主意想把她送到特高课去?

日本女人冲高桥一郎鞠了一躬,就知趣地躲进了厢房里。毛草故意不看高桥一郎,似乎这样就可以不必面对不想看到的局面,她并不害怕自己有什么危险,但她不愿孩子受到伤害。

高桥一郎没有立刻走过来,而是站在了那棵桂花树下,仰起脑袋向树上看,似乎在搞什么研究。树上的桂花已经落了,树下撒着一层金黄色的花朵,仿佛铺了一条美丽的毯子,两只鸟栖息在枝叶依旧碧绿的树上,交替发出一声鸣叫,但却看不到它们的影子。高桥一郎的研究工作突然结束了,他几步走到毛草面前,深深鞠躬说:"毛草小姐,从现在起你自由了,你可以去任何地方,当然也可以留在这里。"

毛草的心狂跳起来,她没想到高桥一郎会这么轻易地放过自己,表面上她却显得很平静,甚至没有停下手里的活计,她不紧不慢地把针扯过来,用力拉紧,看着麻线在鞋底上咬出一个完美的针脚,这才平静地说了声"谢谢"。

"请你放心,我会派人照顾你的饮食起居,直到孩子生下来为止,没有特殊情况,我不会来打扰你。"高桥一郎的声音听上去有些忧郁,好像面临着某种生离死别。

毛草看着高桥一郎低垂的脑袋,忽然有些怨恨自己,她对这个男人的伤害真的有些太大了,从始至终一直她都在利用他达到自己

的目的。毛草把尖尖的下巴指向正房,一句话脱口而出:"高桥君,你可以随时回来,别忘了这里有你喜欢的建筑。"话刚出口,她忽然想起高桥一郎曾经把她比喻成房子的事,脸刷地一红,赶忙把头低下去。

高桥一郎脸上浮现出一丝欣喜的神色,再次给毛草深深鞠躬说:"谢谢你,毛草小姐,我先走了,改日再来看你。"

高桥一郎的话说得很客气,似乎有意把他们的关系拉开了一定的距离,但毛草却感觉到了他的无奈和痛苦。虽然他还想像从前一样对她好,但作为一名日本军人,是无法绕开她的间谍身份的,不对她好吧,又明显违背了他自己的情感。这种矛盾心理造就了高桥一郎的痛苦。

送走高桥一郎后,毛草也很快出了门,一个多月来,这是她第一次单独行动。开始她并不知道自己要去哪里,出了巷子后,只是沿着大街一味地走下去。她走得虽然不快,但一直没有停下来的意思,这条大街走到尽头,她还在一直向前走。这个傍晚她似乎在完成一种行走的仪式,要把这些天里少走的路全都走回来,直到她在迎面吹来的风里嗅到一丝河水的腥气,毛草才终于明白,原来自己从一开始就是要来见二少爷的。

此时的薛翰臣正在皱着眉头研究图纸,不时轻轻咳嗽一阵,这几天他咳嗽的老毛病又犯了。自从和高桥一郎学习空手道后,他已经好几年没有犯过病了,但最近一直为幸子的下落寝食不安,工程又正好进入到紧要关头,积劳而勾起了旧疾,咳嗽病就这样又发作了。翰臣顾不上这些,桥面铺设工作已经临近尾声,正常情况半月后就可以建成通车,但现在却遇到一个施工难题,为了保证轮船在桥下正常通航,大桥中间的两只桥墩——十六号和十七号桥墩之间的距离较宽,用普通木船很难将预制的桥板架设起来。翰臣想来想去,决定向高桥一郎提出请求,让他动用日本军部的力量,派来一

第八章

艘军舰把最后的一块板子架上去。

外面传来了敲门声,翰臣放下图纸和铅笔,披上一件衣服去开门,夜晚的凉风迎面吹过来,灌进他的肺子里,让他又是一阵咳嗽。隔着一层门板,毛草的心就随着翰臣的咳声一下下地颤抖,等到她看到二少爷时,她差点哭了出来。不过一个多月没见,二少爷似乎一下老了十岁,原本干净斯文的脸上钻出了黑黢黢的胡碴儿,两腮瘦得塌陷下去,眼镜下支出高高的颧骨。

"二少爷,你咋又犯了咳嗽病?"毛草的声音打着颤,心一跳一跳地疼。

翰臣摇摇头,说没关系,情况不像你想得那么严重,说罢咳着关上大门,又咳着穿过院子,带着毛草走进屋子里。毛草看见屋子里一片狼藉,地上扔满了揉成团的废纸,桌子上胡乱堆着图纸、碗筷和画图用的工具,床铺上的脏衣服快要堆成了山……毛草默默地动手收拾,表面上显得很平静,眼泪却流进了肚子里。二少爷一直是个整洁有序的男人,没想到现在变成了这个样子。

毛草的手突然停了下来,目光停留在桌面上。那里放着一张白纸,纸上用毛笔写着"汉奸"两个字,又打了一个触目惊心的红"×",好像判处了死刑。翰臣发现毛草看到了那张纸,就一把将那张纸抓起来,揉成一团,随手扔在屋地上,苦笑一声说:"这样的东西太多了,我早就已经习惯了。我建这座桥,开始是为了救下那几个同胞,现在是为了幸子,这座桥见证了我对她的感情。"

毛草发了片刻呆,什么话也没说。

毛草手上接着忙,心里酸酸的不是滋味。直到她为他整理床铺时,他忽然发现了她隆起的小腹,他才再次想起了那个酒醉的夜晚,身上便打了个激灵。从高桥一郎上门来喝酒时起,他心里一直就有种感觉,毛草肚子里的孩子一定不是高桥的,而很可能就是他的骨肉,此时,这种感觉愈加强烈了,他手足无措地跟在她身后,想问

却又不知该如何开口,坐立不安地不时碰翻一件东西。

毛草看出了他内心的慌乱,心里便也慌乱起来,她真想对他实话实说,告诉他自己从十五岁起就在心里悄悄爱上了他,这么多年不论到哪里,都时刻在心里想着他,肚子里这个孩子正是他的亲骨肉。但这些话在嗓子眼儿卡住了,她无论如何也说不出口。过了好一会儿,她才故作平静而又此地无银三百两地说:"我肚子里是高桥的孩子。"

她听到翰臣似乎长出了一口气,她便也情不自禁地长出了一口气。

3

毛草离开薛翰臣的住处时天已经黑透了,深秋的夜晚凉得像水一样,一轮清白的满月把毛草的影子投射到路面上。毛草追着自己的影子向前走,耳朵里似乎一直能听到二少爷的咳声。

毛草穿过市府广场的时候,似乎感觉有人影在后面闪了一下,她假作系鞋带,弯下腰飞快地向后面扫视了一眼,大街上空荡荡的一个人也没有。毛草以为自己看错了,站直身子继续向前走,走进一条僻静的小街时有两个人从路边的树后闪了出来,一个高大魁梧,礼帽拉得很底,遮住了面孔,另一个身材瘦小,毛草认出他是在茶馆接过头的"老八"。

毛草停住步子,愣愣地看着二人。

"我们刚接到上级命令,从今天起成立特别行动小组,刺杀汉奸薛翰臣。""老八"的声音尖利得像一把刀,直扎到毛草的耳朵里。

毛草强作镇静,她万万没想到军统会把矛头对准二少爷,她想问问这是谁的决定?凭什么下这样的决定?但她知道那是徒劳无益的,她努力克制住了自己,静静地听下去。

第八章

"组织上考虑到你和薛翰臣的特殊关系,决定把这个任务交给你,请你务必在大桥建成通车前干掉他,粉碎日本人打通南下补给线的美梦。""老八"又说。

一辆甲壳虫形状的汽车从小街上驶过,车灯把他们的影子突然拉长,又一下子缩短,看上去他们的影子好像是向前飞奔十几米后,又突然之间回到了原处。

"我接受这个任务。"毛草理理被风吹乱的头发开了口,她知道自己必须答应下来,否则他们会派别人完成这个刺杀任务,那样的话,二少爷真就没救了。她话锋一转又说:"但有些情况需要向组织汇报,就我的了解薛翰臣并不是汉奸,他……"

"他加入维持会,帮日本人建桥,不是汉奸又是什么?"那个身体高大的人打断毛草的话,他声音瓮声瓮气,好像是从地面下发出来的。

"这是陈组长,本次行动的负责人。""老八"介绍说。

"薛翰臣确实加入了维持会,但当时他是为了救戏台上示众的那些老百姓,在维持会里,他也没帮日本人做什么坏事,答应给日本人建桥也是为了救人,当时日军联队长谷田茂抓了十几个无辜群众,如果薛翰臣不答应,谷田茂手里的东洋刀就会不停地劈向他们。"毛草越说越激动,完全是在情不自禁中据理力争,虽然她知道凭自己的辩解很难让上级取消这个刺杀行动,但她依然觉得自己的争辩是有意义的,至少能给二少爷争取些时间。

"你不必再说了,战争难免会伤及无辜,死人的事也在所难免,关键在于如何去死,是否死得其所?那些老百姓如果死了,称得上是烈士和英雄。薛翰臣当时也完全可以自杀,那样一切就全结束了,他会成为舍生取义的勇士,被白城的后人铭记在心,而不是像现在这样变成汉奸,被众人唾骂。很多时候错误与正确都只是一念之间的事,我们知道你和他关系很特殊,希望你不要因此犯什么错误。"

陈组长说。

毛草知道再说什么也是没用的,她强迫自己点了点头,沉吟着说:"请组织相信我,我不会受什么影响,一定尽快完成任务。"

"这样最好了!"陈组长说。

谷田茂正在办公室里对高桥一郎大发雷霆。

最近这段时间仍然有一些情报被不断泄露出去,日伪军几次"清剿"行动不但扑了空,还被郭大强的游击队打了几次伏击,那个从游击队投降过来的齐德利,也在一天夜里被吊死在白城街边的电线杆上了。

谷田茂一巴掌拍在桌面上,震得墨水瓶跳起来,又重重地落下。

"饭桶,敌人的特工组织竟然到现在也没有破获,你难道真的就是吃干饭的?要杀人,杀人懂不懂?你不杀他们,他们就会杀你。"

高桥一郎低垂着脑袋,尽量不去看谷田茂通红的眼睛和铁青色的面孔,这个昔日的同学已经难觅以往的样子,变得暴躁恐怖,让他越来越陌生,越来越有距离感。对于连日来发生的事情高桥一郎心里也觉得有些奇怪,毛草一直在软禁当中,情报是什么人传递出去的?难道除了毛草,还有另一条他还完全不了解的情报线?

"请谷田联队长放心,属下会加大侦缉力度,争取尽快破获敌人的间谍机构。"高桥一郎用低沉的声音说。

"高桥君,我希望你像个真正的帝国军人,不要再让我失望了。"

"嗨!"

高桥一郎从谷田茂的办公室出来后,便召集相关人员开了个会,他再一次做了缜密的部署,他知道,事态的发展已经不允许他再出什么纰漏了。

特高课的三浦是两天后的傍晚跑来向高桥一郎汇报的,他终于发现了新的接头人。自从在玛丽天主堂的墙脚找到毛草放的那张纸条后,高桥一郎就安排人布下了眼线,监视那个街角,但一直没发现有人去取情报,今晚那个接头人终于出现了。三浦汇报说,去那里拿情报的人是个伪军。三浦已经派人对那个伪军进行了跟踪,请求高桥一郎做进一步的指示。

高桥一郎一拍桌子,恶狠狠说:"你再去召集几个人手,跟上那个接头人,顺藤摸瓜找到他的老巢,给他来个一网打尽。"

几分钟后,高桥一郎带着几个手下钻进一辆吉普车,风驰电掣地驶上了大街。

而此时,薛翰臣刚好走到春望茶馆门口,这两天咳嗽减轻了一些,谷田茂也答应了派军舰架设桥板的请求,但另一个烦恼又开始困扰他,他知道,大桥一旦建成,就会有更多的日本军队和物资从桥上通过,输送到前线去,到那时凝聚了他无数心血的大桥,就会变成一条罪恶的通道。他真的不想看到这样的局面,但他又太想把桥建成了,那是他的第一座桥,也是他对幸子爱的见证。矛盾的心情令他坐卧不安,便从家里走出来,信步来到了春望茶馆。

每当心里备受煎熬的时候,春望茶馆便成了他的第一选择。

翰臣看见茶馆的灯笼已经摘下,但屋里还亮着灯光,就上前推了推门。大门没有锁,推开门,他看见春望嫂正蹲在炉子前面,肩膀一耸一耸地似乎在对着炉火哭泣。春望嫂听到声音扭回头,抹一把眼睛,笑着喊了一声"翰臣兄弟",招呼他到里面坐。翰臣果然看到一双通红的眼睛,紧接着他又看见了她手里拿着的一撂小孩衣物。

春望嫂叹息一声说:"隔壁王婶的孙子前几天得病殁了,这些东西也都用不上了,我正想把它们烧掉呢。"

春望嫂语气里透着浓浓的悲伤,翰臣正想安慰她几句,外面突然传来一阵急促的脚步声,翰臣和春望嫂对视一眼,不约而同地扑到窗前。隔着玻璃望出去,一个身穿伪军服装的男人躲到了门前那棵大柳树后,掏出一把手枪向身后射击,翰臣认出此人是学长褚天

泽，想不到他一直潜伏在伪军里。回击的枪声随之响起，子弹在茶馆前面交织成一片网。翰臣暗自想，也许褚天泽刚到这里，发现有人跟踪，就故意开枪给春望嫂送信，让她有个准备。

枪声只响了片刻就停了下来，翰臣看见褚天泽的身体猛烈地抖了一下，僵立了几秒钟后，就伏在树上，然后顺着树干慢慢溜了下去，手里的枪也掉到了地上，随后他的人也瘫在了地上，一片殷红的鲜血从他的胸部漫开，流淌到地上，地上渐渐汇集成一片血的沼泽。褚天泽一动不动地躺在沼泽上。翰臣发现身边的春望嫂轻轻叫了一声，身体就向后倒了下去，翰臣伸手接住了春望嫂的身体，让她躺在自己的胳膊上。

离开窗口的时候，翰臣看见几个日本人跑过来，其中一个正是高桥一郎。

翰臣抱起春望嫂，把她放在里屋床上。

春望嫂的眼睛睁得大大的，面孔苍白得像一张纸，始终一言不发。

"春望嫂，想哭你就哭出来吧！"翰臣说。

春望嫂仿佛已经凝固了，仍然无声无息地躺着，翰臣甚至没有听到她的呼吸声。

"春望嫂，你还好吧？"翰臣问。

春望嫂的喉咙里发出一声低沉的呜咽声，两行眼泪从她眼角涌出来，向下流了一小段后，绕过颧骨滴落到床铺上。

"我想要回他的尸体。"过了一阵，春望嫂轻轻地说。

4

褚天泽的尸体被日本人挂在了市府广场上的旗杆上，远远望过去就像一座奇怪的雕塑。好多人凑过来看热闹，但都不敢走近，离旗杆二十几米远围成松散的一圈,嘴里发出各种含义不同的声音,有人指着旗杆下面贴着的一张纸,念出了"共党分子褚天泽"几个大字。

薛翰臣从人缝里挤出来,径直向旗杆走过去,离旗杆还有三五米远时,站在旗杆下的两个日本兵端起上着刺刀的步枪,喝令他不许再前进。薛翰臣用手推推鼻梁上的眼镜,神色自若地继续向前走,两个日本兵把刺刀顶在他胸膛上,再次向他发出警告。这时候,有人看见翰臣的脸上露出了一抹淡淡的笑容,但没有人看清他接下来的动作,众人只听到两声闷响,随后看见那两个日本兵已经同时倒在了地上。翰臣不紧不慢地走到旗杆下,动手解开了绳子,把褚天泽的尸体慢慢放了下来。

薛翰臣把褚天泽背到身上时,刺耳的警笛声突然响起,一队日本兵跑过来,哗啦一下把翰臣围在了当中。翰臣把褚天泽放在地上,抻了抻学长的衣领,站起身用日语说:"我是督建白河大桥的薛翰臣,我要见高桥一郎。"

高桥一郎很快便赶到了。当时翰臣正盘腿坐在地上,旁边躺着褚天泽的尸体,日本兵的刺刀形成一个圆形,把他们围在中间。高桥一郎挥手让士兵们散开,走到翰臣身边问他到这里来做什么?翰臣看着褚天泽说:"他是我昔日的学长,在美国时曾经照顾过我,我要带走他的尸体,否则就不再继续建桥了。"

"翰臣君,我劝你要慎重行事。"高桥一郎说。

"我已经很慎重了。"薛翰臣说。

"好吧,翰臣君,请你把他带走吧!"高桥一郎叹了口气,点点头说。

当天傍晚,薛翰臣和春望嫂把褚天泽的遗体埋葬在城西的墓园里。

整个安葬过程中,春望嫂始终一言不发。翰臣打发走了雇来的

牛车,和春望嫂一起向那座新起的坟茔上培土,直到面前隆起一座坟包,春望嫂仍然一语不发。摆好了供品,点燃一沓烧纸后,春望嫂终于开了口。似乎自言自语,又似乎是对翰臣说:"在他去美国前,我们就已经是恋人了,那时我们都是永城高中的学生,每天在一起讨论民族振兴的道理,为了找到一条出路,他才远渡重洋去了美国。他临走前我们约定好,学成归来后第一件事就是结婚成亲,没想到抗日战争全面爆发了,我们根本没有了结婚的机会,他从国外回来后我们便双双加入了共产党,不久,我们就相继被派到白城从事情报工作。他混进了余明的伪军,我开了间茶馆。虽然在同一座城市,但却只能偷偷摸摸地见面,他对我说过好多次,打跑了日本人,我们就正式举行婚礼,谁想到……"

春望嫂的声音哽咽起来,再也说不下去,翰臣想劝解几句,却不知如何开口。夕阳像一道帷幕似的,在静默中悄悄降落下来,两只乌鸦从白城的方向飞过来,在坟地上方盘旋了一阵后,见无处落脚,扔下一阵凄厉的叫声,像两只黑色的箭似的,扭头向西,射进了火红色的云朵里。

春望嫂忽然摇摇头又点点头,把手伸向薛翰臣说:"兄弟,天已经晚了,让天泽休息吧,咱们也该回去了。"

翰臣默默点点头,把春望嫂拉起来,他发觉春望嫂的身体轻得就像一片羽毛,似乎一阵风就可以吹走,翰臣就一直拉着她的手向前走。夕阳落了下去,他们穿过坟茔间的茅草路,渐渐消失在夜色里。

翰臣和春望嫂都没有察觉到,此时,有两双监视的眼睛正在草丛里盯着他们。

一周后的傍晚,毛草正在院子里绕着那棵桂花树转圈子,她拧着眉毛,一双好看的丹凤眼竖起来吊到额角上,右拳不时砸在左手手心里。就在一个小时前,毛草刚刚接到"老八"传来的指令,因为她迟迟没有对薛翰臣采取行动,陈组长非常不满意,决定亲自动

第八章

手。他们已经掌握了薛翰臣的生活规律，明天傍晚他们会在春望茶馆布下埋伏，毛草的任务就是出面约请薛翰臣，确保他准时出现在茶馆里。接到这个任务后，毛草就一直坐立不安，她知道自己无法违抗命令，但她又无法做到眼睁睁地把二少爷带进死亡的陷阱里。怎么办？她急得团团转，一直找不到解决的办法，她唯一能做的就是尽量拖延去见翰臣的时间，似乎那样一来，他就可以躲开这场灾难。

听到翰臣叫门的声音，毛草无奈地叹息了一声，看来一切都已经注定了，她没有去找他，他却主动来找自己了。毛草没有应声，也没有走过去开门，她盼望着翰臣以为她不在家就会转身走开。但翰臣却没有走，敲门声还在固执地响着。毛草只好向大门走过去，她走得很吃力，每一步都仿佛踩在刀尖上。

薛翰臣走进大门，把手里捧着的一摞衣物递过来，有些艰难地开了口。

"我认识的一位大嫂，孩子意外夭亡了，做好的这些衣物派不上用场，我想起你或许能用得着，就向她要了来。"几天前的晚上，春望嫂正要烧掉亲手做好的那些小孩衣物，翰臣忽然想起了毛草，就抬手拦住她，把东西要了过来。

毛草没想到翰臣会为自己做这样的事，她心里一热，接过衣物放在一旁的石桌上。她看见那些衣物都是成双成对的，做工非常精致，两套小衣服，两双小鞋子，还有两条漂亮的小肚兜。毛草手上摆弄着这些东西，心里像开了锅似的不停地翻滚着，有两个声音在她耳边交替响起，各不相让。一个声音威严低沉，告诉她作为一名军统特工，必须无条件地执行命令，赶紧约薛翰臣明天傍晚去茶馆见面；另一个声音温软多情，对她说你不能那么做，不能亲手害死多年来自己深爱的男人，更何况他还是你肚子里孩子的父亲？你该告诉他，明天傍晚无论如何也不能去茶馆。

"毛草，没有什么事我先走了。"翰臣见毛草一直沉默不语，站

起身来说。

"二少爷,你等一等。"毛草这才知道自己冷落了翰臣,慌张地喊了一声。

翰臣已经走到那棵桂花树下,扭过头冲她笑笑问:"毛草,还有什么事吗?"

毛草突然发现自己不知该说什么,她既不想约翰臣去茶馆,也不能通知他不要去,情急之下,毛草忽然想起幸子,就问道:"二少爷,幸子有消息了吗?"

"还没有,不知道她如今在哪里。"翰臣摇摇头,无奈地叹息一声说。

毛草胡乱安慰了几句,话又像干涸的泉水似的断了流。

翰臣迈开步子,继续向院门口走。

毛草听到那个威严低沉的声音开口说:"你现在必须叫住他,约他明天去茶馆见面。"

温软多情的声音反驳说:"不,你不能那么做,否则你就会失去最爱的人。"

毛草跟在翰臣身后,看着他踏上门前的台阶,严肃低沉的声音再次响起:"这是你最后的机会,他出了大门后,你就无法再开口了。到那时,你就会成为背叛组织,违反纪律的罪人。"

"二少爷,你等一等。"毛草再次喊住了薛翰臣,但与此同时,她又听到那个温软多情的声音说:"不行,你无论如何都不能这么做。"

"毛草,你的脸色有些不对,是不是有什么心事?"翰臣回过头关切地问。

"二少爷,我确实有几句话要对你说,但不是现在,明天傍晚咱们在春望茶馆见面好吗?"说出这句话时,毛草感觉自己的心正在慢慢变冷,不过她还抱着一丝渺茫的希望,二少爷会问一句有什么话,现在说不行吗?但翰臣只是点了点头,什么也没有说。

毛草的心似乎已经变成了冰块，沉甸甸地坠在腔子里，她机械地打开大门，把翰臣送出去，又一直跟着他向前走。走出了十几步后，翰臣再次停下脚步，告诉她不用送了，早些回去休息吧。

毛草只好站住脚，看着翰臣身穿青灰色长衫的背影渐渐消失在夜色里，她突然大喊了一声："二少爷，等一等。"翰臣站住脚，毛草紧跑几步追上去，气喘吁吁地说："二少爷，我有件事求你，麻烦你帮我肚子里的孩子起个名字吧。"

翰臣想了想说："如果你不反对，就叫孩子思泽好了。"

5

第二天傍晚，毛草走在通往春望茶馆的路上时心里一直默默祈祷，她希望二少爷有什么事情无法脱身，不能赶到茶馆去，那样一来，一天的云彩就全散了。暮色已经降临了，街道、楼房、车辆、行人都被夕阳镀上了一层金黄色，毛草看着周围匆匆而过的行人车辆，想象着哪一个可能是去找二少爷的。走着走着，毛草开始默默对肚子里的孩子说话。

毛草说："孩子，你现在有名字了，思泽这两个字多文雅多好听，除了你爸爸谁能起出这样有学问的名字来？"

毛草又说："思泽，可你爸爸就要死了啊，是你妈妈引他走进死亡的陷阱里去的，你说妈妈是不是一个坏人？"

肚子里的孩子突然有了回应，重重地踢了她一脚。毛草疼得停下脚步，用手抚摸着肚子说："思泽，你这是在责怪妈妈吧？妈妈也知道自己做得不对，宝宝，你是不是想让妈妈救爸爸？"

肚子里的孩子没有任何反应，毛草等了等，又说："思泽，你不说话，就代表你同意了对不对？"

孩子仍然毫无反应。毛草忽然抬起手，招呼一辆从街上驶过的

人力车,一位年轻的车夫飞快地跑过来,把车停在她身边,回手拉开车门说:"太太请上车。"

毛草摇摇头,把一张钞票递过去,随后掏出纸笔,飞快地写下了二少爷住处的地址,"麻烦你去这里跑一趟,给一个叫薛翰臣的人捎个口信,告诉他约会取消了,今晚不必去茶馆了。"车夫接了钱,迅速调转了车头,毛草一直看着他的背影消失在大街上,这才长长舒一口气,但愿二少爷此刻还没有出门。

毛草走到玛丽天主堂的街角上时,那个车夫竟然从后面追了上来,气喘吁吁地喊了一声"太太"。车夫抹一把脸上的油汗,把一张钞票递过来说:"对不起,太太,您的口信没有送到,这个地址的人已经走了,院门上了锁。"

毛草心头一沉,木木地说:"这钱你还是收下,信没有带到,路你已经跑过了。"

车夫给她鞠了个躬,拉着车跑开了。

毛草沿着德仁路继续向前走,一阵宏亮的钟声突然响起,震得空气也似乎颤抖起来。毛草在钟声里对孩子说:"思泽,看来一切只能如此了,妈妈已经成为杀害爸爸的凶手了。"肚子里的孩子再次回应了她,重重地踢了一脚。毛草想哭,但她强忍住没有让泪水挤出眼眶。

枪声是在毛草离茶馆还有三十几米远的时候响起来的,那时,她已经闻到了晚风中夹裹的茶香味,眼睛也看到了茶馆挑起的幌子。听到枪响毛草的心像被针狠狠地扎了一下,看来陈组长他们已经下手了,二少爷也许此时已经倒在了枪口下。但随后她忽然发现有些不对劲儿,枪声很密集,不像是一次暗杀,倒更像是一场小规模的遭遇战。毛草裹挟在四散奔跑的行人中,躲到了街边的树后面。

几分钟后,枪战结束了,一股浓烈的硝烟和血腥味在空气中弥漫开来,一队日本兵从大街上跑过,毛草看见带队的正是高桥一郎。

第八章

日本兵很快又折了回来，毛草看见这次他们抬了两具尸体，两个人都血肉模糊。一个身材瘦小的男人，看上去很像"老八"。接着，毛草发现日本兵还押着一个人，那人腿上受了伤，走起路来一瘸一拐的，毛草认出他正是陈组长。几乎与此同时，毛草在街对面的人丛里看到了二少爷的面孔。

毛草心里像打翻了五味瓶，一时不知是种什么滋味，如果不是这场意料不到的枪战，二少爷此时恐怕已经倒在血泊之中了，虽然她知道自己应该为牺牲和被俘的同志难过，但不知为什么，她却有一种如释重负的轻松。薛翰臣没有看到她，她也没有和他打招呼，她仓皇挤出人群，悄悄地离开了。

高桥一郎似乎看到毛草的脸在人丛中晃了一下，他心里飞快地闪过一丝疑虑，毛草到这里来做什么？是巧合还是与此事有关？他瞪大眼睛再想仔细看时，毛草已经不见了，眼前都是一些陌生的面孔。他收回目光，在对面街边的人丛里看到了薛翰臣，他的心一紧，一丝疑惑袭上心头，翰臣为什么也会出现在这里呢？

十几分钟前，高桥一郎带领手下包围春望茶馆时，他并不知道军统特工埋伏在这里是要暗杀薛翰臣。自从在城西墓地看到春望嫂后，高桥一郎就派人对茶馆进行了严密监视，刚才三浦跑来说发现了三个形迹可疑的人，高桥一郎即刻带人赶了过来，一碰头，双方就发生了枪战。枪响的同时他的心里忽然闪过一个念头，是不是这次行动有些操之过急了？

高桥一郎吩咐手下把陈组长带进了一间秘密的刑讯室。

高桥一郎指着满屋的刑具，让陈组长老实交代。陈组长仰头望天，咬紧牙关一句话也不说。高桥一郎冷笑了一下，命令上刑，两个日本兵手里的皮鞭呼啸着抽到陈组长身上，抽得他皮开肉绽，可他依然一言不发。鞭刑结束后，高桥一郎再次问陈组长是否交代？陈组长依然咬紧牙关，一声不吭。高桥一郎摇摇头，再次命令动刑。

日本兵手脚麻利地把陈组长绑上老虎凳，砖头不断加高，腿骨断裂的声音清晰可闻。从老虎凳上下来的陈组长瘫软成一团，虽然仍不开口，但脸色已经苍白如纸。高桥一郎冷笑一声，冲着火盆边的日本兵挥挥手，烧得通红的烙铁便按在陈组长胸脯上，发出滋的一声响，空气中随之弥漫出一股焦煳味。高桥一郎吸了吸鼻子，走出了刑讯室。

高桥一郎在走廊里来回踱步，过了一会儿，有个士兵从行刑室走出来向他报告，犯人已经交代了。高桥一郎的脸上渗出了一丝笑容。

陈组长果然没有抗住酷刑，交代了自己的军统特工身份，随后供认他们埋伏在茶馆里是要刺杀薛翰臣。高桥一郎的心里咯噔了一下，他突然有一种直觉，觉得此事应该和毛草有关。难道毛草的真实身份是双料间谍，既为共产党提供情报，也为军统卖力？毛草哇毛草，你也太复杂点了！他频频摇头，紧接着，想眼前这个人可能很快就会说出毛草的名字，如果真是那样，他又该如何？一旦被带进刑讯室的是毛草，她肚子里的孩子又该怎样……高桥一郎的脑门上冒出一层凉汗。

"你们为什么要杀薛翰臣？"高桥一郎问，他下意识地希望自己能尽量把话题扯得离毛草远一些。

陈组长咳嗽一声，吐出一口血水说："薛翰臣是个汉奸，加入维持会，又给你们建桥，民愤很大。尤其是大桥建成后，你们南下的通道就会彻底打开，我军在白河以南战场上的压力就会更大。"

"被击毙的两个是什么人，都叫什么名字？"

"他们都是我的属下，身材瘦的那个人名叫吴江力，代号'老八'，身材胖些的那个名叫李猛，代号'猛子'。为了完成刺杀任务，几天前我们成立了行动小组，我是组长，另外……"

高桥一郎的心一下抽紧了，他知道"另外"后面很可能跟着的就是毛草的名字，他赶忙打断陈组长问："除了这次行动外，你们还做过哪些事情？"

陈组长脸上居然浮现出一丝自得的笑容，咳嗽一声说："我们做过的事情可不少，你们每次扫荡落空，都是我们的情报在起作用，我们的内线总能在你们出兵之前，把消息传递出来。"

高桥一郎几乎可以肯定，对方说的内线就是毛草，他也知道自己再没法把话题绕开了。他跨前一步，用手抓住对方的衣领，装出非常生气的样子问："你的，老实交代，那个内线到底是什么人？"

问这句话的同时，高桥一郎的大拇指准确地找到了陈组长胸前的死穴，用他那空手道高手的手指悄悄而又狠命地按了下去。陈组长嘴里刚说出"内线是"三个字，突然剧烈地咳嗽起来，他咳得异常猛烈，屋子里所有人的目光都集中到他身上。高桥一郎没有放手，仍然抓着他的衣领，继续追问内线是什么人。咳声结束时，陈组长的嘴里突然涌出一股鲜血，随后，他的整个人就像一摊烂泥似的流淌下去。高桥一郎刚一放手，他就扑通一声倒在地上，痉挛般抽搐几下后，就再也不动了。

高桥一郎擦掉手上的血，长长地叹了口气。

6

最后一名军人放开她的身子后，幸子发现自己的嗓子里好像塞进了一团鸡毛，火烧火燎地发不出一丝声音，浑身酸疼瘫软，好像所有的骨头都已经被抽了出去。两腿间那种撕裂般的疼痛已经麻木钝化，下腹变得冰冷沉重，好像已经结成了一块冰，彻骨的寒冷从下面升起来，钻进五脏六腑和血液，她感觉自己整个变成了冰人。她试着动了动身体，骨缝里一阵钻心的疼痛，让她知道自己还活着。

灯油燃尽了，屋子突然变成了一只黑窟窿，幸子感觉自己正向深渊里坠落下去。她几乎是在享受这种毁灭般的坠落，似乎那样就

可以去掉身上被玷污的痕迹。窗外传来一阵鸡叫声，幸子不知道这声音是从哪里传来的，但她确实真切地听到了，开始只有不甚清晰的一声，随后就叫成了一片，形成嘹亮的合鸣。幸子慢慢从黑暗中挣扎出来，力气也渐渐回到身上。根据鸡叫声推断，此时大概是凌晨四点左右，应该是哨兵们最懈怠的时候。

幸子咬着牙，用胳膊支撑着身体，顽强地从床上坐起来。一团黏稠滑腻的污物从她身体里涌出来，涂抹在床铺上，一股腥咸的味道像绳子似的紧紧捆住她的嗅觉，恶心的感觉像潮水一样漫上来，瞬间把她淹没了。

幸子从床上滚下去，大口大口地呕吐，她的喉咙像水管一样打开，吐得凶狠激越，不可遏制。昨晚吃下的食物吐尽了，她还在不停地吐，直到把整个胃部都吐了出来，她才终于停了下来。身体像水洗似的冒出了一层凉汗，她感觉自己似乎已经成为一具空壳。

她扶着床边站起来，努力向前移动脚步，摇摇晃晃地摸到了门边。屋门被推开的声音似乎格外响，像锯似的在黑暗中割出一道口子，渐渐亮起来的天光照进屋子里，幸子同时嗅到了一股清新凉爽的空气。身上的力气又恢复了一些，幸子迈步跨出屋门，猫着腰从房子前面绕过去。经过窗口时，她再次看到了那个大大的"1"字。幸子闪身躲到一座长房子的阴影里，脊梁紧贴着房边向前走，走到房子尽头看到了两座高高的哨塔，探照灯光像长刀一样，从上面挥舞着砍下来，交替扫视着整个军营。在灯光的后面，幸子看到了站岗的哨兵和闪着寒光的机枪。幸子站在房角观察了一会儿，两只探照灯同时转到另一侧时，她从阴影里跑出来，拼了命地跑过一片空地，闪身躲在另一座房子下。这座房子的尽头竖着一排铁丝网，幸子趴在地上，从铁丝网下钻过时，背上的衣服挂在尖利的铁刺上，她无声地挣扎了好一会儿，终于挣脱了出去。

铁丝网外面是一条很宽的壕沟，翻过壕沟是一片即将收割的玉

第八章

米地。幸子钻进玉米地的一瞬间,心里止不住一阵喜悦,看来自己已经成功地从军营里逃了出去。

钻出玉米地,幸子沿着一条茅草路向前走,天渐渐亮起来,第二遍鸡叫声从远处响起。脚下的路慢慢宽起来,变成了一条大车路。幸子不知道这条路会通向哪里,但她估计路会通向某个村庄,只要碰到人打听一下,她就可以找到去白城的方向。

但幸子没有想到,几小时她仅仅走出了三五里路,而且,一队巡逻的日军正向她迎面走来,想躲,已经来不及了。

幸子又被抓回军营,她没有挣扎,她知道挣扎是毫无意义的,她像一根枯死的木头,低垂着脑袋,被两个士兵拖着往前走,两只脚像耕地的犁铧似的在土路上留下两道弯曲的痕迹。天色完全亮了起来,云雀在头顶的空中发出响亮的叫声。有一瞬间,幸子想到一死了之,那样一切就可以结束了,但旋即她又否定了这个念头,如果不能见翰臣最后一面,即便死她也难以安心地闭上眼睛。

被拖进军营门口时幸子突然开始了哭诉,她告诉那些士兵,自己的名字叫高桥幸子,因为来中国找人,才无意中混进那艘军舰。她不是慰安妇,而是一名军人家属。她的哥哥正在白城前线,名字叫高桥一郎。没有人相信她的话,回答她的是一阵淫邪的笑声,她被拖进军营里,拖到了昨晚那座房子前。这时,她看见有个中国女人赤身裸体被吊在一根木桩上,下体插着一根木棍,肚子被开了膛,肠子流到了地上。一个士兵说,中国人、朝鲜人逃跑被抓回来就是这个下场,幸亏你是日本人。一个军官模样的人严肃地告诉她,这场战争是整个大和民族的战争,每一位大和民族的子孙后代,都应该为战争尽一份力量,男人们在战场上流血牺牲,女人们也同样不该袖手旁观。

幸子被扔进屋子里,屋门在外面被上了锁。

当天晚上,幸子迎来了新一轮的折磨。军人们站着排走进来,

在她身上发泄过后,又迅速走出去。幸子已经不再反抗,她如同一摊肉泥,听任他们的摆布。她所能做的就是尽力将自己的肉体和思维分离开来,她竭力让自己相信,那个正被陌生男人糟蹋作践的身体与她无关,它只是一具空洞的躯壳。与此同时,她的大脑飞快地运转起来,一刻不停地思考着如何才能去白城的方法,主动要求去前线的主意就是在这种时候冒出来的,当时一个肥胖的军人正像一头猪似的嘴里发出让人恶心的哼哼声,费力地在她身上蠕动。

"我请求你向上级反映,把我派到前线去,我要到最危险的地方去为皇军服务。"幸子看着那人被汗水打湿的头发说。对方毫无反应,依旧在按部就班地完成自己的动作,直到离开也没有说出一个字。

那个身材瘦小的军官是幸子几天后接待的,那是她当天接待的第一位客人。在此之前,她已经对每一个走进屋子的军人说过要去前线的心愿,几天里,她一直盼望能有人帮助她完成这个愿望。虽然她无法确定自己会被派往白城,但她心里想,只要能去前线,就会离白城更近一些,离翰臣更近一些。

那个军官显得与众不同,他进来后没有像好多人那样急着扑到床边,满足自己的欲望,而是站在门口,认真打量了一番这间屋子。他的目光扫过红砖铺成的地面、白灰粉刷的墙壁、一把摇摇晃晃的破木椅,最后停留在躺在床上的幸子身上。

"对不起,这里的条件很艰苦。"他向幸子鞠躬说。

幸子面无表情地摇了摇头,她看见对方晶亮的眼睛在昏暗的屋子里闪闪发光。这时候,那个军官开始不紧不慢地脱衣服,他先是摘下战刀挂在椅背上,随后又脱下军装折叠整齐,摆在椅面上。幸子看见他雪白的内衣像一道白光似的照亮在屋子里,那道白光越来越近,来到幸子身边时,幸子开口说:"我自愿申请去前线,到最危险的地方为大日本帝国的军人服务。"

对方愣了一下,似乎在思考幸子话里的含义,接着他向后退了两步,给幸子敬了一个标准的军礼,"小姐,我代表大日本帝国的军人向你致敬,感谢你这种崇高的牺牲精神,我会尽快安排送你去前线。"

"谢谢君。"幸子发自内心地说。

7

高桥幸子跟着一小队士兵爬上一辆遮着苦布的卡车,她的心里涌起一阵热浪,她知道这辆汽车会带着她驶向前线,让她离翰臣越来越近。汽车在黄土路上行驶了一段后拐上了一条颠簸的砂石路,车身开始不停地摇晃起来。围着幸子站着十几名士兵,汽车每次摇晃时,他们就会撞到她身上。幸子知道他们是故意的,但她没有和他们计较,也不想和他们计较。墨绿色的篷布让车里昏暗憋闷,幸子的目光穿过人缝,从汽车尾部望出去,只见一条荡起尘土的公路摇晃着向后面退去。

中午时分,汽车停在了一座哨卡前。士兵们纷纷跳下车,幸子猜测他们是到这里来换岗的。一个留着两撇小胡子的军官走了过来,毕恭毕敬给幸子行了个军礼,"小姐,有件事请你帮忙,麻烦你跟我走一趟。"

幸子跟着他上了一辆挎斗摩托车,车身剧烈地颠了几下,喷出一串黑烟向前蹿了出去。风像激流一样迎面冲过来,让幸子睁不开眼睛,她的头发像一面旗帜似的飘在身后,泛着白霜的大地飞快地向后面闪过去。摩托车大约行驶了两个小时后,停在一座白色的长房子前面,幸子看见门口一块木牌上用日语写着"战地医院"四个字。小胡子军官熄了火,跳下汽车,示意幸子跟他走。幸子跟着他走进医院大门,一股刺鼻的消毒水味和浓烈的血腥味立刻冲进她的鼻孔里,她看见过道两边摆着一张张床铺,上面都躺着受伤的军人,

屋子里充满了痛苦的呻吟声。

小胡子军官带着幸子穿过这间宽大的病房,停在一间单独的病房门口,再次向幸子鞠躬,"小姐,山本中尉就要死了,请你进去帮他一下。"

幸子心里觉得奇怪,她既不是医生也不是牧师,怎么有能力帮助一个垂死的人呢?她疑惑地看看对方,发觉他一脸的严肃,不像是在开玩笑。小胡子军官似乎在努力做出微笑的表情,但结果却不尽如人意,他的脸上只是像岩石的裂纹一般闪过一丝笑容,旋即就又变成刻板的面孔。

"山本中尉没有谈过恋爱,他现在只有一个心愿,就是临死前能见一位姑娘。"

幸子轻轻推开病房门,小心翼翼地走进去。这是一间单间病房,里面只摆着一张病床,幸子的目光从床尾向上移动,忽然就像被烫到一般收了回来。病床上躺着一个人形的怪物,浑身缠满了绷带,只露出左半边脸和一张嘴巴,一股难闻的焦糊味钻进幸子的鼻孔。

"小姐,你好,请你到这边来。"病房里响起一阵沙哑的声音,就好像喉咙里粘贴着一张砂纸。幸子定了定心神,向前走了两步,站到病床前面,向对方鞠躬问好。她想,说话的人应该就是那个山本中尉,不知道他怎么会受这么重的伤?

"我中了一颗燃烧弹。在太原战场上,"山本脸上的皮肉扯动了几下,似乎努力在做出微笑的表情,语气里不无自豪地说。"我开着坦克撞翻了一辆中国军车,我向一堵城墙冲过去时,迎面飞过来一只火球,击中了我的坦克……"

幸子把目光放低,停留在雪白的床单上,尽量不去看受伤的山本。但她的脑海里还是出现了山本满身是火从坦克里跳出来的场面,她似乎还听到了大火燃烧衣服和皮肉时发出的噼啪响声。

"我要死了,"山本露出的半边脸再次动了动,牵扯得绷带发出窸窣的响声。幸子想,山本一定是个非常喜欢笑的人,如果他没有受伤,笑容一定无比灿烂。山本喘了几口气,又接着说:"小姐,我不怕死,为天皇牺牲是我的光荣。如果现在离开人世,我也心甘情愿,我只是有一点小小的遗憾,我今年二十一岁,还没有品尝过恋爱的滋味,所以才请你来帮个忙。"

幸子无法想象这个声音苍老的人,竟然是个比自己还要小四岁的小伙子,看上去他的生命随时都可能结束,但她不知道怎么才能帮到他。

山本露在外面的那只眼睛有些调皮地眨了眨,脸上掠过一抹羞赧的笑容:"小姐,看上去你已经有过恋爱的经历,求你假装给我写一封情书好吗?怎么说呢,就假设你恋爱的对象是我,你正在给我写信。"

幸子明白了山本的意思,心里一阵激动,她知道自己无法拒绝,便点了点头,稍作思忖,写给山本的情书便脱口而出。

"亲爱的山本君,你现在怎么样?是开着坦克在战场上冲锋陷阵,还是躺在行军床上思念远方的我?我时时刻刻都在想你,想我们在一起时的每一个瞬间。我想我们一起散步的那条河,想河上那一座座桥,甚至也想河边的每一棵树,还有河面上散发出的味道……"

在不知不觉间,幸子已经把写信的对象变成了翰臣,她想起了自己这些天来遭遇到的不幸,眼泪就不由自主地流了下来:"山本君,我无法再待在家里,必须立刻去中国找你,为了找到你,吃再多的苦我也不怕,只要能见上你一面,就算死了我也心甘情愿……"

幸子已经泣不成声,再也说不下去,病房里充满了唏嘘声和泪水的味道。一行眼泪从山本的脸颊上流下来,蜿蜒滑过鼻翼,最后消失在绷带下面。"小姐,谢谢你,你的信写得真好。"

幸子这才意识到自己的失态,赶忙抹一把眼泪,努力笑了笑摇

摇头。

山本好一会儿没再说话,似乎鼓足了勇气才终于说:"小姐,我还有最后一个请求,你能不能,吻我一下?"

幸子伏下身体,那股难闻的焦煳味越发强烈起来,她努力克制着呕吐的冲动,用嘴在山本露在绷带外的脸上轻轻吻了一下。山本的喉咙里发出一阵沙沙的响声,"谢谢你,小姐,你真好,能告诉我你的名字吗?"

"我叫高桥幸子。"

从医院出来后,小胡子军官把幸子带进一座军营里。当她被带到一座橘黄色的小房子前时,她心里已经非常清楚接下去会发生什么。

"小姐,请你今晚就睡在这里,明天我会派人继续送你去前线。"小胡子军官说。

这一晚,躺在床上后,幸子就开始在心里唱那首《樱花》的歌,第一名军人走进屋子时,她仍然没有停下来,第二个军人进屋时,她还在不停地唱。她唱了一遍又一遍,直到看见美丽的樱花在自己的眼前绽放,她感觉自己也变成了其中的一朵,在一个个男人的身体下不停地凋落下去……第二天早晨,幸子又一次上路了。她一路走走停停,在到达下合县之前,经过了十几座军营。每一次被带到那种小房子里时,她都会在心里对自己说,一定要坚持住,现在已经离翰臣君越来越近了。

听到下合县这个地名时她无比激动,她记得翰臣曾经在信里说过这个地方,她猜想这里离白城一定不远了。

8

风渐渐硬成了刀子,地里的庄稼已经收割完毕,露出了光秃秃的大地。郭大强走在被露水打湿的茅草道上,心里七上八下不得安

第八章

稳,自从褚天泽牺牲后,大强的心就一直悬着,始终没有放进肚子里过。他担心的是毛草,日本人大肆搜捕地下情报人员,毛草也很可能面临危险。他主张进城把毛草偷偷接出来,但谭政委没有同意,谭政委说毛草虽然给游击队传递过情报,但毕竟是军统的人,他们不适合插手。还郑重告诉郭大强,这是原则性问题,闹不好会影响抗日统一战线,决不能胡来。谭政委深知郭大强的脾气,怕他犟劲上来一意孤行,还特意安排两名游击队员时刻不离地跟着他。

天色已经亮了起来,一轮太阳从隆兴镇的方向冒出头,染红了东边的地平线,眼前出现了一道白亮亮的河水。一直走在郭大强身后的两名游击队员紧跑几步追上来,提醒他过河就是伪军的势力范围了,兴许会遇上麻烦。

郭大强"呸"地把嘴里嚼着的枯草吐掉,拿眼睛横了横两人,撇撇嘴说:"给根棒槌你们就当真(针)了,政委让你们俩跟着我,你们就拿他的话当圣旨,把老子当成囚犯看着。我问你们俩,老子还是不是队长?"

两名游击队员讨好地冲他笑,异口同声地答,当然是。郭大强说:"既然老子还是队长,那就听我的命令,麻溜把脚丫子上的鞋脱掉,跟着老子过河,没准咱今天运气好,能捞到点啥油水呢!"

郭大强抢先走向了河滩,两个游击队员对视一眼,无可奈何地摇摇头,只好跟在他后面。他们早已经习惯了这个专横霸道的队长。时令已经到了初冬,一进入水里,冷得刺骨的河水就像锋利冰冷的牙齿咬到腿上。

一个队员咧着嘴说:"队长,这水太凉了,能把人的骨头拔折,要不咱先回去,等晌午水晒热了再过河?"

郭大强把河水蹚得哗哗响,不怀好意地嘿嘿笑着说:"冬练三九,夏练三伏,这才哪儿到哪儿?你们俩要是挺不住,麻溜回冯家集,从今往后再也别跟着老子。"

两个游击队员相觑苦笑,只好硬着头皮往河里蹚。河水并不深,刚没过膝盖,三个人很快过了河。

一出水冷得更厉害,三个人脸都冻成铁青色,上牙下牙往一起直打架。走出半里多地,脚底下才有了热乎气。面前出现了一个三岔路口,三条路像个树杈似的分别通向下合县、隆兴镇和白城。郭大强眯缝起眼睛四处看了看,大下巴往左边一摆,扯起公鸭嗓说:"咱不走了,就在这条沟里等着,看今天谁撞到老子枪口上。"

时间过得很慢,两个游击队员趴在沟边用鬼脸说话,一个用下巴指指郭大强的后背,冲另一个呶呶嘴,意思是说:"你看看咱队长,一天到晚想一出是一出,这冷天哈地大早晨的,可哪有啥油水?"

另一个挤挤眼睛给出回应:"可不是咋地,就算真有油水,也早都冻成冰坨了。"

这一个皱皱眉头:"就怕咱俩回去不好向政委交代。"

另一个正要回应,旁边的郭大强突然转过身来,一只手举起来,竖起耳朵听了听,小声说:"还真让老子等着了,有辆吉普车从下合那边过来了。"

两个游击队员赶紧把枪抄在手里,做好射击的准备。几分钟后,通往下合的路上传来一阵马达的响声,随后,一辆吉普车从烟尘里露出头。郭大强抓过一名游击队员手里的步枪,眯起眼睛瞄准,"老子先干掉他一个车轱辘,等人从车里钻出来,你们俩再射击。"

郭大强的手指扣动了扳机,随着一声清脆的枪响,吉普车摇晃了一下失去控制,一头撞在路边一棵杨树上,吭哧吭哧叫了几声后,停在离他们几十米远的地方。车里先是传来一阵叽哩哇啦的说话声,随后两个鬼子跳下来。郭大强说了一声打,两个游击队员的枪同时响起,两个鬼子像麻袋似的倒在土路上。三个人等了一会儿,见车里再没了动静,郭大强这才从沟里一跃而起,直奔吉普车跑过去,没想到冷不防车里又射出一颗子弹,擦着他脸蛋子飞了过去。郭大强没有停步,边向前跑边冲着吉普车开了两枪,一具鬼子尸体从车门栽出来,滚到土路上。

郭大强踹一脚鬼子的尸体骂:"他娘的小鬼子,好悬一枪让老子交待喽!"

两个游击队员也跑过来,赶紧捡起鬼子扔在地上的枪,解下子弹袋。一个队员向车里看一眼后惊呼,"队长,里面还有一个活的。"

郭大强手扶着车门往里面看,只见有一个穿得花花绿绿的女人正蜷缩在后面的座位上,身体像打摆子似的不停地发抖。郭大强冲地上吐口唾沫,龇出两颗大板牙,嘿嘿笑着说:"没想到哇兄弟们,咱这回还捞到个日本娘们儿。"

两个游击队员手脚麻利地把三具鬼子尸体扔进路边沟里,把缴获的枪背在身上问:"队长,咱拿这个女人咋办?"

郭大强说:"这还用问吗?日本娘们儿也是咱的战利品,咱得把她带回去。"

9

郭大强把高桥幸子带回冯家集,锁进一间柴屋里,就和两名游击队员去吃午饭了。

刚打了一个不大不小的胜仗,郭大强显得十分兴奋,他像一只猴子似的蹲在椅子上,吵儿八火地喊警卫员给他拿酒。谭政委怕他喝酒闹事,前几天给他弄了个新规定,酒只能在晚饭时喝,而且每次不能超过三两,这阵子郭大强憋得难受,谭政委去总部开会还没有回来,警卫员不敢不服从命令,就乖乖把酒给他拿来。郭大强咬一口馒头,喝一口烧酒,摇头晃脑地跟人讲起这次伏击战。他越说越来劲,不知不觉一瓶地瓜烧就见了底,眼前的东西都变成了双影,一桌子人变成了两桌子。他迷迷糊糊地伸出手,本想扶住桌面,却

一下出溜到了桌子底下。两个游击队员把他从地上拖起来,扶他去睡觉,郭大强却不想睡,大声喊着"老子不困",手舞足蹈继续讲他的壮举。几个游击队员上来帮忙,众人七手八脚把郭大强架进屋子里,安置到床铺上,郭大强脑袋刚一挨枕头,转眼就鼾声如雷。

郭大强是被渴醒的。他睁开眼睛时天已经黑了下来,脑袋生疼,喉咙里干得冒烟,郭大强随口就喊了一声"虎子"。在黑暗中等了一会儿,他才突然意识到虎子早已经牺牲了,不可能再给他拿水来。郭大强骂了句"狗日的小鬼子",从床铺上支起身体,摇摇晃晃下地喝水。他像饮牛似的咕嘟咕嘟喝光一杯水,忽然想起了那个抓回来的日本女人,郭大强抹一把下巴上的水珠,紧紧腰上的带子,提起一盏马灯,晃晃荡荡出门奔柴房。

郭大强闯进柴房,见幸子已经蜷缩在柴捆上睡着了。这一路上她的身心已经无比疲惫,像一座在风雨中飘摇的小房子,随时都可能坍塌倾倒,唯一的支撑点就是薛翰臣。幸子常常想,如果没有他,自己不知道已经死过多少次了。睡着后幸子做了一个梦,她梦见自己终于找到了翰臣,他站在一片无边的田野上,正微笑着向她挥手,她飞快地向翰臣跑过去,但就在即将到达他身边时,脚下的路却突然塌陷了下去,她也跟着向地下坠落。她拼命呼喊着翰臣的名字,绝望地用手扒住深渊的边缘,但她的手渐渐失去了力气,就在这时,幸子听到一个巨大的响声,她从梦里惊醒过来,看见门被打开,马灯的光亮刺疼了她的眼睛。她揉揉眼睛,看见灯光的后面站着一个身材瘦高的中国男人。

"你好。"幸子努力站起身,用中国话向郭大强打了个招呼。她认出了来人就是带队打伏击的那个人,不知为什么,她的心里并没有害怕,因为翰臣的原因,她从内心深处对所有中国人都有一分本能的好感。

"哟呵,真没想到,日本娘们儿还他娘的会和老子说中国话呢!"

第八章

郭大强发出一阵嘶哑的笑声,迈步走进柴房里,把马灯挂在房梁上。起初他并不知道自己为什么要到这里来,但在摇曳的光影里看到肖虎子的笑脸一闪而过后,郭大强突然一下子想明白了,他来此的目的其实只有两个字,就是报仇。在他看来,所有的日本人都一样,都是可恨的侵略者,他要收拾这个日本女人,告慰惨死的好兄弟肖虎子的亡灵。

柴房里弥漫着一股湿柴禾的气味,这些柴是几天前游击队员们刚刚从山里打回来的,足够烧上一个冬天。郭大强低下脑袋,在柴捆里仔细找了一会儿,最后抽出了一根拇指粗细的柳树枝。这根柳枝看上去异常光滑,拿在手里轻重也正合适,郭大强把柳枝立起来,从上到下在空气中劈了一下,呼啸的风声像口哨一样划过柴房潮湿的空气。这是一件趁手的家伙,小时候他常常把这样的柳枝当成鞭子赶牛,柳枝抽在牛的脊梁上,就会留下一条灰白色的印迹。

"你他娘的是鬼子哪个部队的?跑到这来要搞什么鬼把戏?"郭大强狠狠地用柳枝捅捅幸子的胳膊问。他没指望要问出什么军事情报,但他想找到一个收拾她的理由,那样下起手来就会更加理直气壮。

幸子本能地缩起身子,她双手抱住肩膀,惊恐地看着眼前这个凶神恶煞般的中国男人。在他刚刚出现在门口时,她曾经想过要把心里话一股脑儿地都说出来,她要告诉这个人,自己来中国是为了寻找心上人,他也是一个中国人,他的家乡离此不远,是一个名叫大薛庄的小村子。他们在美国相恋了四年,又用书信来往了两年,她无法克制对他的思念,这才从日本跑到中国来找他,幸子还想求对方放过自己,让她去白城寻找爱人。但看到郭大强脸上凶狠的表情,她知道这些话都无法说出口,她愣愣地看了看郭大强,无奈地摇了摇头。

"小鬼子,你给老子老实交代,到这来究竟要干什么?"郭大强似乎就等着她摇头,手里的柳枝挂着风声落下来,像鞭子似的啪

的一声抽在幸子左边肩膀上,反手又一下,抽在她右侧的肩膀上。幸子的身上火烧火燎般疼起来,就好像捆上了两道燃烧的绳索。她努力缩成一团,把自己贴紧在柴捆上,一只手举起来冲郭大强摇晃着说:"求求你,不要这样,不要这样。"

郭大强手里的柳枝准确地打在幸子的手上,随着一个硬物相撞的响声,幸子的那只手像一只被击中的鸟一样一头坠落下去。在幸子凄惨的叫声里,郭大强似乎听到肖虎子稚嫩的声音在喊他队长。他在心里悄悄地说:"虎子,你安生地待在地底下吧,队长给你报仇雪恨了,让小鬼子和小鬼子的娘们儿都尝尝鞭子的味道。"

郭大强又顺手抽了幸子几下,谭政委便闯进了柴房,他一把拽住郭大强的胳膊,厉声吼道,"郭大强,给我住手!"郭大强见是谭政委,酒醒了一半,他嘿嘿地笑了几声,说你不是明天才回来吗,怎么今晚就到家了?谭政委说,"亏我提前回来了,不然你就要犯大错误了。"郭大强嘴硬道,"打几下日本娘们儿算犯得哪门子错误!"

谭政委阴着脸,严肃地说:"郭大强同志,别忘了你是游击队的队长,别这么没觉悟,八路军和新四军优待俘虏,不管他是鬼子还是汉奸,何况她只是个女人。"

从柴房出来,被凉风一吹,郭大强清醒了许多,也觉得自己刚才的行为有点过分,至少与自己的身份不相配,队长都这么无组织无纪律,那这支队伍还成何体统。多亏有个觉悟高又行事稳重的政委,不然自己真会给队伍丢脸的。

谭政委说:"郭队长,以后还是少喝点酒吧。"

郭大强不好意思地笑了笑,点了点头,随后拉开嗓门叫来一个游击队员,叫他找个女老乡,去照看一下那个女俘虏,给她弄点饭吃。

第二天,幸子便被游击队释放了。

根据她本人的要求,谭政委派了辆马车,把她送往上合县。赶车的是一个乡下老汉,不爱言语,一路上很少说话,幸子坐在马车上,心情变得逐渐轻松起来,一想到离心爱的翰臣君越来越近,她就激动无比,忘了自己所遭受的苦难。当马车路过一条河时,她的脑海里竟然莫明其妙地冒出一段元散曲:长江万里归帆,西风几度阳关,依旧红尘满眼。夕阳新雁,此情时拍阑干。这是元代吴西逸的天净沙《闲题》二首中的一首,翰臣教她的,翰臣告诉她,这首曲的最后一句"此情时拍阑干"表现的是作者满腹的牢骚,离情别恨,悠然于心,难道自己此时不就是这种心境吗?

幸子突然冲着前边赶车的老汉说:"老乡,您知道一个叫高桥一郎的日本人吗?"

老汉斜了她一眼,没吭声。

幸子又说:"你认识一个叫薛翰臣的中国人吗?"

老汉又斜了她一眼,还是没吭声。

马车颠簸着,令人困意大增,幸子迷迷糊糊睡了过去。她睡得很沉,好像要把多日来欠下的觉一股脑儿补回去似的。等她醒过来时,发现自己已经不再马车上,而是躺在了路边的草丛中,身下冰凉,几只秋虫在耳边不厌其烦地叫着。她挣扎着坐起身,很快看到了上合县像一只巨兽似的站立在不远处。她的心里涌起一阵兴奋,忙不迭爬起来,跌跌撞撞向县城奔去。

第九章

1

　　谷田茂和高桥一郎摇摇晃晃走出了占领军司令部,他俩的身后只跟着一个警卫兵,随着战事越来越吃紧,谷田茂的部队不断被调往其他战场,如今他几乎快成光杆司令了,一个联队其实只有一个中队的人马,这让他心里非常郁闷。高桥一郎的愁苦似乎更多,妹妹一直下落不明,毛草的真实身份竟然是一名间谍,而且又怀上了他的孩子。两个心情不佳的人碰到一起,似乎只有借酒浇愁的份儿了,这一晚他俩你一杯我一杯不知喝了多少酒,浓烈的酒味令他俩身后的卫兵直打喷嚏。

　　两个人相互搀扶着向前走,白城的街道在他们脚下变得高低不平。他们要去的地方是慰安所,两天前来了一个新的慰安妇,谷田茂要带高桥一郎去放松放松,谷田茂说,作为一名日本军人,应该在方方面面感受天皇赐予的恩泽。高桥一郎早就知道军营附近设立了慰安所,但他一次也没有走进去过。从小受到的教育告诉他,这是一件肮脏龌龊的事情,无论如何也不能做。但不知为什么,今晚他发现自己的反抗并不坚决,甚至还有一些半推半就的意思,虽然几次停下脚步要转身离开,但最后都被谷田茂拉住,几乎是顺从地跟着他继续向前走。

远远看见那座黄色的小房子时,高桥一郎再次停下脚步,挣脱谷田茂的手,想要逃开,但谷田茂拉住他,用力一推,便把他推到黄房子跟前。谷田茂打着酒嗝说:"高桥君,你要想清楚,我们这样做并非是为了自己,而是为了更好地效忠天皇,感受天皇赐予我们的恩泽,你现在要做的是克服心理上的障碍,勇敢地走进去。来,我给你打头阵,你随后就来。"

高桥一郎背过身去,不敢向屋子里面看,他听见谷田茂在他身后拉开了房门,一道橘黄色的光线像水似的从门里流出来,淹没了他的双腿。谷田茂突然又从门里走了出来,搂住高桥一郎的肩膀,用力把他往屋子里面推,"高桥君,请你跟我一起进来,我当面给你做个示范。"

高桥一郎挣扎了一下,还是被谷田茂推进了屋子,在酒精的作用下,他竟然也有一种渴望堕落的冲动,这令他不知是幸福还是痛苦。屋里的光线很昏暗,只有一盏马灯挂在房梁上,灯光照不到的阴影里,摆着一张简陋的木床。高桥一郎向那边扫视一眼,看见床上躺着一个披头散发的女人,就赶忙把头转过去,低垂着脑袋看着地上一道开裂的缝隙。

谷田茂发出一阵猥琐的笑声,边解衣服边向床边走过去,屋子里随即回荡起木床吱嘎吱嘎的响声。高桥一郎发觉自己的脸热辣辣地发涨,羞耻感从脚底升起来,像潮水一样一波又一波冲击着他的脑袋。但可恶的是,他发现自己并不想离开,反而竖起了耳朵,努力捕捉着来自角落里的声音。起初他并没有听到那个慰安妇发出的声音,她似乎突然从屋子里消失了,他听到的只有谷田茂制造出来的声音,他感觉谷田茂似乎变成了一副犁杖,正在一片无声的土地上恶狠狠地耕耘。歌声是在不知不觉中响起的,开始时细若游丝,好像是一缕青烟似的飘荡在屋子里,渐渐地声音就大了起来,像一

枚锋利细长的钢针穿透谷田茂的声音,直扎进高桥一郎的耳朵里。

> 樱花呀,樱花呀,
> 暮春三月天空里,
> 万里无云多明净,
> 如同彩霞如白云,
> 芬芳扑鼻多美丽。
> 快来呀,快来呀!
> 同去看樱花。

高桥一郎听着听着,突然嘶吼了一声,像一只发怒的豹子似的冲到木床边,大喊了一声幸子的名字,扬起手一拳打在谷田茂的下巴上。谷田茂被打出几米远,咣当一声撞在墙壁上,他根本没想到会发生这种事,褪到脚踝处的裤子也忘记提上来,直愣愣地看着高桥一郎。高桥一郎飞快地脱下自己的上衣,盖在妹妹赤裸的身体上。虽然近在咫尺,但他几乎认不出躺在眼前的人就是自己的妹妹幸子。多日来遭遇的不幸已经让幸子完全变了模样,她的两腮塌陷下去,脸上支出两块高高的颧骨,披散的头发遮盖住一半脸孔,露出的另一半脸上,有一条伤疤像蜈蚣似的从小眼角蜿蜒到下巴,如果不是听到歌声,高桥一郎无论如何不会想到她就是幸子。

事情发生得太突然了,谷田茂依然愣愣地站着,一时返不过神来。

此时高桥幸子还没有认出眼前的哥哥,她一动不动地躺在床上,睁得大大的眼睛呆滞地盯着头顶的天棚,空洞无物的目光好像已经穿透障碍,进入渺茫的夜空之中。那天被那个老汉扔在上合县城外后,她就挣扎着向城门走过去,她满心以为只要进了县城,说出自己是高桥一郎的妹妹,就会有人把她送到白城去。万没想到,刚一靠近城门口,她就被两个站岗的日本兵抓住了,对方根本不听她的解释,认定她是逃跑的慰安妇,不由分说把她关进了慰安所。而且当夜军方就强迫她开始接待客人。遭受了近一周的折磨后,在一天傍晚,幸子被带上了一辆吉普车,幸子没有问此行的目的地是哪里,她几乎绝望了,觉得自己再也见不到薛翰臣了,不管去哪又有什么区别呢!汽车上路不久,她就歪在座位上睡着了,一直到白城慰安所门前,她才醒了过来,胡乱地吃了饭,她便开始接客了。

歌声仍然不停地从幸子嘴里发出来,在歌声中,高桥一郎和谷田茂都呆若木鸡。

"幸子,你看看我,我是你哥哥一郎啊!"高桥一郎终于开了口。

说罢,高桥一郎的眼泪流了出来,他一连喊了好几次,幸子的歌声才终于停了下来,她慢慢转过头,呆呆地看着高桥一郎,过了好一阵才开口说:"是哥哥一郎吗?我不是在做梦吧?"

"幸子,是我,你没有做梦,这一切都是真的。"高桥一郎泣不成声,嘴唇颤抖着说。

"哥哥,我们终于见面了,"幸子的脸上浮现出一丝笑容,"哥哥,翰臣君也在这里吗?"

2

那个瘦得像竹竿似的日本兵开着摩托车赶过来时,薛翰臣正站在白河的大堤上发呆。

在翰臣身后十几米远的地方,矗立着一座崭新的大桥,巍峨的桥头堡像两只高举的火炬,笔直地指向天空,彩虹般的桥身横跨在湍急的水面上。这就是翰臣学成归来后亲手建成的第一座桥,是处女作,作为桥梁建造者,他非常清楚这座桥的意义和价值,它应该是中国大地上最具现代性的一座桥了,将来很可能会被载入桥梁建筑史。他的心情十分复杂,他知道自己无法引以为荣,用不着拿眼

睛看,薛翰臣的心里也一清二楚,此时此刻,日本人的汽车正一辆接一辆地从桥面上行驶过去,汽车上装载的除了辎重粮草,就是武器和士兵。这些东西运送到南岸后,就会迅速分散到各个战场,完成屠杀国人的任务。翰臣觉得,这座桥其实不是建在河面上,而是压在他的心头上。

河堤上的风很大,吹得薛翰臣有些站不稳脚跟,他的头发已经很久没有理过了,像一面怪异的旗帜似的飘扬在脑后。他抬手推推鼻梁上的眼镜,正打算走下河堤,身后突然传来喊报告的声音。翰臣回过头,认出面前站着的是高桥一郎的传令兵。

"薛先生,高桥参谋官请您立刻到医院去一趟。"

传令兵没有说去医院有什么事,薛翰臣的心里还是咯噔了一下,是不是怀孕的毛草出了什么意外?他慌张地跑下河堤,坐进摩托车的车斗里。

薛翰臣惶惶然到了医院,在走廊里他看见了愁眉不展的高桥一郎。

"毛草怎么了?告诉我,毛草到底怎么了?"翰臣抓住高桥一郎的肩膀,怒气冲冲地摇晃着问,他已经一厢情愿地认定出事的人就是毛草,而且罪魁祸首就是高桥一郎。

高桥一郎像个木头人似的站在原地不动,任凭翰臣在他身上发泄,直到翰臣停下手来,他才费力地笑了笑,摇摇头说:"翰臣君,你误会了,里面的人不是毛草,是幸子。她,受伤了。"翰臣一下子愣住了。

过了好一会儿,翰臣才似乎猛醒,他撞开那扇淡蓝色的房门时,听到高桥一郎在身后又说了一句:"翰臣君,幸子的变化有些大,请你做好心理准备。"

翰臣的心里像打翻了五味瓶似的,说不清是什么滋味,在短短十几分钟的时间里,他的心已经像一只皮球似的弹起了几次又重重地落下了几次。从开始对毛草的担忧,对高桥一郎的愤怒,到刚才听到幸子名字时的惊喜,继而又是对幸子伤势的忧虑……在病房的屋地上默立了十几秒钟后,他的目光才像一个惊慌失措的小动物试探着向病床看过去。

躺在病床上的幸子已经睡着了,发出一阵阵轻微的鼾声。翰臣的目光像一只蜗牛翻过她盖在被子下的身体,缓缓爬上她瘦削的脸庞,他的心突然一阵抽搐,如果不是事先得知,他无论如何也不会想到,躺在床上的就是自己日思夜想的恋人。他的目光继续前行,突然像被烫了般一下缩了回来,他看到了幸子脸上的那道伤疤,它像一只紫红色的蜈蚣,若隐若现地趴伏在长长的头发下面。翰臣的心猛地揪成一团,可想而知,幸子这些日子吃过多少苦,受过多少罪,而这一切都是为了来中国寻找自己呀!

翰臣的心像被刀狠狠地割着。

睡梦中的幸子突然动了起来,起初动作的幅度不大,只是胳膊和腿抽搐般地抖了两下,翰臣误以为她是睡醒了。但紧接着幸子的动作就剧烈起来,她像一棵狂风暴雨里的枯树似的,猛烈地摇晃起来,她的两只胳膊在胸前挥舞着,似乎要把什么人赶走,两条腿不停地踢蹬,同时嘴里发出了一声声喊叫:"不要哇,不要,求求你,不要这么做。"

翰臣看着幸子因为恐惧而扭曲的脸愣了片刻,终于意识到她正做着一个可怕的噩梦。他向床边探过身子,正想把幸子喊醒时,幸子的双手突然像个溺水者似的无助地抓挠起来,用尖细的声音喊道:"翰臣君,求求你,救救我,救救我。"

"幸子,我在这呢,我在这呢!"翰臣扶住幸子的肩头摇晃着说。

幸子的眼睛慢慢睁开,茫然地看了看翰臣后,似乎没有认出他来,又一次闭上了眼睛。好一会儿,幸子的喉咙里发出一阵哽咽的声音,有两行眼泪顺着她的脸颊流了下来。她闭着眼睛,喃喃自语

般地说:"翰臣君,我终于……见到你了。"

薛翰臣也流出了热泪,他紧紧握住幸子的手说:"幸子,请告诉我,你是怎么来到中国的?这些天都发生了什么事?你为什么会变成这样?"

幸子的脸上浮现出一抹淡淡的笑容,她把一根手指弯曲起来,在翰臣的手心里挠了两下说:"别着急,翰臣君,我会把发生的一切原原本本地告诉你的。"

幸子是第二天傍晚向翰臣讲述自己的遭遇的,尽管一郎一再提醒她,这种事不宜向翰臣和盘托出,但幸子还是毫无保留地把发生的事情都说了出来,她觉得自己和翰臣的感情是那么纯洁高尚,容不得半点隐瞒和欺骗。但翰臣的反应却让她有些始料不及,随着她的讲述,翰臣紧握着她的那只手慢慢变松,直至完全离开了她的手。她似乎还听到翰臣轻轻叹息了一声。她顿时觉出一阵羞愧和不安。

她眯起眼睛看了看从窗户照射进来的夕阳,很想向翰臣说一声对不起,但只是嘴唇动了动,最后却什么也没有说出口。那缕夕阳热烘烘地罩在她脸上,好像给她戴上了一只奇异的面具,幸子想,如果真有这样一只面具就好了,她就可以永远躲藏在里面。

3

毛草正坐在院子里晒太阳。她的小腹已经隆起得越来越高,腰身也变得粗壮起来,从侧面看上去,她就像一只装满粮食的麻袋,硬邦邦地竖在藤椅里。午后的阳光像一只金黄色的小动物,从头顶四方形的开口处跌落到天井里,伸出热烘烘的舌头,从她的脚底一直舔到脸上。

听到敲门声,毛草有些费力地站起身,双手掐腰向院门口走过去,她以为来人是高桥一郎。最近这段时间,他不时就会过来看她,

第九章

高桥一郎很少和她说话，总是一进门就坐到石桌边的藤椅里，低垂着脑袋看着脚下青砖铺成的地面，似乎他到这里来就是为了研究那几块砖头的。枯坐上好一会，直到临走之前，高桥一郎才会看着石桌问一句，有没有什么事情需要他帮忙的？毛草已经习惯了他这样，把一杯茶放到他面前后，就开始自己忙自己的。她知道这个日本男人心里一直都在遭受煎熬，他没有勇气把她交给特高课，又对自己的懦弱充满了自责。对于他的心事，毛草自然也不便点破，她所能做的就是尽量和他少一些瓜葛，所以，每次她的回答一律都是不需要。

毛草打开院门，她没想到来人竟然是霍东山，他穿着黑色绸衫的身影像一阵风似的闪了进来。毛草吃惊地瞪大眼睛，喊了一声"东山哥"。自从上次分别后，他们已经一年多没有见面了，她知道他带领队伍去参加了太原会战，想不到他会突然出现在自己面前。

"东山哥，你怎么到这里来了？"毛草把霍东山让到椅子里，激动地问。

"说来话长，以后有时间再慢慢讲吧！"霍东山诧异的目光在毛草肚子上停留了片刻，随后有些慌乱地移开，看着身边那棵玉兰树说："小毛，我刚刚接受了上级指派的一项新任务，干掉帮日本人建桥的汉奸薛翰臣，炸毁那座刚建成的白河大桥。我到这来是找你帮忙的，请你利用和他的关系，把他从住处引出来，方便我们动手。"

毛草的心里咯噔一下，虽然她早就知道军统不会轻易放过二少爷，但没有想到第二次行动来得这么快，而且负责人竟然会是霍东山。她努力克制住情绪，给霍东山倒了一杯茶，不动声色地问起具体的行动计划。霍东山告诉她，行动安排在三天后进行。三天后的傍晚，满堂红的桂月娥要来白城演出，到时候由毛草出面把薛翰臣约到市府广场的戏台下，霍东山带领行动小组混在人群中借机下手。

"小毛，我知道你和薛翰臣是从小一起长大的朋友，关系一直都很不错，但此事关乎国家和民族的利益，绝对不能感情用事。"

霍东山似乎看穿了毛草的心思，不放心地叮嘱道。

"东山哥，看你想哪去了，你只管放心好了，我知道哪头轻哪头重。"毛草努力冲霍东山笑笑说。

霍东山走后，毛草的脑袋就像一架机器似的紧张地运转起来，把二少爷约出来，再眼睁睁地看着他死在霍东山他们的枪口下，这叫她怎么做到呀？她心乱如麻，可越急越想不出办法来，一时之间要想出一条既能救下二少爷，又不会引起霍东山怀疑的法子，谈何容易。

接下来一连几天毛草急得像热锅上的蚂蚁，她用手托着肚子总是在院子里的玉兰树下转来转去，却始终想不出好主意。急糊涂了的毛草对肚子里的孩子说："思泽，你说说看，娘该怎么才能把你爹救下来呢？"肚子里的孩子不回应，毛草只好接着想办法。

这天下午，毛草出门去市场买菜，她的胳膊上挎着一只柳条编织成的篮子，慢慢地走，走着走着，不知不觉间就走到了二少爷的住处。自从肚子明显地隆起后，她已经很长时间没有到这里来了，也有好一阵子没有见到二少爷了。毛草的目光似乎不经意地向那座青灰色的院落投过去，门口站着两个持枪的明岗，街边的柳荫下还有三个便衣的暗哨。毛草听高桥一郎说过，日本人已经把二少爷保护起来了，但没想到他们会如此兴师动众。看来若不如此，霍东山也不会跑来找她帮忙了。毛草装成走累的样子，坐进路边门洞的阴影里，随手把菜篮放在一块青石上。她还没有下定决心，是不是该立刻去提醒二少爷，这两天千万要小心？那样一来，她就无疑要成为泄密的叛徒了，可如果不这样做，二少爷也许就危在旦夕。就在毛草犹豫不决不知何去何从时，相隔几十米远的大门从里面打开了，一个身着淡蓝色旗袍的年轻女人走了出来。毛草飞快地扫视一眼，这个女人很眼生，以前肯定没有见到过，她的穿着虽然是中式的，但看步态举止又不大像中国人。高桥幸子的名字是突然一下浮现在毛草脑海里的,随即就像一只气球,迅速在她脑袋里膨胀起来。

说不清为什么,毛草几乎立刻就认定,眼前这个女人就是二少爷日思夜想的日本爱人。

那个女人胳膊上也同样挎着一只菜篮,显然也是要出去买菜。在她身后,又走出两名日本兵。毛草等了等,看着她拐上一条青石铺成的老街后,起身跟了上去。她不知道自己为什么要这样做,似乎有某种魔力让她必须跟上去。她看见走在前面的女人像自己一样梳着两条油黑的大辫子,举止端庄,面相善良,毛草发现自己并不嫉妒这个女人,相反还有一种说不清道不明的亲近感。

几个黑衣人出现时,前面的那个女人刚好要从老街走出去,当时,毛草已经听到了马路上行驶而过的汽车声。黑衣人显然是有备而来,他们动作迅捷,分工明确。一眨眼之间,就打倒了持枪的日本兵,然后把一只白色的口袋兜头套在那个女人身上。毛草一愣神的工夫,他们已经把口袋拖上停在路边的一辆汽车,随着一阵马达的轰鸣声,汽车迅速开出老街不见了踪影,只有一缕淡蓝色的尾气留在离毛草几十米远的街面上。

看着汽车尾气渐渐消散后,毛草才忽然反应过来,其中一个黑衣人的背影有些眼熟,估计就是霍东山。

4

那只布口袋从头顶套下来时,高桥幸子本能地发出了一声短促的尖叫,但随即她就沉静了下来,一动不动地站在原地,听任对方摆布。她知道自己遭遇了绑架,她并没有太过慌张和害怕,不知为什么,她反而还有一种隐隐约约的期待。她说不太清自己期待什么,难道是期待灾难降临到自己头上吗?她感觉袋口被迅速系紧,随后自己便被抬了起来,飞快地向前面奔跑。

几天前幸子躺在病床上讲述完自己的遭遇后,就预感到一切都已经改变了,历经坎坷和波折再次见到翰臣君,她已经不再是那个纯洁调皮的女孩,她的身子也已经成了一个藏污纳垢的口袋,这样的一个女人,薛翰臣还能像往常一样爱她吗?她答不出来,她知道他们的感情已经蒙上了一层纱,变得不那么明朗了。但幸子的心里依然抱着希望,以为时间能把一切都慢慢抚平。从医院出来后,她没有和哥哥一郎住在一起,而是搬进了翰臣的住处。

第一次令幸子心碎的遭遇,发生在她出院的当天晚上。在餐厅里吃饭时,当着那些下人的面,翰臣一直都有说有笑的,还几次主动帮她夹菜,但他们回到卧室后,翰臣却忽然变得沉默起来,他局促不安地坐在一张八仙桌后面,只是一个劲儿地喝茶水,变成了一只闷葫芦。天已经很晚了,整个世界都沉寂下来,不知什么地方传来一阵阵秋虫的叫声,吵得人更加心烦。

坐在八仙桌另一端的幸子一直在努力寻找话题,试图用滔滔不绝的言语把巨大的沉寂填补起来。她回忆起他们在公主号上初次见面时的情景,回忆他们在美国时热恋的细节,最后又开始回忆翰臣写给她的每一封信。翰臣一直很少回应,偶尔搭腔时,也显得非常勉强。幸子就始终逼着自己说下去,似乎一旦停下来就会发生什么可怕的事情,她说得毫无章法混乱不堪,说得死皮赖脸恬不知耻。她说得越来越慌张,手心脚心和脑门上都冒出了凉汗。有一些话她已经说过一遍,又不知不觉从她的嘴里冒了出来,她感觉自己就像希腊神话里那个推着石头上山的西绪福斯,徒劳无益地重复着艰难的工作。

幸子是突然之间收住话头的,她突然意识到,如果再多说一句话,她很可能就会当场疯掉。所有的话题戛然而止,屋子里变得像死一般寂静。幸子听到自己的心跳声像擂鼓似的不停地响着,在无边的沉寂当中,她正像一个溺水者那样,慢慢地向水里沉没下去,她清楚地感受到了一种真实的窒息感,她甚至嗅到了空气中弥漫的

第九章

死亡气息。

摆在卧室里的自鸣钟突然响了起来，吓了幸子一跳，也把她从这种可怕的遐想中拉了出来。她用力咬住下嘴唇，鼓足勇气从八仙桌边站起来，一步一步向翰臣走过去。她打算放弃女孩儿的矜持，主动过去拥抱翰臣，自从重逢后，他们还没有过亲密的身体接触呢！她渴望自己的大胆行动能打开那扇尘封已久的闸门，让他们积蓄在心底的感情奔流出来，但幸子没有看到翰臣的回应。他依然呆板地坐在椅子上，低垂着脑袋盯着桌上的茶杯出神。似乎在他心目中，那只没有生命的青白色茶杯远比她更重要。幸子的心里顿时冒出一股火气，两步冲上前去，近乎神经质地把那只茶杯推到了一边。

"翰臣君。"这声呼唤刚一出口，幸子才突然意识到自己的音调竟然高得惊人，好像是在呼唤几十米外的人。她看见翰臣似乎吓了一跳，本能地从椅子上站起来，一脸茫然地看着她。幸子知道自己已经没有退路，必须把想做的事情做到底，她脚下有些踉跄地向前迈了两步，张开双臂向翰臣扑过去。她的手臂没能抱住翰臣真实的身体，只是搂到了一团虚无的空气。

幸子愣了片刻，随即明白了一个可怕的事实，就在她的手即将触碰到翰臣的一瞬间，他抢先像闪电一样躲开了。她想起在哥哥一郎的教授下，翰臣君的空手道功夫已经非常高明，完全可以做到这一点。幸子的目光带着质问向翰臣投过去，她需要对方给自己一个解释，但她再次感到无比的失望，翰臣的目光根本没有正视她，又一次飞快地躲开了。

幸子呆立在屋地当中，不知该何去何从，自己经过那么多的劫难终于找到的，难道就是这样一种东西吗？千错万错都是她的错，真的是她的错吗？幸子扪心自问，一时找不到答案。

翰臣也一动不动地站着，一脸的痛苦表情，他们就像两棵枯树似的站立在越来越厚重的夜晚里。不知过了多长时间，幸子听到翰

臣轻轻地叹息一声，随后用一种近似无奈的口吻说："天已经晚了，我们还是休息吧！"

幸子的心里再次燃起了一丝希望，或许她想得多了，翰臣君并没有嫌弃自己，他需要的是一个接受的过程，在经历了一个晚上的挣扎后，他终于还是鼓足勇气向她发出了爱的邀请。她轻轻舒了口气，脚步轻快地向摆放在房间角落里的那张木床走过去。她忽然想起了当初自己离开美国时的情景，在费城大学的女生宿舍里，她本来打算要把自己交给翰臣君的呀，可惜那时他却没有要。今天晚上，她终于可以如愿以偿地把自己献给这个心爱的男人了。

但她很快就失望了，过了好一阵，翰臣都没有到床边来，看来他真的还是拗不过自己，无法接受一个被那么多男人用过的女人，可他们的爱情又算什么？她努力克制住自己的情绪，轻轻说了声，翰臣君，来呀！她听到了薛翰臣有气无力的声音："好了，你休息吧，我到东屋去睡了。"

一股凉彻心肺的感觉从头顶落下来，瞬间将她变成了一座寒冷的冰雕，她听见自己倒在床上如冰碎裂的声音：是呀，她已经像一件可耻的垃圾一样被人遗弃了。她肮脏不堪，一钱不值，从头到脚都散发着令人恶心的臭气。

此时，被蒙住头的幸子察觉自己被扔进了类似于箱子的东西里，咣当一声响过后，箱子的盖子从头顶上落了下来，随后她听到一阵汽车的引擎声。她意识到自己是被装进了汽车的后备厢里。她听到一个尖细的声音问："营长，我们现在去哪里？"一个低沉的声音回应道："最危险的地方就是最安全的，我们就去毛草那里。"

汽车随即开动起来。幸子忽然想起毛草这个名字她似乎在哪里听到过，没费多大力气她就想清晰了，她是听翰臣说起过，毛草是翰臣家的丫鬟，是翰臣从小到大的朋友，他们在一起生活过好多年呢！这两个毛草是不是同一个人呢？

5

后半夜露水下来了,打湿了郭大强身上那件藏青色的土布褂子,一走路衣服像铠甲似的沉甸甸地直往下垂。他已经绕着白城皇协军司令部转了两圈儿了,还是没有完全下定决心,说不清为什么,他的心咋也没办法放进肚子里,就那么不上不下地卡在喉咙口。上级传来指示,抗日战争已经从相持进入到了反攻阶段,八路军和新四军都在积极备战,准备打一场声势浩大的反攻战,他们游击队的任务是,配合大部队,伺机打击敌人。

怎么打击敌人呢?郭大强和谭政委商量,要在白城弄出个大动静来,据地下党探明的情报,白城的鬼子大部分已经调到别的战场,谷田茂联队如今空有其名,充其量只剩下不到一个中队的人马,维持治安几乎靠的全是皇协军,这时候不弄他一家伙,更待何时?在冯家集窝了好几年,郭大强早就盼着大干一场了。

谭政委说:"上级领导已经同意了我们的建议,让我们设法把白城余明的那些伪军拉到咱这边来,只要伪军调转枪口,白城眨眼之间就能回到中国人手里。"

郭大强脸上的笑容变成疑虑的表情:"余明这人反复无常,只认好处不认道义,这个计划是不是有些太冒险了?"

谭政委对此持乐观态度,他说:"正是因为他反复无常,所以才最容易被我们拉拢过来。他认好处,咱就答应给他好处,对他说只要他愿意反正,将来就由他来管辖白城,更何况咱们手里还有一张硬牌呢!"

郭大强知道,谭政委所说的硬牌就是余明的老婆和孩子,当初余明弃城逃跑时把老婆孩子扔在了云雾山脚下一个小村子里,投降日本人后他本想把家属接过来,但那里是八路军的势力范围,他一

直没敢轻举妄动。所以，他的老婆孩子一直都还在八路军的眼皮底下。拿他的老婆孩子做筹码，郭大强也觉得不是一个坏主意。

谭政委和郭大强仔细商定了具体的行动方案，谭政委竭力要求亲自出马，郭大强扶着他的肩膀，把他按坐到椅子上说："我以前和余明打过交道，对白城的情况也比你熟，咱们还是老规矩，你主内，我主外，谁也别抢谁的活。"

就这样，郭大强单枪匹马进了白城。在伪军司令部外面转到第三圈，远处传来玛丽天主堂午夜的钟声时，他知道自己不能再拖下去了。郭大强早就注意到院墙西北角的那棵老榆树，他向后退几步，一个冲刺跑蹿到树干上，噌噌几把上了墙，又踩着墙头上了房顶。

余明一个人住在院子中间一座二层小楼里，院子里很安静，没见人的影子，郭大强拨开门闩，一闪身晃进屋子。此时余明刚刚熄灯上床，猛见闯进一个人来，他顿感情况不妙，手急忙伸向枕头底下去摸枪。郭大强动作更快，两三步就蹿到了他身边，手像老虎钳子似的抓住了余明的手腕，同时，盒子枪顶在他的太阳穴上。

"余司令别乱动，我不是来找麻烦的，是要和你做一笔交易。"郭大强压低了声调说。

余明听出是郭大强的声音，知道对方不是吃素的，便明智地放弃了抵抗，换上一副笑脸，手缩回来冲八仙桌指指说："我不动，我不动，郭队长，请到那边坐吧，有话咱坐下谈。"

郭大强飞快地在余明身上摸了一遍，发现没有家伙，这才把盒子枪别到后腰的武装带上，跟着余明坐到紫檀木的桌子旁。余明抄起茶壶倒了一杯茶水，推到郭大强面前，"郭队长走得口渴了吧，熄灯前泡好的，正宗雨前龙井，请郭队长润润喉咙。"

郭大强正口渴，毫不客气地仰脖喝干，抹掉下巴上的水珠说："余司令，郭某无事不登三宝殿，今晚到这来是有条明路要指给你。"

"郭队长有话只管讲，"余明又给郭大强倒上一杯水，晃动着腥亮的秃脑袋说："只要我余某人能办到的，一定会尽力而为。"

郭大强咳嗽一声，学着谭政委的腔调说："余司令，想必你也知道了如今国内国际的形势。在国际上，德军在苏联遭到惨败，在西线也遭到了惨败，小日本呢，更是在太平洋战争上遭到了惨败，日本的联合舰队司令山本五十六也见了阎王，全世界的反法西斯联盟正在取得节节胜利。在国内，由于日军战线拉得太长，他们那么点人马拆了东墙补不上西墙。总之一句话，小鬼子在中国横行霸道的日子是兔子尾巴——长不了了。用不上一年半载，小鬼子就得屁滚尿流地爬出中国去。余司令想过没有，到那时候你该何去何从？难道还能和小鬼子一起回那座巴掌大的小岛？"

余明低下脑袋，苦着脸说："郭队长，这些情况你说得都对，但我已经上了贼船了，很难再下去了。"

郭大强晃晃枣核形状的脑袋，公鸭嗓加重了语气说："余司令，你的所作所为我们都看在了眼里，虽然你当了伪军司令，但一直没干什么大奸大恶的事，只要你下决心弃暗投明，倒转枪口对付小鬼子，我们共产党举双手欢迎你。"

余明挂着腮帮子，好像努力在思考郭大强的话，不时狡猾地瞄一眼郭大强，咂着嘴说："这事儿关系重大，余某一时很难做出决断，请郭队长容我再好好考虑考虑。"

郭大强盯着余明的眼睛，看得出他是在假惺惺地敷衍自己，便发了火，一把从后腰上抽出盒子枪，啪的一声拍在桌子上，"如果余司令执迷不悟，非要一条道走到黑和日本鬼子搅和到一起，那就好良言难劝该死鬼了。"

余明吓了一跳，冷汗唰地一声从额头流下来，点头哈腰地说："那是，那是，郭队长说得对，郭队长说得对。"

郭大强又说："如果你能起义反正，我，不光是我，我是代表我的上级保证，你还带你的队伍，白城还是你的势力范围。"

余明的眼睛就亮了一下。

郭大强知道现在该亮出最后的底牌了,他降低了声调说:"余司令,我来之前还给你准备了一件礼物,我们帮你找到了老婆孩子,只要你能起义反正,我还保证你很快就能和家人团聚。"

余明的眼睛更亮了,看得出他已经动了心,看来还是政委高明,提前准备好了这张硬牌。果然,接下去的谈话进行得十分顺利,余明同意起义,细节三天后接着谈。

郭大强顺利地走出了伪军司令部,顺利地出了白城。

三天以后,郭大强再进白城,有的战友担心有诈,郭大强笑了笑说,没事,要是有诈,三天前我就出不了白城。

郭大强扮装成商人,这回是走前门进了伪军司令部。

余明喝退左右,把郭大强带进了内室,关上门,开始密谈。

余明说:"郭大强,不是我小气,咱丑话说在前头,你三天前说的话真的都算数?"

郭大强说:"用我指天发誓吗?"

余明摇摇头说:"那倒不用,我余明还是相信你的。"

郭大强说:"我郭大强吐吐沫是根钉,再说了,那些条件可是我们军区首长同意的。"

余明点点头说:"这就好,这就好。"

接下来,便是谈起义的细节,余明说他已经做好了部下的工作,只要他振臂一呼,大家就会随着他扯旗起义。二人约定好,三天后的午夜,余明打开城门接应游击队进城,然后兵合一处攻打日本鬼子的军营。

6

毛草追着那辆汽车向前跑出了十几步,肚子里突然感觉到一阵疼痛，她知道奔跑震动了胎气，赶忙停下脚步，手抚着肚子说："思泽呀，娘不是有意要惊动你，一着急忘记了肚子还有你，娘再也不跑了。"

毛草望见前面的汽车开出斜街，转眼消失在街口。她只好拐到大马路上，抬手拦了一辆人力车。

毛草惶惶回家，她推门进院，发现屋门开了一条缝隙，便知道有人来过了。毛草警觉地瞪大眼睛，试探着推开屋门，果见霍东山就坐在屋子里。

毛草说："有情况吗？"

霍东山点点头说："没情况我不会冒险来找你的，小毛，两天前制订的计划有变，根据内线的情报，我们已经采取了另外一个行动。"

"你们抓了高桥一郎的妹妹对不对？"毛草挑挑眉毛，有些讥讽地问。

"你怎么知道？"霍东山显然没想到毛草会知道这件事，疑惑地问。

毛草冷笑了一下，没回答。

霍东山没有计较这件事，他伸手指指西厢房说："抓高桥一郎的妹妹是个一箭双雕的好计策，这个女人和汉奸薛翰臣关系非比寻常，用她做鱼饵就可以钓薛翰臣上钩，胁迫他帮咱们完成炸桥的计划……"

"炸完桥怎么办？"毛草打断霍东山问。

"炸完桥后咱们再送这对狗男女上西天。这样一来，既炸了桥，又除掉了祸害，这就是我说的一箭双雕的好主意。"霍东山的国字脸上闪出兴奋的光芒。

毛草心头一震，她努力保持镇定，不动声色地点点头。

霍东山把脑袋探出屋门，四下看了看，然后把门关上说："小毛，弟兄们现在都饿了，麻烦你给大伙准备些吃的东西，填饱了肚子

我们就去钓鱼。"

毛草望了望窗外,她这才发现,院子里还隐藏着一些人呢!

毛草走进厨房的时候果然看见院子里有几个鬼头鬼脑的人影,她手上做着饭,脑袋里一直在紧张地想事情,二少爷对这个日本女人的感情,她比任何人都了解,如果他得到幸子被绑架的消息,肯定会不顾一切地赶过来,甘心情愿地听任霍东山的摆布,可最后还要在受尽折磨后被杀死,二少爷呀,你怎么会是这儿命呢?说你是汉奸,可有谁比我更清楚,你怎么能是汉奸呢?她心乱如麻,一时也理不出个头绪。

路过西厢房时,毛草有意往里面看了看,她果然见到了一个被绑柱子上的女人就在里面。

毛草把饭菜端上桌子,招呼霍东山他们吃饭,看着这伙人狼吞虎咽吃上了饭,她冲着西厢房努努嘴,对霍东山说,"东山哥,要不要给她弄一点吃的东西?"

霍东山摇摇头,继续吃饭。

毛草一个人来到院子里,看着夜色渐渐浓了,慢慢吞没了眼前的天井和整个西厢房。远处传来一阵锣鼓喧天的响声,满堂红戏班子的演出已经正式开始了,她搜索枯肠,但还是没想出一个既不违反纪律又能够搭救二少爷的两全其美的办法。

不知过了多久,霍东山站到了毛草的身后,他似乎看出了毛草的心思,低声说:"小毛,战争是残酷的,不允许对敌人动什么恻隐之心,不是敌人死,就是我们亡,没有第三个可能,你不要多想什么了。"

毛草没有吭声。

霍东山又说:"我们现在出去下钩子,这个日本女人就交给你了。"

霍东山把脑袋伸出院门观察一下,一挥手带着几个队员便消失在夜色里。毛草关严了院门,站在门口的台阶下发了一会儿呆,转

第九章

身走进了西厢房。

西厢房里没有点灯，一团漆黑，毛草瞪大了眼睛，勉强能分辨出被捆在一根柱子上的高桥幸子。毛草凑到跟前，一言不发地解开绳子，拉着幸子的手把她带进正屋，让她坐在八仙桌边的一把椅子上。

随后，她后退几步，站在屋地当中，不错眼珠地打量着幸子。这就是二少爷日思夜想的那个女人哪，看起来她长得一点也不起眼，两只眼睛不大，瘦瘦的，一边脸上还有一条紫红色的疤痕，她的身材也并不出众，比起来似乎并没有自己高挑，也没有自己该凸的地方凸，该凹的地方凹。一瞬间毛草有些纳闷儿，二少爷怎么就会被她迷住呢？

但仅仅是瞬间，这种想法便像一缕烟似的散掉了。

幸子木木地坐在那里，看样子并不感谢毛草给她解了绑绳，她甚至都不看毛草，两只眼睛只是呆呆地看着门外。毛草突然有一种奇怪的感觉，这个名叫高桥幸子的日本女孩儿好像压根就没在这间屋子里，她的人虽然在这儿，但她的魂已经不知飞到了哪里。毛草默默在另一侧的桌边坐下，盯着幸子的侧影看了好一会儿，直到幸子脸上那条伤疤活起来，像条蜈蚣似的开始蠕动，毛草才开口说："你知道我是什么人吗？"

幸子没有回答，两眼仍是看着外边，似乎对一切都不感兴趣。毛草暗自在心里叹了口气，又接着说："但我知道你是谁，你就是二少爷日思夜想的那个日本女人。"

幸子的身体晃动几下，脸颊上的伤疤痉挛般抽动起来，喉咙里发出一串沙哑的声音："我知道你是毛草，我和他，就是你说的二少爷，已经结束了，他已经再也不爱我了。"

毛草的心突地一颤，听到幸子说出这样的话，她发现自己并没有高兴，她也变得木木的了，好一阵返不过劲儿来。沉默了一会儿，毛草觉得该为二少爷说几句话，二少爷怎么会不爱她了呢？这可是

他日思夜想的女人,看来他俩之间一定发生了什么误会。

毛草不知是怎么开的口,她滔滔不绝地说起了二少爷对幸子的爱,说起了二少爷每晚睡前都会读幸子的信,讲起他醉酒时不停地呼唤幸子的名字,她也说出了二少爷为了保持与幸子通信被迫答应给日本人建桥的隐情。

"二少爷为你做了这么多事,你怎么能说他不爱你呢?"说到这儿,毛草气呼呼地质问。

幸子转过头来,用疑惑的口气问:"你说的这些都是真的?"

"当然都是真的,不但如此,为了搭救你,二少爷今晚还会到这自投罗网。"

"毛草,你说的是什么意思?"

"什么意思?你现在就是一只鱼饵,专门用来钓二少爷上钩的,只要他走进这个院子,就只能听任别人摆布,最后还要被人杀死。"毛草的声音哽咽起来,她似乎已经看到了二少爷被霍东山等人打死的场面。

"那该怎么办?我怎么才能搭救翰臣君?我不想让他死呀!"幸子的脸上浮现出惊恐慌乱的表情,手足无措地说。

毛草长长叹口气说:"我也不知怎么办,用不了多久,二少爷就会收到你被绑架的消息,然后就会按他们的要求,单枪匹马地赶过来。"

幸子从椅子上站起来,绕过八仙桌走到毛草身边,拉住毛草的手摇晃着说:"毛草,求求你了,赶快想个办法,救救翰臣君吧!"

毛草没好气地甩开幸子的手,"求我有什么用,我又能有什么好办法?"

幸子跟跄着向后退几步,跌坐回椅子里,目光茫然地看着窗外,好一会儿不再说话。外面夜色越发地浓起来,满堂红戏班的演出进入到了高潮部分,大概名角桂月娥出场了,锣声和鼓声突然像潮水一样高涨起来。

毛草的拳头突然重重地砸在桌子上，咬着嘴唇说："你走吧！"

"你说什么？"幸子不解地看着毛草问。

毛草急得从椅子上站起来，双手推着幸子向屋外走，"只要你离开这里，他们就没办法再要挟二少爷了。"毛草一直把幸子推出屋门，穿过院子推到大门口，幸子好不容易站稳脚跟，担心地问："我就这么走了，他们会不会难为你？"

"我自有办法，你不用管我，出门你赶紧去找你哥哥，把情况对他说明，二少爷就安全了。"

幸子点点头走出院门，心里忽然一动，又折回头来问："毛草，你告诉我一句实话，你是不是也喜欢翰臣君？"

7

下雨了，戏却正唱到高潮，戏台上的桂月娥在唱一个难度极大的高音，豆粒大的雨滴噼里啪啦砸在她头顶的凤冠上，但桂月娥并不在意，依旧把高音拉得珠圆玉润。戏台下的观众被雨浇跑了大半，只有几个老戏迷还坚持站在雨里，扯着喉咙喊了几声好。

这个时候，郭大强已经带着队伍来到了白城的西门外，他们埋伏在城边的壕沟里，紧盯着高高的城墙垛口。按照事先和余明的约定，余明的手下先举火为号，随后就会把城门打开，放游击队进城。这场雨来得疾去得也快，像一群受惊的野马似的从白城奔过，眨眼间就消失了踪影。一阵凉风过后，天上的乌云散去，露出了好大好圆的一轮白月亮。郭大强抹一把脸上的雨水，眯起眼睛向天上看了看，心里想："他娘的，老子长这么大还没见过这样的月亮呢！"

一只火把出现在城墙的垛口处，先是向左晃了三次，随后又向右晃了三次，不大一会儿，城门发出一阵嘎吱吱的响声，慢慢地开

启了一道缝隙。埋伏在郭大强身边的两个游击队员起身就要往前冲,郭大强伸出胳膊按住他们肩膀,"你们俩急个鸟?先等等看,老子说进城时再进城。"

很快城门就完全打开了,敞开的门洞里出现了几只火把,不停地摇晃着,似乎在催促郭大强他们赶快采取行动。郭大强眯缝起眼睛,向城墙上看了看,没发现什么异常情况。但他还在犹豫不决,担心会发生什么意外。埋伏在他十几米外的谭政委再也按捺不住,急得起身跑过来,问郭大强:"老郭,你还在等什么?为啥还不下达命令,再等下去黄瓜菜恐怕都凉了。"

按照郭大强的意思,是不想让谭政委出马上战场的,以往的一些行动,谭政委大都留在家里坐镇。但这次谭政委却说什么也要出来,他说这次战斗意义非凡,他无论如何也不能缺阵,郭大强只得勉强同意。

时间一分一秒地过去,郭大强知道自己该下命令了,可不知为什么,他的心里隐隐有一种不好的预感,身边的谭政委还在催他,战士们也都待不住了,都挺起身体跃跃欲试,他只好牙一咬,大手一挥下达了命令:"同志们,跟我冲进去,消灭日本鬼子,拿下白城。"

谭政委抢先从壕沟里冲了出去,郭大强紧紧跟随,其他游击队员们跟在他俩身后也扑向了打开的城门。大家鱼贯而入,郭大强跑进城门时突然停住了脚步,还是预感在不停地提醒着他,他想停下来再观察观察。很快,前面的游击队员们已经跟着谭政委穿过城门洞跑上了青石板铺成的大街,郭大强仍然没发现什么异常,他就在心里对自己说:"老子这次真是神经过敏了,到嘴边的馅饼愣被俺错当成了陷阱。"随后,他也跟着队伍继续往前冲。

突然,郭大强听到身后传来一阵嘎吱吱的响声,他急忙转回头去,看见那道漆成红色的城门正缓缓地关闭。郭大强心知不好,大喊了一声:"有埋伏。"抬手两枪打倒正关门的两个伪军,扯着公鸭

第九章

嗓招呼手下的弟兄们往城外撤。枪声已经响了起来,左右两侧的城墙垛口里射出了密集的子弹,两队日本兵从城门两侧跑出来,架起两挺歪把子机枪,枪口里随即喷出嘶叫的火舌。

郭大强半蹲在地上,抬手一枪干掉一个日本兵,一连几个侧滚翻冲过去,把鬼子扔在地上的歪把子机枪抓在手里,一转身射出一梭子子弹,郭大强带着游击队员们开始往城外冲,冲出有一半人了,城门又开始往下关,郭大强叫已经出城的队员们快撤,自己又一转身,杀回了城里。他听见城门咣当一声响,已经被关上了。

郭大强端着机枪杀上旁边一条斜街。

郭大强杀红了眼睛,像一头暴怒的狮子似的边开枪边往前冲,开始他还能看到有其他游击队员的身影,渐渐地越来越少,当他跑到斜街尽头时,已经看不到队员们的身影了。郭大强知道这些游击队员们凶多吉少,重重地一跺脚,骂一句他娘的,塌下身子冲到与斜街相交的马路上。

郭大强猜得没错,谭政委和先冲进来的游击队员都已经壮烈牺牲了。

这条街上灯光通明,显然是一条主干道。郭大强刚跑出几步,就听到一阵刺耳的警笛声,一队埋伏在路口的鬼子迅速向他包围过来。郭大强说声不好,一头钻进几米外的一条巷子里。巷子跑到尽头又是一条大街,身后的追兵咬得死死的,喊叫声和枪声从后面传来,子弹呼啸着从他的头顶上掠过。大街上亮着路灯,根本无处躲藏,郭大强跑出二十几米后,又钻进另一条小巷,追兵随后而至。郭大强跑着跑着猛然抬起头,这才看见一堵砖墙拦在了面前。郭大强知道自己跑进了一条死巷子,打量一眼那堵墙,至少有三米高,眼见得无路可逃了,郭大强忽然看到墙边长着一棵老柳树,便眼睛一亮,紧跑几步攀上树干,噌噌几下跃上墙头。跳下墙又是一条大街,郭大强正顺着街边向前跑,身边突然响起刺耳的刹车声,一辆黑色的

汽车停在他的身边，打开的车门里伸出一只手，一把将他拉进了汽车里。汽车随即像箭似的冲了出去。

郭大强喘着粗气扭过头，只见驾驶位上坐着一个模样斯文的年轻人，身穿藏青色的西服，鼻梁上架着一副金丝边眼镜，正是多年不见的二少爷薛翰臣。

"翰臣，你小子咋会跑来救我？"郭大强兴奋得一拳砸在翰臣肩膀上，扯着公鸭嗓问。

翰臣紧握着方向盘，眼睛全神贯注盯着前方，冲后面摆摆头。郭大强心领神会，一个鱼跃蹿到汽车的后座上，伏下身子再也不敢开口说话。汽车在白城的大街上行驶了二十几分钟后，街道两边的灯光渐渐变得稀疏起来，薛翰臣这才长长舒口气，把车速降下来，回过头来问："大强，到底发生了什么，你怎么会在白城？"

郭大强知道汽车已经驶上一条偏僻的街道，从后座上直起身子，一拳砸在大腿上骂："余明那个狗日的，害得老子折了一半的人马，早晚有一天我要把他脑袋拧下来，为我的弟兄们报仇。"

郭大强简单讲述了一遍被余明设计打伏击的经过，说到最后，眼泪流了下来，过了一会儿，他强忍住眼泪，拍着翰臣的肩膀说："兄弟，咱们一晃有六七年没见面了吧？要不是你，我今晚也得去见阎王了。对了，你大半夜的不睡觉，咋开着这龟壳子在大街上瞎遛达？"

翰臣叹了口气，说以后有机会再说吧。

其实翰臣半夜开车出来完全是为了去救毛草。几个时辰前，他收到了一张神秘的纸条，说幸子被绑架了，要想活着见到她，必须独自一个人去毛草的住处，如果报告给鬼子，带着其他人去，那幸子就死定了。翰臣看完纸条后十分紧张，他来不及多想，穿了衣服就要出门。没承想，门一开，进来的居然是幸子。幸子是被高桥一郎送回来的，一郎没有进屋，急火火走了。

幸子哭着向翰臣讲述了毛草搭救自己的经过，翰臣立刻意识到

第九章

毛草已经陷入危险之中,不管是日本人还是军统特工都不会放过她。他安抚幸子几句,就疾疾出了门,开着汽车上了大街。

翰臣不管不顾了,他先到了毛草的住处,可这里已经空无一人,翰臣不知道毛草是被俘了,还是已经安全转移,就开着汽车在大街上转着寻找毛草。不知过了多久,他听到城西传来一阵密集的枪声,他想这枪声也许和毛草有关,便开着赶了过去,没想到却碰巧救了大强。翰臣不愿向大强详细说这件事,就简单敷衍了几句,边开车边脱下自己身上的西服,甩给了郭大强。

"大强,把衣服穿上,白城用不了一个时辰就会戒严,我必须尽快带你闯出去。"翰臣说。

"我不走,我还要找我的那些兄弟。"郭大强说。

"再不走就来不及了,到时想救你也没机会了。"翰臣说。

"城门已经关上了,怎么能出得去呢?"郭大强说。

"走大桥,我有办法。"翰臣说。

汽车直奔新建成的大桥,大桥被日本人当作军事重地,戒备森严,有日本兵在此来回地巡逻。车一到桥头被守桥的两个日本兵拦了下来。翰臣摇下车窗,骂了声"八格牙路",指着眼前的大桥质问两个日本兵知不知道这座桥是谁建的?又说自己是奉高桥参谋官的命令,过河去送一位重要的客人,耽误了公事谁来负责?日本兵认出了翰臣,不敢拦他,立正敬礼乖乖地放了行。

过了大桥,翰臣把汽车停在永城一条僻静的小街上,和郭大强握手告别。"大强,这里虽说相对安全些,但仍然还是日本人的势力范围,你得抓紧时间跑出去。"郭大强晃晃枣核形的脑袋,龇出两棵大板牙,不以为然地说自己心里有数,让翰臣只管放心回去,就矮下身子跑进了街边的阴影里。薛翰臣正要开车离开时,郭大强却又折了回来,伸着脖子说:"兄弟,你哪天要是见到毛草,替老哥我带一句话,就说哥想她了。"

停了停咽口唾沫，郭大强又说："兄弟，没事的时候你就多去看看毛草吧，有件事你可能还不知道，从打十五岁起，毛草就已经开始偷偷喜欢你了，一家伙喜欢了你十多年。"

8

幸子突然把那只青花瓷的茶杯高高举起来，狠劲摔在了地上。

薛翰臣一时愣住了，不知幸子为什么要发这么大的火，他的嘴巴张成一个大大的"O"形，说到一半的话在喉咙里戛然而止。茶杯在青砖铺成的地面上发出清脆的响声，随即变成无数碎片，像水一样飞溅到四面八方。

"幸子，你怎么了？"翰臣问。

"你说我怎么了，我就怎么了！"幸子气呼呼说。

近来，幸子的脾气越来越大，翰臣发现她整个人突然变了，变得不像那个知书达理的幸子，变得越来越乖戾，越来越不可理喻了。有时刚说上几句话，她便会发脾气，有时甚至没说话，她也会无缘无故地发脾气，以至于他们之间的交流都无法正常地进行下去。这令翰臣十分头疼，也知道这一切皆因自己而起，就十分痛苦和自责。和幸子意外重逢后他的心情一直十分矛盾，他知道自己还深深爱着幸子，可是，每当他想起她身上曾经压过那么多的日本兵，他就无法正常面对幸子的身体，想关爱她，行动上却总是有障碍。他一次次告诫自己不该这样，幸子是为了寻找自己才遭受不幸的，她的身体虽然被玷污了，但她的内心依然纯洁干净，而且她的那颗心仍然强烈地爱着他。这种警告有时奏效，有时失效，特别是想和幸子亲近时，那种障碍便会以一种强大的形式出现，令他无法面对，这种时候他的眼前会幻觉般出现一个个赤身裸体的日本士兵，他们淫邪无耻的狞笑声像闷雷震得他的耳鼓发酸。他的这种表现深深刺伤了

第九章

幸子的心，她痛苦不堪，才会变得如此烦躁。

幸子每天都会在噩梦中醒来，每次惊醒后，她都会神经质似的追问翰臣同一句话："翰臣君，你是不是嫌弃我，不想要我了？"翰臣一遍遍地解释，告诉她不是这样，他只是有些不适应，很快就会好起来的。幸子苦笑道，很快是多长时间，很快也许就是一辈子。渐渐的幸子已经不再需要翰臣的解释，她只是习惯性地发问，然后不听翰臣说什么，只是自顾自地咕哝几句，然后便躲开了翰臣。

两颗心的距离就这样一点一点变远。

今天是幸子第一次动手摔东西，翰臣觉得被掼到地上摔得粉碎的，除了那只茶杯之外，还有自己那颗无所适从的心。他烦闷透顶，推开门冲到了大街上，一个人默默地走下去。

翰臣脚下轻飘飘的，晕头晕脑地向前走，横穿一条马路时竟然忘看了两边的汽车，一辆汽车发出刺耳的刹车声，突然在他的腿前停了下来，一颗肥胖的脑袋从车窗里伸出来，喝问他长没长眼睛，是不是想要找死？翰臣充耳不闻，依旧迈着机械的步子向前走。天色不知不觉暗了下来，白城的夜晚像一道帷幕似的落下来，街道两边亮起了灯火，人们的脚步也变得匆忙起来。当耳边传来一阵嘹亮的钟声，翰臣才猛然惊醒过来，他抬起头，玛丽天主堂高高的钟楼就竖立在眼前，不知不觉，他已经来到了德仁路上。转过街角，一股茶香扑面而来，春望茶馆的幌子就挂在十几米远的街边上。

茶馆已经打烊了，挂在门上的两只红灯笼摘了下去。翰臣走上前，轻轻敲了几下房门，里面传来春望嫂清脆的嗓音。翰臣喊了声春望嫂，门很快打开一道缝隙，春望嫂一轮满月似的脸出现在里面。

"兄弟，看你的脸冻得紫青紫青的，快喝口热茶暖一暖。"

春望嫂一阵风似的倒满一杯茶，放在翰臣面前的茶桌上，自己就蹲在地上捅炉子烧水。

翰臣低垂着脑袋，用双手捧着茶杯，杯子里腾起的热气不断撞

到他的脸上,很快就在眼镜片上结了厚厚一层水雾,眼前的视线变得模糊起来,一切似乎都非常不真实。

"兄弟,看你的样子,是不是有什么心事?"春望嫂站起身,手搭在翰臣的肩膀上问。炉子里的火重新烧了起来,映红了春望嫂的脸。"有啥难心事,就和嫂子说说,别一个人憋在肚子里。"

翰臣抬起头,勉强冲春望嫂笑了笑,然后无力地摇摇头。他真的想找个人倾诉一番心里的苦闷,但他知道,他和幸子之间的事情不能和任何人说,只能深深地埋藏在心底。

"兄弟,嫂子知道你是个内向人,有话不愿意说出口,但不管发生什么事,嫂子都相信你是个好人,将来会得到好报。"春望嫂俯下身子,像是耳语一般对翰臣说。翰臣的心里突然有一种强烈的冲动,想要抱住春望嫂,依偎在她怀里痛痛快快地大哭一场,春望嫂似乎知道他在想什么,抬起一只胳膊轻轻把翰臣的脑袋揽进了怀里。翰臣的心里即刻涌起一股暖流,不由自主地张开双臂,搂住了春望,一种渴望已久的温暖流淌在他的胸中,似乎要将他彻底融化了。

茶馆的大门就是这时候被人踢开的。翰臣猛然转过头去时,看见高桥一郎两道冰冷的目光正像锥子似的向他扎过来,他似乎还听到高桥的鼻子里不屑地哼了一声。他想一郎一定是误会他和春望嫂了,他打算解释几句,但这时候两个端着刺刀的日本兵已经冲了上来,扑奔春望嫂。翰臣呼地一声从椅子上站起身,一步迈到春望嫂前面,张开双臂挡住日本兵,眼睛看着高桥一郎,质问他这是要干什么?

"翰臣君,我们正在抓捕共产党的地下分子,你最好闪到一边去。"高桥一郎铁青着脸,他用力一挥手,那两个日本兵又扑了上来。

"高桥君,请你看在我的面子上,放过春望嫂吧,她只是个开茶馆的女人,根本不是什么共产党。"翰臣用手抓住两个日本兵的步枪,近乎乞求地对高桥一郎说。

高桥一郎把头转到一边,看也不看薛翰臣,又冲身后挥了挥手。又有两个日本兵端着刺刀冲过来,虎视眈眈地扑向春望嫂。翰臣不想眼睁睁地看着春望嫂被抓走,他情不自禁地向前抢了一步,双拳像闪电一般左右开弓,打倒了身前的两个日本兵,紧接着身体一矮,又向另外两个扑过去,但还没等翰臣到人家跟前,一只黑洞洞的枪口已经顶在了他脑门上。

高桥一郎冷冷的声音在他耳边响起:"翰臣君,我最后一次警告你,不要这样做,否则我对你不客气了。"

翰臣僵立在茶馆的屋地当中,看着日本兵扭住春望嫂的胳膊,把她推向了茶馆门口。春望嫂被推出门时,扭头喊:"兄弟,别担心嫂子,你自己多保重,下辈子嫂子还给你泡茶喝。"

9

河堤上的风硬得像刀子,割得人的脸生疼生疼,一道细得像眉毛似的月牙害羞一般躲进了乌云里。走在前面的霍东山突然停下脚步,一只手高高向上扬起,示意身后的队员就地卧倒。他半蹲在地上,侧耳听了听,除了流水声和桥上行驶的汽车声,没有其他动静。霍东山飞快地目测了一下,他们离白河大桥还有一百多米的路程,已经能隐约看见桥头堡伸出的重机枪。霍东山抬起胳膊,看一眼腕上的手表,时间是凌晨一点过一刻,此时应该是守桥士兵最疲惫的时刻。他向下一挥手,下达了继续前进的命令。

因为高桥幸子意外逃脱,用她做鱼饵钓薛翰臣上钩的计划以失败告终,霍东山心里很清楚,强行实施炸桥计划成功的把握并不大,但没有办法,在上级的一再催促下,也只得硬着头皮行动了。霍东山摸一把背在身上的炸药,矮下身子向桥头疾行,距离大桥还有四五十米远时,行动小组全体卧倒,改为匍匐前进。鬼子的探照灯

光不时从他们头顶扫过，巡逻队的脚步声也清晰可闻。向前爬行了三十几米后，霍东山一个侧滚翻离开堤面，顺着大堤的斜坡滑到河水边。按照原订计划，从现在起他们要进入水中，泅渡到大桥下面埋设炸药。

时令已经接近冬季，白河水冷得刺骨，一进入水中，就好像有无数只钢针从四面八方扎到身上。行动小组成员咬紧牙关，努力抵抗着严寒，小心翼翼向大桥摸过去。霍东山第一个游到了大桥下面。他手扶着桥墩，把头浮出水面，边换气边寻找炸药包安放的位置，其他队员也陆续赶上来，聚集在霍东山身边，等待他下达命令。

一束灯光就是这时候照到他们脸上的，强烈的灯光刺得几个人根本睁不开眼睛，头顶上响起一阵拉动枪栓的声音。鬼子兵叽叽吐啦的喊声从上方响起，有人用中国话说了一句："举起手来，缴枪不杀。"

说话的人是高桥一郎，自从大桥建成后，他就担负起了守桥的任务，每天晚上都带着手下进行巡逻。

霍东山已经意识到发生了什么，大喊了一声"潜水"，一个猛子就向河里扎下去。只要进入水中，就能有机会逃脱出去。他手下的弟兄也跟着潜了下去。但他们一个也没能逃开，一张巨大的鱼网从水底升起来，把他们像鱼似的困在了里面。

霍东山等人的尸体两天后的下午被悬挂在市府广场的旗杆上。

四个人在被处决前都经过了严刑拷打，身上的衣服被皮鞭撕扯成一堆沾满血污的碎布片。一阵冷硬的寒风吹过来，四具尸体就像钟摆似的左右摇晃起来，霍东山大概有一段时间没有理发了，油污的头发从头顶垂下来，遮没了他有棱有角的国字脸。十几个老百姓慢慢聚拢来，远远地指点一阵，议论一阵，又渐渐地散去了。一群乌鸦呱呱地叫着，在广场上空盘旋不去。

毛草一个人挽着菜篮子走过来，她慢慢停住步子，仰起头向上看，霍东山的尸体就像一根钢针扎在了她的心上，她闭上眼睛，泪水夺眶而出。

等她睁开眼睛的时候，高桥一郎出现在了她的面前，她慌忙抹去脸上的泪水，一时间不知说什么才好。高桥一郎冷笑了一声，摇摇头说："毛草小姐，不要悲伤了，还是赶紧回家吧。"

毛草低下头，逃跑似的离开了这里。此时正好有一只乌鸦闪电似的俯冲下来，降落到了霍东山的身上。高桥一郎仰头看了看，又摇摇头，转身也离开了。

高桥幸子搬进了哥哥的住处，这之前她和翰臣又吵了一架，起因是哥哥告诉她，翰臣和春望茶馆的春望嫂的关系暧昧不清，幸子又一次脾气大发，摔掉了几只茶杯后，便悻悻地离开了翰臣的家。

现在，幸子就坐在高桥一郎家的那张古老的红木桌边愣愣地盯着墙壁发呆,那面墙上挂着一郎的军刀和写着"武运长久"的日本旗，但幸子眼里看到的却不是这两样东西，而是翰臣的脸，翰臣的脸色苍白，像失血过多的病人。

"你认识一个叫春望嫂的女人吧？"幸子冰冷地问。

薛翰臣目光呆滞，愣愣地看着幸子，一句话也不说。

"男人怎么都这么无情无耻？"幸子提高声音嚷道，随手摔掉了几只茶杯。

可翰臣依然呆呆地，一句话也不说。

不知过了多久，幸子返过愣儿，目光从墙上拔回来，低下头，默默地掉下了眼泪。

又过了一阵，幸子从椅子上站起来，迈步走进院子，院子里冷冷清清，满目都是初冬的苍凉。幸子左右看了看，然后推开院门，走到了大街上。

幸子上了一辆人力车，她要去找毛草，不知为什么，她突然想和毛草说说话。很快，毛草的住处就到了，她付了车钱，然后敲开

了院门。

毛草对幸子的到来感到十分惊讶,她连忙让座,还给幸子沏了茶。

"幸子,你来我这儿二少爷知道吗?"毛草问。

"不知道,我和他吵架了,已经搬出来住到哥哥家了。"幸子也说不清为什么,她就是想和毛草说说心里话。

"为什么会这样呢?"毛草问。

"因为翰臣已经有了别的女人。"幸子说。

幸子把翰臣和春望嫂的事原原本本说了一遍,毛草摇头苦笑,赶紧说:"幸子,你错怪二少爷了,他和那个春望嫂是清白的,他心里只有一个女人,那就是你。"

"我也想不明白。"幸子说。

"幸子,我比你还清楚,二少爷心里真的只有你一个人,我不骗你。"毛草说。

"也许是吧,我也知道自己可能做错了,但不好意思再回去了。"幸子低下头说。

"有啥不好意思的?俗话说得好,灯不拨不亮,话不说不明,只要你俩见了面,把话说开了,一天的云彩就全散了。"

幸子没有搭腔,她知道这次争吵或许会很快过去,但她和翰臣之间的感情却很难再和从前一样了。她突然转移了话题,笑笑问:"毛草,上次我问你的话,你还没回答我呢!你是不是也喜欢翰臣君?"

毛草迟疑了一下,还是毫不隐瞒地说:"我确实喜欢二少爷。"

"从什么时候开始喜欢的?"

"从十五岁起,俺就喜欢上他了。"

"翰臣君知道你喜欢他吗?"

"他当然不知道,我哪里敢让他知道哇,我一个使唤丫头,咋敢向他说出这种事?"

"毛草,你肚子里的孩子是不是他的?"

毛草又迟疑了片刻，随即点了点头，"你别误会，他不是有意要这样做的，那天晚上他喝醉了，把我当成了你。"

幸子低下头，沉吟了一阵，一头扑在了毛草的怀里，二人相拥而泣。

10

侵华日军总部给谷田茂下了死命令，叫他不惜一切代价保护新建成的白河大桥，南线战事吃紧，日军的援兵和给养要源源不断地通过这座大桥，从某种程度上讲，这座大桥就是日军的生命线。总部又派往白城一个中队，这样，谷田茂就有两个中队的兵力了。

谷田茂把高桥一郎找到办公室，商量保卫大桥的事，谷田茂说，把一个中队的兵力全部部署在大桥，要确保大桥万无一失。说罢，他突然盯住高桥的眼睛，问："敌人炸桥失败，一定不会善罢甘休，你认为，保护大桥的关键是什么？"

高桥一郎拧着眉头想了想说："薛翰臣。"

谷田茂说："这话怎么讲？"

高桥一郎说："这座大桥坚固无比，敌方即使可以靠强攻接近大桥，靠他们身上携带的炸药，想把大桥炸塌是很难做到的，唯一可能做到的是，他们找到了大桥的薄弱地带，也就是大桥的命门，炸大桥的命门，用不了多少炸药，大桥就会坍塌的。而知道大桥命门的人只有薛翰臣。"

谷田茂点点头，说："说得对，你一定要保护住这个薛翰臣，必要的时候，就是让他死也不能让他落在敌方的手里。"

高桥一郎双腿一并，说了声"明白"。

这天下午，薛翰臣就被高桥一郎给软禁了，有几个日本兵昼夜不停地守在翰臣家的门口。

入冬后的第一场雪飘飘扬扬从白城的天空中落下来时,毛草登门来找薛翰臣,她的肚子已经明显挺了起来,走路时现出了几分笨拙和艰难,此时她的心情像那些雪花一样纷乱不堪,还没有从霍东山等人牺牲的悲哀中走出来,军统又派人和她接上了头,霍东山炸桥失败,国民党军方面已经没有能力在白城附近组建有规模的炸桥行动,没有办法,军统方面只好自己出头,命令毛草设法劝说薛翰臣,叫他自己炸掉自己建起来的这座桥。

毛草知道,这对薛翰臣来说,就等于叫他杀死自己的孩子。

毛草远远就看见了翰臣家门口的两个日本兵,但是她没有退缩,硬着头皮走了过去。

两把刺刀拦住了毛草,毛草说:"我是薛先生的仆人,我要去伺候他。"

刺刀还是拦着她。

毛草又说:"是高桥一郎叫我来的。"

刺刀还是没有挪开,无奈,毛草只好调头离开。

翰臣家门口的鬼子换了岗后,毛草又一次凑了过去,就在她和两个鬼子交涉的时候,另外一个军统人员翻墙而过,可他的脚刚落在院里,两把刺刀就顶在了他的脊梁上。接着,门开了,高桥一郎出现在门口。

高桥一郎说:"毛草,我对你怎么样你应该一清二楚,可你却三番五次做对我不利的事,要不是看在你肚子里孩子的份上,你早待在特高课的班房里了。"

毛草就这样被两个日本兵押回了家。

毛草一进屋就瘫坐在炕上,自打陈组长叛变后,在白城的军统组织除她以外,已经给鬼子一窝端了,后来霍东山和她联系上,可他们又都牺牲了,现在好不容易又和上面接上了头,可派来的唯一帮手又落在了鬼子手里,而她又见不到二少爷,看来炸桥计划已经

第九章

根本无法在她的手上实施了。就在她几乎陷入绝望的境地时，门口人影一闪，有个人摸进了门，她惊呼一声，"谁？"来人示意她别出声，就一屁股坐到她的跟前，她一看是郭大强，眼睛就亮了。

郭大强这小子办法多，有他在，也许就有了炸桥的办法。

毛草轻声说："你也胆子太大了，我这儿很有可能被人盯住了，你是怎么进来的？"

郭大强笑嘻嘻说："翻墙呗，有啥能挡住我的。"说罢用手指了指毛草的肚子，"都这么大了，嗨，做不了孩子的亲爹，做干爹也成啊！"

毛草嗔怪道："都什么时候了，还有心思开这种玩笑。"

就这时候，外边警笛声大作，街上乱作一团。毛草拉起郭大强要走，郭大强没动，说："别紧张，鬼子是没头的苍蝇瞎搜查呢，我刚才潜入了余明的家里干掉了这个败类，总算为谭政委他们报了仇。"

毛草不敢耽搁，把炸桥的计划告诉了大强，说现在只有你能够帮我，你必须得帮我。

郭大强脖子一梗说："这是国民党军和军统的计划，我凭什么帮你？"

毛草说："凭你是中国人，如果不炸掉大桥，日军就会源源不断地开往前线，对我抗战军队十分不利呀！"

郭大强笑了："看把你急的，我进城一是要干掉余明，二也是冲着大桥来的，我也接到了我们军区的指示，要设法尽快炸掉白河大桥。"

"太好了！"毛草兴奋地说。

但随后，毛草又蔫了，她说要炸掉大桥，没有薛翰臣的帮助是办不到的，可现在翰臣被日本人看起来了，想见到他都难如登天。

郭大强说："我半夜翻墙摸进去，余明的家我都走如平地，我就不信我进不了翰臣的家。"

毛草摇摇头，说："二少爷那儿是鬼子重点防守的地方，他在鬼子眼里可比余明重要多了，我劝你不要冒险。"

郭大强说:"不冒险还能有啥法子?"
毛草眼睛一亮:"有办法了,找幸子。"
郭大强瞪大眼睛:"幸子?"
毛草说:"对,找幸子帮忙。"

11

自从幸子赌气搬走后,薛翰臣的心就始终没有安宁过,他患上了严重的失眠症,整夜整夜地望着头顶的天花板发呆。令他不解的是,高桥一郎竟然把他给软禁了,因为白河大桥还在试通行阶段,除了偶尔让他去大桥做必要的检查工作外,就让他在家里待着,不许出门,这可把他憋坏了,一想到误解越来越深的幸子,再一想到被抓的春望嫂,他就心乱如麻。

一天夜里,他实在睡不着,便把幸子写给他的信全找出来,一页一页地翻看,目光刚一落到那些纤秀的字迹上,眼泪就不由自主地落了下来,他知道自己还在爱着幸子,表面上伤害她是因为心里过不了她当慰安妇的那道坎,他用拳头狠狠捶胸膛,用巴掌扇自己耳光,怪自己空有男人的身躯,却没有男人的胸怀。在经历了几天的折磨后,翰臣终于下定决心去找幸子好好谈一次,可是每当走到门口,就被站岗的鬼子给拦回去了。

这天,高桥一郎来找薛翰臣,要和他一道去大桥做检查,一上车,翰臣就提出要见幸子,高桥一郎摇了摇头,面带愠色地说:"你还记得你做的事情吗?你已经不配再见幸子了。"

"那只是个误会,我和春望嫂一点事都没有。"翰臣说。

高桥一郎不吭声了,用沉默拒绝了翰臣。

"另外我求你放了春望嫂,她只是一个做生意的普通妇女,她不是什么地下党。"翰臣又说。

第九章

高桥一郎还是不吭声，任凭翰臣怎么说，他都无动于衷。

到大桥工地的时候天下雪了，雪花飘飘洒洒地落在头上、脸上、身上，让人有些睁不开眼睛，翰臣带着几个工人开始检查大桥，高桥一郎站在原地远远地看着他，没有跟过去。

翰臣把衣领竖起来，检查桥墩的时候，只有一个工人跟了过来，当他们离开高桥一郎的视线时，这个人猛地抬起头，将帽子往上推了推，露出了一张瘦长脸。这个人用压低了的公鸭嗓扯着长腔说："兄弟，别来无恙啊！"

翰臣本能地向后退了一步，看见来人居然是郭大强，他的确吓了一跳。

"大强，你怎么会在这里？这里到处都是鬼子的眼睛，太危险了。"翰臣说。

"俺不怕，俺说过，就没有俺郭大强不敢去的地方。"郭大强说。

"你来找我有什么事吧？"翰臣四下望望，紧张地问。

"实不相瞒哪，老哥我是来求你帮忙的。"郭大强缩着脖子弓着腰，像只虾米似的靠在桥墩上，斜着眼睛看着翰臣说。

"有话快讲，这里不是说话的地方。"

"这事对你来说易如反掌，就看你小子想不想干了。"

"大强，你别和我逗闷子，到底需要我做什么事，快说。"

"我想让你炸桥。"郭大强说。

"大强，你说什么？"翰臣吃惊地问。

"我想让你帮老哥我炸桥。"郭大强一字一顿又重复了一遍。

翰臣惊呆了，下意识地摇摇头。

"为什么要炸桥？"翰臣脱口问道。

"为什么，你应该知道。"郭大强说。

翰臣的心里咯噔了一下，其实不用问他也知道，他亲手建起的这座桥对日本人意味着什么，对中国人又意味着什么。可是，这座

大桥是他的心血之作,他对其倾尽了所有的智慧和才华,大桥就如同他的儿女一般,而炸桥则是为了国家,在国家与儿女的抉择中,翰臣痛苦无比,叫他舍弃哪一头都如同剜掉了他的心头肉。

"怎么的,你小子舍不得炸是吧?"郭大强用奚落的口气说:"不想看着自己亲手建成的桥飞上天对不对?你知道这座桥给日本人提供了多少便利,又给中国人带来多大的灾难?南边的战事正紧,咱们国家的军队正在做殊死一搏,如果日军通过这个大桥不断增兵,我们的军队就没有退路了。"

郭大强突然发现,不知不觉自己就用上了谭政委的口吻,心里就不由得一疼。谭政委和几十名名游击队员一起牺牲了,至今连遗体都没有找到。

翰臣低下脑袋,躲开郭大强挑衅的目光,语无伦次地说:"我知道,我知道,请容我,再考虑考虑,我……"

"你还考虑什么考虑?这是秃脑瓜上的虱子——明摆着,我就不信了,连俺这个大老粗都明白的道理,你一个喝过洋墨水的人咋就愣琢磨不明白?"郭大强越说越生气,公鸭嗓像锯似的割疼了翰臣的耳膜。他知道大强说得没错,但要他同意炸掉那座凝聚了那么多心血的大桥,他还是无法下定决心。

就这时候,高桥一郎走了过来,翰臣和郭大强赶紧都住了嘴,继续检查桥墩。

翰臣随着高桥一郎回去的时候雪已经在白城的大街上落了厚厚的一层,往远望到处都是白茫茫的一片。轿车穿过德仁路,在中央大街上走出四五里的样子,正好路过市府广场,也许司机有意放慢了速度,他透过车窗玻璃,看见市府广场上落满了雪,望上去像一只巨大的湖面。就在"湖"中心的位置,高高地竖着一排旗杆。这些旗杆翰臣并不陌生,就在其中一根上,曾经吊着学长褚天泽的遗体,翰臣的目光顺着那些旗杆爬上去,随即就杲在了旗杆顶端,他无法避免地看见了四具尸体。他们显然已经挂上去一段时间了，被冷风冻得僵硬，正伴随着风雪跳着怪异的舞蹈。翰臣的目光从旗杆上跌落下来，重重地摔在广场的地面上。

轿车随即开过了市府广场，翰臣看了看身边的高桥一郎，他表情阴冷，像一个凝固的冰人。

回到家后，薛翰臣一下子躺在炕上，两眼呆呆地盯着天棚，他觉得浑身发冷，就一把拽过被子，胡乱盖在了没脱外衣的身上。

不知过了多久，门被推了开来，进来了一个女人，他揉了揉眼睛，见来人是毛草，便一下子从炕上坐了起来。

"你怎么来了，他们怎么会放你进来？"翰臣惊讶地问。

"是幸子帮我进来的，她说动了站岗的士兵，现在幸子就等在门口，我出去了，她才能够进来。"毛草说。

"我要让幸子进来。"翰臣下了炕就要往外走，被毛草拉住了。

毛草说："时间紧迫，二少爷，请告诉我炸药放在什么地方，才能把大桥炸掉？"

"你是说大桥的命门在哪儿？"

"对，就是命门。"

"你觉得我能够告诉你吗？我刚刚建好的桥，你叫我自己把它炸了，这太残忍了吧？"

"二少爷，残忍的不是我们，而是鬼子，你不炸掉它，鬼子的军车就会通过大桥去打我们的军队。"

翰臣低下头，觉得毛草说的在理，可还是拗不过自己的内心，他咬住牙关，一句话也不说。直到有个鬼子冲进来，把毛草撵走为止，翰臣依然咬紧牙关，什么都没说。

翰臣尾随而出，他想把门外的幸子叫进屋来，但门外除了站岗的鬼子兵，就只有毛草挺着大肚子的身影，雪还在飘飘悠悠地下，毛草走几步一回头，翰臣的心随着她的脚步越缩越紧。

12

两天以后，幸子还是来见翰臣了，她恨自己没有骨头，安插在心里的恨总是不牢固，她无论如何也恨不起这个令她魂牵梦绕而又给她带来伤害的男人。

站岗的士兵见来人是幸子，就放她进去了。此时正是上午八九点钟的光景，屋子里充满阳光，翰臣正在洗漱，幸子进来时，他刚刚擦掉嘴角牙粉的白沫，看见幸子，翰臣眼睛一亮，一时不知说什么好。幸子站到翰臣跟前，两只眼睛定定地看着他，一句话也不说，眼里满是亮晶晶的忧伤。翰臣也盯住她，面对这个自己心爱的曾经日思夜想的女人，翰臣也涌起了一种忍无可忍的忧伤。

"对不起幸子，都是我不好。"翰臣嗫嚅着说。

幸子依然一声不吭，翰臣看见她在无声地呜咽，于是，他伸出手，替她擦去眼角的泪水。

"幸子，我早该把你接回来了。"翰臣又说。

"接回来又怎样，你又能接受我现在的身体吗？"幸子终于开了口。

翰臣一阵难过，这几天除了想大桥的事就是想自己和幸子的事，他把自己和幸子的故事从头到尾想了无数遍，他终于想通了，不干净的不是幸子的身体，而是自己的灵魂，自己的灵魂干净了，幸子的身体也就干净了，干净得如同一尘不染的处女。

"幸子，对不起，从今往后，你是我的，我是你的，今晚就是我们的新婚之夜，好吗？"

幸子还是定定地看着他，翰臣一把将她搂在怀里，二人都哭了。

这一天是去大桥巡检的日子，时间不长，外边就响起了汽车的引擎声，高桥一郎来接薛翰臣了。翰臣穿好衣服，回身对幸子说："等我,我干完工作就回来。"

翰臣出门时又回头看了看幸子,幸子的眼睛亮亮的,忧伤中透着柔情。

翰臣出去后,幸子开始准备饭菜,她知道翰臣晚上才能回来,但还是忍不住马上就开始准备,把要做的菜洗好,放在盘子里,再把盘子放在灶台上。然后又开始收拾房间,几天没回来,翰臣的房间已经乱的不能再乱了。

再然后,幸子烧了一锅水,开始拉上窗帘洗了澡,她洗得很认真,洗完了,换上了一套中式的衣服,透过棉衣,身上依然洋溢着好闻的香皂的味道,再照照镜子,就觉得自己已经从一场浩劫中恢复了过来。

车子路过市府广场时,正好遇见几辆挂着膏药旗的摩托车驶进广场,车轮搅起一团积雪,然后发出一阵刺耳的刹车声,突然停了下来。翰臣看见有日本兵跳下摩托,从一辆摩托的挎斗里拖出了一具尸体,从披着的头发看,这是一个女人。翰臣立即有了一种不祥的预感。

"停车!"翰臣喊了一声,坐在一旁的高桥一郎看了看翰臣,示意司机停车。

翰臣推开车门,他听见广场中央传来一阵齿轮转动和绳索绞紧咬合的声音,紧接着,便看见那个被拖着的人正顺着旗杆慢慢地升起。

翰臣的目光跟着那人一起向上升,那人披散着头发,虽然挡住了大半脸孔,但他还是看清了那个人就是春望嫂,他打了个寒战,浑身像触电一样颤抖起来。他回转身,一把揪住高桥一郎的衣领,恶狠狠说:"你们还是人吗?"

高桥一郎面无表情地说:"对不起,这是特高课干的。"

翰臣激动地说,你难道能逃脱干系吗?高桥一郎摇摇头说,"没办法,这就是战争,我们还是赶紧上车吧,大桥还需要你去巡检呢!"

翰臣恶狠狠说:"大桥,大桥,你就知道你们的大桥。"高桥一郎说:"你说的没错,大桥对我们来说太重要了,你马上去巡查一遍,在夜晚要到来的时候,你要确保大桥的承重力绝对达到设计标准,通行万无一失。"

到了大桥工地后,翰臣带了两个工人开始巡查,他的情绪坏到了极点,气愤像一团洇满了水的棉花,堵在了他的心口,以至于其中一个工人是郭大强,他都没有注意到。

到处都是守桥的士兵,但是他们见到薛翰臣半点都没迟疑,一路放行。高桥一郎自己则开始逐个检查大桥的防务。翰臣走到了桥下的桥墩处时,才发现跟来的工人中有一个是郭大强,他似乎没有感到意外,只是冲着他苦笑了一下。

"告诉我,怎么样才能炸掉它?"郭大强压低声音说。

翰臣没吭声。

"据可靠情报,今晚日军将有大批运兵的卡车通过大桥,如果今晚之前炸不掉它,后果不堪设想。"郭大强说。

翰臣还是没吭声。

"说呀,怎么样才能炸掉它?"郭大强说。

"找到它的命门。"薛翰臣说。

话出口翰臣才大吃一惊,他知道,自己在心里已经认同大强他们炸桥了。

"命门在哪儿?"郭大强又问。

"跟我来!"翰臣说。

薛翰臣带着郭大强二人来到了大桥中间的位置,翰臣对它像对自己的身体一样熟悉,中间这块桥板就是整座大桥的薄弱环节,当初是用军舰装上去,只要炸掉支撑它的两只桥墩,大桥就会彻底报废。

在翰臣的掩护下,郭大强在两只桥墩上分别安放好炸药,把引线紧贴桥墩垂进河水里。

第九章

巡查完毕已经是下午了，太阳照在白河上，泛起一片金光，再看大桥，巍峨壮丽的桥身就在这一片金光中熠熠生辉，漂亮极了。翰臣呆呆地看着，心河卷起一阵波澜。

翰臣想躲开炸桥那个令他痛苦的时刻，他找到高桥一郎，说要回家。高桥一郎摇摇头，说："大桥需要你，今晚你不能回家了。"翰臣说："幸子还在家等着我呢！"高桥一郎还是摇摇头，说："亏你还想着幸子，她已经等你太多时间了，不差这一个晚上。"

夕阳正艳之时，日军的运兵车队抵达了白河大桥，车队在桥头停下来，一个日军的将军从车上跳下来，谷田茂带着高桥一郎赶紧迎上去。

敬礼，礼毕。日本将军问："大桥没有问题吧？"谷田茂说："请将军放心，白河大桥将成为我军南进的生命线，我一定确保它万无一失，畅通无阻。"将军点了点头，说，"很好，可以继续前进了。"谷田茂说，"我为将军引路。"

谷田茂上了一辆吉普车，在最前边开道，车队隆隆地开上了大桥。

这时，薛翰臣和郭大强悄悄爬上了桥头旁边的大堤上，一道夕阳刚好铺到白河的水面上，把河水染成了灿烂的金黄色。引爆装置就藏在他们脚边的枯草里，郭大强的手按在按钮上，两只眼睛死死地盯着桥面缓缓而行的车队，就在他的手要扭动按钮的时候，薛翰臣抓住了他的手。

郭大强惊讶地说："你后悔了？"薛翰臣说："不是，这座桥是我亲手建起来的，还是让我来亲手毁掉它吧！"郭大强摇了摇头，又点了点头，缩回手，把按钮让给了薛翰臣。

大桥上车轮滚滚，腾起了一片烟尘。"兄弟，按吧！"郭大强扯下一棵枯草塞进嘴里边嚼边催促道。

炸药的数量是翰臣亲手计算好的，只要他的手扭下去，眼前这座凝聚着自己无数心血的大桥就会瞬间毁于一旦。他的心一阵阵疼

痛,但他更加清楚,自己已经别无选择。

"按哪!"郭大强急了,用拳头狠狠捅了他一下。翰臣一咬牙,扭动了按钮。

几乎与此同时,翰臣看见一个女人踏上了引桥,这个女人身穿一件墨绿色旗袍,步履匆匆,这不是幸子吗?没错,正是幸子,幸子在家洗了澡,做好了饭,可她等翰臣等得心焦,左等不回,右等不回,她的心头涌起一种不祥的预感,再坐不住,就奔白河大桥而来。

有守桥士兵拦住了她,但她用手一指站在桥头的高桥一郎,士兵便放行了。眼见着幸子踏上了桥头,翰臣大吼一声:"幸子,快回去!"

幸子显然没有听见翰臣的喊声,继续往前走,翰臣一跃而起,冲着大桥跑过去,大强想拦,已经来不及了。片刻,在轰隆一声巨响中,翰臣和幸子都被巨大的烟尘吞没了。

几个月后的一天黄昏,在冯家集的一盘土炕上,毛草顺利产下一个健康的男婴。这孩子下生后不哭不闹,显得异常安静。游击队员们纷纷说小家伙随妈妈,也是个做情报工作的料。毛草却在心里悄悄回应:你们哪里知道,这孩子是随他爸爸啊,他爸爸就是一个文雅安静的人。

郭大强对毛草说:"给这孩子起个名字吧?"

毛草说:"孩子有名字了,叫思泽。"

大强问:"这个名字是谁起的?"

毛草说:"是孩子的爸爸。"

| 延伸阅读 ——"中日关系"纪实系列图书 |

《祖宗在上》

　　作者说，他一个大男人，是伴着热泪写成这本书的。
　　历史在前面哭泣，我们应该尽量少笑，华夏大地上至今冤魂不散，大凌河至今流淌的依然是血。

《沧海一笑》

　　新中国成立后，一场诉讼时间最长、涉案金额最多、取证难度最大、横跨中日两国的经济奇案，揭开了一段隐藏在历史夹缝中的编都编不出来的人生传奇……

| 延伸阅读 ——"中日关系"纪实系列图书 |

《日本侵华战争史》

一部客观、翔实收录日军侵华战争史料的权威巨作。

《日本三代天皇操纵侵华战争内幕》

近代日本七十多年侵华史,三代天皇睦仁、嘉仁、裕仁到底都做了些什么?更多内幕将在本书中披露……